Norwegian Wood

HARUKI MURAKAMI

Norwegian Wood

Vertaald uit het Japans door Elbrich Fennema

Dit is een exclusieve uitgave van de Libris-boekhandels,
aangesloten bij Libris Blz. B.V.

Bezoek onze internetsite www.libris.nl

Deze vertaling kwam tot stand met steun van het
Nederlands Letterenfonds

Eerste druk februari 2007
Negenentwintigste druk november 2013

Oorspronkelijke titel *Noruuei no mori*
Oorspronkelijke uitgave Kodansha, Tokio
Omslagontwerp Zeno
Typografie binnenwerk Perfect Service, Schoonhoven
Drukkerij Koninklijke Wöhrmann, Zutphen

ISBN 978 90 254 4277 4
NUR 302

www.harukimurakami.nl
www.atlascontact.nl

Voor de vele feesten

1

Ik was zevenendertig en zat vast in mijn stoel in een Boeing 747. Het enorme toestel was bezig door een dik wolkendek te landen op het vliegveld van Hamburg. Een koude novemberregen kleurde de aarde donker en gaf alles – het grondpersoneel in hun regenkleding, de vlaggen op het vlakke luchthavengebouw, de BMW-billboards – de uitstraling van een somber decor in een schilderij van de Vlaamse School. Ja hoor, we zijn in Duitsland.

Toen het toestel geland was, gingen de no-smokinglampjes uit en klonk zacht achtergrondmuziek uit de speakers in het plafond. Het was 'Norwegian Wood' van de Beatles in een zoete uitvoering van een of ander orkest. Zoals altijd bracht die melodie me in verwarring. Sterker nog, ik werd er meer door geraakt dan anders.

Om te voorkomen dat mijn hoofd zou openbarsten boog ik me voorover, begroef mijn gezicht in mijn handen en bleef zo een tijdje zitten. Al snel kwam er een Duitse stewardess naar me toe, die me in het Engels vroeg of ik me niet lekker voelde. 'Jawel,' zei ik, 'ik ben alleen een beetje duizelig.'

'U bent echt niet onwel?'

'Ik ben niet onwel, dank u,' zei ik. De stewardess glimlachte en liep door. Uit de speakers klonk inmiddels een nummer van Billy Joel. Ik keek op, staarde naar de donkere wolken die boven de Noordzee dreven en dacht aan de dingen die ik in de loop van mijn leven was kwijtgeraakt – aan tijd die voorbij was gegaan, aan mensen die dood waren of uit mijn leven waren verdwenen, aan gevoelens die nooit meer terug zouden komen.

Het toestel was inmiddels volledig tot stilstand gekomen, mensen maakten hun veiligheidsriemen los en begonnen hun jassen of bagage al uit de bagagerekken te halen, maar ik bevond me al die tijd midden op dat grasveld. Ik kon het gras ruiken, ik voelde de wind op mijn huid, ik hoorde het geluid van de vogels. Het was in de herfst van 1969 en ik was bijna twintig.

Dezelfde stewardess kwam weer naar me toe, ging naast me zitten en vroeg opnieuw of er niets aan de hand was. 'Nee, het gaat alweer. Dank u. Ik voelde me alleen een beetje eenzaam,' zei ik met een glimlach.

'Dat heb ik ook weleens,' zei ze. 'Ik begrijp wat u bedoelt.' Ze schudde haar hoofd, stond op en glimlachte verrukkelijk naar me. 'Goede reis. Auf Wiedersehen!'

'Auf Wiedersehen!' zei ik terug.

Ook nu, achttien jaar later, kon ik me de omgeving van dat grasveld nog precies voor de geest halen. Een zachte bui die enkele dagen had aangehouden had al het stof van een lange zomer van de berghellingen af gespoeld. Ze zagen er diep helderblauw uit. De oktoberwind bewoog hier en daar de pluimen van manshoge halmen en langwerpige wolken zaten keurig tegen de blauwe hemel geplakt alsof ze eraan vastgevroren zaten. De hemel was zo hoog dat het pijn deed aan je ogen als je er te lang naar keek. De wind stak het grasveld over, speelde licht door Naoko's haar en verdween in een bosje. De bladeren van de boomtoppen ritselden, in de verte blafte een hond. Het klonk zo ver weg dat het leek alsof het geluid van een ingang tot een andere wereld kwam. Verder was er niets te horen. Geen enkel geluid bereikte ons. We kwamen geen mens tegen. Het enige dat we zagen waren twee felrode vogels die van het grasveld opvlogen alsof ze ergens door waren opgeschrikt en naar het bosje fladderden. Terwijl we daar wandelden, vertelde Naoko me het verhaal van de put.

Het geheugen is een vreemd ding. Toen ik daar destijds daadwerkelijk was, heb ik aan die omgeving niet de minste aandacht besteed. Ik vond het geen bijzonder indrukwekkend landschap en het kwam niet bij me op dat ik me dat landschap achttien jaar later tot in detail zou herinneren. Eerlijk gezegd kon het landschap me op dat moment niets schelen. Ik dacht aan mezelf, ik dacht aan het mooie meisje dat naast me liep, ik dacht aan ons samen, en toen dacht ik weer aan mezelf. Want ik was op die leeftijd dat wat je ook ziet, wat je ook voelt, wat je ook denkt, alles uiteindelijk weer als een boemerang bij jezelf uitkomt. Bovendien was ik verliefd, en deze liefde had me in een lastig parket gebracht. Ik had niet de minste aandacht voor het landschap.

Toch is deze omgeving van het grasveld het eerste dat bij me bovenkomt. De geur van het gras, de wind die al wat kou meebrengt, het silhouet van de bergen, het blaffen van de hond, dat soort dingen dient zich het eerst aan. Met opmerkelijke scherpte. Zo scherp zelfs dat het lijkt alsof ik ze een voor een kan aanraken als ik mijn hand uitsteek. Maar een mens is in dit landschap niet te zien. Er is niemand. Naoko is er niet, en ik ben er evenmin. Waarnaartoe zouden wij in vredesnaam zijn verdwenen? Hoe kon zoiets nu gebeuren? Wat zo belangrijk leek – zij, degene die ik toen was, mijn wereld – waar was het allemaal gebleven? Echt, ik kan me zelfs Naoko's gezicht niet meteen voor de geest halen. Het enige dat ik heb is een landschap waarin geen mens te bekennen valt.

Natuurlijk kan ik me na verloop van tijd haar gezicht wel weer voor de geest halen. Haar kleine koele handjes, haar mooie steile haar dat zo glad aanvoelde, haar zachte ronde oorlelletje, de kleine moedervlek daar vlak onder, de chique camel jas die ze 's winters vaak droeg, haar gewoonte om je altijd doordringend aan te kijken als ze een vraag stelde, haar stem die soms een beetje trilde (alsof ze op de top van een heuvel tegen de wind in stond te praten); als ik dit soort beelden stuk voor stuk opstapel, komt vanzelf ook haar gezicht weer boven. Eerst haar profiel. Misschien komt altijd eerst haar profiel terug omdat Naoko en ik samen altijd naast elkaar liepen. Dan draait ze zich naar me toe, lacht naar me, houdt haar hoofd een beetje scheef, begint te praten en tuurt diep in mijn ogen. Alsof ze op zoek is naar de schaduw van een klein visje dat toevallig de bodem van een heldere bron oversteekt.

Maar het duurt even voordat Naoko's gezicht op deze manier naar boven komt. In de loop van de jaren is de tijd die daarvoor nodig is steeds langer geworden. Dat heeft wel iets treurigs, maar het is de waarheid. Eerst had ik vijf seconden nodig om haar beeld boven te halen, toen werden dat tien seconden, toen dertig seconden, toen een minuut. Het wordt geleidelijk langer, net als een schaduw in de avondschemering. Uiteindelijk zal het worden opgeslokt door de duisternis. Ja, mijn geheugen raakt steeds verder verwijderd van de plek waar Naoko stond. Precies zoals ik steeds verder verwijderd raak van de plek waar ik zelf ooit stond. Alleen het landschap, alleen het landschap van dat grasveld in oktober komt keer op keer, keer op keer als een symbolische scène uit een film naar boven in mijn hoofd. Elke keer geeft dit landschap een hardnekkige schop tegen een deel van mijn hoofd. 'Hé, word wakker, hier ben ik, word wakker, word wakker en begrijp het nou eens, begrijp nou eens waarom ik hier nog steeds ben!' Het doet geen pijn. Het doet helemaal geen pijn. Alleen klinkt bij elke schop een hol geluid. Ook dat geluid zal waarschijnlijk ooit verdwijnen. Zoals alles uiteindelijk is verdwenen. Maar in het toestel van Lufthansa op het vliegveld van Hamburg bleef het langer en harder schoppen in mijn hoofd dan ooit tevoren. 'Word wakker, begrijp het nu!' Daarom schrijf ik dit nu op. Want ik zit nu eenmaal zo in elkaar dat ik dingen pas goed begrijp door te schrijven.

Wat vertelde ze toen ook alweer?

O ja, ze vertelde me over de 'veldput'. Ik weet niet of die put nu echt bestond of niet. Misschien was het een beeld of teken dat alleen in haar hoofd bestond – zoals zoveel andere zaken die ze in die donkere dagen in haar hoofd spon. Toch heb ik, nadat Naoko me dit verhaal van de put had verteld, nooit meer aan het landschap met het grasveld gedacht zonder het beeld van die put. Deze put, die ik in werkelijkheid nog nooit had gezien, zat in mijn hoofd stevig vastgeklonken aan het grasveld, als een onlosmakelijk onderdeel ervan. Ik had een heel gedetailleerd beeld van deze put. Hij bevond zich precies op de grens van het grasveld en het bosje. Een donker, gapend gat met een doorsnee van een meter dat door het gras kunstig aan het oog werd onttrokken. Er stond geen hek omheen en er was ook geen opstaande stenen rand. Alleen dat gat dat daar zijn mond opende. De stenen van de rand waren verweerd en tot een vreemd modderwit verkleurd. Hier en daar waren stukken steen afgebrokkeld en in de put gevallen. Groene hagedisjes gleden tussen spleten en kieren. Ook als je vooroverleunde en in het gat keek, kon je niets zien. Het enige dat je kon vaststellen, was dat het angstaanjagend diep was. Zo diep dat je je er geen voorstelling van kon maken. Dat gat zat volgepropt met duisternis – zo'n intense duisternis alsof alle soorten duisternis van de wereld samen waren ingekookt.

'Hij is echt, écht heel diep,' zei Naoko, zorgvuldig haar woorden kiezend. Zo nu en dan praatte ze op die manier. Dan sprak ze heel traag, zoekend naar de juiste woorden. 'Echt diep. Maar niemand weet waar die put is. Het moet wel hier ergens in de buurt zijn.'

Met haar handen in de zakken van haar tweedjas gestoken keek ze me aan met een glimlach die 'Echt waar!' zei.

'Dat is wel gevaarlijk,' zei ik. 'Een diepe put waarvan niemand weet waar die is. Als je erin valt, ben je verloren.'

'Dan ben je verloren. Zoef, boem, afgelopen.'

'Zou dat nou echt weleens gebeuren?'

'Af en toe. Eens in de twee, drie jaar. Plotseling verdwijnt er iemand en die is niet meer te vinden. "O, die is vast in de veldput gevallen," zeggen mensen in deze buurt dan.'

'Geen prettige manier om dood te gaan,' zei ik.

'Het is een vreselijke manier om dood te gaan.' Ze veegde een paar grashalmen van haar jas. 'Als je nou in één keer je nek brak en op slag dood was, zou het nog gaan, maar stel dat je nou alleen je voet verzwikt, dan ben je zuur. Hoe hard je ook roept, niemand die je hoort. Er is geen enkel vooruitzicht dat iemand je vindt, het krioelt er van de duizendpoten en de spinnen, de witte botten van de mensen die er vóór je zijn overleden liggen om je heen, het is er donker en klam. En boven je hangt heel klein een cirkel van licht, als de maan in de winter. En daar ga je dan helemaal alleen langzaam dood.'

'Bij de gedachte alleen al krijg ik kippenvel,' zei ik. 'Iemand zou hem moeten vinden en er een hek omheen zetten.'

'Maar niemand kan die put vinden. Daarom moet je ook op de paden blijven.'

'Doe ik.'

Naoko haalde haar linkerhand uit haar zak en pakte mijn hand. 'Maar jij bent veilig, hoor. Jij hoeft je geen zorgen te maken. Zelfs als je hier midden in de nacht roekeloos rondliep, zou je absoluut niet in de put vallen. En zolang ik maar bij je in de buurt blijf, val ik ook niet in de put.'

'Zeker weten?'

'Zeker weten.'

'Hoe weet je dat?'

'Ik weet zulke dingen gewoon,' zei Naoko, terwijl ze stevig in mijn hand kneep. We liepen een tijdlang zwijgend verder. 'Met dit soort dingen zit ik er nooit naast. Het is geen kwestie van logica. Ik voel het. Als ik je bijvoorbeeld stevig vasthoud, ben ik helemaal niet bang. Slechte dingen of donkere dingen hebben dan geen enkele vat op me.'

'Nou, dat is dan de oplossing. We blijven voortaan altijd samen.'

'Meen je dat?'

'Natuurlijk meen ik dat.'

Naoko bleef staan. Ik bleef ook staan. Ze pakte me met beide handen bij mijn schouders en keek me strak aan. Achter in haar ogen beschreef een zware, zwarte vloeistof vreemd gevormde draaikolken. Deze mooie ogen keken lange tijd naar mijn binnenste. Daarna strekte ze zich uit en legde haar wang zacht tegen mijn wang. Het was zo'n warm en teder gebaar dat het me een seconde de adem benam.

'Dank je,' zei Naoko.

'Graag gedaan,' zei ik.

'Ik ben blij dat je dat zegt. Echt,' zei ze met een verdrietige glimlach. 'Maar het kan niet.'

'Waarom niet?'

'Omdat het niet mag. Omdat dat heel erg zou zijn. Dat...' begon Naoko, maar ze stokte plotseling en liep weer door. Omdat ik begreep dat er allerlei gedachten in haar hoofd ronddraaiden, liep ik zonder iets te zeggen naast haar verder.

'Het zou niet goed zijn, voor jou niet en voor mij niet,' vervolgde ze na een tijdje.

'Hoezo zou het niet goed zijn?' drong ik zacht aan.

'Nou, omdat het toch onmogelijk is dat een mens iemand anders eeuwig beschermt. Stel dat we getrouwd waren. Jij werkt bij een bedrijf. Wie beschermt mij dan in de tijd dat jij naar je werk bent? Wie beschermt mij dan als jij op zakenreis bent? Blijf je me mijn hele leven vasthouden? Dat is toch niet gelijkwaardig? Dat is toch geen relatie te noemen? Je wordt me een keer zat. "Wat is dit voor een leven? Ik ben niet meer dan een geluksamulet van deze vrouw." Daar zou ik niet tegen kunnen. Mijn problemen zouden daar niet mee opgelost zijn.'

'Die blijven toch niet je hele leven,' zei ik, terwijl ik mijn hand op haar rug legde. 'Die houden een keer op. En dan bekijken we opnieuw hoe we verder gaan. Misschien dat jij op een zeker moment mij helpt. We hoeven niet te leven met een kasboek ernaast. Als jij mij nu nodig hebt, leun dan op me. Toch? Waarom denk je zo rigide over zulke dingen? Ontspan je schouders eens. Omdat je je zo verschanst tussen je opgetrokken schouders, ga je de dingen op die manier zien. Als je je ontspant, voel je je veel lichter.'

'Waarom zeg je dat?' zei Naoko. Haar stem klonk beangstigend hol.

Ik kreeg het idee dat ik iets verkeerd had gezegd.

'Hoe kun je dat nou zeggen?' zei Naoko, terwijl ze strak naar de grond onder haar voeten staarde. 'Ik weet ook wel dat je je lichter voelt als je je ontspant. Dat hoef je me niet te vertellen. Zal ik jou eens wat vertellen? Stel dat ik nu mijn schouders ontspan, dan zou ik uit elkaar vallen. Dat heb ik mijn hele leven al en dat heb ik nog steeds. Als ik eenmaal mijn schouders ontspan, dan krijg ik mezelf niet meer bij elkaar. Dan val ik uit elkaar en word ik weggeblazen. Waarom begrijp je dat niet? Hoe kun je nu zeggen dat je op me zult passen als je dat niet eens begrijpt?'

Ik zweeg.

'Ik ben veel meer in de war dan jij denkt. Veel meer in het duister en in de kou en in de war... Zeg eens, waarom ben je toen met me naar bed geweest? Waarom heb je me niet met rust gelaten?'

We liepen door een enorm stil pijnboombos. Op het pad lagen her en der de verdroogde resten van cicaden die aan het eind van de zomer waren doodgegaan. Ze kraakten onder onze schoenen. Naar de grond kijkend, alsof we iets zochten, liepen Naoko en ik langzaam over het pad door dit pijnboombos.

'Het spijt me,' zei Naoko en ze pakte zacht mijn arm. Toen schudde ze een paar keer haar hoofd. 'Het was niet mijn bedoeling je te kwetsen. Trek je maar niets aan van wat ik zei. Het spijt me echt. Ik ben alleen maar boos op mezelf.'

'Ik denk dat ik je echt nog niet begrijp,' zei ik. 'Ik ben niet zo slim en ik heb tijd nodig om dingen te begrijpen. Maar als ik die tijd krijg, zal ik je precies begrijpen en dan zal ik je beter begrijpen dan wie ook ter wereld.'

Daar bleven we staan. In de stilte spitsten we onze oren. Ik schoof met de neus van mijn schoen nu eens een dode cicade, dan weer wat dennennaalden, opzij en keek toen omhoog naar de lucht tussen de pijnbomen. Naoko stond in gedachten verzonken met haar handen in de zakken van haar jas zonder ergens naar te kijken.

'Watanabe, hou je van me?'

'Natuurlijk,' antwoordde ik.

'Zou ik je dan twee dingen mogen vragen?'

'Al vraag je er drie.'

Naoko lachte en schudde haar hoofd. 'Twee is genoeg. Twee is voldoende. In de eerste plaats wil ik dat je weet dat ik je heel dankbaar ben dat je me hier bent komen opzoeken. Daar ben ik heel blij om, heel erg blij – het zal me redden. Misschien laat ik het niet blijken, maar toch is het zo.'

'Ik kom je wéér opzoeken, hoor,' zei ik. 'En het tweede?'

'Ik wil dat je je me herinnert. Zul je je mijn bestaan herinneren, en dat we hier bij elkaar stonden?'

'Natuurlijk zal ik dat altijd onthouden,' antwoordde ik.

Zonder verder iets te zeggen begon ze weer te lopen, voor me uit. Het licht van de herfst dat tussen de takken door viel danste in vlekjes op de schouders van haar jas. Weer blafte er een hond, maar het klonk nu een stuk dichterbij dan eerst. Naoko klom omhoog een soort duintje op, liep het pijnboombos uit en daalde met snelle pasjes de flauwe heuvel af. Ik liep twee, drie passen achter haar.

'Kom hier. Misschien is hier ergens die put wel,' riep ik tegen haar rug. Naoko bleef staan, lachte en pakte stil mijn arm. Het laatste stuk liepen we naast elkaar.

'Zul je me echt nooit vergeten?' vroeg ze bijna fluisterend.

'Ik zal je nooit vergeten,' zei ik. 'Het is onmogelijk dat ik jou vergeet.'

Toch vervagen herinneringen en ben ik al talloze dingen vergeten. Als ik aan de hand van mijn herinneringen aan het schrijven ben, bekruipt me soms een enorm onzeker gevoel. Dan vraag ik me af of ik niet per ongeluk het meest essentiële deel van mijn herinneringen verloren ben. Dan vraag ik me af of er in mijn lichaam misschien ergens een donkere uithoek van de herinnering is, waar alle belangrijke herinneringen opeengepakt zitten en in zachte modder zijn veranderd.

Maar hoe dan ook, hier moet ik het op dit moment mee doen. Ik klamp me vast aan deze weggeëbde, nog altijd wegebbende herinneringen en met het gevoel alsof ik op een afgekloven bot zuig schrijf ik ze op. Er is geen andere manier om mijn belofte aan Naoko na te komen.

Lang geleden, toen ik nog jong was en deze herinneringen veel helderder waren, heb ik vaak geprobeerd over Naoko te schrijven. Maar toen lukte het me niet ook maar één regel op papier te krijgen. Ik wist heel goed dat als die eerste regel er eenmaal was, de rest er dan moeiteloos uit zou rollen, maar die eerste regel kwam nooit. Er sprong te veel in het oog en ik wist niet waar te beginnen. Zoals een al te gedetailleerde plattegrond soms nutteloos is door de details. Nu begrijp ik het wel. Uiteindelijk – denk ik nu – kunnen in een onvolledig vat dat een tekst nu eenmaal is alleen onvolledige herinneringen en onvolledige gedachten worden gevat. Ik denk dat ik Naoko steeds beter begreep naarmate de herinneringen die met haar samenhingen wegebden. Ik begrijp nu ook waarom ze me vroeg haar niet te vergeten. Natuurlijk wist Naoko ook dat mijn herinneringen aan haar zouden wegebben. Daarom moest ze mij een belofte afsmeken. 'Vergeet me niet. Onthoud dat ik heb bestaan.'

Als ik daaraan denk, word ik oneindig verdrietig. Want Naoko hield niet eens van me.

2

Heel lang geleden – het kan niet meer dan twintig jaar geleden zijn, maar toch – woonde ik op een studentencampus. Ik was achttien en was net begonnen aan mijn studie. Omdat ik niets van Tokio wist en voor het eerst op mezelf woonde, hadden mijn bezorgde ouders deze plek voor me uitgezocht. De maaltijden waren inbegrepen, er waren allerlei voorzieningen, dus daar zou een achttienjarige die net kwam kijken zich moeten kunnen redden. Natuurlijk speelde geld ook een rol. Het was een heel stuk goedkoper om op deze campus te wonen dan op mezelf. Zelfs in een matras en een lamp was voorzien, dus ik hoefde niets te kopen. Ik had veel liever een appartementje gehuurd en lekker op mezelf gewoond, maar aangezien het toelatingsgeld van de privé-universiteit en het collegegeld en mijn maandelijkse toelage al genoeg op mijn ouders drukten, kon ik het niet maken daar bij hen op aan te dringen. Bovendien maakte het me eigenlijk niet zoveel uit waar ik woonde.

Deze campus lag op een heuvel in de binnenstad met een vrij uitzicht. Het terrein was royaal bemeten en omgeven door een hoge betonnen muur. Aan de binnenkant van de hoofdingang stond een reusachtige iep. Deze woudreus was minstens honderdvijftig jaar oud, zei men. Als je aan de voet van de boom stond en omhoogkeek, was de lucht geheel aan het oog onttrokken door het groen.

Het pad liep met een boog om de boom heen en doorsneed vervolgens in een lange rechte lijn de binnentuin. Aan weerszijden van de binnentuin stond een betonnen flat van drie verdiepingen. Het waren grote gebouwen met veel ramen. Het geheel wekte de indruk van een tot flat omgebouwde gevangenis, of een tot gevangenis omgebouwde flat. Maar het zag er zeker niet vies of donker uit. Door de openstaande ramen was het geluid van radio's te horen. De gordijnen voor de ramen waren allemaal van hetzelfde soort beige dat het minst verschiet.

Aan het eind van het pad, tegenover de hoofdingang, stond het twee verdiepingen tellende hoofdgebouw. Op de begane grond bevonden zich de mensa en een grote gemeenschappelijke badruimte, op de eerste verdieping waren een aula, een aantal gemeenschapsruimtes en verder zelfs een gastenverblijf waarvan ik niet wist waarvoor het bestemd was. Naast het hoofdgebouw stond een derde studentenflat, ook met drie verdiepingen. De binnentuin was ruim en in het midden van het grasveld draaiden sprinklers rond die het zonlicht weerkaatsten. Achter het hoofdgebouw was een sportveld voor voetbal en honkbal, en er waren zes tennisvelden. Alles erop en eraan.

Het enige probleem van deze flat was dat er fundamenteel een luchtje aan zat. De flat werd gerund door een onduidelijke stichting die voornamelijk uit extreemrechtse lieden bestond en de uitgangspunten waren – ik spreek natuurlijk vanuit mijn gezichtspunt – nogal twijfelachtig. De grote lijnen bleken uit de voorlichtingsfolder voor nieuwe bewoners en uit de huisregels. 'De basis van de opvoeding versterken en een bijdrage leveren aan de ontwikkeling van menselijk talent ten behoeve van de natie' – dit was de geest van deze studentenfaciliteit en in deze geest hadden talloze mensen uit het bedrijfsleven een persoonlijke donatie gedaan. Zo werd het althans naar buiten toe gepresenteerd, maar wat erachter zat bleef uitermate vaag. Niemand wist er het fijne van. De een zei dat het een fiscale constructie was, de ander dat het een publiciteitsstunt was, weer een ander zei dat de campus een dekmantel was voor een frauduleuze truc om deze toplocatie in handen te krijgen. Er was zelfs iemand met een nog veel diepgaandere interpretatie. Volgens zijn theorie was het doel van de oprichters om van de afgestudeerden een ondergrondse clique in het bedrijfsleven te maken. Inderdaad was er op de campus een soort geprivilegieerde club waarin de topelite van de studenten op de campus bijeenkwam. Daar wist ook ik het fijne niet van, maar een paar keer per maand werd er een soort studiebijeenkomst gehouden met een paar van de oprichters, en wie bij die club zat, hoefde zich geen zorgen te maken over een baan. Ik kon niet beoordelen in hoeverre deze theorieën klopten, maar ze hadden met elkaar gemeen dat er een luchtje aan zat.

Hoe het ook zij, twee jaar lang – van het voorjaar van 1968 tot het voorjaar van 1970 – woonde ik op deze campus. Als je me vraagt waarom ik toch nog twee jaar woonde op zo'n plek waar een luchtje aan zat, moet ik het antwoord schuldig blijven. Voor het dagelijks leven maakte het weinig uit of het nu links of rechts was, bonafide of malafide.

Een dag op de campus begon met het plechtig hijsen van de vlag. Natuurlijk werd ook het volkslied gespeeld. Zoals het sportnieuws niet zonder marsmuziek kan, zo kan het hijsen van de vlag niet zonder volkslied. De vlaggenmast stond midden op de binnenplaats, waar hij vanuit elk raam van de drie studentenflats te zien was.

Het hoofd van de oostflat (waar ik woonde) was belast met het hijsen van de vlag. Het was een lange man van rond de zestig met een scherpe blik. Zijn borstelige haar vertoonde al wat grijs en in zijn bruinverbrande nek zat een groot litteken. Het verhaal ging dat hij op de Nakano Militaire Academie had gezeten, maar ik weet ook niet wat daarvan waar was. Naast hem stond een student in de rol van assistent. Niemand wist precies wie hij was. Hij had opgeschoren haar en droeg altijd een studentenuniform. Ik wist niet hoe hij heette of in welke flat hij woonde. Ik heb hem in de mensa of in de gemeenschappelijke badruimte nooit gezien. Ik wist niet eens of hij wel een student was. Het zal wel, afgaande op zijn studentenuniform. Wat kan hij anders geweest zijn? In tegenstelling tot kolonel Nakano was hij kort van stuk, gezet en bleek. Dit uiterst ongure duo hees elke ochtend om zes uur op de binnentuin van de campus de Japanse vlag.

Toen ik er pas woonde, stond ik vanwege de wonderbaarlijkheid van het tafereel vaak om zes uur op om deze vaderlandslievende ceremonie te aanschouwen. 's Ochtends om zes uur, vrijwel gelijk met de piepjes van het hele uur van de radio, verschenen de twee in de binnentuin. Uiteraard droeg Uniform zijn studentenuniform met zwarte leren schoenen. Kolonel Nakano droeg een jack en witte sportschoenen. Uniform had een ongelakt houten kistje bij zich. Kolonel Nakano droeg een draagbare Sonytaperecorder. Kolonel Nakano zette de taperecorder neer aan de voet van de vlaggenmast. Uniform opende het houten kistje. In het kistje zat een keurig opgevouwen vlag. Uniform reikte de vlag eerbiedig over aan Kolonel Nakano. Kolonel Nakano bevestigde de vlag aan het touw. Uniform startte de taperecorder.

'Moge uw heerschappij...'

De vlag rees langzaam omhoog langs de vlaggenmast.

Bij '... tot de kiezels...' was de vlag halverwege. Bij '... tot in de eeuwigheid' bereikte hij de top. Met rechte rug en in 'geef acht'-houding keken ze op naar de vlag. Als het mooi weer was en er wind stond, was dat een bijzonder tafereel.

's Avonds bij het strijken van de vlag werd eenzelfde ritueel uitgevoerd, maar dan precies andersom. De vlag ging langzaam omlaag en werd in de houten kist opgeborgen. 's Nachts wapperde de vlag niet.

Ik wist niet waarom de vlag 's nachts gestreken was. Het bestaan van de natie gaat 's nachts immers gewoon door en er zijn nog genoeg mensen aan het werk. Spoorwegwerkers, taxichauffeurs, bardames, brandweerlieden met nachtdienst, nachtwakers. Dat al deze mensen die 's nachts werken het zonder bescherming van de vlag moesten stellen vond ik eigenlijk onrechtvaardig. Maar misschien was het wel niet zo belangrijk. Waarschijnlijk besteedde niemand er verder aandacht aan. Zelf tilde ik er ook niet zwaar aan. Het ging wel door mijn gedachten, maar ik was echt niet van plan om het eens grondig na te vorsen.

Als regel woonden de eerste- en de tweedejaarsstudenten in tweepersoonskamers en de derde- en de vierdejaars in een eenpersoonskamer. De tweepersoonskamers waren zo'n tweeënhalf bij vier meter, met een raam in een aluminium kozijn in de muur tegenover de deur. Links en rechts van het raam stonden, met de rug naar elkaar toe, een bureau en een stoel om aan te studeren. Links van de deur stond een ijzeren stapelbed. Het meubilair was uiterst sober en degelijk. Afgezien van de bureaus en het stapelbed waren er twee kasten, een kleine bijzettafel en een paar ingebouwde planken. Hoe mild je het ook bekeek, poëtisch was de ruimte niet te noemen. In de meeste kamers stonden op de planken een transistorradio, een föhn, een waterkoker, oploskoffie, theezakjes, suikerklontjes, en wat eenvoudig keukengerei om instantnoedels klaar te maken. Aan de kale muur hing meestal een pin-up uit een mannenblad of een meegejatte poster van een pornofilm. Op één kamer hing voor de grap een foto van copulerende varkens, maar dat was een grote uitzondering op de foto's van naakte vrouwen, zangeressen of actrices die aan de meeste muren hingen. Op de boekenplanken boven het bureau stonden doorgaans woordenboeken en een paar romans.

Omdat er alleen maar jongens woonden, waren de meeste kamers angstaanjagend smerig. Op de bodem van de prullenbakken kleefden beschimmelde mandarijnschillen. In de lege blikjes die als asbak dienstdeden zat een aangekoekte laag van tien centimeter as en peuken, en omdat er koffie of bier overheen werd gegoten als het begon te smeulen, steeg er een stuitende, verschaalde lucht uit op. Alle serviesgoed zat onder de zwarte vlekken, overal kleefden onduidelijke dingen aan vast en op de vloer was het een grote bende van wikkels van instantnoedels, bierblikjes, doppen, deksels en dergelijke. Niemand kwam op het idee een bezem te pakken, alles eens bij elkaar te vegen en met behulp van een stoffer en blik in de prullenbak te gooien. Bij elk zuchtje wind danste er een dikke stofwolk op van de vloer. Alle kamers stonken vreselijk. De stank verschilde een beetje per kamer, maar de samenstellende elementen waren hetzelfde: zweet, lichaamsgeur en afval. Iedereen propte zijn wasgoed onder het bed, en omdat niemand zijn matras regelmatig luchtte, waren ze doordrenkt van het zweet en gaven een stank af waar geen ontsnappen aan was. Ik vind het nog steeds verbazingwekkend dat er niet regelmatig een fatale epidemie uitbrak.

Mijn kamer was daarentegen zo proper als een mortuarium. Op de grond lag geen rommel, op de ramen zat geen stofje, het matras werd elke week gelucht, de potloden stonden bij elkaar in een potloodhouder, zelfs de gordijnen werden eens per maand gewassen. Dat kwam doordat mijn kamergenoot een schoonmaakmanie had. Toen ik de anderen vertelde dat hij de gordijnen waste, geloofden ze me niet. Niemand wist dat gordijnen gewassen konden worden. Zij beschouwden gordijnen als semipermanente onderdelen van de ramen. 'Die is niet normaal,' vonden ze. Sindsdien noemden ze hem de Nazi of de Marinier.

Op mijn kamer hing niet eens een pin-up. Bij ons hing er een foto van een Amsterdamse gracht. Ik had een naaktfoto opgehangen, maar hij zei: 'Watanabe, ik hou daar niet zo van', haalde de foto weg en hing de foto van de gracht ervoor in de plaats. Omdat ik niet speciaal op die naaktfoto gebrand was, protesteerde ik niet. Iedereen die op mijn kamer kwam, zei bij het zien van de grachtenfoto: 'Wat is dat?' Dan zei ik: 'Daar trekt de Marinier zich bij af.' Ik bedoelde het als grap, maar iedereen geloofde het. Iedereen nam het zo voetstoots aan dat ik het op het laatst zelf ook geloofde.

Iedereen had medelijden met me omdat ik was ingedeeld bij de

Marinier, maar zelf vond ik het niet zo erg. Zolang ik mijn deel van de kamer maar netjes hield, bemoeide hij zich nergens mee, en ik vond het wel makkelijk. Hij hield de boel schoon, luchtte de matrassen en ruimde de rommel op. Wanneer ik het te druk had en drie dagen niet in bad was geweest, rook hij aan me en raadde me aan eens in bad te gaan, of hij zei wanneer het tijd werd voor de kapper of dat ik mijn neusharen moest bijknippen. Het nadeel was dat als er ook maar één insect in de kamer was, hij een bus insecticide leegspoot en ik mijn toevlucht moest zoeken in de stinkende bende van de buren.

De Marinier studeerde geografie aan een nationale universiteit.

'Ik studeer ka-ka-kaarten,' had hij tegen me gezegd toen we elkaar voor het eerst ontmoetten.

'Hou je van kaarten?' vroeg ik.

'Ja, als ik ben afgestudeerd, wil ik bij het nationale kadaster werken en ka-ka-kaarten maken.'

Ik verbaasde me er weer eens over hoeveel verschillende wensen en levensdoelen er zijn in de wereld. Het was een van de eerste dingen waarover ik me verbaasde sinds ik naar Tokio was gekomen. Zoveel mensen met een passie voor kaarten maken zullen er toch niet zijn – beter van niet zelfs, want dat zou weer een probleem geven. Maar het was vreemd dat uitgerekend iemand die elke keer begon te stotteren bij het woord 'kaart' bij het nationale kadaster wilde werken. Hij stotterde lang niet altijd, maar bij het woord 'kaart' stotterde hij honderd procent zeker.

'Wa-wat studeer jij?' vroeg hij.

'Theater,' antwoordde ik.

'Bedoel je dat je toneelspeelt?'

'Nee, dat niet. Dramateksten lezen, onderzoek doen, dat soort dingen. Racine, Ionesco, Shakespeare en zo.'

Hij zei dat alleen Shakespeare hem iets zei. De andere namen zeiden mij zelf ook niets. Ze stonden in de inleiding van de syllabus.

'Dus daar hou je van?' zei hij.

'Niet speciaal,' zei ik.

Dat antwoord bracht hem in verwarring. Als hij in verwarring was, werd zijn stotteren erger. Ik kreeg het gevoel dat ik iets heel ergs had gedaan.

'Het was mij om het even,' legde ik uit. 'Antropologie, Aziatische geschiedenis, het was mij om het even. Het is gewoon toevallig theater geworden. Dat is alles.' Deze uitleg maakte het er voor hem uiteraard niet duidelijker op.

'Ik begrijp het niet,' zei hij met een gezicht waaruit bleek dat hij het echt niet begreep. 'Ik ze-zelf hou van ka-kaarten en daarom studeer ik ka-ka-kaarten. Daarvoor ben ik naar Tokio gekomen en daarvoor krijg ik een toelage van mijn ouders. Maar als dat bij jou niet het geval is...'

Hij had gelijk. Ik oordeelde dat verdere uitleg geen zin had. We lootten met een lucifer wie waar sliep in het stapelbed. Het werd hij boven en ik onder.

Hij droeg steevast een wit overhemd, een zwarte broek en een blauwe trui. Hij had kortgeschoren haar, een lang postuur en uitstekende jukbeenderen. Als hij naar college ging, droeg hij altijd zijn studentenuniform. Ook zijn schoenen en zijn tas waren zwart. Qua uiterlijk was hij het toonbeeld van een rechtse student en daarom noemde iedereen hem ook de Marinier, maar de waarheid was dat politiek hem volledig koud liet. Hij liep er kennelijk zo bij omdat hij het een gedoe vond om kleren uit te kiezen. Hij had uitsluitend interesse voor gebeurtenissen als veranderingen in de kustlijn of de voltooiing van een spoortunnel. Als je over zo'n onderwerp begon, kon hij zonder te stotteren of te haperen een, twee uur aan één stuk doorpraten, tot de ander ofwel vluchtte, ofwel in slaap viel.

Elke ochtend stond hij om zes uur op, met het volkslied als wekker. Zo was die ostentatieve vlaggenceremonie toch nog ergens goed voor. Dan kleedde hij zich aan en ging zich in de badkamer opfrissen. Daar deed hij heel lang over. Je zou haast denken dat hij zijn tanden stuk voor stuk uit zijn mond nam en een voor een poetste. Als hij terugkwam in de kamer, sloeg hij met een paar klappen zijn handdoek uit en hing hem netjes over de radiator. Zijn tandenborstel en zeep legde hij terug op de plank. Dan zette hij de radio aan en deed mee met de ochtendgymnastiek.

Ik las meestal tot 's avonds laat boeken en sliep 's ochtends door tot een uur of acht. Ook al scharrelde hij rond en begon hij aan zijn ochtendgymnastiek, daar sliep ik wel doorheen. Tot de gymnastiek aankwam bij het onderdeel springen. Het was onmogelijk om daardoorheen te slapen. Want zodra hij sprong – en hij sprong heel hoog –, schudde het bed heen en weer. Drie dagen hield ik me in, want ons was al gezegd dat gezamenlijk leven een zekere mate van inschikken

22

vereiste. Maar op de vierde ochtend kwam ik tot de conclusie dat ik het niet langer uithield.

'Het spijt me, maar kun je je ochtendgymnastiek niet op het dak doen of zo?' Ik wond er geen doekjes om. 'Ik word er wakker van.'

'Maar het is al halfzeven,' zei hij met een ongelovige blik.

'Ik weet dat het halfzeven is. Voor mij is dat een tijdstip om te slapen. Ik kan niet uitleggen waarom, maar zo zit dat bij mij.'

'Het kan niet. Als ik het op het dak doe, klagen de mensen van de derde verdieping. Hieronder zit bergruimte, dus hier krijg ik geen klachten.'

'Doe het dan op de binnenplaats, op het grasveld.'

'Dat kan ook niet. Da-da-dan heb ik mijn radio niet, want die kan niet zo-zonder stroom. En zonder muziek kan ik mijn ochtendgymnastiek niet doen.'

Inderdaad was zijn radio van een heel oud model, zonder batterijen. Mijn eigen radio was wel draagbaar, maar die was voor muziek en kon alleen FM ontvangen. Dat heb ik weer, dacht ik.

'Nou, wat wordt het compromis?' zei ik. 'Ik vind het goed dat je ochtendgymnastiek doet, maar dan moet je het springen overslaan.'

'Sp-springen?' vroeg hij verbaasd. 'Hoe bedoel je: springen?'

'Springen is gewoon springen. Hup, hup, op en neer, je weet wel.'

'Maar dat doe ik helemaal niet!'

Mijn hoofd begon pijn te doen. Het kon me inmiddels al weinig meer schelen, maar omdat ik mijn punt duidelijk wilde maken, zong ik de intro van de ochtendgymnastiek en sprong op en neer op de vloer.

'Kijk nou, dit hoort er toch bij?'

'In-inderdaad. Je hebt gelijk. Ik had er ge-geen erg in.'

'Dus,' zei ik, terwijl ik op het bed ging zitten, 'ik stel voor dat je dat stukje voortaan overslaat. De rest is wel te verdragen. Stop alsjeblieft met springen en laat mij 's ochtends lekker doorslapen.'

'Nee,' zei hij botweg. 'Ik kan niet een onderdeel overslaan. Ik doe het al tien jaar elke dag en als ik eenmaal begin, dan doe ik va-vanzelf alles. Als er iets uitvalt, raak ik he-helemaal in de war.'

Er viel niets meer te zeggen. Wat had ik hier nog op kúnnen zeggen? Het effectiefst was die vervloekte radio het raam uit te gooien zodra hij weg was, maar ik zag wel in dat dan de hel zou losbarsten. Want zijn bezittingen waren de Marinier heel dierbaar. Hij glimlachte toen hij me sprakeloos op het bed zag zitten en probeerde me op te beuren.

'Wa-watanabe, als jij nou ook vroeg opstaat, dan doen we samen gymnastiek.' Toen liep hij de kamer uit om te gaan ontbijten.

Toen ik Naoko het verhaal van de Marinier en zijn ochtendgymnastiek vertelde, moest ze erom grinniken. Het was niet bedoeld als komisch verhaal, maar ik moest er zelf ook om lachen. Het was lang geleden dat ik haar had zien lachen – al was de lach in een oogwenk weer van haar gezicht verdwenen.

Naoko en ik waren in Yotsuya uit de trein gestapt en liepen langs het talud in de richting van Ichigaya. Het was een zondagmiddag halverwege mei. Die ochtend had het af en aan geplensd, maar tegen het middaguur klaarde het helemaal op en de laaghangende, sombere regenwolken leken weggevaagd door de zuidenwind. De frisgroene blaadjes van de kersenbomen deinden op de wind en weerkaatsten het licht van de zon alle kanten op. De zon was al zo krachtig als de eerste zomerdagen. De mensen die we tegenkwamen hadden hun trui of jas uitgedaan en over hun schouders of over een arm gehangen. Op deze warme zondagmiddag zag iedereen er gelukkig uit. Op de tennisbaan aan de andere kant van het spoor stonden een paar jonge jongens te tennissen in hun blote bast en korte broek. Alleen twee nonnen in zwarte kleding die naast elkaar op een bankje zaten, leken niet te worden bereikt door de zonnestralen, maar toch zaten ze heel tevreden te genieten van hun gesprek in het zonnetje.

Na een kwartier lopen stond het zweet op mijn rug. Ik trok mijn dikke katoenen overhemd uit en had alleen nog mijn t-shirt aan. Naoko had de mouwen van haar lichtgrijze trainingsjack tot boven haar ellebogen opgestroopt. Het jack was zichtbaar vaak gewassen en zag er aangenaam verschoten uit. Ik had het idee dat ik haar lang geleden al eens in hetzelfde jack had gezien, maar ik kon het me niet helder herinneren. Het was meer een gevoel dan een herinnering. Op dat moment was er niet zoveel van Naoko om me te herinneren.

'Hoe bevalt het gemeenschapsleven? Is het leuk om met anderen samen te wonen?' vroeg Naoko.

'Ik weet het niet. Het is nog maar een maand,' zei ik. 'Maar zo erg is het niet, hoor. Het is in ieder geval niet onverdraaglijk.'

Ze bleef staan bij een fonteintje, nam een slokje water en veegde haar mond af met een wit zakdoekje dat ze uit haar broekzak haalde. Daarna hurkte ze en legde aandachtig een nieuwe knoop in haar veters.

'Denk je dat ik het zou kunnen?'

'Bedoel je dat gemeenschapsleven?'

'Ja,' zei Naoko.

'Tja, het hangt ervan af waar je naar kijkt. Er zijn wel veel irritante dingen: pietluttige regels, sukkels die uit de hoogte doen, een kamergenoot die 's ochtends om halfzeven aan zijn ochtendgymnastiek begint. Maar zulke dingen heb je overal. Zo bijzonder is dat niet. Er valt mee te leven en je moet het ermee doen. Zoiets.'

'Oké,' knikte Naoko, en ze leek een tijdlang ergens over na te denken. Toen keek ze me recht in de ogen, alsof ze naar iets uitzonderlijks keek. Ik schrok bijna toen ik zag hoe diep doorzichtig haar ogen waren. Het was me nog nooit opgevallen dat ze zulke doorzichtige ogen had. Maar de gelegenheid om Naoko diep in de ogen te kijken had zich dan ook nog nooit voorgedaan. Het was voor het eerst dat we zo samen liepen en zo lang met elkaar praatten.

'Ben je soms van plan om op een campus te gaan wonen?' vroeg ik.

'Nee, dat niet,' zei Naoko. 'Ik vroeg het me gewoon af. Hoe het zou zijn om gemeenschappelijk te wonen. Ik bedoel...' Naoko beet op haar lip en leek naar de juiste woorden te zoeken zonder ze te vinden. Ze zuchtte en sloeg haar ogen neer. 'Ik weet het niet goed. Laat maar.'

Daarmee eindigde ons gesprek. Naoko begon weer in oostelijke richting te lopen en ik liep een klein stukje achter haar.

Het was bijna een jaar geleden dat ik Naoko had gezien. In dat jaar was ze zo afgevallen dat je haar bijna niet herkende. Zelfs het vlees op haar bolle wangen was verdwenen en haar hals was heel smal geworden. Desondanks maakte ze geen stakige of ongezonde indruk. Ze was op een heel natuurlijke en stille manier vermagerd. Alsof ze zich een tijdlang heimelijk op een lange, smalle plek verborgen had gehouden en haar lichaam vanzelf lang en smal was geworden. En ze was veel en veel mooier dan ik me herinnerde. Ik wilde daarover iets tegen haar zeggen, maar ik wist niet hoe en zei uiteindelijk niets.

We hadden niet afgesproken elkaar te zien, maar waren elkaar bij toeval tegengekomen in de Chuo-lijn. Ze was van plan om in haar eentje naar de film te gaan en ik was op weg naar de boekwinkels in

Kanda. Allebei niets dringends. Naoko had voorgesteld uit te stappen en dat we op station Yotsuya uitstapten, was toeval. We hadden niets in het bijzonder te bespreken. Ik begreep ook helemaal niet waarom Naoko had voorgesteld om uit te stappen. Gespreksstof hadden we van het begin af aan niet.

Toen we het station uit kwamen, zette ze zonder te zeggen waar we heen gingen meteen de pas erin. Er zat niets anders op dan op een meter afstand achter haar aan te lopen. Natuurlijk had ik die afstand kunnen dichten als ik dat had gewild, maar ik durfde niet goed. Ik liep een meter achter haar naar haar steile zwarte haar en haar rug te kijken. Ze had een grote bruine haarklem in haar haar en als ze opzij keek, zag ik een klein, bleek oortje. Af en toe keek Naoko om en zei iets tegen me. Soms waren dat dingen waar ik antwoord op had kunnen geven, soms dingen waar ik niets van begreep. Andere keren kon ik haar niet goed verstaan. Maar het leek haar niet uit te maken of ik haar verstond of niet. Als ze gezegd had wat ze te zeggen had, wendde ze zich weer naar voren. Ach ja, het is een mooie dag voor een wandeling, dacht ik berustend.

Maar voor een wandeling was Naoko's manier van lopen aan de straffe kant. Ze sloeg bij Iidabashi rechts af, kwam uit bij de gracht, stak het kruispunt van Jimbocho over, liep de heuvel naar Ochanomizu op en kwam uit bij Hongo. Ze volgde de trambaan tot aan Komagome. Het was een pittige route. Toen we bij Komagome aankwamen, was de zon al onder. Het was een rustige lenteavond.

'Waar zijn we nu?' vroeg Naoko, alsof haar plots iets opviel.

'Komagome,' zei ik. 'Wist je dat niet? We hebben een enorm stuk omgelopen.'

'Hoe zijn we hier terechtgekomen?'

'Jíj bent hier terechtgekomen. Ik liep alleen maar achter je aan.'

Bij een noedelstalletje vlak bij het station aten we iets eenvoudigs. Ik had dorst en dronk een fles bier leeg. Vanaf het moment dat we bestelden tot we klaar waren met eten zeiden we geen woord. Ik was uitgeput van al het lopen. Naoko zat met haar handen op tafel weer in gedachten verzonken. Het journaal op tv deelde mee dat het deze zondag op alle vrijetijdsbestemmingen druk was geweest. En wij zijn van Yotsuya naar Komagome gelopen, dacht ik bij mezelf.

'Jíj hebt een goede conditie,' zei ik toen we onze noedels op hadden.

'Verbaast het je?'

'Ja.'

'Ik ben anders langeafstandsloper geweest toen ik op de middelbare school zat en ik liep toen de tien en de vijftien kilometer. Bovendien hield mijn vader van bergbeklimmen, dus hij nam me van jongs af aan elke zondag mee de bergen in. Je weet vast nog wel dat achter ons huis de bergen al begonnen. Dan krijg je vanzelf sterke beenspieren.'

'Het is je niet aan te zien,' zei ik.

'Dat klopt. Iedereen denkt dat ik een heel fragiel meisje ben. Maar ga nooit af op de buitenkant,' zei ze, en ze lachte even.

'Het spijt me, maar ik ben behoorlijk uitgeteld.'

'Neem me niet kwalijk dat ik de hele dag beslag op je heb gelegd.'

'Het was leuk met je te kunnen praten. We hebben tenslotte nog nooit met z'n tweeën gepraat,' zei ik, al wilde me met geen mogelijkheid meer te binnen schieten waar we het over hadden gehad.

Ze speelde met de asbak op tafel.

'Ik dacht: als jij het goedvindt – ik bedoel, als jij er geen bezwaar tegen hebt, zouden we elkaar dan nog eens kunnen zien? Ik begrijp natuurlijk heel goed dat ik geen recht heb zoiets te vragen, maar...'

'Recht?' zei ik verbaasd. 'Wat bedoel je daarmee?'

Ze bloosde. Misschien had ik te scherp gereageerd.

'Ik kan het niet goed uitleggen,' zei ze verontschuldigend. Ze schoof beide mouwen van haar trainingsjack tot boven haar ellebogen en toen schoof ze ze weer terug. Het licht gaf de haartjes op haar armen een mooie gouden kleur. 'Het was niet mijn bedoeling om "recht" te zeggen. Ik wilde iets heel anders zeggen.'

Met haar ellebogen op tafel keek ze een tijdlang naar de kalender aan de muur. Het leek haast wel of ze hoopte daar de passende uitdrukking te vinden. Maar die vond ze natuurlijk niet. Ze zuchtte, deed haar ogen dicht en speelde met haar haarklem.

'Het geeft niet,' zei ik. 'Ik denk dat ik wel ongeveer begrijp wat je bedoelt. Ik weet ook niet goed hoe ik het zou zeggen.'

'Ik kan me niet zo goed uitdrukken,' zei Naoko. 'Dat is al een hele tijd zo. Als ik iets wil zeggen, komen steeds alleen de verkeerde woorden in me op. Of soms helemaal het tegenovergestelde. Als ik dat dan probeer te herstellen, wordt het alleen maar erger. Het is net of ik in twee lichamen ben opgesplitst die tikkertje spelen. We rennen elkaar achterna rond een dikke pilaar. De andere ik heeft altijd de goede woorden en deze ik krijgt ze nooit te pakken.'

Naoko keek me aan. 'Begrijp je dat?'

'Ik denk dat iedereen dat gevoel in zekere mate weleens heeft,' zei ik. 'Iedereen is weleens geërgerd omdat hij niet goed kan uitdrukken wat hij wil zeggen.'

Naoko leek een beetje teleurgesteld toen ik dat zei.

'Het is toch iets anders,' zei Naoko, maar ze legde het niet verder uit.

'Ik spreek graag nog eens met je af,' zei ik. 'Ik heb op zondag toch niets te doen, en lopen is gezond.'

We stapten in de Yamanote-lijn en in Shinjuku stapte Naoko over op de Chuo-lijn. Ze woonde in een klein appartementje in de voorstad Kokubunji.

'Is mijn manier van praten anders dan vroeger?' vroeg Naoko bij het afscheid.

'Ik geloof van wel,' zei ik. 'Maar ik weet niet goed in welk opzicht. Eerlijk gezegd herinner ik me niet dat we elkaar vaak hebben gesproken, al zagen we elkaar veel.'

'Daar heb je gelijk in,' zei ze. 'Is het goed als ik je komende zaterdag bel?'

'Natuurlijk. Ik reken erop.'

Ik ontmoette Naoko voor het eerst in het voorjaar, toen ik in de vijfde klas zat van de middelbare school. Zij zat ook in de vijfde, op een geprivilegieerde meisjesschool die verbonden was aan de missie. De school was zo geprivilegieerd dat je met de vinger werd nagewezen als je al te ijverig studeerde; dat was ordinair. Mijn beste – en enige – vriend in die tijd was Kizuki, en Naoko was zijn vriendinnetje. Ze woonden nog geen tweehonderd meter bij elkaar vandaan en kenden elkaar praktisch vanaf de dag van hun geboorte.

Zoals wel vaker bij stelletjes die elkaar van kindsbeen af kennen, waren ze heel open en hadden ze geen sterke drang zich samen af te zonderen. Ze gingen doorlopend bij elkaar op bezoek, bleven bij elkaar eten en speelden met de hele familie mahjong. Een paar keer gingen we met z'n vieren uit. Naoko troonde dan voor mij een klasgenootje van haar mee en als twee stelletjes gingen we naar de dierentuin of naar het zwembad of naar de film. Eerlijk gezegd waren de meisjes die Naoko meenam wel lief, maar een beetje te keurig naar mijn smaak.

De meisjes van mijn eigen openbare school, die wat ongemanierder waren maar met wie je ontspannen kon optrekken, lagen me beter. Ik begreep helemaal niet wat er omging in die lieve hoofden van de meisjes die Naoko meenam. En zij begrepen waarschijnlijk evenmin iets van mij.

Dus nodigde Kizuki niet langer meisjes voor me uit en trokken we met z'n drieën op – Kizuki, Naoko en ik. Op de keper beschouwd misschien vreemd, maar dat werkte uiteindelijk wel het best. Zodra er een vierde bij kwam, werd de sfeer ongemakkelijk. Als we met z'n drieën waren, leken we net een talkshow waarin ik de gast was, Kizuki de talentvolle presentator en Naoko de assistente. Kizuki vormde altijd het middelpunt en daar was hij goed in. Kizuki had absoluut een cynische kant en veel mensen vonden hem arrogant, maar in wezen was het een voorkomende, eerlijke jongen. Als we met z'n drieën waren, verdeelde hij zijn aandacht en zijn grappen eerlijk over Naoko en mij, en zorgde ervoor dat niemand zich ongemakkelijk voelde. Als een van ons beiden te lang zweeg, stuurde hij behendig het gesprek zo dat hij diegene er weer in betrok. Misschien zag het er moeilijker uit dan het was. Kizuki had het vermogen de stemming van moment tot moment goed aan te voelen en er adequaat op te reageren. Bovendien had hij een zeldzaam talent om in een niet bijster interessant verhaal van iemand anders allerlei interessante aspecten te zien. Daardoor kreeg je wanneer je met hem praatte het gevoel dat je een heel boeiend mens was met een heel interessant leven.

Toch was hij beslist niet sociaal vaardig. Afgezien van mij had hij op school geen vrienden. Ik begreep niet dat iemand die zo scherp kon converseren dit talent niet op een veel grotere wereld richtte en genoegen nam met de kleine wereld van ons drieën. En waarom hij mij had uitgekozen als vriend begreep ik ook niet. Want ik was een nogal gemiddeld, onopvallend type dat hield van boeken lezen en naar muziek luisteren. Ik blonk nergens in uit waarmee ik zijn aandacht op me had gevestigd. Toch konden we het snel goed met elkaar vinden en werden we goede vrienden. Zijn vader was tandarts en stond bekend om zijn vaardigheid en zijn hoge tarieven.

'Zullen we komende zondag met z'n vieren uitgaan? Mijn vriendinnetje zit op een meisjesschool en neemt een heel lieve vriendin voor je mee,' zei Kizuki niet lang nadat we elkaar hadden leren kennen.

'Goed,' zei ik. Zo heb ik Naoko leren kennen.

Kizuki, Naoko en ik trokken veel samen op, maar als Kizuki even weg was en Naoko en ik samen overbleven, verliep het gesprek tussen ons stroef. We wisten allebei niet waar we over moesten praten. Dus dan zeiden we maar niks en namen een slok water of frunnikten met spulletjes die op tafel stonden. Als Kizuki terug was, kwam het gesprek weer op gang. Naoko was geen kletskous en ik luisterde liever dan dat ik praatte, dus ik voelde me niet op mijn gemak als ik met haar alleen was. Niet dat we elkaar niet lagen, maar we hadden gewoon niets om over te praten.

Twee weken na Kizuki's begrafenis hebben Naoko en ik elkaar nog één keer gezien. We hadden afgesproken in een koffiehuis om iets te regelen, en toen dat geregeld was, hadden we niets meer om over te praten. Ik deed een paar pogingen ergens over te beginnen, maar het gesprek stokte steeds. Bovendien klonk er iets scherps in haar stem. Het leek of ze boos op me was, maar ik wist niet waarom. We namen afscheid en we zagen elkaar pas weer toen we elkaar een jaar later bij toeval tegenkwamen in de Chuo-lijn.

Misschien was Naoko boos op me omdat ik de laatste was met wie Kizuki had gesproken en niet zij. Misschien is dat cru uitgedrukt, maar ik kan het nog wel begrijpen ook. Als het had gekund, had ik best met haar willen ruilen. Maar het was nu eenmaal zo gelopen, en hoe je het ook wendde of keerde, er was niets aan te doen.

Op een aangename zondagmiddag in mei van dat jaar stelde Kizuki na de lunch voor om te spijbelen en een potje te gaan biljarten. Ik had niet bijster veel zin in de lessen van die middag, dus liepen we de school uit, slenterden de heuvel af, liepen naar een poolcafé in de haven en speelden vier potjes biljart. Toen ik met gemak het eerste spel had gewonnen, werd hij plotseling serieus en won de andere drie. Volgens afspraak betaalde ik. Tijdens het spelen maakte Kizuki tegen zijn gewoonte in geen enkel grapje. Dat was heel zeldzaam. Toen we uitgespeeld waren, rookten we een sigaret.

'Wat was je zeldzaam serieus vandaag,' zei ik.

'Ik wilde vandaag niet verliezen,' zei hij met een tevreden lach.

Die avond overleed hij in de garage van zijn huis. Hij had een stuk slang bevestigd aan de uitlaatpijp van de Honda N-360, de kieren van de ramen afgeplakt met plastic tape en toen de motor laten ronken.

Ik heb geen idee hoe lang het duurde voor hij overleed. Zijn ouders waren op bezoek bij een ziek familielid en toen ze bij thuiskomst de garage opendeden om de auto erin te zetten, was Kizuki al dood. De radio stond nog aan en onder de ruitenwisser zat een benzinebonnetje.

Hij had geen brief achtergelaten en daardoor was er geen enkel aanknopingspunt voor een motief. Omdat ik de laatste was die hem had gezien en gesproken, werd ik naar het politiebureau geroepen voor verhoor. Ik zei tegen de agent die het onderzoek deed dat uit zijn houding niets was gebleken en dat hij precies hetzelfde was als anders. De agent leek van zowel mij als Kizuki geen hoge dunk te hebben. Hij leek het helemaal niet vreemd te vinden dat mensen die spijbelen om te gaan biljarten zelfmoord plegen. In de krant stond een kort bericht en dat was het einde van het incident. De rode N-360 werd verkocht. Op Kizuki's tafel in de klas stond nog een poosje een vaas met een witte bloem.

In de tien maanden tussen de dood van Kizuki en het eindexamen kon ik mijn eigen plek in de wereld om me heen niet vinden. Ik kreeg verkering met een meisje en ging met haar naar bed, maar het duurde uiteindelijk nog geen halfjaar. Eigenlijk liet ze me onverschillig. Ik deed toelatingsexamen bij een particuliere universiteit in Tokio waarvan ik inschatte dat ik het zonder al te veel te studeren zou kunnen halen en ik slaagde zonder dat het me kon schelen. Het meisje vroeg me om niet naar Tokio te gaan, maar ik wilde hoe dan ook weg uit Kobe. Ik wilde gewoon een nieuw leven beginnen op een plek waar niemand me kende.

'Nu je eenmaal met me naar bed bent geweest, kan ik je zeker niets meer schelen?' zei ze huilend.

'Dat is het niet,' zei ik. Ik wilde alleen maar weg uit deze stad. Maar dat begreep ze niet. We gingen uit elkaar. In de Shinkansen op weg naar Tokio schoten me alle dingen te binnen waarom ik haar leuker had gevonden dan andere meisjes en het speet me dat ik zoiets vreselijks had gedaan, maar het was niet terug te draaien. Ik besloot haar te vergeten.

Toen ik in Tokio op de campus aan mijn nieuwe leven begon, had ik helemaal niets te doen. Behalve ervoor zorgen dat ik alles niet te serieus nam en dat ik de nodige afstand bewaarde tussen mijzelf en de rest. Weg van de biljarttafel met zijn groene vilt, de rode N-360, de witte bloemen. Weg van de rook uit de hoge schoorsteen van het crematorium, de vorm van de presse-papier in de verhoorkamer van het politiebureau – ik wilde alles vergeten. In het begin leek het te lukken. Maar hoe ik ook mijn best deed om te vergeten, in mij bleef een soort onduidelijke homp lucht zitten. Na verloop van tijd begon deze homp een duidelijke, begrijpelijke vorm aan te nemen, die zich in woorden liet vatten. Die luidden: *De dood is niet het tegenovergestelde van leven, hij maakt er deel van uit.*

Zo in woorden is het een cliché, maar in die tijd voelde ik dit niet in woorden, maar als een homp lucht in mijn lichaam. De dood bestaat ook in een presse-papier, en in vier rode en witte biljartballen op een biljartlaken. En wij leven door en ademen dit als fijn stof onze longen in.

Tot die tijd had ik de dood altijd opgevat als iets zelfstandigs dat helemaal losstond van het leven. Ongeveer aldus: *Ooit grijpt de dood ons onvermijdelijk. Maar tot het zo ver is, is de dood er niet.* Ik vond dat een uiterst rechtlijnige, logische denkwijze. Aan deze kant is het leven, aan de andere kant is de dood. Ik was hier, en niet aan de andere kant.

Maar sinds de avond van Kizuki's dood lukte het me niet meer om de dood (en het leven) in zulke eenvoudige termen te vatten. De dood was niet het tegenovergestelde van het leven. De dood lag al van het begin af aan in mijn bestaan besloten en hoe ik ook mijn best deed, het lukte me niet dit feit uit te bannen. Want toen de dood op die avond in mei Kizuki op zijn zeventiende greep, had hij tegelijkertijd mij gegrepen.

Tot het voorjaar waarin ik achttien werd, had ik deze homp lucht in me. Toch deed ik ook mijn best niet te serieus te worden. Want geleidelijk was ik gaan voelen dat serieus worden niet noodzakelijkerwijs samenvalt met het benaderen van de waarheid. Maar hoe ik het ook bekeek, de dood was een ernstige zaak. Te midden van dergelijke verstikkende tegenstrijdigheden draaide ik rond in eindeloze vicieuze cirkels. Nu ik erop terugkijk, was het zeker een vreemde tijd. Midden in het leven draaide alles om de dood.

3

De volgende zaterdag belde Naoko me op en we maakten een af-spraakje voor zondag. Ik denk dat je het wel een afspraakje kunt noe-men. Ik kan er geen toepasselijker woord voor bedenken.

We liepen net als de vorige keer door de stad, dronken ergens kof-fie, liepen weer verder, aten wat, namen afscheid en gingen ieder ons weegs. Zij praatte als altijd in flarden, maar daar scheen ze zelf geen last van te hebben en ze deed geen speciale moeite de gaten in de conversatie te dichten. Als we er zin in hadden, spraken we over onze levens of over de universiteit, maar het waren altijd fragmentarische gesprekken, van de hak op de tak. We spraken met geen woord over het verleden. We liepen gedreven de stad door. Gelukkig is Tokio groot en ben je er nooit uitgewandeld.

We zagen elkaar bijna elke week en we bleven op deze manier lo-pen. Naoko liep voorop en ik liep vlak achter haar. Naoko had allerlei soorten haarklemmen en altijd was haar rechteroor te zien. Omdat ik haar in hoofdzaak van achteren zag, kan ik me dat goed herinneren. Vaak frummelde Naoko aan haar haarklem als ze verlegen was. Ook veegde ze vaak met haar zakdoekje haar mond af. Het was een tic van haar om haar mond af te vegen als ze iets wilde zeggen. Naarmate ik meer van dit soort dingen van haar zag, vatte ik steeds meer affectie voor haar op.

Naoko studeerde aan een meisjesuniversiteit aan de rand van de landelijke buitenwijk Musashino. Het was een degelijke universiteit die bekendstond om haar Engelstalige curriculum. Vlak bij haar ap-partement was een irrigatiekanaal met mooi, schoon water en daar wandelden we regelmatig langs. Naoko nodigde me wel te eten uit bij haar thuis. Ze leek er niet mee te zitten dat we dan met z'n tweeën waren. In haar kamer stond niets frivools. Als in een hoek bij het raam geen panty's te drogen hadden gehangen, zou je niet hebben gedacht dat het een meisjeskamer was. Ze leefde heel bescheiden en sober, en leek nauwelijks vrienden te hebben. Zoals ik haar kende van de middelbare school had ik nooit gedacht dat haar leven er zo uit zou zien. De Naoko die ik kende droeg altijd vrolijke kleren en had altijd veel vrienden. Toen ik in haar kamer rondkeek, realiseerde ik me dat ze, net als ik, was gaan studeren en Kobe had verlaten omdat ze een nieuw leven wilde beginnen op een plek waar niemand haar kende.

'Ik heb deze universiteit gekozen omdat niemand van mijn school ernaartoe ging,' verklaarde ze lachend. 'Zodoende. De meeste meisjes van mijn school gaan naar een chiquere school. Je begrijpt het wel, hè?'

Toch zat er wel enige vooruitgang in onze relatie. Geleidelijk aan wende zij aan mij en ik aan haar. Toen na de zomervakantie een nieuw semester begon, kwam Naoko zelfs naast me lopen alsof het de meest vanzelfsprekende zaak ter wereld was. Ik denk dat het aangaf dat Naoko me als een vriend beschouwde. Het voelde niet verkeerd om zij aan zij te lopen met een mooie vrouw als Naoko. We bleven met z'n tweeën doelloos door Tokio lopen. Heuvels op, een rivier over, over een spoorweg – we liepen maar door zonder ergens naar op weg te zijn. Alsof het lopen op zich een religieus ritueel was om kwade geesten uit te drijven. Als het regende, staken we er een paraplu bij op.

Het werd herfst en de binnentuin van de campus lag bezaaid met afgevallen bladeren van de iep. Toen ik voor het eerst weer een trui aantrok, rook ik het nieuwe seizoen. Ik versleet een paar schoenen en kocht nieuwe van suède.

Ik kan me met de beste wil van de wereld niet herinneren waar we het in die tijd over hadden. Het zal niet bijster belangrijk zijn geweest, denk ik. Nog altijd spraken we nooit over het verleden. Kizuki's naam viel zelfs nooit in onze gesprekken. Nog altijd zeiden we niet veel, en het kwam voor dat we in een koffiehuis de hele tijd zonder een woord te zeggen tegenover elkaar zaten, maar het stoorde ons niet.

Omdat Naoko verhalen over de Marinier leuk vond, vertelde ik vaak over hem. De Marinier had een keer een afspraakje met een meisje (uiteraard studeerde ze ook geografie), maar toen hij 's avonds terugkwam, keek hij heel sip. Hij vroeg: 'Wa-wa-watanabe, waar praat jij over met mei-meisjes?' Ik weet niet wat ik daarop antwoordde, maar hij had zijn vraag hoe dan ook tot de verkeerde gericht. Dit speelde in juni. In juli had iemand, toen de Marinier weg was, de foto van de Amsterdamse gracht weggehaald en er een foto van de Golden Gate Bridge in San Francisco voor in de plaats gehangen. Hij was benieuwd, zei hij, of de Marinier zich ook af kon rukken bij de aanblik van de Golden Gate Bridge. Toen ik zei dat hij de Marinier goed beviel, wisselde iemand hem weer om voor een foto van een ijsberg. Elke keer dat de foto werd verwisseld, was de Marinier enorm van slag.

'Wie doe-doet zoiets in 's hemelsnaam?' zei hij.

'Ach, wat maakt het uit? Het zijn toch allemaal mooie foto's?' beurde ik hem op. 'Wie het ook gedaan heeft, je mag hem wel dankbaar zijn.'

'Misschien heb je wel gelijk, maar toch voelt het vervelend,' zei hij.

Als ik Naoko deze verhalen vertelde, moest ze lachen. Omdat ze verder niet veel lachte, vertelde ik vaak over hem, al voelde het eerlijk gezegd niet goed verhalen te vertellen waarin hij het mikpunt van spot was. Hij kon het ook niet helpen dat hij een iets te serieuze derde zoon was van een niet al te welgestelde familie. Kaarten maken was zijn bescheiden droom in zijn bescheiden leven. Wie kon daar nu de draak mee steken?

Desalniettemin behoorden de 'Mariniergrappen' al tot het vaste repertoire op de campus, en al had ik het gewild, het viel niet meer terug te draaien. Bovendien gaf de aanblik van Naoko's lach er ook een blije kant aan. Daarom bleef ik iedereen voorzien van verhalen over de Marinier.

Een keer vroeg Naoko me of er een meisje was op wie ik bijzonder gesteld was. Ik vertelde haar over het meisje met wie ik had gebroken. Ik zei dat het een lief meisje was en dat het leuk was met haar te vrijen en dat ik soms met weemoed aan haar terugdacht, maar dat ze me alles bij elkaar genomen niet echt had geraakt. 'Ik denk weleens dat er misschien een soort harde schil om mijn hart zit en dat daar maar weinig doorheen kan dringen. Wie weet kan ik daarom moeilijk van iemand houden.'

'Heb je weleens van iemand gehouden?' vroeg Naoko.

'Nee,' antwoordde ik.

Ze vroeg er niet verder op door.

Toen het winter werd en de wind koud door de stad waaide, leunde ze tijdens het lopen nu en dan op mijn arm. Vaag kon ik door de dikke stof van haar duffelse jas heen haar ademhaling voelen. Soms stak ze haar arm door mijn arm, of haar hand in mijn jaszak, of als het heel koud was hield ze bibberend mijn arm stijf vast. Maar dit had geen diepere betekenis. Ik liep altijd met mijn handen in mijn zakken. Omdat we allebei schoenen met rubberen zolen droegen, waren onze voetstappen nauwelijks te horen. Alleen als we op de grote afgevallen bladeren van de plataan liepen, kraakten onze stappen. Als ik dat geluid hoorde, had ik medelijden met Naoko. Zij was niet op zoek naar mijn arm, maar naar de arm van iemand anders. Ze zocht niet mijn warmte, maar de warmte van iemand anders. Ik voelde me bijna schuldig omdat ik was wie ik was.

Het leek of haar ogen nog transparanter werden naarmate het kouder werd. Het was een transparantie die nergens heen leidde. Af en toe keek Naoko me zonder speciale reden diep in de ogen, alsof ze naar iets op zoek was, en dan werd het me oneindig droef te moede.

Ik vroeg me af of ze iets aan me over probeerde te brengen, iets wat in woorden niet lukte. Of beter gezegd: iets wat aan woorden voorafging en waarop ze in zichzelf geen vat kon krijgen. Juist daardoor vond ze er geen woorden voor. Daarom frunnikte ze aan haar haarklem, of veegde ze met een zakdoekje haar mond af, of staarde me betekenisloos in de ogen. Soms kreeg ik op zulke momenten de neiging mijn armen om haar heen te slaan, maar uiteindelijk deed ik het nooit. Ik was bang dat ik haar misschien zou kwetsen. Zodoende bleven we te voet Tokio doorkruisen en bleef Naoko in de leegte naar woorden zoeken.

Als Naoko me belde, of wanneer ik op zondagochtend met haar wegging, joelden de jongens op de campus altijd. Iedereen veronderstelde natuurlijk dat ik een vriendinnetje had. Omdat het toch niet uit te leggen viel en er ook geen noodzaak was het uit te leggen, liet ik het erbij. Als ik aan het eind van de dag terugkwam, kwamen steevast de flauwe vragen – in welk standje we het hadden gedaan, of ze lekker nat was, wat voor kleur ondergoed ze had – en ik gaf ze wat ze wilden horen.

Zo werd ik negentien. De zon kwam op en de zon ging onder. De vlag werd gehesen en de vlag werd gestreken. Op zondag zag ik de vriendin van mijn dode vriend. Ik had geen flauw idee waar ik mee bezig was en ik had geen flauw idee wat ik ging doen. Tijdens de colleges op de universiteit las ik Claudel, Racine, Eisenstein, maar die boeken deden me niets. Ik was met niemand van mijn jaar op de universiteit bevriend geraakt en ook op de campus waren de contacten oppervlakkig. De jongens op de campus dachten dat ik schrijver wilde worden omdat ik altijd in mijn eentje boeken las, maar ik had helemaal geen plannen in die richting. Ik had geen enkel plan in geen enkele richting.

Een paar keer probeerde ik met Naoko over deze gevoelens te praten. Ik dacht dat zij misschien met enige precisie kon begrijpen hoe ik me voelde. Maar ik kon er de woorden niet voor vinden. Ik vond dat vreemd. Het leek wel of Naoko mij had aangestoken met haar woordenzoekziekte.

Op zaterdagavond zat ik in de hal bij de telefoon te wachten op een telefoontje van Naoko. Omdat bijna iedereen uitging op zaterdagavond, was de hal een en al rust. Elke keer probeerde ik, starend naar de lichtdeeltjes die door de stille ruimte dwarrelden, mijn eigen hart te doorgronden. Wat wilde ik eigenlijk? En wat wilden anderen van mij? Maar ik vond geen antwoord dat voor een antwoord door kon gaan. Soms stak ik mijn hand uit naar de lichtdeeltjes die door de leegte zweefden, maar mijn vingertoppen raakten niets.

Ik las veel, maar ik was niet het soort lezer dat allerlei verschillende boeken las. Ik vond het heerlijk om boeken die me aanspraken keer op keer te herlezen. Ik las in die tijd graag schrijvers als Truman Capote, John Updike, Scott Fitzgerald en Raymond Chandler, maar in mijn jaar of op de campus had ik nooit iemand gezien die een boek van deze schrijvers las. De meesten lazen Kazumi Takahashi, Kenzaburo Oe of Yukio Mishima, of moderne Franse schrijvers. Een vanzelfsprekend aanknopingspunt voor een gesprek had ik daardoor niet, en ik las in mijn eentje stug verder. Ik herlas een boek eindeloos en soms snoof ik met mijn ogen dicht de geur ervan diep in me op. Het kwam weleens voor dat ik al gelukkig werd als ik alleen maar aan een boek rook, of het in mijn handen voelde.

Op mijn achttiende was *De centaur* van John Updike het ultieme boek. Maar toen ik het een paar keer had herlezen, verloor het iets van zijn aanvankelijke glans en moest het de eerste plaats afstaan aan *De grote Gatsby* van Scott Fitzgerald. Een tijdlang bleef *De grote Gatsby* voor mij de absolute top. Ik maakte er een gewoonte van af en toe *De grote Gatsby* van de boekenplank te pakken, op een willekeurige bladzij open te slaan en dan een stuk te lezen. Ik werd nooit teleurgesteld. Er was niet één saaie bladzij. Ik vond dat geweldig. Ik wilde dat met iemand delen. Maar in mijn omgeving was niemand die *De grote Gatsby* had gelezen, en zelfs niemand van wie ik dacht dat hij het zou gaan lezen. In 1968 was het misschien niet reactionair om Scott Fitzgerald te lezen, maar ook geen aanbeveling.

Er was in die tijd maar één iemand in mijn omgeving die *De grote Gatsby* had gelezen, en dat was meteen de aanleiding dat we bevriend raakten. Hij heette Nagasawa, studeerde rechten aan de universiteit van Tokio en was twee jaar ouder dan ik. We woonden op dezelfde campus en kenden elkaar wel van gezicht. Toen ik op een dag in de eetzaal in het zonnetje *De grote Gatsby* zat te lezen, kwam hij naast me zitten en vroeg wat ik las. Ik zei dat ik *De grote Gatsby* aan het lezen was. Hij vroeg of ik het een goed boek vond. Ik zei dat ik het voor de derde keer las en dat ik het elke keer sterker vond.

'Iemand die drie keer *De grote Gatsby* leest, lijkt me wel een geschikte vriend,' zei hij, alsof hij het tegen zichzelf had. Zo werden we vrienden. Dat was in oktober.

Nagasawa bleek steeds vreemder naarmate ik hem beter leerde kennen. Ik heb in de loop van mijn leven veel vreemde mensen meegemaakt, maar nooit iemand die zo vreemd was als hij. Hij was een nog veel gretiger lezer dan ik, maar uit principe las hij alleen schrijvers die minstens dertig jaar dood waren. Dat waren de enige boeken waar hij vertrouwen in had. 'Niet dat ik geen vertrouwen heb in moderne literatuur. Ik wil alleen geen kostbare tijd verspillen met dingen lezen die de tand des tijds nog niet hebben doorstaan. Het leven is kort.'

'Van welke schrijvers hou je dan, Nagasawa?' informeerde ik.

'Balzac, Dante, Joseph Conrad, Dickens,' antwoordde hij zonder aarzeling.

'Niet bepaald hedendaagse schrijvers.'

'Daarom lees ik ze juist. Als je hetzelfde leest als iedereen, dan denk je ook hetzelfde als iedereen. Dat is de wereld van de boeren en het plebs. Een weldenkend mens zou zich schamen. Weet je, Watanabe, de enige normale mensen op deze campus zijn jij en ik. De rest is vuilnis.'

'Hoe kom je daarbij?' vroeg ik verbluft.

'Dat weet ik gewoon. Met één blik, alsof er een teken op hun voorhoofd staat. Bovendien lezen wij *De grote Gatsby*.'

Ik was aan het hoofdrekenen. 'Maar Scott Fitzgerald is nog maar achtentwintig jaar dood.'

'Wat maakt twee jaar nu uit?' zei hij. 'Een schrijver van het kaliber van Scott Fitzgerald mats ik.'

Op de campus wist niemand dat Nagasawa een geheime lezer van klassiekers was, en al hadden ze het geweten, dan had het ze niets kunnen schelen. Nagasawa stond in de eerste plaats bekend om zijn hersens. Zonder enige moeite was hij op de universiteit van Tokio gekomen, hij haalde prachtige cijfers en ging op voor het toelatingsexamen voor de diplomatieke dienst van Buitenlandse Zaken. Hij kwam uit een onberispelijke familie. Zijn vader was geneesheer-directeur van een groot ziekenhuis in Nagoya, zijn broer was afgestudeerd aan de geneeskundefaculteit van de universiteit van Tokio en zou te zijner tijd zijn vader opvolgen. Nagasawa had altijd veel geld op zak, en op de koop toe had hij ook zijn uiterlijk mee. Iedereen keek tegen hem op, zelfs het hoofd van de campus. Als hij iemand iets opdroeg, deed diegene het zonder een woord van protest. Je kon gewoon niet anders.

Nagasawa had iets waardoor mensen als vanzelf naar hem toe trokken en hem gehoorzaamden. Hij had het talent om overzicht te houden, een situatie snel te beoordelen en tactvol doeltreffende aanwijzingen te geven die mensen opvolgden alsof dat voor zichzelf sprak. Boven zijn hoofd hing, als een stralenkrans bij een engeltje, een soort aureool dat aangaf dat hij met uitzonderlijke krachten was toegerust, waardoor iedereen bij de eerste aanblik vol ontzag was en ervan overtuigd met een bijzonder mens van doen te hebben. Daarom verbaasde het iedereen in hoge mate dat uitgerekend ik, iemand zonder bijzondere kenmerken, was uitverkoren tot zijn persoonlijke vriend. Prompt werd ik ook door mensen die ik nauwelijks kende met enig respect behandeld. Niemand realiseerde zich dat er een eenvoudige reden voor was dat Nagasawa me mocht: ik adoreerde of bewonderde hem niet. Natuurlijk was ik geïntrigeerd door zijn vreemde en gecompliceerde kanten, maar ik was niet geïmponeerd door zijn goede cijfers, zijn uitstraling of zijn uiterlijk. Dat was voor hem vrij uitzonderlijk.

Nagasawa verenigde in extreme mate een aantal tegenstrijdige eigenschappen in zich. Soms was hij bijna aandoenlijk vriendelijk maar hij kon ook door en door gemeen zijn. Enerzijds had hij een verbazingwekkend hoogstaande geest en anderzijds was hij hopeloos plat. Hij kon vol optimisme de mensen voorwaarts leiden, terwijl tegelijkertijd zijn hart eenzaam kermde op de bodem van een duister moeras. Ik voelde meteen deze tegenstrijdigheden in hem aan en ik begreep niet waarom anderen dit niet zagen. Deze man leefde in zijn eigen hel.

Toch droeg ik hem in de grond een warm hart toe. Zijn grootste deugd was zijn eerlijkheid. Hij loog nooit en gaf zijn eigen fouten of gebreken altijd toe. Ook probeerde hij nooit iets te verbergen wat hem niet uitkwam. Tegen mij was hij altijd vriendelijk en behulpzaam. Was hij dat niet geweest, dan zou mijn leven op de campus een heel stuk zwaarder en onaangenamer zijn geworden. Toch heb ik hem nooit in vertrouwen genomen. In dat opzicht had ik met hem een heel andere relatie dan met Kizuki. Toen ik een keer had meegemaakt dat Nagasawa toen hij dronken was angstaanjagend gemeen was tegen een meisje, had ik besloten hem nooit in vertrouwen te nemen, wat er ook gebeurde.

Over Nagasawa deed een aantal sterke verhalen de ronde. Dat hij ooit drie wurmen had opgegeten, dat hij een enorm grote penis had en dat hij wel met honderd meisjes naar bed was geweest.

Het verhaal over de wurmen was waar. Hij heeft me het hele verhaal verteld toen ik ernaar vroeg. 'Drie heel dikke wurmen waren het.'

'Maar waarom in godsnaam?'

'Nou ja, er speelde van alles,' zei hij. 'Toen ik op deze campus kwam wonen, waren er wat problemen tussen de eerstejaars en de ouderejaars. In september barstte de bom. Ik ging toen als vertegenwoordiger van de eerstejaars naar de ouderejaars om het uit te praten. Maar het was een stel rechtse klootzakken, met houten zwaarden en zo. Het zag er niet naar uit dat we er met een goed gesprek uit gingen komen. Toen zei ik: "Ik snap het. Ik zal doen wat jullie willen, als daarmee het gezeik is afgelopen." Toen zeiden zij: "Oké, vreet dan maar een paar wurmen op." Ik zei: "Kom maar op." Ze kwamen met drie dikke wurmen aan. Die heb ik doorgeslikt.'

'Hoe voelde dat?'

'Hoe dat voelde? Nou, dat weten alleen mensen die ooit een wurm hebben gegeten. Je moet dat glibberige ding achter in je keelgat proberen te steken en hem dan in één keer in je maag laten zakken. Je voelt ze koud door je keel glijden en die smaak blijft maar hangen in je mond. Ik krijg nog de rillingen als ik eraan denk. Ik moest de neiging om te kotsen uit alle macht onderdrukken. Want als ik er een uitkotste, moest ik hem nog een keer opeten. Uiteindelijk had ik ze alle drie binnen.'

'En toen?'

'Toen ik terug was op mijn kamer, dronk ik natuurlijk een paar flinke slokken zout water,' zei Nagasawa. 'Wat had ik anders moeten doen?'

'Ik snap het.'

'Maar daarna kon niemand me meer iets maken. Niemand, ook de ouderejaars niet. Niemand behalve ik had wurmen opgegeten.'

'Vanzelf.'

De grootte van zijn penis was makkelijk na te gaan. Een kwestie van tegelijk met hem de gemeenschappelijke badruimte in te gaan. Hij was inderdaad behoorlijk. Dat hij met honderd meisjes naar bed was geweest, was overdreven. 'Ik denk ongeveer vijfenzeventig,' zei hij na enig nadenken. 'Ik weet het niet precies meer, maar zeventig moeten het er wel geweest zijn.' Toen ik zei dat ik maar met één meisje naar bed was geweest, zei hij: 'Er is geen kunst aan. Kom volgende keer maar met me mee. Je hebt er zo eentje.'

Op dat moment geloofde ik hem niet, maar het was inderdaad heel makkelijk. Het was zo makkelijk dat de lol er bijna weer af was. We gingen naar een bar of een club in Shibuya of Shinjuku (hij had zijn vaste adressen), knoopten een praatje aan met twee meisjes die samen uit waren (de wereld zit vol met meisjes die met z'n tweeën uitgaan), dronken wat, gingen naar een hotel en hadden seks. Nagasawa was een makkelijke prater. Hij zei niets opmerkelijks, maar meisjes lieten zich over het algemeen graag door zijn verhaal meeslepen, werden dronken en gingen met hem naar bed. Hij zag er bovendien goed uit en was vriendelijk en attent, waardoor de meisjes zich op hun gemak voelden in zijn gezelschap. Tot mijn eigen verwondering bleek ik, doordat ik met hem samen was, ook aantrekkelijk te zijn geworden. Aangestoken door Nagasawa waren de meisjes net zo goedlachs en vol bewondering tegenover mij als tegenover hem. Dat kwam allemaal door Nagasawa's charme. Keer op keer was ik onder de indruk van zijn talent. Met hem vergeleken was Kizuki's gave tot conversatie kinderspel. Het was van een heel andere orde. Ook al liet ik me inpakken door de charme van Nagasawa, ik miste Kizuki enorm. Ik waardeerde zijn oprechtheid eens te meer. Hij had zijn eigen bescheiden talent uitsluitend aan Naoko en mij voorbehouden, terwijl Nagasawa zijn overweldigende talent in het rond strooide alsof het een spelletje was. Meestal gaf hij niet eens serieus om seks met de meisjes die hij tegenkwam. Het was voor hem echt niet meer dan een spelletje.

Ik hield er niet zo van om naar bed te gaan met meisjes die ik niet kende. Het was een makkelijke manier om mijn seksuele behoefte te bevredigen en natuurlijk was het aanraken en vasthouden op zich lekker. Maar ik had een hekel aan de volgende ochtend. Ik had er een hekel aan wakker te worden naast een meisje dat ik niet kende met een hoofd dat zwaar was van een kater in een kamer die stonk naar drank en waar alles – het bed, de lampen, de gordijnen – die typerende vulgairheid van een lovehotel uitstraalde. Dat het meisje dan wakker wordt, haar ondergoed bij elkaar zoekt en onder het aantrekken van haar kousen zegt: 'Je hebt gisteravond toch wel netjes iets omgedaan? Want het zijn net mijn gevaarlijke dagen,' vervolgens voor de spiegel haar lippen gaat zitten stiften, haar wimpers krult en klaagt over hoofdpijn en over make-up die niet goed zit. Daar had ik een hekel aan. Daarom was ik liever niet de hele nacht samen. Maar je kunt nu eenmaal geen meisjes gaan versieren als je voor twaalf uur terug moet zijn op de campus (dat is in strijd met de wetten van de fysica). Dus zat er niets anders op dan permissie aan te vragen voor een overnachting buiten de campus, de hele nacht weg te blijven en de volgende ochtend in het verblindende ochtendlicht vol zelfhaat en desillusies terug te keren op de campus met een gortdroge keel en een hoofd dat aanvoelt alsof het van iemand anders is.

Nadat ik op deze manier drie of vier keer met een meisje naar bed was geweest, vroeg ik Nagasawa of het na zeventig keer nog wel ergens op sloeg.

'Dat je die vraag stelt bewijst dat je een goed mens bent, en dat is heel verheugend,' zei hij. 'Het is helemaal geen verdienste met vrouwen naar bed te gaan die je niet kent. Het is vermoeiend en je krijgt een hekel aan jezelf. Dat geldt voor mij ook.'

'Waarom doe je het dan vol overgave?'

'Dat is moeilijk te zeggen. Je weet wat Dostojevski heeft geschreven over gokken? Zoiets is het. Ik bedoel, als zich overal om je heen kansen aandienen, dan is het moeilijk daaraan voorbij te lopen. Begrijp je dat?'

'Min of meer,' zei ik.

'De zon gaat onder, meisjes gaan uit, ze hangen wat rond en drinken wat. Die meisjes willen iets en ik kan ze dat geven. Zo simpel is het. Net zo simpel als de kraan opendraaien en water drinken. In een oogwenk heb je ze plat en daar zijn zij ook op uit. Dat bedoel ik met kansen. Ze dienen zich voor je neus aan, en laat je ze dan bij je volle verstand lopen? Je hebt een bepaald vermogen en als zich een situatie voordoet waarbij je dat kunt demonstreren, loop je dat dan zonder iets te zeggen voorbij?'

'Zo'n situatie heb ik nog nooit meegemaakt, dus ik weet het niet,' zei ik lachend. 'Ik kan me er niet zoveel bij voorstellen.'

'Geluksvogel,' zei Nagasawa.

Dat Nagasawa ondanks zijn welgestelde ouders op de campus woonde, had alles te maken met zijn rokkenjagerij. Zijn vader, die bang was dat Nagasawa aan de lopende band achter de vrouwen aan zou zitten als hij in zijn eentje in Tokio woonde, had bepaald dat zijn zoon zijn hele studietijd op de campus moest wonen. Het maakte Nagasawa niet veel uit. Hij trok zich van de regels van de campus toch weinig aan en deed waar hij zin in had. Als het zo uitkwam, vroeg hij permissie voor een overnachting buiten de campus en ging op vrouwenjacht, of bleef bij zijn vriendinnetje logeren. Het was normaal gesproken niet eenvoudig om die permissie krijgen, maar Nagasawa kreeg haar zonder veel omhaal, en voor mij gold hetzelfde zolang hij erom vroeg.

Nagasawa had vanaf het eerste jaar dat hij ging studeren een vaste vriendin. Ze heette Hatsumi en was even oud als hij. Ik had haar ook weleens ontmoet en ze leek me heel aardig. Ze was geen oogverblindende schoonheid, en eerlijk gezegd vroeg ik me in eerste instantie af wat iemand als Nagasawa zag in een meisje dat er zo gewoontjes uitzag. Maar je hoefde maar even met haar te praten om haar onmiddellijk te mogen. Zo'n type vrouw. Ze was vriendelijk, intelligent, ze had gevoel voor humor, ze was attent en altijd stijlvol gekleed. Ik mocht haar enorm en bedacht dat als ik zo'n vriendin zou hebben, ik nooit met allerlei domme wichten naar bed zou gaan. Ze mocht mij ook en deed erg haar best me over te halen tot een afspraakje met z'n vieren, zodat ze me kon voorstellen aan een van haar clubgenootjes. Maar ik wilde geen vergissingen uit het verleden herhalen en maakte me er steeds met een smoes vanaf. Hatsumi zat op een uiterst exclusieve meisjesuniversiteit en tussen mij en zo'n meisje uit zo'n puissant rijk nest zou het toch niet klikken.

Ze wist wel in grote lijnen dat Nagasawa vaak met andere vrouwen sliep, maar daar klaagde ze nooit over tegen hem. Ze hield serieus van Nagasawa, maar eiste niets van hem.

'Ik ben haar niet waard,' zei Nagasawa op een keer. Ik was het met hem eens.

Die winter vond ik een bijbaantje in een kleine platenzaak in Shinjuku. Het betaalde niet veel, maar het werk was leuk en het kwam mij goed uit om alleen maar op drie avonden te hoeven werken. Bovendien kon ik goedkoop aan platen komen. Met kerst kocht ik voor Naoko een plaat van Henry Mancini met 'Dear Heart' erop, haar lievelingsnummer. Ik had hem zelf ingepakt, compleet met rode strik. Van Naoko kreeg ik een paar zelfgebreide wollen handschoenen. De duim was een beetje aan de korte kant, maar warm waren ze zeker.

'Het spijt me,' zei Naoko blozend en verlegen. 'Ik ben ook zo onhandig.'

'Het geeft niets. Kijk, ze zitten precies goed,' zei ik, en ik stak mijn gehandschoende handen uit.

'In ieder geval hoef je voortaan je handen niet meer in je zakken te proppen, toch?' zei Naoko.

Naoko ging die winter niet terug naar Kobe. Ook ik bleef in Tokio hangen en werkte tot het einde van het jaar door in de platenzaak. Er was toch niets leuks in Kobe om voor terug te gaan, noch iemand die ik graag wilde zien. Omdat de kantine van de campus met nieuwjaar dicht was, mocht ik bij Naoko komen eten. Samen bakten we rijstkoeken en maakten een eenvoudige versie van de traditionele nieuwjaarssoep.

In de eerste twee maanden van 1969 gebeurde er heel veel. Eind januari kreeg de Marinier veertig graden koorts en moest het bed houden, waardoor ik een afspraak met Naoko moest afzeggen. Ik had met veel moeite twee vrijkaartjes bemachtigd voor een concert en had Naoko meegevraagd. Ze had zich er erg op verheugd, omdat de Vierde Symfonie van Brahms op het programma stond, en daar was ze dol op. Maar de Marinier lag te woelen en te draaien in zijn bed alsof hij elk moment kon doodgaan. Ik kon niet weggaan en hem aan zijn lot overlaten. Ik kon ook niet iemand vinden die met genoegen de zorgtaak van me zou overnemen. Ik kocht ijsblokjes, deed ze in een paar lagen plastic en stampte ze tot gruis, ik koelde een handdoek en wiste zijn zweet af, ik nam elk uur de koorts op en deed hem zelfs een schoon shirt aan. De koorts hield de hele dag aan. De volgende ochtend stond hij monter op en begon alsof er niets aan de hand was aan zijn ochtendgymnastiek. Zijn temperatuur was weer gedaald naar 36,2 graden. Onmenselijk gewoon.

'Gek, ik heb nog nooit van mijn leven koorts gehad,' zei de Marinier op een toon alsof het mijn schuld was.

'Dit keer wel,' zei ik geërgerd, en ik liet hem de twee vrijkaartjes zien die door zijn koorts waardeloos waren geworden.

'Goed dat het vrijkaartjes waren,' zei de Marinier. Het liefst had ik zijn radio regelrecht het raam uit gegooid, maar ik kreeg hoofdpijn en dook weer in bed.

In februari sneeuwde het een paar keer.

Aan het eind van februari had ik over iets onnozels ruzie gekregen met een ouderejaars die op dezelfde verdieping woonde, en ik had hem geslagen. Hij viel met zijn hoofd tegen een betonnen muur. Gelukkig was hij niet ernstig gewond en Nagasawa deed zijn best om de boel voor me te sussen. Toch moest ik bij het hoofd komen en ik kreeg een waarschuwing. Vanaf dat moment vond ik het steeds onprettiger om op de campus te wonen.

Zo liep in maart het eerste studiejaar ten einde en brak de lente aan. Ik was voor een paar examens gezakt. Mijn cijfers waren middelmatig. Veel zessen, een enkele zeven of acht. Naoko had alle examens gehaald en ging over naar het tweede jaar. We hadden alle seizoenen een keer doorlopen.

Halverwege april werd Naoko twintig. Ik was in november geboren, dus Naoko was een maand of zeven ouder dan ik. Ik vond het iets vreemds hebben dat Naoko twintig werd. Het leek me juister als Naoko en ik tussen de achttien en de negentien bleven schommelen. Na achttien kwam negentien, en na negentien kwam achttien – dat leek me logisch. Maar Naoko werd twintig. In de herfst zou ik ook twintig worden. Alleen wie dood was, bleef eeuwig zeventien.

Het regende op haar verjaardag. Ik kocht na college in de buurt

een taart en ging met de trein naar haar toe. Ik zei dat we iets feeste-
lijks moesten doen omdat ze twintig was geworden. Ik dacht dat ik in
het omgekeerde geval zoiets wel op prijs zou stellen. Er was niets aan
om op je twintigste verjaardag helemaal alleen te zijn. Het was druk
geweest in de trein en hij schudde bovendien, dus tegen de tijd dat ik
bij Naoko aankwam, zag de taart eruit als het Colosseum. Maar toen
ik de twintig kaarsjes die ik had meegenomen erop had gezet, ze aanstak, de gordijnen dichttrok en het licht uitdeed, begon het toch op
een verjaardag te lijken. Naoko trok een fles wijn open. We dronken
wijn, aten taart en maakten een eenvoudig maaltje klaar.

'Eigenlijk heeft het iets heel stoms om twintig te worden,' zei Naoko.
'Ik ben er helemaal niet klaar voor. Het voelt vreemd. Alsof ik er tegen
mijn zin in geduwd ben.'

'Ik heb nog zeven maanden om me voor te bereiden,' zei ik lachend.

'Bofkont, nog steeds negentien,' zei Naoko met enige afgunst.

Tijdens het eten vertelde ik haar over de nieuwe trui die de Marinier had gekocht. Hij had al die tijd maar één trui gehad (de ver-
plichte blauwe trui van de middelbare school), en eindelijk had hij
dan een tweede gekocht. Op zich was het een leuke trui, een schattig rood-met-zwart exemplaar met een ingebreid hertje, maar bij de
aanblik van de Marinier in die trui barstte iedereen onwillekeurig in
lachen uit. Zelf had hij helemaal geen notie waarom iedereen moest
lachen.

'Watanabe, is er iets geks aan mij?' vroeg hij toen hij in de kantine
naast me kwam zitten. 'Zit er iets op mijn gezicht?'

'Er zit niets op je gezicht en er is niets geks aan je,' zei ik, terwijl ik
uit alle macht probeerde mijn gezicht in de plooi te houden. 'Leuke
trui, trouwens.'

'Dank je,' zei de Marinier stralend.

Naoko vond het een leuk verhaal. 'Ik wil hem weleens zien. Gewoon één keertje.'

'Dat kan niet. Je zou meteen in lachen uitbarsten.'

'Denk je dat echt?'

'Ik durf erom te wedden. Ik zie hem elke dag en nog kan ik me zo
nu en dan niet inhouden.'

Na het eten ruimden we de tafel af en gingen op de vloer naar muziek zitten luisteren en wijn zitten drinken. In de tijd dat ik één glas

leegdronk, had Naoko twee glazen op.

Ze was die dag ongewoon spraakzaam. Ze vertelde over haar jeugd, over school, over haar familie. Het waren allemaal lange uitweidingen, zo getrouw als een gedetailleerd schilderij. Ik was onder de indruk van haar geheugen terwijl ik naar haar zat te luisteren. Maar geleidelijk viel me op dat er iets aan de hand was met haar manier van vertellen. Iets vreemds, iets afwijkends. Elk verhaal op zich klopte, maar er was iets met de samenhang. Verhaal A werd plotseling verhaal B, terwijl het eerst onderdeel was van verhaal A, en dat ging weer over in verhaal C, dat eerst nog onderdeel was van verhaal B, en zo ging dat maar door. Er kwam geen eind aan. In het begin reageerde ik nog af en toe, maar daar hield ik op een goed moment mee op. Ik zette een plaat op en toen die was afgelopen, tilde ik de naald op en zette ik de volgende plaat op. Toen ik ze allemaal een keer had gehad, begon ik weer bij de eerste plaat. Er waren in totaal zes platen. De eerste van de reeks was *Sgt. Pepper's Lonely Hearts Club Band*, de laatste *Waltz for Debby* van Bill Evans. Buiten regende het nog altijd, de tijd ging langzaam voorbij en Naoko praatte in haar eentje verder.

Het drong na verloop van tijd tot me door dat haar manier van vertellen zo vreemd was doordat ze een aantal onderwerpen wilde vermijden. Natuurlijk was Kizuki er een van, maar ik had het gevoel dat er meer was. Terwijl ze een aantal onderwerpen voor zichzelf hield, praatte ze eindeloos over kleine, triviale dingen. Maar het was voor het eerst dat Naoko zo voluit praatte en ik liet haar begaan.

Toen de klok elf uur aanwees, werd ik toch ongerust. Naoko had vier uur aan één stuk gepraat. Ik moest rekening houden met de laatste trein en met de campus, waar ik voor twaalven binnen moest zijn. Ik wachtte een geschikt moment af en onderbrak haar toen.

'Ik moet er zoetjesaan vandoor,' zei ik met een blik op mijn horloge. 'Ik moet nog een trein halen.'

Mijn woorden leken haar niet te bereiken. Of misschien bereikten ze haar wel, maar drong hun betekenis niet tot haar door. Eén moment viel ze stil en vervolgens praatte ze weer verder. Ik ging verzitten en dronk het staartje van de tweede fles wijn op. Het leek me op dit punt het best haar maar te laten praten. De laatste trein, de regels van de campus – ik had besloten alles op zijn beloop te laten.

Maar Naoko ging niet lang meer verder. Voor ik er erg in had, was haar verhaal afgelopen. Het rafelige eind van haar laatste woorden hing nog in de lucht alsof ze waren losgerukt. Eigenlijk was haar verhaal niet afgelopen. Het was plotseling verdwenen. Ze had nog wel verder willen praten, maar er was niets meer. Er was iets beschadigd. Misschien was ik zelf wel de boosdoener. Misschien waren mijn woorden, en ook hun betekenis, na een tijdje tot haar doorgedrongen en was daardoor de energie waarop ze was blijven praten aangetast. Met halfopen lippen keek ze me afwezig aan. Ze leek op een apparaat waar de stekker uit was getrokken terwijl het nog aanstond. Haar ogen waren wazig, alsof er een ondoorzichtig membraan overheen lag.

'Het was niet mijn bedoeling je te storen,' zei ik. 'Maar het is al laat, en bovendien...'

Uit haar ogen welden dikke tranen op die over haar wang liepen en met een plets neerkwamen op een van de platenhoezen. Toen het kannetje eenmaal overliep, was er geen houden meer aan. Ze leunde voorover, steunde met beide handen op de grond en in deze houding, alsof ze moest overgeven, huilde ze. Ik had nog nooit iemand zo heftig zien huilen. Ik stak mijn hand uit en raakte voorzichtig haar schouder aan. Haar schouders schudden met kleine schokjes. In een impuls sloeg ik mijn armen om haar heen. Ze schokte in mijn armen en huilde geluidloos. Mijn shirt werd vochtig, en later doorweekt, van haar tranen en haar hete adem. Haar vingers dwaalden over mijn rug alsof ze iets zochten, iets belangrijks dat daar ooit had gezeten. Met mijn linkerhand ondersteunde ik haar en met mijn rechterhand streelde ik haar zachte, steile haar. In deze houding wachtte ik een tijd tot Naoko zou stoppen met huilen. Ik wachtte een hele tijd. Maar ze stopte niet.

Die avond ging ik met Naoko naar bed. Ik weet niet of dat goed was of niet. Ook nu, een kleine twintig jaar later, weet ik het nog steeds niet. Ik zal het waarschijnlijk nooit weten. Maar op dat moment was het het enige dat ik kon doen. Ze was over haar toeren, in de war, en ze wilde dat ik haar hielp tot rust te komen. Ik deed het licht uit en ontkleedde haar langzaam. Toen deed ik ook mijn eigen kleren uit. We omhelsden elkaar. Op deze avond met warme regen voelden we niets van de kou, al waren we naakt. In het donker verkenden Naoko en ik zonder een woord te zeggen elkaars lichaam. Ik kuste haar en legde mijn handen zacht om haar borsten. Naoko pakte mijn hard geworden penis. Nat en warm verlangde haar vagina naar mij.

Maar toen ik bij haar naar binnen ging, had Naoko enorme pijn. Ik vroeg of het de eerste keer was, en ze knikte. Ik was even van mijn stuk gebracht, want ik had altijd gedacht dat Kizuki en Naoko met elkaar naar bed waren geweest. Met mijn penis diep in haar lagen we een hele tijd zonder te bewegen in elkaars armen. Toen ze tot rust leek te zijn gekomen, begon ik langzaam te bewegen en nam er rustig de tijd voor om klaar te komen. Op het laatst klemde Naoko zich stevig aan me vast en kreunde. Het was de droevigste kreun in een orgasme die ik ooit had gehoord.

Toen alles voorbij was, vroeg ik haar waarom ze nooit met Kizu-ki naar bed was geweest. Maar dat had ik niet moeten doen. Naoko maakte zich van me los en begon weer geluidloos te huilen. Ik pakte het beddengoed uit de kast, spreidde het uit en stopte Naoko onder de dekens. Daarna rookte ik een sigaret en keek naar de eindeloze aprilregen.

Toen de ochtend aanbrak, was de regen gestopt. Naoko sliep met haar rug naar me toe. Of wie weet had ze de hele tijd geen oog dichtgedaan. Of ze nu wakker was of sliep, er kwam geen woord over haar lippen en haar lichaam was zo stijf alsof het bevroren was. Ik zei een paar keer iets tegen haar, maar er kwam geen antwoord en haar lichaam vertrok geen spier. Ik keek een hele tijd naar haar blote schouder, maar uiteindelijk gaf ik het op en besloot ik op te staan.

De vloer lag nog bezaaid met de troep van de vorige avond, zoals platenhoezen, wijnglazen, lege flessen, een asbak. Op tafel stond nog de helft van haar gehavende verjaardagstaart. Het zag eruit alsof de tijd was stilgezet. Ik ruimde de spullen die op de vloer lagen op en dronk aan het aanrecht twee glazen water. Op Naoko's bureau lagen een woordenboek en een lijst met Franse werkwoorden. Aan de muur boven haar bureau hing een kalender. Het was een hagelwitte kalen-der zonder foto's of plaatjes, met alleen maar de dagen van de maand. Er stond niets bij geschreven of bij getekend.

Ik raapte mijn kleren van de vloer en trok ze aan. De voorkant van mijn shirt was nog klam en koud. Het rook naar Naoko, merkte ik toen ik mijn hoofd erin stak. Op een kladblok dat op haar bureau lag schreef ik: 'Ik wil graag uitgebreid met je praten als je weer tot rust bent gekomen. Bel me snel. En gefeliciteerd met je verjaardag.' Ik wierp nog een blik op haar schouder, liep de kamer uit en deed de deur achter me dicht.

Een week later had ze nog steeds niet gebeld. Omdat ik haar op haar appartement niet kon bereiken, ging ik de volgende zondag naar Kokubunji. Ze was niet thuis en het naamplaatje op haar deur was weggehaald. Zelfs de luiken zaten voor de ramen geschoven. Toen ik bij de conciërge informeerde, bleek Naoko drie dagen eerder te zijn vertrokken. Hij had geen idee waarheen. Ik ging terug naar de campus en schreef een lange brief naar haar ouderlijk huis in Kobe. Waar ze ook heen verhuisd was, die brief zouden ze wel naar haar doorsturen.

Ik schreef haar eerlijk wat ik voelde: 'Ik begrijp een aantal dingen nog niet goed. Ik doe serieus mijn best ze te begrijpen, maar daar is waarschijnlijk tijd voor nodig. Waar ik me zal bevinden als die tijd om is, kan ik nu met geen mogelijkheid zeggen. Daarom kan ik geen beloftes doen. Ik vraag ook niets van jou en ik ga ook geen mooie woorden opschrijven. In de eerste plaats weten we veel te weinig van elkaar. Maar als je me de tijd geeft, zal ik mijn best doen en zullen we elkaar veel beter leren kennen. In ieder geval wil ik je graag nog eens zien en rustig met je praten. Sinds Kizuki is overleden, ben ik de enige met wie ik eerlijk over mijn gevoelens kon praten kwijtgeraakt. Misschien is dat voor jou ook wel zo? Misschien verlangen we wel meer van elkaar dan we ons zelf realiseren. Daardoor heeft onze relatie een flinke omweg gemaakt en is ze in zekere zin verbogen. Ik had misschien niet moeten doen wat ik heb gedaan. Maar het was het enige dat ik kon doen. De warmte en de intimiteit die ik op dat moment voor je voelde heb ik nooit eerder ervaren. Ik wil graag een antwoord van je. Wat je antwoord ook is, laat het me weten.' Dat stond in die brief.

Maar er kwam geen antwoord.

In mijn lichaam was iets verdwenen en dat bleef een pure holte zonder dat er iets voor in de plaats kwam. Mijn lichaam was onnatuurlijk licht en geluiden klonken hol. Nog trouwer dan voorheen ging ik elke dag naar college. De colleges waren saai en met mijn studiegenoten sprak ik niet, maar ik had niets anders te doen. Ik zat in mijn eentje op de voorste rij de lessen te volgen, ik at alleen, ik wisselde met niemand een woord en ik stopte met roken.

Eind mei braken er studentenstakingen uit op de universiteit. Ze riepen: 'Ontmantel de universiteit!' Prima, ga je gang, dacht ik. Ontmantel haar maar, ruk haar uit elkaar en trap haar tot moes. Het maakt me niets uit. Voor mij is het een opluchting en daarna zie ik wel weer. Ik help wel als jullie hulp nodig hebben. Vooruit met de geit.

Omdat de universiteit werd gesloten en er geen colleges meer werden gegeven, nam ik een baantje bij een besteldienst. Ik was bijrijder op een bestelbus en laadde de vracht uit. Het werk was zwaarder dan ik had gedacht en in het begin deed mijn lichaam zo'n pijn dat ik 's ochtends moeite had met opstaan. Maar het betaalde goed en zolang ik mijn lichaam maar hard liet werken, hoefde ik niet aan de holte in mijn lichaam te denken. Vijf dagen per week werkte ik voor de besteldienst en nog altijd werkte ik drie avonden in de week in de platenzaak. De avonden dat ik niet werkte, lag ik op mijn kamer een boek te lezen met een glas whisky erbij. Maar aangezien de Marinier geen druppel dronk en niet tegen de lucht van alcohol kon, klaagde hij dat hij niet kon studeren door de stank als ik in bed mijn whisky lag te drinken en vond hij dat ik dat maar ergens anders moest doen.

'Ga dan zelf weg,' zei ik.

'Nou, op de ca-campus is het ver-verboden om te drinken,' zei hij.

'Ga zelf weg,' herhaalde ik.

Hij zei verder niets meer. Maar ik baalde en ging op het dak in mijn eentje whisky drinken.

In juni schreef ik nog een lange brief naar Naoko en stuurde hem weer naar haar ouderlijk huis in Kobe. Er stond ongeveer hetzelfde in als in de vorige. Maar ik voegde er op het eind aan toe dat het wachten op haar antwoord me zwaar viel, en dat ik in ieder geval wilde weten of ik haar pijn had gedaan of niet. Toen ik die brief had gepost, voelde het alsof de holte in mijn hart een beetje groter was geworden.

In juni ging ik twee keer uit met Nagasawa om meisjes te scoren. Beide keren ging het makkelijk. Het ene meisje verzette zich en stribbelde tegen toen ik haar op het hotelbed begon uit te kleden. Maar toen ik een boek ging liggen lezen omdat ik geen zin had om er moeite voor te doen, kwam ze uit zichzelf tegen me aan liggen knuffelen. Het andere meisje wilde na de seks van alles van me weten. Met hoeveel meisjes ik naar bed was geweest, waar ik vandaan kwam, waar ik studeerde, van welke muziek ik hield, of ik weleens een boek van Osamu Dazai had gelezen, naar welk land ik het liefst op vakantie zou willen gaan, of ik haar tepels niet te groot vond – echt van alles. Ik antwoordde lukraak en viel in slaap. Toen ik wakker werd, wilde ze met me ontbijten. We namen samen ergens een ontbijtmenu van smerige toast met smerig ei en smerige koffie. En ze ging maar door met vragen stellen. Wat mijn vader voor werk deed, of ik goede cijfers haalde op de middelbare school, wanneer ik geboren was, of ik ooit kikkerbilletjes had gegeten en ga zo maar door. Ik kreeg er hoofdpijn van en toen het ontbijt op was zei ik dat ik naar mijn werk moest.

'Zien we elkaar niet meer?' vroeg ze verdrietig.

'We komen elkaar vast wel weer eens tegen,' zei ik, en zo gingen we uit elkaar. Toen ik weer alleen was, walgde ik van mezelf en vroeg me af waar ik in godsnaam mee bezig was. Ik vond dat ik zulke dingen niet moest doen. Maar ik kon het ook niet laten. Mijn lichaam hunkerde naar een vrouw. Elke keer als ik met iemand naar bed ging, dacht ik de hele tijd aan Naoko. Aan haar naakte lichaam dat wit oplichtte in het donker, aan haar gesnik, aan het geluid van de regen. En hoe meer ik aan zulke dingen dacht, hoe wanhopiger mijn lichaam hunkerde. Ik ging in mijn eentje op het dak whisky zitten drinken en vroeg me af waar ik in vredesnaam naartoe ging.

Begin juli kwam er een brief van Naoko. Een heel korte brief.

Het spijt me dat ik niet eerder heb geantwoord. Het heeft lang geduurd voor ik in staat was om te schrijven. Deze brief heb ik wel tien keer herschreven. Schrijven valt me heel zwaar.

Ik begin bij de conclusie. Ik heb besloten voorlopig een jaar niet te studeren. Ik zeg voorlopig, maar ik denk niet dat ik nog terugga naar de universiteit. Misschien komt het op jou abrupt over, maar ik dacht er al veel langer over. Ik heb vaak op het punt gestaan er eens met je over te praten, maar uiteindelijk durfde ik het nooit. Ik vond het heel eng om erover te spreken.

Maak je niet over van alles en nog wat zorgen. Wat er ook gebeurd is en wat er ook niet gebeurd is, het zou toch wel zo zijn gelopen. Misschien kwets ik je door het zo te zeggen. In dat geval spijt het me. Wat ik wil zeggen is dat je jezelf niets moet verwijten ten aanzien van mij. Dat is iets dat ik echt helemaal zelf moet oppakken. Ik heb het al een jaar lang voor me uit geschoven, en weer voor me uit geschoven, en daardoor heb ik jou er ook nog mee opgezadeld. De grens is bereikt.

Ik ben vertrokken uit mijn appartement in Kokubunji en teruggegaan naar mijn ouderlijk huis in Kobe, en daar heb ik een tijdje een arts bezocht. Volgens deze dokter is er in de bergen bij Kioto een kliniek die heel geschikt voor me is en ik denk dat ik daar een tijdje naartoe ga. Het is niet echt een ziekenhuis, maar meer een instelling voor een veel ruimere behandeling. Over de details schrijf ik je een volgende keer. Het schrijven gaat me nog niet zo goed af. Wat ik nu nodig heb is een rustige, van de buitenwereld afgesloten plek waar mijn zenuwen tot rust komen.

Ik ben je heel dankbaar dat je me een jaar lang gezelschap hebt gehouden. Dat moet je in ieder geval van me aannemen. Je hebt me niet gekwetst. De enige die me gekwetst heeft, ben ik zelf. Zo zie ik het.

Ik ben er nog niet aan toe je weer te zien. Niet dat ik het niet wil, maar ik ben er nog niet aan toe. Als ik denk dat ik eraan toe ben, zal ik het je snel laten weten. Dan kunnen we elkaar een beetje beter leren kennen. Zoals je al zei, moeten we elkaar veel beter leren kennen.

Tot ziens.

Ik herlas deze brief wel honderd keer. Elke keer dat ik hem las, werd het me oneindig droef te moede. Het was precies hetzelfde soort droefheid dat ik gevoeld had wanneer Naoko me diep in mijn ogen keek. Ik kon met dit ontroostbare gevoel geen kant op, ik kon het nergens opbergen. Net zoals de wind die om je heen waait, had het geen kern en geen gewicht. Ik kon me er zelfs niet mee omhullen. Het landschap trok langzaam aan mij voorbij. Woorden bereikten mij niet.

Nog altijd bracht ik de zaterdagavonden door in de hal. Niet omdat ik een telefoontje verwachtte, maar omdat ik niets anders te doen had. Ik deed de tv aan, zocht een kanaal met een honkbalwedstrijd en deed alsof ik daarnaar keek. Ik deelde de reusachtige ruimte die zich uitstrekte tussen mij en de tv in tweeën en die ruimte deelde ik weer in tweeën. Dit herhaalde ik keer op keer, tot ik ten slotte een ruimte had gecreëerd die zo klein was dat ze in mijn handpalm paste.

Om tien uur deed ik de tv uit, keerde terug naar mijn kamer en ging slapen.

Aan het eind van die maand gaf de Marinier mij een vuurvliegje.

Het vuurvliegje zat met wat grassprietjes en een beetje water in een glazen potje waar oploskoffie in had gezeten. In het deksel zaten een paar luchtgaatjes. In het licht zag het eruit als een onopvallend, zwart insect zoals je ze aan elke waterkant vindt, maar de Marinier hield vol dat het een vuurvliegje was. Hij zei dat hij veel verstand had van vuurvliegjes en ik had geen reden om daaraan te twijfelen. Goed, dit was dus een vuurvliegje. Het vuurvliegje maakte een vermoeide indruk. Steeds probeerde het langs zijn gladde glazen muur omhoog te klimmen en elke keer gleed het weer naar beneden.

'Het zat in de tuin.'

'Hier in de tuin?' vroeg ik verbaasd.

'Jazeker. Bij het ho-hotel hier verderop laten ze toch 's zomers vuurvliegjes los voor de gasten? Deze is per ongeluk hierheen gevlogen,' zei hij, terwijl hij ondertussen kleren en schriften in een zwarte weekendtas propte.

Het was al een paar weken zomervakantie en wij behoorden tot de weinigen die nog op de campus waren. Ik omdat ik niet veel zin had om naar Kobe terug te gaan en liever bleef doorwerken, hij omdat hij een practicum had. Maar het practicum was nu afgelopen en hij stond op het punt om terug te gaan naar Yamanashi.

'Geef maar aan je vriendinnetje,' zei hij. 'Dat vindt ze vast leuk.'

'Dankjewel,' zei ik.

Toen het donker werd, daalde er zo'n stilte over de campus neer dat het wel een ruïne leek. De vlag was gestreken, achter de ramen in de eetzaal brandde licht. Omdat er maar een paar studenten over waren, brandde slechts de helft van de lampen. De rechterhelft van de eetzaal was donker, de linkerhelft was verlicht. Er hing wel een vage etenslucht. Een of andere stoofpot.

Ik ging naar het dak met het vuurvliegje in het potje. Er was niemand. Aan de waslijn hing een wit shirt dat iemand vergeten was mee te nemen en dat in de avondwind bewoog als een afgeschudde huid. Ik klom op een ijzeren ladder naar de bovenkant van het waterreservoir dat in een hoek op het dak stond. De ronde watertank was nog warm van de hitte die hij overdag had opgenomen. Toen ik daar op een smal richeltje ging zitten en tegen de reling aan leunde, hing voor mijn ogen een bijna volle, witte maan. Rechts kon ik de lichtjes van Shinjuku zien, links die van Ikebukuro. De koplampen van de auto's vormden een rivier van licht die van de ene stadskern naar de andere stroomde. Een zachte dreun van allerlei geluiden door elkaar hing als een wolk boven de stad.

Op de bodem van het glas gloeide zwak het vuurvliegje, met een heel bleek, kleurloos lichtje. Het was lang geleden dat ik voor het laatst een vuurvliegje had gezien en in mijn herinnering gaf een vuurvliegje op een zomernacht een veel helderder licht af. Ik had altijd gedacht dat alle vuurvliegjes helder gloeiden.

Misschien was dit vuurvliegje verzwakt en bijna dood. Ik pakte de pot bij zijn hals en schudde zacht. Het vuurvliegje botste tegen het glas en vloog even. Maar zijn lichtje bleef even zwak.

Ik vroeg me af wanneer ik voor het laatst een vuurvliegje had gezien, en waar. Ik kon me wel de omgeving herinneren, maar niet waar of wanneer dat was geweest. Ik hoorde het geluid van donker water in de nacht en zag een ouderwetse bakstenen sluis voor me met een lier waarmee je de sluis open en dicht kon draaien. Het was geen grote rivier waar deze sluis bij hoorde. Het was een klein stroompje dat aan het oog werd onttrokken door waterplanten langs de oevers. Het was er zo donker dat ik mijn eigen voeten niet kon zien als ik mijn zaklamp uitdeed. En boven het water in de sluis vlogen honderden vuurvliegjes. Hun licht weerkaatste op het wateroppervlak als gloeiende stofdeeltjes.

Met mijn ogen dicht gaf ik me over aan het duister van deze herinnering. De wind klonk helderder dan anders. Het waaide niet hard, maar de wind die om mij heen blies leek een wonderlijk helder spoor na te laten. Toen ik mijn ogen weer opendeed, was de duisternis van de nacht maar een klein beetje dieper geworden.

Ik draaide het deksel van het potje, haalde het vuurvliegje eruit en zette het op een randje van de watertank, dat zo'n drie centimeter uitstak. Het vuurvliegje leek nog niet te bevatten in welke nieuwe omgeving het terecht was gekomen. Het waggelde om een moer en zette een paar stappen op een stukje opgekrulde verf. Het liep een stukje naar rechts tot het niet verder kon en liep toen terug naar links. Daarna beklom het voorzichtig de moer en bleef daar ineengedoken zitten. Het vuurvliegje zat daar maar zonder te bewegen, alsof het zijn laatste adem had uitgeblazen.

Nog steeds tegen de reling geleund staarde ik naar dit vuurvliegje. Zowel het vuurvliegje als ik stond daar een hele tijd roerloos. Alleen de wind blies om ons heen. In het duister ruiste de iep met zijn ontelbare blaadjes.

Ik bleef maar wachten.

Pas veel later vloog het vuurvliegje weg. Alsof hem plotseling iets te binnen schoot, spreidde het zijn vleugels, gleed het volgende moment over de reling en zweefde weg in het vage duister. Alsof het de verloren tijd wilde terughalen beschreef het naast de watertank een snelle boog. Even hield het stil, alsof het wilde bekijken hoe de lijn van licht in de wind vervloeide, en vloog toen weg naar het oosten.

Nog lang nadat het vuurvliegje was verdwenen, bleef het spoor van zijn licht op mijn netvlies staan. Dit vage licht danste in de dikke duisternis van mijn gesloten ogen een hele tijd door, als een ziel die zijn doel kwijt is.

In deze duisternis stak ik een paar keer mijn hand uit. Mijn vingers raakten niets. Het kleine lichtje bleef mijn vingers de hele tijd een stukje voor.

4

Tijdens de zomervakantie vroeg de universiteit om de inzet van de ME. Die sloopte de barricades en arresteerde alle studenten die zich er hadden verschanst. Dat gebeurde toen op alle universiteiten, dus zo bijzonder was het niet. Een universiteit liet zich niet zomaar ontmantelen. Er was veel geld in geïnvesteerd en een universiteit liet zich niet lijdzaam ontmantelen omdat een paar studenten het in hun bol hadden gekregen. De groep die zich achter de barricades op de universiteit had verschanst, had ook niet daadwerkelijk de universiteit willen ontmantelen. Het was hun uitsluitend te doen om een verandering in de machtsverhoudingen, een zaak die mij volkomen koud liet. Het deed me dan ook niets toen de staking werd gebroken.

Toen ik in september weer naar college ging, verwachtte ik een ruine aan te treffen, maar de universiteit was volledig ongeschonden. Er was niet één boek geroofd, geen enkel lokaal gemolesteerd en de studentenadministratie was niet platgebrand. Ik vroeg me verbaasd af wat die gasten eigenlijk hadden gedaan.

Toen de colleges werden hervat onder toezicht van de oproerpolitie, kwamen degenen die de staking hadden aangevoerd als eersten opdagen. Alsof er niets was gebeurd, kwamen ze het lokaal binnen, pakten hun aantekeningen en gaven antwoord als hun naam werd opgenoemd bij de presentiecontrole. Het was een vreemde situatie. De oproep tot staking stond nog en niemand had de staking ten einde verklaard. Ook al had de oproerpolitie de universiteit ontzet en waren de barricaden gesloopt, de staking ging in principe nog door. Deze lui hadden een grote mond gehad toen tot de staking werd besloten en ze hadden studenten die tegen de staking waren (of er hun twijfels over uitspraken) veroordeeld en zelfs 'berecht'. Ik ging naar hen toe en vroeg waarom ze de staking niet doorzetten en weer gewoon naar de colleges kwamen. Ze gaven geen antwoord. Wat hadden ze ook kunnen antwoorden? Dat ze bang waren punten te verliezen door afwezigheid? Ik vond het ontzettend lachwekkend dat deze figuren om de ontmanteling van de universiteit hadden geroepen. Het waren sukkels die als windvaantjes nu eens een grote bek hadden en dan weer inbonden.

Moet je zien, Kizuki, wat een verschrikkelijke wereld. Die lui halen netjes hun punten, studeren af en maken een puinhoop van de wereld.

Ik besloot een tijdlang wel naar college te gaan, maar geen antwoord te geven als mijn naam werd opgenoemd bij de presentiecontrole. Ik wist heel goed dat het zinloos was, maar het voelde zo ellendig om niets te doen dat ik wel moest. Daardoor verwijderde ik me nog meer van mijn studiegenoten. Wanneer ik zweeg nadat mijn naam was genoemd, trok er een ongemakkelijke sfeer door de hele zaal. Niemand praatte met me en ik praatte ook met niemand.

In de tweede week van september kwam ik tot de conclusie dat een universitaire opleiding volslagen zinloos was. Ik besloot het op te vatten als een exercitie in het omgaan met verveling. Er was niets wat ik graag wilde doen om mijn studie voor af te breken. Ik ging elke dag naar de universiteit, volgde college en maakte aantekeningen, en in mijn vrije tijd zat ik in de bibliotheek boeken te lezen of dingen op te zoeken.

Ook al was het inmiddels de tweede week van september, de Marinier was nog steeds niet terug. Dat was niet zozeer merkwaardig als wel wereldschokkend. Want de colleges op zijn universiteit waren al begonnen en het was ondenkbaar dat de Marinier een college oversloeg. Op zijn bureau en zijn radio verzamelde zich een laagje stof. Zijn plastic beker met zijn tandenborstel, een theeblik, een bus insectenspray en dergelijke stonden keurig naast elkaar op zijn plank.

Ik maakte de kamer nu zelf schoon. Ik was in anderhalf jaar tijd gewend geraakt aan een schone kamer en als de Marinier er niet was, zat er niets anders op dan zelf deze hygiëne te betrachten. Ik veegde elke dag de vloer, lapte eens in de drie dagen de ramen en luchtte eens in de week mijn beddengoed. Ik verwachtte elk moment dat hij terugkwam en zou uitroepen: 'Wa-watanabe, wat is er gebeurd? Wat is het hier schoon!'

Maar hij kwam niet terug. Toen ik op een dag van college terug-keerde, waren al zijn spullen verdwenen. Ook zijn naamplaatje was van de deur verwijderd. Alleen mijn spullen waren er nog. Ik ging naar het campushoofd en vroeg wat er was gebeurd.

'Hij woont niet meer op de campus,' zei hij. 'Je hebt de kamer voor-lopig voor jezelf.'

Ik vroeg wat daar dan de aanleiding voor was, maar van het cam-pushoofd werd ik niets wijzer. Hij was zo'n triest type dat geen gro-tere vreugde kent dan alles zelf te regelen zonder een ander ergens in te kennen.

Een tijdlang hing de foto van de ijsberg nog aan de muur, maar ten slotte haalde ik hem weg en hing er een van Jim Morrison en Mi-les Davis voor in de plaats. Daarmee werd de kamer iets meer van mij. Van het geld dat ik met mijn bijbaantje verdiend had, kocht ik een kleine stereo-installatie. 's Avonds luisterde ik in mijn eentje naar muziek en dronk whisky. Af en toe dacht ik aan de Marinier, maar al met al beviel het me goed in mijn eentje.

Op een maandagochtend liep ik om halftwaalf na afloop van een col-lege Theatergeschiedenis over Euripides naar een klein restaurant op tien minuten lopen van de universiteit en at daar een omelet en een salade. Het restaurant stond in een rustig achterafstraatje en al was het iets duurder dan de mensa, het was er rustig en je kon er heel goede omeletten krijgen. Een zwijgzaam echtpaar en een serveerster werk-ten er met z'n drieën. Ik zat in mijn eentje aan het raam te eten, toen vier studenten de zaak binnenkwamen. Twee jongens en twee meisjes, allemaal goed gekleed. Ze gingen aan het tafeltje bij de ingang zitten, bekeken het menu en wikten over de bestelling, maar ten slotte waren ze eruit en een van hen bracht hun keus over aan de serveerster.

Het viel me op dat een van de meisjes steeds mijn kant op keek. Haar haar was heel kort en ze droeg een donkere zonnebril en een witte mini-jurk. Omdat ze me niet bekend voorkwam at ik gewoon door, maar op een gegeven moment stond ze op en kwam naar me toe. Ze leunde met een hand op de rand van de tafel en zei: 'Jij bent toch Watanabe?'

Ik keek op en bekeek haar nog eens goed. Maar hoe ik ook keek, er begon me niets te dagen. Het was een heel opvallend meisje en als ik haar ergens had ontmoet, had ik me haar zeker herinnerd. Bovendien waren er niet zoveel mensen op de universiteit die me bij naam kenden.

'Mag ik even gaan zitten? Of wacht je op iemand?'

Nog steeds zonder het te begrijpen schudde ik mijn hoofd. 'Nee, ik wacht niet op iemand. Ga je gang.'

Ze schoof de stoel over de grond schurend achteruit, ging tegenover me zitten, keek me vanachter haar zonnebril een hele tijd aan en richtte haar blik toen op mijn bord.

'Dat ziet er lekker uit.'

'Het is ook lekker. Champignonomelet met erwtensalade.'

'Mooi,' zei ze, 'dat neem ik een volgende keer. Ik heb nu al wat anders besteld.'

'Wat heb je besteld?'

'Macaroni gratin.'

'De macaroni gratin is hier ook niet slecht,' zei ik. 'Maar kennen we elkaar ergens van? Het wil me niet te binnen schieten.'

'Euripides,' zei ze kortweg. '*Elektra.* "Nee, een god leent zijn oren niet voor mijn ongelukkige woorden." Het college van vanmorgen.'

Ik keek haar strak aan. Ze deed haar zonnebril af. Toen daagde het me eindelijk. Ze was een eerstejaars die ik weleens gezien had bij Theatergeschiedenis. Doordat haar haar rigoureus anders zat, had ik haar niet herkend.

'Maar jij had voor de zomervakantie toch haar tot hier?' zei ik terwijl ik mijn hand tien centimeter onder mijn schouder hield.

'Klopt. In de zomer heb ik het laten permanenten. Maar dat is afschuwelijk mislukt. Het was zo erg dat ik dood wilde. Het zag eruit als een met zeewier overwoekerd hoofd van een aangespoeld lijk. Omdat het zo erg was dat ik dood wilde, besloot ik om me dan maar helemaal kaal te laten scheren. In ieder geval is het wel lekker fris.' Ze streek met een hand over haar vier à vijf centimeter lange haar en lachte naar me.

'Helemaal niet slecht,' zei ik, terwijl ik verder at van mijn omelet. 'Laat me eens van opzij kijken.'

Ze draaide naar opzij en bleef zo een paar seconden zitten.

'Het staat je goed, vind ik. Je hoofd is mooi van vorm en je mooie oren zijn nu goed te zien.'

'Dat vind ik nou ook. Ook kaal als een monnik stond me best goed, vond ik. Maar geen enkele man vindt dat. Ze vinden dat ik eruitzie als een lagereschoolmeisje, of als iemand uit een concentratiekamp. Wat hebben mannen toch met vrouwen met lang haar? Fascistisch is het. Verachtelijk. Waarom vinden mannen vrouwen met lang haar altijd beschaafd en lief en vrouwelijk? Ik ken minstens tweehonderdvijftig onbeschofte sloeries met lang haar. Echt waar.'

'Ik vind dit leuker,' zei ik. Ik meende het. Voor zover ik me kon herinneren was ze toen ze nog lang haar had een heel gewoon, leuk meisje. Maar zoals ze tegenover me zat, straalde ze een jonge levenslust uit, als een veulen dat net de wereld binnenkomt en de lente begroet. Haar ogen bewogen vrolijk rond, alsof het zelfstandige wezens waren: nu eens blij, dan boos, dan weer verbaasd of verdrietig. Omdat het lang geleden was dat ik zo'n expressief gezicht had gezien, keek ik een tijd gefascineerd naar haar.

'Meen je dat?'

Ik knikte met mijn mond vol salade.

Ze zette haar zonnebril weer op en keek me vanachter de donkere glazen aan.

'Je bent toch niet iemand die mooie praatjes verkoopt?'

'Ik probeer zo eerlijk mogelijk door het leven te gaan,' zei ik.

'Oké,' zei ze.

'Waarom draag je die donkere bril?' vroeg ik.

'Toen al mijn haar eraf was, voelde ik me ontzettend kwetsbaar. Ik voelde me heel ongemakkelijk, alsof ik naakt was losgelaten in een mensenmassa. Vandaar die zonnebril.'

'Ik snap het,' zei ik. Ik at mijn laatste stukje omelet op. Ze zat er geïnteresseerd naar te kijken.

'Moet je niet terug naar je vrienden?' zei ik, naar haar tafel wijzend.

'Nee hoor. Als het eten komt, ga ik terug. Het maakt mij niet uit. Maar misschien stoor ik jou?'

'Helemaal niet. Ik ben al klaar,' zei ik. Aangezien ze geen aanstalten maakte naar haar tafel terug te gaan, bestelde ik koffie. De serveerster nam mijn bord mee en zette er suiker en melk voor in de plaats.

'Waarom gaf je vandaag bij college geen antwoord toen je naam werd afgeroepen? Je bent toch Watanabe?

'Ja.'

'Waarom gaf je dan geen antwoord?'

'Ik had er vandaag geen zin in.'

Ze deed haar zonnebril weer af, legde hem op tafel en keek me aan alsof ze naar een zeldzaam dier in een kooi staarde. '"Ik had er vandaag geen zin in,"' herhaalde ze. 'Weet je dat je net zo klinkt als Humphrey Bogart? Koel en stoer.'

'Welnee. Ik ben maar heel gewoon. Er zijn zoveel mensen als ik.'

De serveerster zette een kop koffie voor me neer. Ik nam er een slokje van, zonder er melk of suiker in te doen.

'Zie je wel? Humphrey Bogart. Geen melk en suiker.'

'Dat is alleen maar omdat ik niet van zoet hou,' legde ik geduldig uit. 'Je vergist je.'

'Waarom ben je dan zo bruin?'

'Omdat ik op vakantie twee weken alleen maar heb gewandeld. Van hot naar her. Met een rugzak en een slaapzak. Vandaar.'

'Waar ben je dan geweest?'

'Van Kanazawa, over het Noto-schiereiland, tot aan Niigata.'

'In je eentje?'

'Inderdaad,' zei ik. 'Natuurlijk loop je af en toe eens een stuk met iemand op.'

'Is er nog een romance opgebloeid? Met onbekende vrouwen op onbekende plekken?'

'Een romance?' vroeg ik verbaasd. 'Nu zit je er toch echt helemaal naast. Hoe moet iemand die ongeschoren ronddwaalt met een slaapzak nu verzeild raken in een romance?'

'Reis je altijd op die manier in je eentje?'

'Ja.

'Hou je van eenzaamheid?' zei ze, met haar kin op haar hand leunend. 'Je reist alleen, je eet alleen en tijdens college zit je bij de rest vandaan.'

'Ik zoek de eenzaamheid niet speciaal. Ik sloof me alleen niet uit om vrienden te maken. Dat leidt alleen maar tot teleurstellingen.'

Met het pootje van haar zonnebril in haar mond mompelde ze: '"Ik zoek de eenzaamheid niet speciaal. Ik heb alleen een hekel aan teleurstellingen." Als je ooit je autobiografie schrijft, kun je die tekst gebruiken.'

'Dank je,' zei ik.

'Hou je van groen?'

'Hoezo?'

'Omdat je een groen poloshirt aanhebt, natuurlijk.'

'Niet speciaal. Het is me om het even.'

'"Niet speciaal. Het is me om het even,"' herhaalde ze me weer. 'Ik hou van je manier van praten. Alsof je een gladde pleisterlaag uitsmeert. Heeft niemand dat ooit tegen je gezegd?'

'Nee,' zei ik.

'Ik heet Midori. Je schrijft het met het karakter voor "groen". Toch staat die kleur me helemaal niet. Gek, hè? Dan rust er toch echt een vloek op je, vind je niet? Mijn zus heet Momoko, met het karakter voor "perzik". Vreemd, hè?'

'En staat roze haar goed?'

'Dat staat haar geweldig. Ze is geboren om roze te dragen. Het is gewoon niet eerlijk.'

Aan haar tafel werd het eten gebracht en een jongen in een geruit jack riep: 'Hé, Midori, je eten.' Ze gebaarde naar hem dat ze hem had gehoord.

'Watanabe, maak jij aantekeningen? Heb jij aantekeningen gemaakt bij Theatergeschiedenis?'

'Ja,' zei ik.

'Zou ik ze van je mogen lenen? Ik ben twee keer niet geweest. Ik ken niemand in deze klas.'

'Natuurlijk. Geen probleem.' Ik pakte mijn schrift uit mijn tas, controleerde of ik er niets bij had geschreven wat niet voor vreemde ogen bestemd was en gaf het aan Midori.

'Dank je wel. Ben je overmorgen op college?'

'Ja.'

'Kom je dan om twaalf uur hier? Dan geef ik je je schrift terug en trakteer ik je op een lunch. Je krijgt toch geen spijsverteringsproblemen of zo als je een keer niet alleen eet?'

'Welnee,' zei ik. 'Maar je hoeft me niet te trakteren alleen maar omdat je in mijn schrift hebt gekeken.'

'Geen punt. Ik vind het leuk om iets terug te doen. Nou, afgesproken? Moet je het niet in je agenda zetten, zodat je het niet vergeet?'

'Ik vergeet het niet. Overmorgen, twaalf uur, zie ik je hier.'

Aan de andere tafel riep iemand: 'Midori, je eten wordt koud.'

Midori negeerde het en zei: 'Praat je van jongs af aan al zo?'

'Het zal wel. Ik heb er nooit zo op gelet,' antwoordde ik. Het was echt voor het eerst dat iemand me zei dat ik een aparte manier van praten had.

Ze leek even ergens over na te denken, maar ten slotte stond ze met een glimlach op en liep terug naar haar eigen tafel. Toen ik even later langs haar tafel liep, stak Midori haar hand naar me op. De andere drie keken alleen even mijn kant uit.

Woensdag om twaalf uur was Midori niet in het restaurant. Ik was van plan een biertje te bestellen en op haar te wachten, maar omdat het restaurant vol begon te lopen zat er niets anders op dan iets te eten te bestellen en het alleen op te eten. Om vijf over halfeen was ik klaar met eten, maar nog steeds geen Midori. Ik rekende af en ging naar buiten. Ik ging op de stenen trap van een tempel aan de overkant zitten en wachtte op haar terwijl mijn hoofd bijkwam van het bier. Om een uur gaf ik het op, ging terug naar de universiteit en las in de bibliotheek een boek. Om twee uur ging ik naar mijn college Duits.

Toen de les voorbij was, zocht ik op het secretariaat haar naam in de klassenlijsten voor Theatergeschiedenis. Er was maar één Midori: Midori Kobayashi. Vervolgens zocht ik in de kaartenbak naar 'Kobayashi' onder de lichting van 1969 en schreef haar adres en telefoonnummer op. Ze woonde in Toshima bij haar ouders. Ik liep naar een telefooncel en draaide haar nummer.

'Hallo, met boekhandel Kobayashi,' zei een mannenstem. Boekhandel Kobayashi?

'Neem me niet kwalijk, maar is Midori er ook?' vroeg ik.

'Nee, Midori is er nu niet,' zei de ander.

'Is ze naar de universiteit?'

'Nou, ik weet niet, misschien is ze in het ziekenhuis. Met wie spreek ik?'

Ik bedankte de man zonder mijn naam te zeggen en hing op. Het ziekenhuis? Zou ze gewond zijn, of een ziekte onder de leden hebben? Maar in de stem van de man had niet de minste paniek of urgentie geklonken. Hij zei: 'Nou, ik weet niet, misschien is ze in het ziekenhuis,' op een manier alsof het ziekenhuis een heel gewoon onderdeel van het leven was. Terloops, op een toon van 'ze is vis halen bij de visboer'. Ik liet mijn gedachten er even over gaan, maar ik werd het nadenken zat, ging terug naar de campus en las in bed Joseph Conrads *Lord Jim*, dat ik van Nagasawa had geleend. Toen ik het uit had, ging ik naar Nagasawa om hem zijn boek terug te geven.

Omdat Nagasawa op het punt stond te gaan eten, gingen we samen naar de kantine.

Ik vroeg hem hoe het toelatingsexamen voor het ministerie van Buitenlandse Zaken was gegaan. De tweede ronde voor de toelatingsexamens eerste klasse was in augustus gehouden.

'Gewoon,' zei Nagasawa, alsof het niets voorstelde. 'Je hoeft niets bijzonders te doen om het te halen. Groepsgesprek, vraaggesprekken. Hetzelfde als meisjes versieren.'

'Makkelijk dus,' zei ik. 'Wanneer krijg je de uitslag?'

'Begin oktober. Als ik geslaagd ben, trakteer ik je op een echt diner.'

'Wat voor mensen schoppen het nu tot zo'n tweede ronde bij het toelatingsexamen eerste klasse van Buitenlandse Zaken? Alleen maar genieën zoals jij?'

'Ben je gek. Voor het merendeel zijn het idioten. Idioten of sukkels. Vijfennegentig procent van de mensen die bureaucraat wil worden is bagger. Echt waar. Ze kunnen nog geen letter van een cijfer onderscheiden.'

'Waarom wil jij eigenlijk in diplomatieke dienst?'

'Daar heb ik een aantal redenen voor,' zei Nagasawa. 'Het lijkt me leuk om in het buitenland te werken, om maar eens wat te noemen. Maar in de eerste plaats wil ik mijn eigen krachten meten. Als ik toch mijn krachten ga meten, wil ik ze beproeven in de grootste arena. Met andere woorden, de overheid. Hoe ver kan ik opklimmen in die idiote bureaucratische organisatie, hoe ver reiken mijn krachten – dat wil ik uitproberen. Begrijp je?'

'Het klinkt als een spelletje.'

'Precies. Het ís ook een soort spelletje. Ik geef niet om macht of om geld. Echt niet. Ik ben misschien een egoïstische zak, maar dat soort dingen doet me niets. In zekere zin ben ik een heel onbaatzuchtig mens. Maar ik ben wel nieuwsgierig. In die grote harde wereld wil ik mijn krachten op de proef stellen.'

'Iets als een ideaal heb je dus niet?'

'Natuurlijk niet,' zei hij. 'Idealen heb je niet nodig in het leven, alleen een criterium om te handelen.'

'Maar er zijn toch ook nog veel andere manieren om te leven?' vroeg ik.

'Vind je mijn manier van leven niet goed?'

'Het is geen kwestie van goed of slecht,' zei ik. 'Dat heeft er niets mee te maken. Ik bedoel, ik zit niet op de universiteit van Tokio, ik kan niet elk meisje dat ik wil, oppikken wanneer ik maar wil, ik ben geen vlotte prater. Mensen kijken niet naar me op, ik heb geen vaste vriendin. Met een letterendiploma van een middelmatige universiteit ligt er geen glorieuze toekomst voor me open. Wat kan ik ervan zeggen?'

'Ben je jaloers op mijn leven?'

'Nee, dat niet,' zei ik. 'Ik ben te veel gewend aan mezelf. Eerlijk gezegd kan de universiteit van Tokio of het ministerie van Buitenlandse Zaken me niet zoveel schelen. Het enige waar ik je om benijd is dat je een vriendin hebt als Hatsumi.'

Nagasawa zei niets en at door.

'Weet je, Watanabe,' zei hij toen hij klaar was met eten, 'ik heb het idee dat we, als we hier weg zijn, elkaar over tien of twintig jaar weer zullen tegenkomen. Dat we op een of andere manier weer met elkaar te maken krijgen.'

'Klinkt dickensiaans,' zei ik lachend.

'Inderdaad,' lachte hij. 'Maar mijn voorgevoel klopt vaak.'

Na het eten gingen Nagasawa en ik iets drinken bij een bar in de buurt. Daar bleven we tot na negenen.

'Vertel eens, Nagasawa,' vroeg ik, 'wat bedoel je eigenlijk met een criterium om te handelen?'

'Je gaat vast lachen.'

'Ik lach niet,' zei ik.

'"Een heer te zijn."'

Ik lachte niet, maar ik viel wel bijna van mijn stoel. '"Een heer"? Bedoel je een *heer*?'

'Precies.'

'Wat versta je daar dan onder? Kun je een definitie geven?'

'Een heer is iemand die niet doet waar hij zelf zin in heeft, maar die doet wat hem te doen staat.'

'Je bent de wonderlijkste vent die ik ooit ben tegengekomen,' zei ik.

'Jij bent de eerlijkste vent die ik ooit ben tegengekomen,' zei hij. Hij rekende af voor ons beiden.

Ook de maandag erop was Midori Kobayashi niet bij Theatergeschiedenis. Ik keek snel het lokaal rond of ik haar zag, ging op de voorste rij zitten en besloot een brief aan Naoko te schrijven totdat de docent kwam. Ik schreef haar over mijn reis tijdens de zomervakantie.

Ik schreef over de wegen die ik had bewandeld, de dorpen die ik was gepasseerd, de mensen die ik had ontmoet. En dat ik elke avond aan haar had gedacht. 'Nu ik je niet meer zie, realiseer ik me pas hoe ik naar je verlang. De universiteit is oneindig saai, maar bij wijze van oefening in discipline studeer ik braaf en volg alle colleges. Zonder jou voelt alles wat ik doe zinloos. Ik wil je graag een keer zien en rustig met je praten. Is het mogelijk dat ik je in de kliniek kom opzoeken en een paar uur met je doorbreng? Als het kon, zou ik graag weer net als vroeger samen met jou een heel eind willen lopen. Schrijf me alsjeblieft terug, al is het maar een korte brief.'

Toen ik klaar was, vouwde ik de vier velletjes netjes op, deed ze in een envelop die ik van tevoren bij me had gestoken en adresseerde hem aan haar ouderlijk huis.

Ten slotte kwam de docent binnen, een gedrongen man met een melancholieke blik. Hij nam de presentie op terwijl hij met een zakdoek het zweet van zijn voorhoofd wiste. Omdat hij slecht ter been was, had hij altijd een metalen stok bij zich. Hoewel het te ver voert om Theatergeschiedenis leuk te noemen, was het een degelijke les die de moeite waard was. Na zijn onveranderlijke verzuchting dat het zo heet was, begon hij te vertellen over de 'deus ex machina' in de toneelstukken van Euripides. Hij vertelde wat het verschil was tussen de god bij Euripides en de god van Aeschylus of Sophocles. Toen hij ongeveer een kwartier bezig was, ging de deur van het lokaal open en kwam Midori binnen. Ze had een donkerblauw sportshirt aan en een beige broek, en ze droeg dezelfde zonnebril als de vorige keer. Ze excuseerde zich met een glimlach naar de leraar en ging naast me zitten. Ze haalde mijn schrift uit haar schoudertas en gaf het aan mij. Er zat een briefje in: 'Het spijt me van woensdag. Ben je boos?'

Halverwege het college, toen de docent op het bord een tekening aan het maken was van een Grieks toneel, ging de deur opnieuw open en kwamen er twee studenten met een helm op de klas binnen. Ze leken wel een komisch duo. De een was lang, mager en bleek. De ander was klein van stuk, had een bol, donker gezicht en een lange baard, die hem niet stond. De lange had een stapel protestfolders over zijn arm. De kleine liep op de docent toe en vroeg toestemming om de laatste helft van de les aan discussie te wijden. Hij zei dat veel gewichtigere kwesties dan het Griekse theater de huidige wereld belaagden. Het was niet zozeer een vraag als wel een mededeling. De docent zei:

'Ik kan me niet voorstellen dat er belangrijkere kwesties bestaan in de huidige wereld dan Grieks theater, maar aangezien wat ik zeg toch tevergeefs is, ga je gang.' Steunend op de rand van de lessenaar kwam hij van het podium af, pakte zijn stok en stiefelde het lokaal uit.

Terwijl de lange student folders uitdeelde, stapte de bolle op het podium en gaf een uiteenzetting. De folder was geschreven in typisch proza dat alle verschijnselen tot iets simpels reduceerde, zoals: 'Vernietig huichelachtige voorzittersverkiezing', en: 'Mobiliseer alle krachten voor een nieuwe algehele studentenstaking' en: 'Weg met het imperialistisch-industriële verbond'. Het uitgangspunt was goed, tegen de inhoud viel niet veel in te brengen, maar de tekst overtuigde niet. Die had geen geloofwaardigheid en niets waar je hart sneller van ging kloppen. Voor de toespraak van de bolle gold hetzelfde. Het was hetzelfde oude liedje, met hooguit een paar andere woorden. De echte vijand van deze figuren was volgens mij niet de autoritaire staat, maar gebrek aan verbeeldingskracht.

'Laten we gaan,' zei Midori.

Ik knikte. We stonden op en liepen met z'n tweeën het lokaal uit. Toen we bij de deur waren, zei de bolle iets tegen me, maar ik kon hem niet goed verstaan. Midori zei: 'Tot ziens,' en zwaaide naar hem.

'Goh, zijn we nu antirevolutionair?' zei Midori tegen me zodra we het lokaal uit waren. 'Worden we straks naast elkaar opgehangen aan een elektriciteitspaal als de revolutie is volbracht?'

'Ik wil graag eerst lunchen voor het zover is,' zei ik.

'Dat is waar ook. Er is een restaurantje waar ik je graag mee naartoe wil nemen. Het is alleen een beetje ver. Heb je tijd?'

'Ja hoor. Ik ben vrij tot het college om twee uur.'

Midori nam me mee de bus in naar een afhaalrestaurant in een van de achterafstraatjes van Yotsuya. Zodra we gingen zitten, werd zonder dat we iets hadden gezegd de daglunch voor ons neergezet in een vierkante bentodoos van lakwerk met een kom soep. Het was zeker de moeite waard om de bus voor te pakken.

'Lekker, zeg.'

'Ja, en het is nog goedkoop ook. Ik kwam hier al af en toe lunchen toen ik nog op de middelbare school zat. Die is hier vlakbij. Het was een heel strenge school en we konden hier alleen stiekem heen. Als ze je erop betrapten dat je buiten de deur at, werd je al van school gestuurd.'

Toen ze haar zonnebril afdeed, zag ik dat haar ogen er veel vermoeider uitzagen dan de vorige keer. Ze frummelde met haar linkerhand aan een zilveren kettinkje om haar hals, of wreef met haar pink in haar ooghoeken.

'Ben je moe?' vroeg ik.

'Een beetje. Ik kom slaap tekort. Te druk met van alles. Maar het is in orde, maak je geen zorgen,' zei ze. 'Het spijt me van laatst. Er diende zich iets aan waar ik met geen mogelijkheid onderuit kon. Heel plotseling, die woensdagochtend, dus ik kon niets meer doen. Ik dacht eraan het restaurant te bellen, maar ik wist niet meer hoe het heette en jouw telefoonnummer weet ik ook niet. Heb je lang gewacht?'

'Het geeft niks. Ik heb tijd zat.'

'Heb je zoveel tijd over dan?'

'Ik heb zoveel tijd dat ik jou er een deel van zou willen geven zodat je tijd hebt om te slapen.'

Midori leunde met haar kin in haar hand en lachte naar me. 'Wat ben jij aardig, zeg.'

'Het is geen kwestie van aardig, het is een kwestie van tijd te veel,' zei ik. 'Trouwens, toen ik die woensdag naar je huis belde kreeg ik iemand aan de lijn die zei dat je naar het ziekenhuis was. Scheelt er iets aan?'

'Naar mijn huis gebeld?' zei ze met een lichte frons tussen haar wenkbrauwen. 'Hoe ben je aan mijn nummer gekomen?'

'Ik heb het opgezocht in de studentenadministratie, natuurlijk. Daar kan iedereen het vinden.'

Ze knikte een paar keer en begon weer aan haar ketting te frummelen. 'Dat ik daar zelf niet aan heb gedacht. Ik had op die manier ook jouw telefoonnummer kunnen opzoeken. Maar goed, over het ziekenhuis vertel ik je een andere keer. Daar staat mijn hoofd nu niet naar. Sorry.'

'Het geeft niet. Misschien had ik er niet naar moeten vragen.'

'Nee hoor, dat is het niet. Ik ben nu alleen een beetje moe. Zo moe als een aap in de regen.'

'Kun je niet beter naar huis gaan en gaan slapen?' zei ik.

'Nu nog niet. Laten we een stukje lopen,' zei Midori.

Ze nam me mee naar haar oude school, een klein stukje bij station Yotsuya vandaan.

Toen we voor het station langs liepen, moest ik opeens denken aan

Naoko en onze doelloze wandelingen, die hier waren begonnen. Ik realiseerde me opeens dat mijn leven heel anders zou zijn geweest als ik niet op die zondag in mei in de trein van de Chuo-lijn bij toeval Naoko was tegengekomen. Meteen daarna stelde ik die gedachte bij. Nee, ook al had ik haar toen niet ontmoet, dan was mijn leven misschien toch hetzelfde uitgepakt. Waarschijnlijk was het voorbestemd dat we elkaar toen tegenkwamen, en als we elkaar op dat moment niet hadden ontmoet, hadden we elkaar wel ergens anders ontmoet. Het was nergens op gebaseerd, maar dat gevoel had ik.

Midori Kobayashi en ik gingen op een bankje in het park zitten en keken naar haar oude school. Tegen het schoolgebouw kronkelde klimop omhoog en op uitstekende stukken zaten een paar duiven uit te rusten en hun veren glad te strijken. Het was een oud, karakteristiek gebouw. Op het schoolplein stond een grote eik en ernaast steeg een kolom dunne, witte rook recht omhoog. In het licht van de nazomer oogde de rook vaag en wolkachtig.

'Watanabe, weet je waar die rook van is?' zei Midori plotseling.

'Geen idee,' zei ik.

'Ze zijn maandverband aan het verbranden.'

'Hè?' zei ik. Ik wist niet goed wat ik anders had moeten zeggen.

'Maandverband, tampons, dat soort dingen,' zei Midori met een lach. 'Het is tenslotte een meisjesschool, dus iedereen gooit dat soort dingen weg in de prullenbak op het toilet. Een oude conciërge haalt dat op en verbrandt het in een oventje. Daar is die rook van.'

'Het heeft wel iets lugubers,' zei ik.

'Dat vond ik nou ook, elke keer als ik vanuit het raam van het klaslokaal die rook zag. Afschuwelijk. Op de hele school zitten wel duizend meisjes. Bij een paar meisjes is het misschien nog niet begonnen, dus laten we het op negenhonderd houden. Daarvan is een op de vijf ongesteld, dus dat zijn er ongeveer honderdtachtig. Dan belanden dus de maandverbanden van honderdtachtig meisjes in de afvalemmers.'

'Zoiets zal het wel zijn. Het fijnere rekenwerk gaat een beetje aan me voorbij.'

'Dat is een behoorlijke hoeveelheid. Honderdtachtig meisjes. Hoe zou het voelen om dat te verzamelen en te verbranden, vraag ik me af.'

'Tja, ik kan me er niet veel bij voorstellen,' zei ik. Hoe moest ik dat nu weten? Een tijdlang zaten we met z'n tweeën naar die witte rook te staren.

'Ik wilde eigenlijk niet naar deze school,' zei Midori. Ze schudde even met haar hoofd. 'Ik wilde naar een gewone openbare school. Een heel gewone school met heel gewone kinderen, waar ik een leuke en ontspannen tijd kon hebben. Maar mijn ouders vonden dat ik hierheen moest. Je weet hoe dat gaat als je op de lagere school goede cijfers haalt. Dan zeggen de leraren: "Ze haalt zulke goede cijfers, ze moet beslist naar die en die school." En zo ben ik daar terechtgekomen. Ik heb er zes jaar op gezeten, maar ik heb het er nooit naar mijn zin gehad. Het enige waar ik aan dacht was hoe ik er zo snel mogelijk vanaf kwam. Weet je, ik heb zelfs nog een oorkonde gekregen omdat ik nooit te laat kwam of afwezig was. Ook al had ik zo'n hekel aan school. En weet je waarom?'

'Nee,' zei ik.

'Omdat ik zo'n bloedhekel had aan school. Daarom verzuimde ik nooit. Ik wilde me niet laten kennen. Ik dacht dat als ik het één keer liet afweten, dat dat het einde zou betekenen. Ik was bang dat ik steeds verder zou afglijden als ik eenmaal de grip kwijt was. Zelfs met negenendertig graden koorts kroop ik nog naar school. Als een leraar vroeg of ik me wel goed voelde, loog ik dat het wel ging. Zodoende kreeg ik een oorkonde voor punctualiteit en aanwezigheid, en een Frans woordenboek. Daarom heb ik op de universiteit voor Duits gekozen. Ik kon de gedachte niet verdragen aan die school iets te danken te hebben. Ik zweer het je.'

'Wat vond je er dan zo erg aan?'

'Vond jij school leuk?'

'Niet speciaal, maar ik had er ook geen hekel aan. Ik ging naar een heel gewone openbare school. Het maakte me niet zoveel uit.'

'Die school,' zei Midori terwijl ze met een pink in haar oog wreef, 'daar gaan alleen meisjes van stand naartoe. Er zitten duizend meisjes bij elkaar met een goede opvoeding en goede cijfers. Allemaal meisjes met rijke ouders. Anders trek je het daar niet. Het schoolgeld is hoog en dan komen er nog allerlei donaties en bijdrages bovenop. Voor de excursie huurden ze een duur hotel af in Kioto en we aten haute cuisine van lakwerkservies. Eén keer per jaar werden we meegenomen naar het Okura Hotel voor een cursus tafelmanieren. Gewoon kun je dat niet noemen. En weet je wat? Van de honderdzestig meisjes van mijn lichting was ik de enige leerling die in Toshima woonde. Ik heb het eens opgezocht in de namenlijst. Want ik vroeg me af waar ze dan wel niet woonden. Het was echt ongelofelijk: Chiyoda Sanbancho, Minati Moto-azabu, Ota Denenchofu, Setagaya Narishiro. Eén meisje kwam uit Kashiwa in Chiba en met haar raakte ik bevriend. Het was een leuk kind. Ze nodigde me uit om eens op bezoek te komen, al was het dan ver weg. Dus ik ging bij haar op bezoek. Ik sloeg steil achterover. Het terrein was zo groot dat het zeker een kwartier kostte om eromheen te lopen. De tuin was gigantisch, ze hadden twee honden van het formaat van een kleine auto, die grote hompen biefstuk te eten kregen. Toch voelde dat meisje zich minderwaardig omdat ze in Chiba woonde. Terwijl ze als ze te laat dreigde te komen met een Mercedes-Benz naar school werd gebracht. Door hun chauffeur! Een chauffeur met net zo'n hoed op als die chauffeur in *The Green Hornet,* met net zulke witte handschoenen. Waar schaamde dat meisje zich nou voor? Niet voor te stellen toch? Kun je het je voorstellen?'

Ik schudde mijn hoofd.

'Op de hele school was ik de enige uit Kita-Otsuka in Toshima. En in het vakje "Beroep ouders" stond "Boekhandelaar". Daardoor vond iedereen op school me heel bijzonder. "Leuk zeg, je kunt elk boek lezen dat je maar wilt." Echt waar. Ze dachten allemaal aan een grote boekwinkel zoals Kinokuniya. Dat is het enige dat ze zich kunnen voorstellen bij een boekhandel. Eerlijk gezegd is boekhandel Kobayashi maar een armzalige boel. De deur rammelt en op de planken staan vooral rijen met tijdschriften. De geheide bestsellers zijn de damesbladen met een geïllustreerde bijlage over de nieuwste sekskneepjes. Huisvrouwen uit de buurt kopen die. Ze lezen ze van voor tot achter aan de keukentafel, en als hun man thuiskomt, proberen ze eens wat uit. Dat gaat best ver, hoor. Je vraagt je echt af waar de gemiddelde huisvrouw zich mee bezighoudt. Verder verkoopt manga ook goed: *Magasin, Sunday, Jump.* En natuurlijk de weekbladen. In ieder geval draait de winkel bijna uitsluitend op tijdschriften. Natuurlijk staan er een paar pockets, maar dat stelt niet veel voor. Een paar detectives, een paar historische romans, een paar streekromans, want dat is het enige dat verkoopt. En handleidingen. Winnen bij het het gospel, hoe kweek ik bonsai, speechen bij bruiloften, wat je moet weten voor je seksleven, zo kun je stoppen met roken – dat soort dingen. En dan verkopen we nog kantoorartikelen. Naast de kassa staan pennen en potloden en schriften en zo. Dat is alles. *Oorlog en vrede* hebben we niet, en ook geen boeken van Kenzaburo Oe, of *De vanger in het graan.* Dat is nu boekhandel Kobayashi. Wat is daar nou benijdenswaardig aan? Vind jij het benijdenswaardig?'

'Ik zie het helemaal voor me.'

'Nou, zo'n winkel. Alle mensen uit de buurt kopen bij ons. Verzendingen doen we ook. We hebben van oudsher veel klanten en we kunnen er met ons gezin van vier goed van eten. We hebben geen schulden. Mijn zus en ik kunnen naar de universiteit. Maar dat is het. Verder is er geen ruimte voor gekke dingen. Daarom hadden ze me nooit naar die school moeten sturen. Er kon alleen maar narigheid van komen. Als er weer eens een bijdrage betaald moest worden, mopperden mijn ouders. Als ik uitging met mijn vriendinnen, was ik altijd bang dat we bij een duur restaurant zouden gaan eten en dat ik niet genoeg geld bij me had. Het is triest om zo te leven. Zijn jouw ouders rijk?'

'Wij? Mijn vader werkt gewoon in loondienst. Mijn ouders zijn niet speciaal rijk en niet speciaal arm. Ik denk dat het ze niet meevalt hun kind aan een particuliere universiteit in Tokio te laten studeren, maar omdat ik enig kind ben, gaat het nog. Ik krijg niet al te veel geld van ze en daarom werk ik erbij. Ons huis is ook doorsnee. Met een kleine tuin en een Toyota Corolla voor de deur.'

'Wat voor baantje heb je?'

'Ik werk drie avonden per week in een platenzaak in Shinjuku. Makkelijk werk. Gewoon zitten en op de winkel passen.'

'Goh,' zei Midori, 'ik heb altijd gedacht dat jij iemand bent die nooit om geld verlegen zit. Gewoon, door hoe je eruitziet.'

'Ik zit ook nooit speciaal verlegen om geld. Niet dat ik nu zoveel geld heb. Gewoon, zoals zoveel mensen.'

'Op mijn school was iedereen rijk,' zei ze terwijl ze haar handen met de palmen omhoog op haar schoot legde. 'Dat was nou juist het probleem.'

'Nou, je krijgt nog genoeg kansen om een wereld te zien waarin dat niet het geval is. Misschien wel meer dan je lief is.'

'Weet jij wat het grootste voordeel is van rijk zijn?'

'Nee.'

'Dat je kunt zeggen dat je geen geld hebt. Stel, ik vraag aan een vriendin uit mijn klas of we iets zullen gaan doen. Dan kan zij zeggen:

"Ik kan niet, want ik heb nu geen geld." Ik zou dat in het omgekeerde geval niet kunnen zeggen. Als ik zou zeggen: "Ik heb nu geen geld", dan zou dat betekenen dat ik op dat moment echt geen geld heb. Dat is alleen maar triest. Het is net als met een mooi meisje dat zegt: "Ik kan echt niet uitgaan, want ik zie er vandaag niet uit." Probeer dat maar eens te zeggen als je lelijk bent. Je wordt vierkant uitgelachen. Dat was voor mij de wereld. Zes jaar lang, tot vorig jaar.'

'Te zijner tijd vergeet je het,' zei ik.

'Ik wil het zo snel mogelijk vergeten. De universiteit is een verademing. Echt fijn dat er veel normale mensen zijn.' Ze glimlachte flauw en streek met haar handpalm over haar korte haar.

'Heb jij een baantje?'

'Ja, ik schrijf toelichtingen bij plattegronden. Je kent die kleine foldertjes toch wel die bij een plattegrond zitten? Met uitleg over de steden, over de bevolking, over bezienswaardigheden en zo. Hier is zus of zo'n wandelpad, hier speelde de een of andere legende, hier bloeien zulke bloemen, daar heb je zulke vogels. Dat soort teksten schrijf ik. Heel makkelijk werk. Zo klaar. Een dag in de bibliotheek en ik heb weer een boekje af. Als je de kneepjes eenmaal onder de knie hebt, stroomt het werk naar je toe.'

'Wat voor kneepjes?'

'Nou gewoon, dat je er iets in verwerkt dat niet overal al staat. Dan denken ze bij de uitgeverij al snel: "Nou, die kan schrijven." Ze zijn echt onder de indruk van me. Daarom krijg ik het werk toegeschoven. Het hoeft niets bijzonders te zijn. Een kleinigheid is al genoeg. Bijvoorbeeld iets als: "Voor de aanleg van een dam is hier een dorp onder water verdwenen, maar de trekvogels herinneren zich dit dorp nog steeds en in het seizoen kun je hier nog altijd grote aantallen vogels boven het meer aanschouwen." Eén zo'n anekdote erin en iedereen is blij. Het is beeldend, er zit gevoel in. De meeste meisjes die dit werk doen, kennen die kneepjes niet. Zodoende verdien ik best redelijk door dit soort teksten te schrijven.'

'Maar je bent er dus goed in om dergelijke anekdotes te vinden.'

'Ja, dat is zo,' zei Midori, met haar hoofd een beetje schuin. 'Als je erop gespitst bent, vind je altijd wel wat, en als je niets vindt, verzin je iets onschuldigs.'

'Toe maar,' zei ik bewonderend.

'*Peace, man*,' zei Midori.

Omdat ze wilde dat ik over mijn campus vertelde, vertelde ik haar de bekende verhalen over de vlag en over de radiogymnastiek van de Marinier. Ook Midori moest erg lachen om het verhaal van de Marinier. De Marinier leek op iedereen dat effect te hebben. Midori zei dat het haar leuk leek een keer op de campus te komen kijken. Ik zei dat er niets aan was.

'Alleen maar een paar honderd studenten in smerige kamers die zich klem zitten te zuipen of af te rukken.'

'Geldt dat ook voor jou?'

'Dat geldt voor alle mannen,' legde ik uit. 'Meisjes worden ongesteld en jongens rukken zich af. Niemand uitgezonderd.'

'Ook de jongens die een vriendinnetje hebben? Ik bedoel, de jongens die iemand hebben om mee naar bed te gaan?'

'Dat staat er los van. De jongen op de kamer naast me, een student op de Keio-universiteit, rukt zich altijd af voor hij naar zijn vriendinnetje gaat. Daar wordt ie rustig van, zegt hij.'

'Ik weet niet veel van zulke dingen. Ik heb altijd op een meisjesschool gezeten.'

'En het staat zeker ook niet in de bijlagen van de damesbladen?'

'Zeker weten van niet,' zei Midori lachend. 'Heb je trouwens komende zondag tijd? Ben je vrij?'

'Ik ben elke zondag vrij. Ik moet alleen om zes uur aan het werk.'

'Heb je zin om een keer op bezoek te komen? Bij boekwinkel Kobayashi? De winkel is dan dicht, maar ik moet er wel de hele dag zijn, voor het geval dat er een belangrijk telefoontje komt. Weet je wat? Kom lunchen. Ik zal iets te eten voor je maken.'

'Graag,' zei ik.

Midori scheurde een bladzij uit haar blocnote en tekende een gedetailleerde plattegrond naar haar huis. Met een rode balpen zette ze er een groot kruis bij.

'Het kan niet missen. Er hangt een groot uithangbord met BOEK-HANDEL KOBAYASHI. Kom je tegen twaalven? Ik zorg dat er iets te eten klaarstaat.'

Ik bedankte haar en stopte de plattegrond in mijn zak. Ik zei dat ik terug moest naar de universiteit voor mijn college Duits om twee uur. Midori zei dat ze ergens heen moest en pakte op station Yotsuya de trein.

Op zondagochtend stond ik om negen uur op, schoor me, deed de was en hing hem te drogen op het dak. Het was prachtig weer. Het begin van de herfst hing in de lucht. Op de binnenplaats hing een zwerm onweersvliegjes en kinderen uit de buurt renden er met hun vlindernetjes achteraan. Er stond geen wind en de Japanse vlag hing slap naar beneden. Ik trok een keurig gestreken overhemd aan en liep van de campus naar het station. De studentenwijk was op zondag uitgestorven, er was geen sterveling te bekennen en het merendeel van de winkels was gesloten. Allerlei straatgeluiden klonken nu duidelijker dan anders. Een meisje op houten sandalen stak klepperend de straat over; op een randje van een bushalte hadden vier, vijf kinderen een paar lege blikjes op een rij gezet en daar gooiden ze met steentjes naar. Er was één bloemenzaak open en daar kocht ik een bos narcissen. Het was wel vreemd om narcissen te kopen in de herfst, maar ik had van jongs af aan een zwak voor narcissen gehad.

In de trein zaten op die zondagochtend drie oude vrouwen. Toen ik instapte, keken ze op naar mij en mijn bloemen. Een van de drie lachte naar me. Ik lachte terug. Ik ging achterin zitten en keek naar de oude huizen die we passeerden. Het spoor liep er rakelings langs. Ergens op een platje stonden tomatenplanten en daarnaast lag een zwarte kat te soezen in de zon. Een kindje was in de tuin bellen aan het blazen. Uit een van de huizen klonk een liedje van Ayumi Ishida. Ik rook zelfs curry. De trein zoefde door de besloten wereld van deze achtertuinen. Op de tussenliggende stations stapten een paar passagiers in, maar de drie vrouwtjes praatten onvermoeibaar door met hun gezichten naar elkaar toe.

Bij station Otsuka stapte ik uit. Ik volgde de tekening die Midori voor me gemaakt had en liep een grote straat in die ik niet kende. De winkels aan weerskanten van de straat zagen er geen van alle florissant uit. De gebouwen waren oud en oogden somber vanbinnen. Hier en daar was zelfs de tekst op het uithangbord afgesleten. Afgaand op de leeftijd en de stijl van de gebouwen was deze buurt in de oorlog niet gebombardeerd. Sommige blokken waren nog geheel intact. Natuurlijk was een aantal huizen wel verbouwd en elk pand had wel aanpassingen of reparaties ondergaan, maar in de meeste gevallen zagen de vernieuwde huizen er nog smoezeliger uit dan de oorspronkelijke.

De sfeer in de wijk deed vermoeden dat de meeste mensen die hier van oudsher hadden gewoond naar de buitenwijken waren verhuisd vanwege de vele auto's of de vieze lucht of de schreeuwend hoge huurprijs, en dat er uitsluitend goedkope appartementen en bedrijfsflats waren overgebleven, winkels die moeilijk konden verhuizen en mensen die er van oudsher woonden en te veel aan hun geboortegrond waren gehecht. Alles had iets groezeligs, alsof er door de uitlaatgassen van de auto's een mist overheen hing. ⟶

Na tien minuten kwam ik bij een benzinepomp. Daar sloeg ik rechts af een winkelstraat in, waar ik ongeveer halverwege een uithangbord met BOEKHANDEL KOBAYASHI zag hangen. Het was geen grote zaak, maar hij was niet zo klein als ik me op grond van Midori's verhaal had voorgesteld. Het was een heel gewone boekwinkel in een heel gewone wijk. Precies zo een als waar ik zelf in mijn kindertijd naartoe rende op de dag dat de jongenstijdschriften uitkwamen. Toen ik voor boekhandel Kobayashi stond, werd ik overvallen door nostalgie. Een boekwinkel zoals je die overal hebt.

Op de rolluiken van de winkel, die naar beneden waren gelaten, stond de reclame BUNSHUN, *elke donderdag het nieuwe nummer in de winkel*. Ik was een kwartier te vroeg, maar ik had geen zin met een bos narcissen in mijn hand door de winkelstraat te drentelen om de tijd te doden, dus ik drukte op de bel naast het rolluik en ging een paar stappen naar achteren. Ik wachtte vijftien seconden, maar er kwam geen reactie. Ik stond net te aarzelen of ik nog een keer op de bel zou drukken, toen ik boven me een raam hoorde openschuiven. Ik keek omhoog en zag Midori uit het raam leunen en naar me zwaaien.

'Doe het rolluik maar open en kom binnen,' riep ze.

'Ik ben een beetje vroeg. Schikt het?' riep ik terug.

'Geen probleem. Kom maar naar boven. Ik ben nu even bezig.' Ze schoof het raam weer dicht.

Ik deed het rolluik een meter omhoog, dook eronderdoor en schoof het weer dicht, waarbij het enorm rammelde. Het was pikdonker in de winkel. Op de tast en struikelend over pakken tijdschriften die met touw bijeen waren gebonden vond ik mijn weg naar achteren. Daar deed ik mijn schoenen uit en ging naar boven. Het was onbestemd donker in huis. Onder aan de trap naar boven was een soort ontvangstkamer waar een bankstel stond. Het was geen ruime kamer en door een raam stroomde wazig licht binnen als in een ouderwetse Poolse film. Aan de linkerkant was een soort opslagruimte en zo te zien was er een deur naar het toilet. Toen ik voorzichtig de steile trap aan de linkerkant op ging, kwam ik uit op de eerste verdieping. Daar was het een heel stuk lichter dan op de begane grond en ik haalde opgelucht adem.

'Deze kant op,' hoorde ik ergens de stem van Midori. Aan de rechterkant van de overloop was een soort eetkamer en daarachter was de keuken. Het huis zelf was oud, maar de keuken leek recentelijk verbouwd, want het aanrecht, de kraan en de inrichting waren fonkelnieuw. En daar stond Midori te koken. In een pan stond iets te pruttelen en ik rook gebakken vis.

'Er staat bier in de koelkast. Neem maar en ga vast zitten als je wilt,' zei Midori met een blik mijn kant op. Ik pakte een blikje bier uit de koelkast en ging aan tafel zitten. Het bier was zo koud dat je zou denken dat het daar al minstens een halfjaar lag. Op tafel stonden een kleine witte asbak en een shoyuflesje. Er lagen ook een krant en een kladblok met een balpen, waar een telefoonnummer op stond en getallen die op berekeningen voor boodschappen leken.

'Ik ben met tien minuten klaar, kun je nog wachten?'

'Natuurlijk,' zei ik.

'Zorg maar voor flinke trek, want ik heb aardig wat gemaakt.'

Ik dronk van mijn koude bier en keek Midori op haar rug, die druk in de weer was met koken. Behendig tussen de potten en pannen manoeuvrerend had ze wel vier kookprocessen tegelijk onder haar hoede. Ze had nog niet geproefd of de stoofschotel op smaak was of ze hakte alweer iets aan kleine stukjes op de snijplank; ze haalde iets uit de ijskast, schikte het op een schaaltje en waste de pannen waar ze mee klaar was in één moeite door af. Van achteren gezien deed ze me aan een Indiase percussionist denken. Zo'n act waarbij hij hier met een bel rinkelt, daar op een blok slaat en dan weer op een bot van een waterbuffel tikt. Al haar handelingen waren doelgericht en trefzeker. Het geheel was perfect in balans. Ik zat er met bewondering naar te kijken.

'Zeg het maar als ik ergens mee kan helpen,' bood ik aan.

'Laat maar,' zei Midori terwijl ze even met een lach mijn kant op keek. 'Ik ben eraan gewend het in mijn eentje te doen.' Ze droeg een smalle spijkerbroek en een marineblauw T-shirt. Op de rug van haar T-shirt stond een groot logo van Apple Records. Van achteren gezien leken haar heupen verbazingwekkend smal. Ze zagen er zo fragiel uit dat je je afvroeg of haar heupen niet de fase in het groeiproces hadden overgeslagen waarin ze stevig hadden moeten worden. Daardoor maakte ze een veel sekseneutralere indruk dan de meeste meisjes in een strakke spijkerbroek. Het heldere licht dat door het raam boven het aanrecht binnenstroomde, gaf haar silhouet een soort wazige randen.

'Je had niet zo groots hoeven uitpakken,' zei ik.

'Ik heb niet groots uitgepakt,' zei ze zonder zich om te draaien. 'Gisteren had ik het zo druk dat ik niet meer aan boodschappen ben toegekomen en ik heb alleen maar iets gemaakt met wat ik in de ijskast vond. Besteed er maar geen aandacht aan. Echt. Bovendien zit gastvrijheid ons in het bloed. Ik weet niet waarom, maar onze hele familie vindt het heerlijk om mensen te verwennen. Het is bijna ziekelijk. Niet dat we speciaal ons best willen doen om aardig gevonden te worden of omdat we er iets voor terug verwachten, maar als we bezoek hebben, kunnen we het gewoon niet laten om uit te pakken. Goed of niet, we hebben het allemaal. Mijn vader drinkt zelf nauwelijks, maar het hele huis staat vol drank. Waarom denk je? Voor de gasten. Drink daarom maar zoveel bier als je wilt.'

'Dank je,' zei ik.

Opeens schoot me te binnen dat ik de narcissen beneden had laten liggen. Ik had ze naast me neergelegd toen ik mijn schoenen uittrok en was ze helemaal vergeten. Ik ging weer naar beneden, pakte de tien narcissen en keerde terug naar boven. Midori pakte een hoog glas uit de servieskast en schikte daar de narcissen in.

'Ik ben dol op narcissen,' zei Midori. 'Vroeger heb ik ooit op een culturele avond van de middelbare school "Zeven narcissen" gezongen. Ken je dat liedje?'

'Natuurlijk ken ik dat.'

'Ik zat vroeger in een folkbandje. Ik speelde gitaar.'

Ze zong 'Zeven narcissen' terwijl ze het eten opschepte.

Midori's kookkunst overtrof mijn verwachting ruimschoots. Het eten was meer dan geweldig. Er was een ruime hoeveelheid ingelegde vis, een sappige omeletrol, gestoofde aubergine, heldere soep, rijst met paddenstoelen en fijngesneden gepikkelde rettich met sesamzaad – allemaal in de subtiele Kansai-stijl bereid.

'Het is verrukkelijk,' zei ik bewonderend.

'Nou Watanabe, zeg eens eerlijk: je verwachtte op grond van mijn uiterlijk vast niet veel van mijn kookkunst, toch?'

'Eigenlijk niet,' zei ik naar waarheid.

'Je zult wel van deze smaken houden omdat je zelf ook uit de Kansai komt, niet?'

'Heb je speciaal voor mij zo gekookt?'

'Ben je gek. Zover ga ik niet. We koken altijd zo.'

'Komt je vader of je moeder dan uit de Kansai?"

'Nee, mijn vader is van hier en mijn moeder van Fukushima. Niemand in mijn familie komt uit de Kansai. Onze familie komt uit Tokio en Noord-Kanto.'

'Ik snap het niet,' zei ik. 'Hoe komt het dan dat je zo voorbeeldig authentiek volgens de Kansai-stijl kan koken? Heb je het van iemand geleerd?'

'Dat is een lang verhaal,' zei ze terwijl ze een hap omelet nam. 'Mijn moeder had een bloedhekel aan alles wat met het huishouden te maken had en ze kookte dan ook zelden. Ze werkte natuurlijk ook in de winkel, dus als het druk was zei ze vaak: "Vandaag halen we wat," of: "Ik koop een paar kroketjes bij de slager en daar doen we het vandaag maar mee." Ik had daar als kind al een ongelofelijke hekel aan. In één keer curry maken voor drie dagen en die dan drie dagen achter elkaar eten, van die dingen. Op een dag, toen ik in de derde klas van de middelbare school zat, besloot ik om zelf voor het eten te zorgen en iets fatsoenlijks op tafel te zetten. Ik kocht bij Kinokuniya in Shinjuku het kookboek dat er het mooist uitzag, ging terug naar huis en maakte me alles wat erin stond eigen, van voor tot achter. Hoe je een snijplank uitkiest, hoe je een mes slijpt, hoe je vis schoonmaakt, hoe je gedroogde tonijn schaaft – alles. Omdat de schrijver van dat boek uit de Kansai kwam, is mijn manier van koken ook volledig Kansai-stijl.'

'Bedoel je dat je alles uit een boek hebt geleerd?' vroeg ik verbaasd.

'Later ben ik weleens van mijn spaargeld haute cuisine van de Kansai gaan eten, om de smaak te pakken te krijgen. Ik heb best een goede intuïtie. Logisch denken kan ik juist weer niet.'

'Dat je zo goed kunt koken zonder dat je het van iemand hebt geleerd vind ik beslist een hele prestatie.'

'Het was ook een hele klus,' zei Midori met een zucht. 'Dit is tenslotte een familie zonder enige kennis van of interesse in koken. Als ik zei dat ik een goed mes of een goede pan wilde kopen, trokken ze daar geen geld voor uit. "Wat we hebben is goed genoeg," zeiden ze dan. Ik zei dat het echt niet ging. Dat met zo'n bot mes echt geen vis te fileren viel. Maar dan zeiden ze: "Dan fileer je toch géén vis?" Dus er zat niets anders op dan van mijn moeizaam bij elkaar gespaarde geld een mes of een pan of een vergiet te kopen. Kun je het geloven? Een meisje van vijftien, zestien dat uit alle macht botje bij botje legt om een zeef of een slijpsteen of een frituurpan te kopen. Terwijl mijn vriendinnen van hun royale zakgeld mooie jurken en schoenen kochten. Vind je dat niet zielig?'

Ik knikte, terwijl ik van mijn heldere soep slurpte.

'Toen ik in de vierde zat, wilde ik dolgraag een koekenpan hebben. Zo'n langwerpige, om opgerolde omeletten te kunnen maken. Ik heb toen geld dat voor een nieuwe beha bedoeld was gebruikt om er een te kunnen kopen. Het probleem was toen wel dat ik drie maanden lang maar één beha had. Kun je het je voorstellen? 's Avonds wassen, met veel moeite drogen, en 's ochtends weer aantrekken. Een drama als hij niet droog was. Van alle trieste dingen op de wereld is er niets zo triest als 's ochtends een halfnatte beha aan te trekken. Om te janken gewoon. En dan te bedenken dat het voor een koekenpan was.'

'Ik begrijp wat je bedoelt,' zei ik lachend.

'Toen mijn moeder overleed, was ik in zekere zin ook opgelucht, al is het niet mooi om dat te zeggen. Ik kan nu het huishoudgeld besteden zoals ik wil en kopen wat ik wil. Zodoende is de keukenuitrusting hier nu redelijk op orde. Mijn vader heeft toch geen idee hoe het er met het huishoudgeld voor staat.'

'Wanneer is je moeder overleden?'

'Twee jaar geleden,' antwoordde ze kort. 'Aan kanker. Een hersentumor. Anderhalf jaar heeft ze in het ziekenhuis gelegen en pijn geleden. Op het laatst werd ze gek en kreeg medicijnen toegediend, maar nog ging ze niet dood. Uiteindelijk was het praktisch euthanasie. Het is de afschuwelijkste manier om dood te gaan. Vreselijk voor de persoon zelf en ook voor de mensen eromheen. Daardoor zijn we nu helemaal door ons geld heen. De ene injectie van twintigduizend yen per stuk na de andere; er moest de hele tijd iemand bij haar zijn om voor haar te zorgen. Doordat ik mijn moeder moest verplegen, kwam ik aan studeren niet toe en heb ik een jaar extra moeten doen voor ik naar de universiteit kon, met hangen en wurgen. Daar kwam nog bij...' begon ze, maar ze bedacht zich, legde haar stokjes neer en slaakte een zucht.

'Waar heeft dit gesprek nou zo'n sombere wending genomen?'

'Ongeveer bij je beha,' zei ik.

'Niet waar. Bij de koekenpan. Wel opletten onder het eten,' zei ze met een ernstig gezicht.

Toen ik mijn portie ophad, was ik verzadigd. Midori had nog niet veel gegeten. 'Het koken bederft mijn eetlust,' zei Midori. Na het eten ruimde ze de tafel af, veegde hem schoon, haalde een pakje Marlboro tevoorschijn, stak een sigaret tussen haar lippen en stak hem aan met een lucifer. Ze nam het glas met de narcissen in haar hand en keek er een tijdlang naar.

'Ik doe ze toch maar niet in een vaas,' zei Midori. 'Zo lijkt het me beter. Zo lijkt het net alsof ze zojuist langs de waterkant geplukt zijn en zolang even in een glas zijn gezet.'

'Ik heb ze geplukt aan de waterkant vlak bij station Otsuka,' zei ik.

Midori grinnikte. 'Jij bent een apart figuur. Je zegt met een stalen gezicht van die grappige dingen.'

Met haar kin op haar hand geleund rookte ze haar sigaret half op en drukte hem toen hardhandig uit in de asbak. Er leek rook in haar ogen te zijn gekomen en ze wreef erin met haar vingers.

'Een meisje moet haar sigaret ook wat beschaafder uitdrukken,' zei ik. 'Je lijkt wel een houthakster. Je moet het niet zo ruw doen, maar hem rustig vanaf de zijkant uitdrukken. Dan kreukelt hij ook niet zo. Je maakt het echt te bont. Meisjes laten nooit ofte nimmer rook uit hun neus komen. En de meeste meisjes beginnen tijdens een etentje met een jongen ook niet over een beha waar ze drie maanden mee moeten doen.'

'Ik bén een houthakster,' zei Midori, terwijl ze aan haar neus krabde. 'Het lukt me nooit om chic te worden. Soms doe ik het voor de grap, maar het beklijft niet. Heb je verder nog iets aan te merken?'

'Marlboro is geen merk voor meisjes.'

'Dat kan me niet schelen. Alle sigaretten zijn toch even smerig.' Ze liet het rode pakje Marlboro ronddraaien in haar handen. 'Ik ben pas vorige maand begonnen met roken. Niet omdat ik zo graag wilde roken, maar omdat ik het weleens wilde proberen.'

'Hoe kwam je daar zo bij?'

Midori schoof haar handen tegen elkaar aan en dacht een tijdje na. 'Zomaar. Rook jij niet?'

'Ik ben in juni gestopt.'

'Waarom ben je gestopt?'

'Ik kreeg er genoeg van. De ergernis als 's avonds je sigaretten op zijn, dat soort dingen. Daarom ben ik gestopt. Ik vind het bovendien niet prettig op die manier aan iets gebonden te zijn.'

'Jij bent vast het type dat tamelijk goed over de dingen nadenkt.'

'Misschien heb je wel gelijk,' zei ik. 'Misschien is dat wel de reden dat de mensen me niet zo mogen. Dat is altijd al zo geweest.'

'Dat komt doordat je eruitziet alsof het je niet uitmaakt of je aardig gevonden wordt. Sommige mensen kunnen daar volgens mij niet zo goed tegen,' mompelde ze met haar kin in haar hand. 'Maar ik vind het leuk om met je te praten. En je manier van praten is heel apart. "Ik vind het bovendien niet prettig op die manier aan iets gebonden te zijn."'

Ik hielp haar met de afwas. Ik stond naast haar. Zij waste en ik droogde en zette alles in stapeltjes op het aanrecht.

'Is je hele familie weg vandaag?' vroeg ik.

'Mijn moeder ligt in haar graf. Ze is twee jaar geleden overleden.'

'Dat heb je me net verteld.'

'Mijn zus heeft een afspraakje met haar verloofde. Ze maken ergens een ritje, geloof ik. Het vriendje van mijn zus werkt bij een autobedrijf. Daarom is hij ook gek op auto's. Ik hou niet zo van auto's.'

Midori waste zwijgend verder en ik droogde zwijgend af.

'En dan hebben we nog mijn vader,' zei ze na een tijdje.

'O.'

'Mijn vader is vorig jaar juni naar Uruguay vertrokken.'

'Uruguay?' zei ik verbaasd. 'Hoezo Uruguay?'

'Hij had besloten naar Uruguay te emigreren. Een onzinnig verhaal, maar goed. Een oude vriend van hem uit het leger heeft daar een boerenbedrijf. Opeens zei vader dat hij het daar ook wel zou kunnen rooien. Hij is op het vliegtuig gestapt en vertrokken. We hebben uit alle macht geprobeerd om het hem uit het hoofd te praten – wat moest hij daar in 's hemelsnaam doen, hij sprak de taal niet eens –, dat het roekeloos was voor iemand die nog nooit Tokio uit was geweest. Maar het was tevergeefs. Het overlijden van mijn moeder was een enorme schok voor hem. Daardoor is een steekje bij hem losgeraakt. Zoveel hield hij van mijn moeder. Echt waar.'

Ik wist niet wat hier een gepaste reactie was en keek met open mond naar Midori.

'Weet je wat mijn vader tegen ons zei toen mijn moeder was overleden? "Ik ben zo verdrietig. Ik had liever gehad dat jullie allebei waren overleden in plaats van jullie moeder." Wij waren stomverbaasd en konden geen woord uitbrengen. Dat kun je je zeker wel voorstellen? Zoiets zeg je gewoon niet. Wat er ook is, zoiets zeg je niet op die manier. Dat het pijn doet en verdrietig is je allerdierbaarste te verliezen, dat begrijp ik. Dat spijt me voor hem. Maar dan nog zeg je niet tegen je eigen dochters dat het beter was geweest als zij in haar plaats waren overleden, vind je niet? Dat gaat toch te ver?'

'Ja, daar heb je gelijk in.'

'Daarmee doet hij ons pijn,' zei ze hoofdschuddend. 'In ieder geval, iedereen bij ons is een beetje vreemd. Ieder heeft zo zijn eigen afwijking.'

'Daar lijkt het op,' beaamde ik.

'Toch is het mooi als mensen zoveel van elkaar houden, niet? Dat hij zoveel van zijn vrouw hield dat hij tegen zijn dochters kon zeggen: "Het was beter geweest als jullie in haar plaats waren doodgegaan"?'

'Zo kun je het ook bekijken.'

'Toen is hij naar Uruguay gegaan en heeft ons aan ons lot overgelaten.'

Ik droogde zwijgend verder. Toen ik alles had afgedroogd, zette Midori het servies keurig in de kast.

'Heb je nooit meer iets van je vader gehoord?' vroeg ik.

'We hebben één ansichtkaart van hem gekregen. In maart van dit jaar. Maar er stond niets persoonlijks op. Alleen "het is hier heet" en "het fruit is hier minder lekker dan ik dacht". Dat soort dingen. Echt niet te volgen, toch? Een stomme kaart van een ezel. Die man is niet goed bij zijn hoofd. Hij schreef niet eens of hij zijn vriend of zijn kennis of wat het ook was ooit heeft ontmoet. Wel schreef hij aan het eind dat hij mij en mijn zus wilde laten overkomen als hij wat meer op orde was, maar daarna hebben we nooit meer iets van hem vernomen. Onze brieven beantwoordt hij ook niet.'

'Als je vader je vroeg om naar Uruguay te komen, wat zou je dan doen?'

'Ik zou wel gaan. Het lijkt me best leuk. Mijn zus zegt dat ze absoluut niet gaat. Ze heeft een hekel aan vieze dingen en vieze plaatsen.'

'Is Uruguay zo vies dan?'

'Ik weet het niet. Maar mijn zus is ervan overtuigd dat de straten vol liggen met ezelpoep en dat het er vergeven is van de vliegen, dat er geen water uit de kraan komt en dat er overal salamanders en schorpioenen rondkruipen. Misschien heeft ze zoiets ooit in een film gezien of zo. Mijn zus heeft ook een hekel aan insecten. Het liefst maakt ze in een glanzende auto een ritje naar een aangename omgeving als Shonan.'

'Goh.'

'Leuk toch, Uruguay? Ik wil er best heen.'

'Wie runt dan nu deze winkel?' vroeg ik.

'Mijn zus doet het, met tegenzin. Een oude oom, die hier vlakbij woont, komt elke dag helpen en hij doet ook de bezorgingen. Ik help als ik tijd heb. En zulk zwaar werk is een boekhandel nu ook weer niet, dus dat lukt wel. Als het helemaal niet meer gaat, verkopen we de zaak.'

'Ben je erg op je vader gesteld?'

Midori schudde haar hoofd. 'Nee, niet speciaal.'

'Waarom zou je hem dan helemaal naar Uruguay achternagaan?'

'Omdat ik vertrouwen in hem heb.'

'Vertrouwen?'

'Ja, ik ben niet erg op hem gesteld, maar ik heb wel vertrouwen in mijn vader. Iemand die door de schok van de dood van zijn vrouw op stel en sprong naar Uruguay vertrekt met achterlating van zijn kinderen en zijn werk, zo iemand vertrouw ik. Begrijp je dat?'

Ik slaakte een zucht. 'Deels wel, deels niet.'

Midori lachte geamuseerd en klopte me zacht op mijn schouder. 'Het maakt niet uit,' zei ze.

Die zondagmiddag was een aaneenschakeling van vreemde gebeurtenissen. Er was een brand vlak bij Midori's huis. Wij klommen op het wasdroogplaatsje op de derde verdieping om het goed te kunnen zien en voor we er erg in hadden waren we aan het zoenen. Het klinkt dom als ik het zo zeg, maar dat is feitelijk wat er gebeurde.

We zaten bij een kopje koffie na het eten te praten over de universiteit, toen we brandweersirenes hoorden. Het geluid van de sirenes werd steeds luider en het leken er ook steeds meer te worden. Onder het raam liepen veel mensen langs en sommigen van hen schreeuwden luid. Midori ging naar de kamer die aan de straat lag, deed het raam open en keek naar beneden. 'Wacht even,' zei ze, en ze verdween. Ik hoorde vlugge voetstappen op de trap.

Ik dronk in mijn eentje koffie en probeerde te bedenken waar Uruguay ook alweer lag. Daar had je Brazilië, daar lag Venezuela, dan had je in die hoek Colombia, maar waar Uruguay lag wilde me met geen mogelijkheid te binnen schieten. Ondertussen kwam Midori weer beneden en zei: 'Kom snel.' Ik volgde haar naar de overloop, vandaar een steil trapje op naar boven en toen kwamen we uit op een brede wasdroogplaats. De wasdroogplaats was iets hoger dan de daken van de omliggende huizen en je had er een goed uitzicht over de buurt. Drie, vier huizen verderop steeg dikke, zwarte rook op die door de lichte wind naar de hoofdstraat werd gedreven. Er hing een scherpe brandlucht.

'Het is het huis van Sakamoto,' zei Midori over de balustrade leunend. 'Sakamoto was vroeger timmerman. Maar hij is ermee gestopt.'

Ik leunde ook over de balustrade om te kijken of er iets te zien was. Doordat het huis precies achter een gebouw van twee verdiepingen stond, konden we niet alles zien, maar het leek erop dat er drie of vier brandweerwagens bij toerbeurt blusten. Omdat het een heel smal straatje was, konden er op z'n hoogst twee brandweerwagens in en de rest stond in de hoofdstraat te wachten. Op straat verzamelde zich de gebruikelijke menigte toeschouwers.

'Misschien moet je je belangrijke spullen inpakken en evacueren,' zei ik tegen Midori. 'De wind staat nu nog de andere kant uit, maar dat kan ieder moment veranderen. En dan is er ook nog de benzinepomp hier vlakbij. Ik help je wel.'

'Ik heb geen belangrijke spullen,' zei Midori.

'Je hebt vast wel iets. Je spaarbankboekje, je stempel, je identiteitskaart – dat soort dingen. In een noodgeval moet je minstens over geld kunnen beschikken.'

'Het is goed, ik vlucht niet.'

'Ook niet als de vlammen hier uitslaan?'

'Nee,' zei Midori. 'Ik vind het niet erg om dood te gaan.'

Ik keek haar recht in de ogen en zij keek recht terug. Ik had geen idee of ze het meende of niet. Ik keek haar zo een tijdje aan en toen maakte ik me er niet meer druk over.

'Goed hoor, ik snap het. Ik blijf bij je,' zei ik.

'Ga je samen met me dood?' zei Midori stralend.

'Ben je gek! Als het gevaarlijk wordt, vlucht ik. Als jij dood wilt, dan ga je maar alleen dood.'

'Wat ben jij kil.'

'Ik ga niet samen met je dood omdat je een keer lunch voor me hebt klaargemaakt. Als het nou een diner was geweest...'

'Nou, hoe dan ook, laten we eerst maar eens afwachten hoe het hier verder gaat, en ondertussen zingen we een liedje. Als het misgaat, zien we wel weer verder.'

'Een liedje zingen?'

Midori haalde twee kussens, vier blikjes bier en een gitaar van beneden. We keken naar de zwarte rook die gestaag opsteeg en we dronken bier. Midori speelde gitaar en zong een lied. Ik vroeg Midori of ze zich zo niet de woede van de hele buurt op de hals haalde. Die zouden het niet als een nobele geste opvatten dat ze naar de brand bij de buren zat te kijken op de wasdroogplaats en daarbij bier dronk en liedjes zong.

'Geen punt. Wij maken ons niet druk over wat de buurt denkt,' zei Midori.

Ze zong de folksongs van haar band van vroeger. Zowel over haar gitaarspel als over haar zang viel weinig complimenteus te zeggen, maar ze leek er zelf veel plezier in te hebben. Ze zong ze allemaal uit haar hoofd: 'Lemon Tree', 'Puff', 'Five Hundred Miles', 'Where have All the Flowers Gone', 'Michael, Row the Boat Ashore'. Eerst probeerde ze me de tweede stem te leren, zodat we tweestemmig konden zingen, maar ik zong zo hopeloos slecht dat ze het opgaf en in haar eentje naar hartenlust verder zong. Terwijl ik bier dronk en naar haar liedjes luisterde, bleef ik op de brand letten. Nu eens laaide het vuur op, dan luwde het weer, en dat herhaalde zich telkens. Mensen riepen naar elkaar en schreeuwden bevelen. Met luid geklapwiek kwam er een helikopter van een krant aangevlogen om foto's te maken en die vloog vervolgens weer weg. Als wij maar niet op de foto staan, dacht ik. Een agent riep door een luidspreker dat iedereen achteruit moest. Een kind riep huilend om zijn moeder. Ergens klonk het geluid van brekend glas. Ten slotte begon de wind onrustig te draaien. Een soort witte as werd onze kant op geblazen en dwarrelde om ons heen. Toch bleef Midori van haar bier drinken en vrolijk doorzingen. Toen ze alle liedjes die ze kende een keer had gehad, zong ze een merkwaardig lied dat ze zelf had geschreven en gecomponeerd:

Ik wil een stoofpot voor je maken,
Maar ik heb geen pan.
Ik wil een das voor je breien,
Maar ik heb geen wol.
Ik wil een gedicht voor je schrijven,
Maar ik heb geen pen.

Dit lied heet "Ik heb niets",' zei Midori. De tekst was vreselijk en de melodie ook.

Terwijl ik naar dit rammelende lied zat te luisteren, vroeg ik me af of dit huis ook de lucht in zou vliegen als het benzinestation vlam vatte. Toen Midori genoeg had van het zingen, legde ze haar gitaar neer en vlijde ze zich als een poes in de zon tegen mijn schouder.

'Hoe vind je mijn zelfgemaakte lied?' vroeg Midori.

'Uniek, origineel. Jouw karakter spreekt eruit,' zei ik voorzichtig.

'Dank je wel,' zei ze. 'Het thema is "ik heb niets".'

'Dat heb ik begrepen,' knikte ik.

'Weet je,' zei Midori, naar me opkijkend, 'toen mijn moeder dood-ging...'

'Ja?'

'... toen was ik helemaal niet verdrietig.'

'O.'

'Toen mijn vader daarna wegging, was ik ook helemaal niet ver-drietig.'

'Ja?'

'Ja. Vind je dat niet erg van me? Vind je me niet te kil?'

'Er zal wel het een en ander aan vooraf zijn gegaan.'

'Nou, dat kun je wel stellen,' zei Midori. 'Het was nogal gecompli-ceerd bij ons. Toch heb ik altijd gedacht dat als mijn vader of moeder ooit doodging of weg zou gaan, dat ik dan wel verdrietig zou zijn. Want het zijn toch je ouders. Maar zo was het niet. Ik voelde helemaal niets. Ik was niet verdrietig, niet eenzaam, het deed geen pijn. Ik denk zelfs bijna nooit aan ze. Zo nu en dan droom ik van ze. Dat mijn moeder naar me gluurt vanuit het duister en me ervan beschuldigt dat ik wel blij zal zijn dat ze dood is. Maar ik ben helemaal niet blij dat ze dood is. Ik ben er alleen niet verdrietig over, dat is alles. Ik heb er eerlijk gezegd geen traan om gelaten. Terwijl ik als kind een nacht lang heb gehuild toen onze kat dood was.'

Vanwaar al die rook, vroeg ik me af. Het vuur was niet te zien en de brand leek zich niet uit te breiden. Alleen de rook bleef gestaag opstijgen. Wat bleef er toch zo lang smeulen?

'Maar het is niet alleen mijn schuld, hoor. Ik heb inderdaad mijn ongevoelige kanten. Dat geef ik toe. Maar toch, als zij – mijn vader en mijn moeder – een beetje meer van me hadden gehouden, had ik heel andere gevoelens kunnen hebben. Dan was ik misschien veel verdrietiger geweest.'

'Vind je dat ze niet genoeg van je hielden?'

Ze draaide haar hoofd en keek me aan. Ze knikte kort. 'Ergens tussen "onvoldoende" en "volslagen in gebreke". Ik snakte er altijd naar. Ik had zo graag eens een keer overstelpt willen worden met liefde, overvoerd met liefde, tot het punt van "Nee dank je, zo is het genoeg, het heeft gesmaakt". Maar nooit hebben ze me dat gegeven. Wanneer ik wilde knuffelen, werd ik opzijgeschoven. Altijd mopperden ze dat ik geld kostte. Zo ging het altijd. In de vijfde of de zesde klas van de lagere school dacht ik bij mezelf: ik ga zelf iemand vinden die het hele jaar honderd procent van me houdt. Dat besloot ik toen.'

'Wat erg,' zei ik meelevend. 'En ben je daarin geslaagd?'

'Dat is een moeilijk punt,' zei Midori. Ze dacht een poosje na terwijl ze naar de rook keek. 'Misschien heb ik zo lang gewacht dat ik volmaaktheid verlang. Dat maakt het moeilijk.'

'Volmaakte liefde?'

'Dat is het niet. Zoveel verlang zelfs ik niet. Ik verlang eigenlijk simpele toegeeflijkheid. Stel ik zeg tegen jou dat ik enorme trek heb in een aardbeientaartje. Jij laat dan ogenblikkelijk alles uit je handen vallen en gaat ervandoor om dat voor mij te halen. Buiten adem kom je terug en je zegt: "Midori, hier is je aardbeientaartje." Je geeft het me aan en op dat moment zeg ik: "Nou, ik heb er helemaal geen trek meer in," en ik gooi het – hup – het raam uit. Daar verlang ik naar.'

'Volgens mij heeft dat niet zoveel met liefde te maken,' zei ik enigszins verbijsterd.

'Jawel hoor. Alleen weet jij dat niet,' zei Midori. 'Meisjes hebben soms van die momenten dat zoiets enorm belangrijk is.'

'Een aardbeientaartje uit het raam gooien?'

'Precies. En dan zou ik graag willen dat de man in kwestie zegt: "Ik begrijp het, hoor, Midori, ik begrijp het. Ik had eigenlijk kunnen voorzien dat je trek in aardbeientaart zou verdwijnen. Ik was zo dom en ongevoelig als ezelpoep. Om het goed te maken zal ik iets anders voor je halen. Waar heb je zin in? Chocolademousse? Of toch liever kwarktaart?"'

'En dan?'

'Ik zal precies zoveel van hem houden als dat hij voor me overheeft.'

'Het klinkt mij nogal onzinnig in de oren.'

'Maar voor mij is dat liefde. Alleen wil niemand het begrijpen,' zei ze terwijl ze tegen mijn schouder licht haar hoofd schudde. Voor sommige mensen begint liefde met iets heel kleins of banaals. Als dat ontbreekt, wordt het nooit wat.'

'Ik heb nog nooit een meisje ontmoet dat er zo over denkt als jij,' zei ik.

'Dat zeggen ze wel vaker,' zei ze, op haar nagelriemen bijtend. 'Maar het is echt de enige manier waarop ik kan denken. Eerlijk waar. Ik heb er nooit bij stilgestaan dat mijn manier van denken afwijkt van die van andere mensen, en daar ben ik ook niet op uit. Maar als ik eerlijk ben, denkt iedereen dat het een grap is, of een toneelstukje. Daar baal ik af en toe wel van.'

'En dan denk je: laat mij maar omkomen in een brand?'

'O nee, dat is het niet. Het is gewoon nieuwsgierigheid.'

'Om bij een brand om te komen?'

'Nee, om te zien hoe je zou reageren,' zei Midori. 'Maar ik ben niet bang om dood te gaan. Echt niet. Je wordt bedwelmd door de rook, je verliest je bewustzijn en voor je er erg in hebt ben je dood. Dat vind ik niet eng, vergeleken dan met de manier waarop mijn moeder en andere familieleden zijn doodgegaan. In onze familie gaat iedereen dood na een erge ziekte die gepaard gaat met veel pijn. Dat zit ons blijkbaar in het bloed. Het doodgaan duurt altijd heel lang. Op het laatst weet je niet eens meer of ze nog in leven zijn of niet. Het laatste waar ze zich van bewust zijn, is pijn en lijden.'

Midori stak een Marlboro tussen haar lippen en stak hem aan.

'Voor zo'n soort dood ben ik wel bang. Dat heel, heel langzaam de schaduw van de dood het domein van het leven overneemt, dat het voordat je er erg in hebt zo donker wordt dat je niets meer kunt zien en dat de mensen om je heen van je denken dat je meer dood dan levend bent. Dat vind ik afschuwelijk. Dat is echt onverdraaglijk, voor mij.'

Uiteindelijk was de brand een halfuur later geluwd. Het zag ernaar uit dat hij zich niet had uitgebreid en dat er ook geen gewonden waren gevallen. Op één brandweerwagen na rukte de brandweer in en ook de menigte verspreidde zich weer, opgewonden pratend, door de winkelstraat. De politiewagen die het verkeer regelde bleef op de weg staan, met zijn zwaailicht aan. Twee kraaien streken neer op een elektriciteitspaal en bekeken de gebeurtenissen beneden.

Toen de brand voorbij was, maakte Midori een afgematte indruk. Futloos staarde ze in de verte. Ze zei niets meer.

'Ben je moe?' vroeg ik.

'Dat is het niet,' zei Midori. 'Voor het eerst in lange tijd laat ik even alle spanning los. Even helemaal niets.'

Ik keek haar in de ogen en zij keek naar mij. Ik sloeg mijn arm om haar schouders en zoende haar. Midori bewoog haar schouder een fractie, maar al snel ontspande ze zich weer en sloot haar ogen. Vijf, zes seconden zaten we stil met onze lippen op elkaar. De prille herfstzon wierp een schaduw van haar wimpers op haar wang en ik zag hoe die licht trilde.

Het was een lieve, vriendelijke zoen, zonder doel of richting. Als we niet in de middagzon op de wasdroogplaats bier drinkend naar de brand hadden gekeken, had ik Midori vermoedelijk die dag niet gezoend, en ik denk dat voor haar hetzelfde gold. Doordat we de hele tijd op de wasdroogplaats hadden gezeten en hadden gekeken naar de dakpannen die schitterden in de zon, naar de rook en naar de vliegjes, was er een warm en vertrouwd gevoel ontstaan, dat we onbewust in een of andere vorm wilden vasthouden. Zo'n soort zoen was het. Maar zoals bij alle zoenen het geval is, bevatte hij natuurlijk ook een element van gevaar.

Midori was de eerste die iets zei. Ze pakte zacht mijn hand. Met enige moeite zei ze dat ze met iemand verkering had. Ik zei dat ik zoiets wel ongeveer had begrepen.

'Heb jij een vriendinnetje?'

'Ja.'

'Maar je hebt toch altijd tijd op zondag?'

'Het is heel ingewikkeld,' zei ik.

Ik realiseerde me dat de charme van een lome middag in de prille herfst was verdwenen.

Om vijf uur zei ik dat ik naar mijn werk moest en ging weg. Ik had voorgesteld om samen ergens een klein hapje te eten, maar ze zei dat ze thuis moest blijven omdat er misschien gebeld zou worden.

'Ik heb er een hekel aan om de hele dag thuis op een telefoontje te moeten wachten. Als ik de hele dag alleen thuis zit te wachten, krijg ik het gevoel dat mijn hele lichaam gaat rotten. Dat het beetje bij beetje wegrot en oplost, tot op het laatst alleen een drabbige groene vloeistof overblijft die door de aarde wordt opgezogen. Op het laatst blijven alleen mijn kleren over.'

'Als je nog een keer telefoonwacht hebt, dan zal ik je gezelschap houden. Inclusief lunch, welteverstaan,' zei ik.

'Goed. Dan zal ik zorgen voor een brand toe,' zei Midori.

Bij het college Theatergeschiedenis de volgende dag liet Midori zich niet zien. Na college at ik in de kantine in mijn eentje een smakeloze, koude lunch en ging toen in de zon om me heen zitten kijken. Vlak bij me stonden twee studentes een lang gesprek te voeren. De een klemde een tennisracket tegen haar borst met een tederheid alsof het een baby betrof; de ander had een paar boeken en een elpee van Leonard Bernstein bij zich. Het waren allebei mooie meisjes, die geanimeerd met elkaar aan het praten waren. Vanuit het studentenclubhuis klonk het geluid van iemand die zijn basloopjes aan het oefenen was. Her en der stonden groepjes van vier, vijf studenten hun mening te ventileren, te lachen en te joelen. Op de parkeerplaats was een groep aan het skateboarden. Een docent met een leren tas onder zijn arm geklemd stak slalommend tussen de skateboarders over. Op de binnentuin was een gehelmde studente voorovergebogen bezig een of andere tekst over de Amerikaanse invasie in Azië op een groot bord te kalken dat op de grond stond. Het vertrouwde tafereel van een universiteit tijdens de lunchpauze. Toen ik dit tafereel met hernieuwde aandacht bekeek, viel me opeens iets op. Iedereen zag er stuk voor stuk heel gelukkig uit. Ik wist niet of ze echt gelukkig waren of er alleen maar zo uitzagen. Maar op deze aangename middag eind september leek iedereen gelukkig en daardoor werd het me droever te moede dan ooit tevoren. Ik had het gevoel dat ik als enige hier niet bij paste.

In welke omgeving had ik eigenlijk wél gepast, vroeg ik me af. Het laatste vertrouwde beeld dat ik me kon herinneren was van het biljartcafé vlak bij de haven waar ik met Kizuki samen had gebiljart. Maar nog diezelfde avond was Kizuki overleden. Sindsdien was er een verstijvende, koude lucht tussen mij en de wereld gekropen. Ik vroeg me af wat Kizuki's bestaan eigenlijk voor me had betekend. Ik kon er geen antwoord op vinden. Wel wist ik met zekerheid dat door Kizuki's dood een deel van mijn adolescentie volledig en voor altijd verloren was gegaan. Maar wat het betekende en wat voor gevolgen het zou hebben, kon ik onmogelijk bevatten.

Ik bleef daar een hele tijd zitten kijken. Ik hoopte Midori tegen te komen, maar ze kwam die dag niet opdagen. Toen de pauze was afgelopen, ging ik in de bibliotheek mijn college Duits voorbereiden.

Aan het eind van die week kwam Nagasawa op zaterdagmiddag naar mijn kamer en vroeg of ik zin had die avond met hem mee uit te gaan. Hij zou wel voor permissie voor een overnachting buitenshuis zorgen. Ik zei dat ik wel zin had. Mijn hoofd was de hele week al enorm mistig en ik had wel zin om met iemand naar bed te gaan, om het even wie.

Aan het eind van de middag ging ik in bad, schoor me en trok een katoenen jasje en een schoon poloshirt aan. Ik at met Nagasawa samen in de kantine en daarna gingen we met de bus naar Shinjuku. We stapten in het rumoerige Shinjuku Sanbancho uit, liepen eerst een tijdje rond in de buurt, gingen toen een bar binnen waar we wel vaker kwamen en wachtten tot er geschikte meisjes kwamen. Altijd kwamen hier veel meisjes samen, maar uitgerekend vandaag niet. We bleven er een uur of twee, in een dusdanig tempo aan onze whiskysoda nippend dat we niet te dronken werden. Er kwamen twee leuke meisjes aan de bar zitten en ze bestelden een gimlet en een margarita. Snel ging Nagasawa op hen af en knoopte een praatje aan, maar ze hadden al een afspraakje. Toch praatten we een tijdlang gezellig met z'n vieren, maar zodra de jongens op wie ze hadden gewacht kwamen opdagen, gingen de meisjes naar hen toe.

Nagasawa stelde voor een andere bar te proberen en troonde mij mee. Het was nogal een achterafgelegen zaakje en het merendeel van de gasten was al behoorlijk aangeschoten en uitbundig. Aan een tafeltje achterin zaten drie meisjes. We gingen naar hen toe en babbelden gezellig met z'n vijven. Maar toen we ze meevroegen om ergens anders iets te gaan drinken, zeiden ze dat ze weg moesten omdat ze zich aan de nachtklok moesten houden. Ze woonden alle drie op de campus van een meisjesuniversiteit. Het zat ons echt tegen die dag. We probeerden nog een tent, maar dat was ook niets. Het zag er niet naar uit dat er nog meisjes op ons pad zouden komen.

Om halftwaalf hield Nagasawa het voor gezien.

'Het spijt me dat ik je voor niets van hot naar her heb meegesleept,' zei hij.

'Het geeft niks,' zei ik. 'Het is op zich al leuk om te merken dat zelfs jij weleens zulke dagen hebt.'

'Het gebeurt me ongeveer één keer per jaar,' zei hij.

Eerlijk gezegd kon de seks me allang niets meer schelen. Na drieenhalf uur rondbanjeren in het gedruis van Shinjuku Sanbancho op zaterdagavond en de onbestemde energie waarnemen die het gevolg is van de mix van seks en alcohol, kwam mijn eigen seksuele lust me als iets onbenulligs voor.

'Wat nu, Watanabe?' vroeg Nagasawa.

'Misschien een nachtfilm. Ik ben al een tijd niet naar de film geweest.'

'Dan ga ik liever naar Hatsumi, als je het niet erg vindt.'

'Ik hou je niet tegen,' zei ik lachend.

'Als je wilt kan ik je wel voorstellen aan een meisje bij wie je kunt blijven logeren. Wat vind je?'

'Laat maar. Vandaag ga ik liever naar de film.'

'Het spijt me. Ik zal het een keer goedmaken,' zei hij. Hij verdween in de menigte. Bij een hamburgertentje at ik een cheeseburger en dronk ik een kop hete koffie, en daarna keek ik in een filmhuis in de buurt naar *The Graduate*. Ik vond het geen geweldige film, maar aangezien ik verder niets te doen had, bleef ik zitten en keek ik hem nog een keer. Toen ik uit de bioscoop kwam, dwaalde ik in gedachten verzonken door het koude Shinjuku van vier uur 's ochtends.

Toen ik genoeg had van het rondlopen, ging ik naar een koffiehuis dat de hele nacht open was en daar wachtte ik met koffie en een boek tot de eerste treinen weer reden. Al snel liep de zaak vol met mensen die net als ik op de eerste trein wachtten. De ober kwam naar me toe en vroeg of ik mijn tafel wilde delen. Ik vond het goed. Ik was toch een boek aan het lezen en het maakte me niet uit of er iemand tegenover me zat.

Twee meisjes schoven bij me aan. Ze waren zo te zien van mijn leeftijd. Ze waren geen van beiden spetters, maar ze zagen er niet gek uit. Met hun keurige make-up en kleding leken ze niet het type dat om vijf uur 's nachts door Kabukicho dwaalt. Ik vermoedde dat ze per ongeluk de trein hadden gemist of zo. Ze leken opgelucht dat ze bij mij aan tafel waren terechtgekomen. Ik zag er netjes uit, had me die avond nog geschoren en bovendien was ik verdiept in *De Toverberg* van Thomas Mann.

De een was groot van stuk en droeg een grijs zeiljack op een witte jeans; ze had een grote tas van nepleer en droeg grote oorbellen in de vorm van schelpen. De ander was klein en had een bril op; ze droeg een blauw vest op een geruit overhemd en had een turkooisblauwe ring om. De kleine had de gewoonte zo nu en dan haar bril af te zetten en met haar vinger in haar ogen te wrijven.

Ze bestelden allebei een koffie verkeerd met taart, namen de tijd om die op te eten en terwijl ze zacht ergens over leken te overleggen dronken ze hun koffie. Het grote meisje draaide zich een paar keer om, de kleine keek een paar keer naar opzij. Omdat de muziek van Marvin Gaye of de Bee Gees luid uit de speakers kwam, kon ik niet opvangen waar ze het over hadden, maar het leek erop dat de kleine ergens over inzat of boos was en dat de grote het wat probeerde te relativeren. Ik keek afwisselend in mijn boek en naar de meisjes.

Toen de kleine met haar schoudertas naar het toilet ging, wendde de grotere zich tot mij en zei: 'Neem me niet kwalijk.' Ik legde mijn boek neer en keek haar aan.

'Weet je misschien een zaak hier in de buurt waar je nog iets kunt drinken?' zei ze.

'Na vijf uur 's ochtends?' vroeg ik verbaasd.

'Ja.'

'Kijk, om tien voor halfzes zijn de meeste mensen aan het bijkomen van de drank en op weg naar huis om te slapen.'

'Ja, dat begrijp ik natuurlijk wel, maar toch,' zei ze beschaamd. 'Mijn vriendin zegt dat ze hoe dan ook nog wat wil drinken. Nou ja, er speelt het een en ander.'

'Dan zit er niet veel anders op dan thuis met z'n tweeën te gaan drinken.'

'Maar ik moet om halfacht de trein naar Nagano halen.'

'Dan zit er niets anders op dan iets bij een automaat te kopen en dat ergens op te drinken.'

Of ik dan niet met hen mee wilde gaan, alsjeblieft, zei ze. Want twee meisjes alleen konden dat niet doen, vond ze. Ik had in Shinjuku op dit tijdstip al van alles meegemaakt, maar het was voor het eerst dat twee onbekende meisjes me om tien voor halfzes uitnodigden om met hen mee te gaan op zoek naar drank. Omdat ik moeilijk kon weigeren en toch niets te doen had, kocht ik bij een automaat in de buurt een paar blikjes sake en iets te knabbelen en ging met de twee meisjes met de buit naar een open plek bij de westelijke uitgang van station Shinjuku, en daar richtten we een soort feestje aan.

Ze vertelden dat ze allebei bij hetzelfde reisbureau werkten. Ze waren allebei dit jaar afgestudeerd van de hogeschool en net begonnen met werken, en ze waren goede vriendinnen.

De kleine had een vriendje met wie ze een jaar lang goed had opgetrokken, maar ze was erachter gekomen dat hij met een ander meisje naar bed was geweest en daardoor zat ze erg in de put. Zo was het verhaal in grote lijnen. De grote was die dag naar de bruiloft van haar broer geweest en zou die avond weer naar haar ouderlijk huis in Nagano teruggaan, maar ze had besloten met haar vriendin een avond door te halen in Shinjuku en zondag met de eerste intercity terug te keren.

'Maar hoe ben je er nu eigenlijk achter gekomen dat hij met iemand anders naar bed was geweest?' vroeg ik aan het kleine meisje.

Het kleine meisje plukte aan het gras bij haar voeten terwijl ze af en toe van de sake nipte. 'Toen ik de deur van zijn kamer opendeed, waren ze voor mijn ogen bezig. Geen twijfel mogelijk.'

'En wanneer was dat?'

'Eergisteravond.'

'Aha,' zei ik. 'En de deur was niet op slot?'

'Inderdaad.'

'Waarom zou hij de deur niet op slot hebben gedaan?' vroeg ik.

'Dat weet ik toch niet? Hoe kan ik dat nou weten?'

'Maar vind je zoiets niet schokkend? Dat is toch vreselijk? Hoe moet zij zich wel niet voelen?' zei de grote meevoelend.

'Ik kan er niet veel van zeggen, maar misschien zouden jullie er beter aan doen om het samen uit te praten. Het komt er denk ik uiteindelijk op neer of je het hem vergeeft of niet, later,' zei ik.

'Niemand begrijpt hoe ik me voel,' gooide het kleine meisje eruit, terwijl ze onveranderlijk aan het gras plukte.

Vanuit het westen kwam een groep kraaien aanvliegen en ze vlogen over het Odakyu-warenhuis. Het begon echt al licht te worden. Omdat terwijl we praatten het tijdstip naderde dat de trein van de grote vertrok, gaven we de sake die nog over was aan een zwerver bij de westingang van het station en kochten we een perronkaartje om haar uit te zwaaien. Toen haar trein helemaal uit het zicht was verdwenen, gingen het kleine meisje en ik zonder dat de een de ander uitnodigde een hotel in. Geen van beiden hadden we speciaal zin om eens met elkaar naar bed te gaan, alleen konden we er niet toe besluiten het niet te doen.

In het hotel kleedde ik me als eerste uit en ging in bad. In bad ging ik pathetisch door met bier drinken. Het meisje kwam er even later ook bij. Met z'n tweeën lagen we in het hete bad naast elkaar en dronken bier. Hoeveel ik ook dronk, ik werd maar niet dronken en moe was ik ook niet. Haar huid was wit en glad. De vorm van haar benen was heel mooi. Toen ik haar complimenteerde met haar benen, zei ze lusteloos: 'Dank je.'

Maar toen we in bed stapten, leek ze een ander mens. Meegaand met de bewegingen van mijn hand, reageerde ze gevoelig en kronkelde en kreunde. Toen ik bij haar naar binnen ging, zette ze prompt haar nagels in mijn rug en toen ze bijna klaarkwam, riep ze wel zestien keer de naam van een andere man. Om mijn zaadlozing uit te stellen hield ik namelijk zorgvuldig de tel bij. Meteen daarna vielen we in slaap.

Toen ik om halfeen wakker werd, was ze er niet meer. Er lag ook geen briefje of een boodschap. Doordat ik op zo'n vreemd tijdstip nog had gedronken, voelde een deel van mijn hoofd zwaar aan. Ik nam een douche om de slaap te verdrijven, schoor me, ging naakt op een stoel zitten en dronk een sapje uit de koelkast. Ik probeerde me de gebeurtenissen van de vorige avond stuk voor stuk te herinneren. Het voelde allemaal onwerkelijk aan, alsof er twee, drie lagen glas tussen zaten, maar ik had het onmiskenbaar aan den lijve ervaren. Op tafel stond nog het glas waaruit we bier hadden gedronken en bij de wastafel lagen de gebruikte tandenborstels.

Ik nam een eenvoudige lunch in Shinjuku en daarna probeerde ik in een telefooncel Midori Kobayashi te bellen. Ik dacht dat ze misschien weer in haar eentje thuiszat om de telefoon aan te nemen. Ik belde vijftien keer, maar niemand nam op. Twintig minuten later belde ik nog een keer, maar het resultaat was hetzelfde. Met de bus ging ik terug naar mijn campus. In mijn postvak bij de ingang zat een expresbrief. Het was een brief van Naoko.

5

'Dankjewel voor je brief,' schreef Naoko. Haar ouders hadden de brief snel doorgestuurd naar 'hier', schreef ze. Ze vond me niet opdringerig, ze was eerlijk gezegd juist heel blij dat ik een brief had gestuurd. Ze had er zelf ook al over gedacht me te schrijven.

Toen ik tot zover had gelezen, zette ik het raam open, deed mijn jas uit en ging op het bed zitten. Uit een duiventil in de buurt klonk het gekoer van duiven. Wind bewoog de gordijnen. Ik stond daar met de zeven velletjes briefpapier die Naoko me had gestuurd in mijn hand en gaf me over aan een niet te stuiten stroom gedachten. Bij het lezen van die eerste paar regels alleen al bekroop me het gevoel dat alle kleur uit de werkelijke wereld wegtrok. Ik deed mijn ogen dicht en het duurde een hele tijd voor ik mezelf weer bij elkaar had. Ik haalde diep adem en las verder.

Er zijn nu vier maanden voorbij sinds ik hier ben gekomen.

Ik heb in die vier maanden veel nagedacht over jou. Hoe meer ik nadacht, hoe meer ik me afvroeg of ik wel oprecht tegen je ben geweest. Ik vind dat ik me tegen jou veel volwassener en oprechter had moeten gedragen.

Misschien is het niet normaal om er zo tegenaan te kijken. Om te beginnen gebruiken meisjes van mijn leeftijd een woord als 'oprecht' niet. Of iets oprecht is of niet, kan een gemiddeld meisje van mijn leeftijd niet echt iets schelen. Jonge meisjes vragen zich niet af of iets oprecht is of niet, maar alleen maar of iets mooi is, en of het ze gelukkig maakt. 'Oprecht' is hoe je het wendt of keert toch meer een woord voor mannen. Maar voor mij voelt het op dit moment precies goed. Misschien komt dat doordat voor mij de vraag of iets mooi is of me gelukkig maakt heel lastig en gecompliceerd is, en ben ik daarom op een andere standaard overgegaan. Bijvoorbeeld of iets oprecht is, of eerlijk, of universele geldigheid heeft.

Maar hoe het ook zij, ik denk dat ik tegenover jou niet oprecht ben geweest. Ik denk dat ik je daardoor behoorlijk om de tuin heb geleid en pijn heb gedaan. Daarbij heb ik ook mezelf om de tuin geleid en pijn gedaan. Ik wil het niet goed praten en ik wil me ook niet verdedigen, maar zo is het. Mocht ik in jou een wond hebben achtergelaten, dan is dat niet alleen jouw wond, maar ook de mijne. Haat me er niet om, alsjeblieft. Ik ben een mens met onvolkomenheden. Daarom wil ik juist dat je me niet haat. Als je me zou haten, zou ik echt uit elkaar vallen. Ik kan niet, zoals jij, er teruggetrokken in mijn eigen schil aan voorbijgaan. Ik weet niet of het echt zo is, maar soms komt het zo op me over. Daar kan ik je zo nu en dan enorm om benijden, en dat ik je meer dan nodig is om de tuin heb geleid is daar misschien ook wel aan te wijten.

Misschien is deze zienswijze wel overanalytisch. Wat vind jij? De therapie hier is beslist niet overanalytisch. Maar wanneer je, zoals ik, al een paar maanden in therapie bent, word je vanzelf in meerdere of mindere mate analytisch, of je wilt of niet. Dat iets zo is gelopen, komt daardoor, en dat betekent dus dit en daarom is het zus – op die manier. Ik weet zelf niet of zo'n analyse de wereld eenvoudiger maakt of juist gefragmenteerder.

Hoe dan ook, ik heb het gevoel dat ik, vergeleken met een zeker moment, een heel stuk hersteld ben en ook de mensen om me heen bevestigen dat. Het is lang geleden dat ik zo rustig een brief kon schrijven. De brief die ik je in juli stuurde moest uit mijn tenen komen. (Eerlijk gezegd weet ik helemaal niet meer wat ik toen heb geschreven. Was het geen vreselijke brief?) Maar dit keer zit ik heel rustig te schrijven. Schone lucht, een van de buitenwereld afgesloten wereld, een regelmatig leven, elke dag beweging – ik schijn dat soort dingen toch nodig te hebben. Het is fijn om iemand een brief te kunnen schrijven. Je eigen gedachten aan iemand anders over te willen brengen, aan je bureau te gaan zitten, je pen te pakken en het te kunnen opschrijven is echt geweldig. Natuurlijk kan ik schrijvend maar een klein deel uitdrukken van wat ik wil zeggen, maar dat maakt me niet uit. Alleen al het gevoel dat ik iemand iets wil schrijven is voor mij, in mijn huidige toestand, geluk. Daarom schrijf ik je nu. Het is nu halfacht 's avonds, het avondeten is gedaan en ik ben net uit bad. Het is stil om me heen en buiten is het pikdonker. Er is niet één lichtje te bekennen. De sterren zijn hier meestal heel goed te zien, maar vandaag niet, omdat het bewolkt is. De mensen hier weten allemaal heel veel van sterren en ze wijzen mij erop: 'Kijk, dat is Maagd, dat is de Boogschutter.' Misschien hebben ze zich in de sterren verdiept omdat ze er niets aan vinden om 's avonds niets te doen te hebben. Om hetzelfde soort reden weten de mensen hier ook heel veel van vogels en van bloemen en van insecten. Als ik met hen praat, realiseer ik me dat ik van heel veel dingen niets weet, en dat voelt best aangenaam.

In totaal zijn hier ongeveer zeventig mensen opgenomen en er is een staf (dokters, verpleegsters, administratie en dergelijke) van iets meer dan twintig personen. Aangezien het hier heel ruim is, is dat niet veel. Beter gezegd: dat is ronduit weinig. Te midden van de ruimte en de natuur leven we hier heel rustig. Zo rustig zelfs dat je soms het gevoel krijgt dat dit hier de echte, normale wereld is. Maar dat is het natuurlijk niet. Het is alleen zo omdat we hier onder bepaalde voorwaarden leven.

Ik speel tennis en basketbal. De basketbalteams bestaan uit zowel patiënten (ik heb een hekel aan dat woord, maar er is niets aan te doen) als staf. Maar in het vuur van het spel weet ik op het laatst niet meer wie nu patiënt is en wie staf. Dat heeft iets vreemds. Het klinkt misschien gek, maar als ik tijdens het spel om me heen kijk, ziet iedereen er even vervormd uit.

Toen ik dat op een dag tegen mijn dokter zei, zei hij dat wat ik voelde in zekere zin klopte. Hij zei dat het niet de bedoeling is van de kliniek om hier de vervorming recht te buigen, maar om aan die vervorming te wennen. Een van onze probleempunten is ons onvermogen om de vervorming te erkennen en te aanvaarden, zei hij. Zoals ieder mens zijn eigen manier van lopen heeft, zo heeft iedereen ook zijn eigen manier van voelen en van denken, en zijn eigen manier om naar de dingen te kijken; al zou je het willen bijsturen, het laat zich niet zomaar bijsturen; en als je het met alle geweld toch aanpakt, dan schijnt de afwijking op een andere plaats de kop op te steken. Dit is natuurlijk een enorm vereenvoudigde uitleg en het is maar een deel van de problemen waar we mee kampen, maar ik begrijp wel ongeveer wat hij wilde zeggen. Misschien kunnen we ons wel nooit helemaal aanpassen aan onze afwijkingen. Omdat we de daadwerkelijke pijn of het lijden dat deze afwijkingen veroorzaken niet goed een plek kunnen geven in onszelf en ons er verre van willen houden, zitten we hier. Zolang we hier zitten kunnen we niemand pijn doen en kan niemand anders ons pijn doen, want hier zijn we ons er allemaal van bewust dat we die afwijkingen hebben. Dat is het grote verschil tussen de buitenwereld en hier. In de wereld buiten leeft het gros van de mensen zonder zich bewust te zijn van zijn eigen afwijking, terwijl in onze kleine wereld die afwijking juist een voorwaarde is. Wij dragen onze afwijking zoals indianen veren op hun hoofd dragen om de verwantschap met hun stam te tonen. En we leven hier kalm en zonder elkaar pijn te doen.

Behalve dat we aan sport doen, verbouwen we ook groente. Tomaten, aubergines, komkommer, watermeloen, aardbeien, prei, kool, rettich, en nog veel meer. We verbouwen bijna alles. We hebben ook kassen. De mensen hier hebben veel verstand van groenten verbouwen en zijn heel toegewijd. Ze lezen er boeken over, nodigen specialisten uit en discussiëren van 's morgens tot 's avonds over zaken als meststoffen en de kwaliteit van de grond. Ik ben het groenten kweken ook heel leuk gaan vinden. Het is heel mooi allerlei groenten en fruit elke dag beetje bij beetje groter te zien worden. Heb jij ooit een watermeloen geteeld? Die zwelt net zo op als een klein diertje.

Elke dag eten we deze vers geoogste groenten en fruit. Natuurlijk eten we ook vlees en vis, maar als je hier bent, krijg je daar steeds minder trek in, zo lekker en fris zijn die groenten. Soms gaan we eropuit en plukken we wilde groenten of paddenstoelen. Er zijn hier mensen die daar veel verstand van hebben (het barst hier welbeschouwd van de deskundigen) die ons leren wat we kunnen plukken en wat niet. Dankzij dit alles ben ik sinds ik hier ben drie kilo aangekomen. Ik ben nu precies op een goed gewicht. Dankzij de lichaamsbeweging en de regelmatige maaltijden.

De rest van de tijd brengen we door met lezen, of naar muziek luisteren, of breien. We hebben hier geen tv of radio, maar daarentegen is er een heel redelijke bibliotheek met boeken én platen. De platencollectie reikt van de complete symfonieën van Mahler tot de Beatles en ik leen daar altijd platen waar ik dan op mijn eigen kamer naar luister.

Een minpunt van deze instelling is dat als je eenmaal binnen bent, het heel lastig wordt, of anders wel heel beangstigend, om weer naar *buiten te gaan. Zolang we hier binnen zijn, voelen we ons vredig en rustig. Onze afwijkingen zijn hier volkomen normaal. Het voelt zelfs alsof je hersteld bent. Maar ik heb niet de zekerheid dat de buitenwereld ons werkelijk op dezelfde manier zal accepteren.*

Mijn dokter zegt dat het voor mij langzamerhand tijd wordt om contact te hebben met mensen van buiten. Met 'mensen van buiten' bedoelt hij gewone mensen in de gewone wereld, maar toen hij het zei, kon ik alleen maar aan jou denken. Eerlijk gezegd hoef ik mijn ouders niet zo nodig te zien. Zij zijn erg aangeslagen door mijn toestand en als ik ze zou zien, zou ik me alleen maar schuldig voelen. Bovendien moet ik je een aantal dingen uitleggen. Ik weet niet of het me lukt, maar het is heel belangrijk en ik kan er niet omheen.

Maar voel me alsjeblieft niet als ballast omdat ik dit heb gezegd. Ik wil voor niemand ballast zijn. Ik voel jouw genegenheid voor mij. Daar prijs ik me gelukkig om en dat gevoel wil ik eerlijk aan je overbrengen. Ik heb in mijn huidige toestand zulke genegenheid hard nodig. Mocht iets van wat ik je nu schrijf je op een of andere manier storen, dan verontschuldig ik me daarvoor. Vergeef het me alsjeblieft. Zoals ik je al eerder schreef, ben ik veel onvolkomener dan jij je realiseert.

Soms vraag ik me dit af: stel dat we elkaar onder normale omstandigheden hadden ontmoet en stel dat we iets voor elkaar hadden gevoeld, hoe zou het dan zijn gelopen? Stel dat ik normaal was geweest en dat jij normaal was geweest (wat je trouwens ook bent) en stel dat Kizuki er niet was geweest, hoe zou het dan gelopen zijn? Maar er is te veel 'stel'. Toch doe ik een poging om eerlijk en oprecht te zijn. Dat is het enige dat ik op dit moment kan. Ik hoop dat ik iets van mijn gevoel aan jou kan overbrengen.

In tegenstelling tot een gewoon ziekenhuis zijn de bezoektijden in deze instelling vrij. Zolang je een dag van tevoren opbelt, kun je me altijd komen bezoeken. We kunnen ook samen eten en je kunt hier zelfs logeren. Kom me alsjeblieft eens opzoeken als het je schikt. Ik verheug me erop je te zien. Ik stuur een plattegrond mee. Het spijt me dat de brief zo lang is geworden.

Toen ik de brief uit had, las ik hem nog een keer. Toen ging ik naar beneden, kocht een blikje cola uit de automaat en las de brief cola drinkend nog een keer. Toen deed ik de zeven velletjes briefpapier weer in de envelop en legde hem op mijn bureau. Op de roze envelop stonden mijn naam en adres in een volwassen handschrift, dat voor een meisje misschien wel iets te volwassen was. Ik ging aan mijn bureau zitten en bekeek de envelop een tijdlang. Aan de achterkant stond als afzender 'Villa Ami'. Een vreemde naam. Ik liet mijn gedachten er vijf, zes minuten over gaan en bedacht toen dat de naam wel zou verwijzen naar het Franse *ami*.

Ik borg de brief op in een la, kleedde me om en ging naar buiten. Ik had het gevoel dat ik de brief nog tien of twintig keer zou herlezen als ik er bij in de buurt bleef. Ik liep doelloos door het zondagse Tokio zoals ik vroeger altijd samen met Naoko had gedaan. Ik liep de ene straat in, de andere uit en haalde me ondertussen regel voor regel haar brief voor de geest en liet mijn gedachten gaan over elke zin. Toen de zon onderging, keerde ik terug naar de campus en belde naar 'Villa Ami'. Ik kreeg een receptioniste aan de lijn die vroeg waar ik voor belde. Ik zei dat ik voor Naoko belde, dat ik haar graag de volgende dag 's middags wilde opzoeken en of dat mogelijk was. Ze vroeg mijn naam en zei me over een halfuur terug te bellen.

Toen ik na het eten belde, kreeg ik dezelfde vrouw aan de lijn. Het was inderdaad mogelijk en ik was van harte welkom. Ik bedankte haar en hing op. Ik stopte schone kleren en toiletspullen in een rugzak. Met een glas whisky in de hand las ik verder in *De Toverberg* tot ik moe werd, maar pas na een uur 's nachts kon ik de slaap vatten.

6

Zodra ik op maandagochtend om zeven uur wakker werd, waste ik mijn gezicht, schoor me en ging zonder te ontbijten naar het campushoofd om hem te zeggen dat ik twee dagen weg zou zijn voor een tocht naar de bergen. Omdat ik wel vaker korte reizen had gemaakt als ik vrij was, had hij er niets op aan te merken. Ik stapte in een bomvolle forenzentrein naar station Tokio, kocht een kaartje voor de Shinkansen naar Kioto en stapte in de eerste de beste Hikari-exprestrein. Ik nam een kop koffie met een sandwich bij wijze van ontbijt. Daarna sliep ik ongeveer een uur.

Ik kwam iets voor elven in Kioto aan. Ik volgde de instructies van Naoko en nam de stadsbus naar Sanjo. Daar liep ik naar de informatiebalie van het streekvervoer en vroeg hoe laat en van welke halte lijn 36 vertrok. Het was het laatste perron, de bus zou om vijf over halftwaalf vertrekken en het zou een uur duren naar mijn bestemming. Ik kocht een kaartje. Bij een boekhandel in de buurt kocht ik een plattegrond en op een bankje in de wachtruimte probeerde ik de precieze locatie van Villa Ami te vinden. Afgaand op de kaart lag die vervaarlijk diep in de bergen. De bus passeerde berg na berg in noordelijke richting, tot hij niet verder kon, en reed daarvandaan terug naar de stad. Ik moest uitstappen bij de een na laatste halte. Vanaf die bushalte liep een weg de bergen in en na twintig minuten zou ik bij Villa Ami aankomen, had Naoko geschreven. Geen wonder dat het er stil was, zo diep in de bergen.

De bus vertrok met een stuk of twintig passagiers en reed langs de Kamo-rivier naar het noorden de stad uit. Hoe verder we kwamen, hoe spaarzamer de huizen werden, tot ze uiteindelijk plaatsmaakten voor velden en kale grond. Zwarte dakpannen en plastic kassen weerspiegelden oogverblindend het licht van de zon in de prille herfst.

Ten slotte reed de bus de bergen in. De weg was bochtig en de chauffeur moest voortdurend zijn stuur naar links of naar rechts draaien. Ik werd er een beetje misselijk van. De koffie die ik 's ochtends had gedronken kon ik nog proeven. Toen de bochten geleidelijk minder werden en ik een zucht van opluchting slaakte, dook de bus een koel cederbos in. De ceders rezen hoog op als een maagdelijk oerbos. Ze blokkeerden het zonlicht waardoor alles onder een dunne schaduw lag. De wind die door de open ramen binnenkwam, werd plotseling killer en de vochtigheid ervan deed pijn op mijn huid. Het dal van de rivier volgend reden we zo lang door in dit bos dat je ging geloven dat de hele wereld altijd vol had gestaan met ceders. Op dat moment kwam er eindelijk een einde aan het bos en bereikten we een soort plateau dat door bergen was omringd. Op het plateau strekten zich zo ver je kon zien sappige weiden uit en langs de weg stroomde een mooie rivier. In de verte rees hier en daar een witte sliert rook omhoog, bij sommige huizen hing was te drogen aan wasrekken en af en toe blafte er een hond. Voor alle huizen lag brandhout opgestapeld tot aan de dakrand, en daarbovenop lag meestal een poes een middagdutje te doen. Ook al waren er langs de weg steeds zulke tekenen van menselijke bewoning, er was geen mens te zien.

Dit patroon in de omgeving herhaalde zich een paar keer. De bus reed het cederbos in, als we het bos uit kwamen passeerden we een groepje huizen, vervolgens reden we weer het cederbos in. Elke keer als de bus stopte bij een groepje huizen, stapten er een paar passagiers uit. Er stapte niemand in. Ongeveer veertig minuten nadat we waren vertrokken kwamen we bij een bergpas, waar het uitzicht zich ontvouwde. Daar stopte de bus en de chauffeur zei dat we een paar minuten moesten wachten en dat wie even de bus uit wilde, dat gerust mocht doen. Mijzelf meegerekend waren er nog maar vier passagiers over en iedereen stapte uit de bus om even de benen te strekken, een sigaret te roken of te kijken naar het uitzicht op Kioto dat zich onder ons uitstrekte. De buschauffeur deed een plas. Een gebruinde man van rond de vijftig die een grote kartonnen doos met touw erom bij zich had, vroeg me of ik ging bergbeklimmen. Gemakshalve zei ik ja.

Ten slotte kwam van de andere kant een bus omhoog, die naast de onze stopte. De chauffeur stapte uit en maakte een praatje met zijn collega. Toen stapten ze elk weer in hun eigen bus. Ook de passagiers gingen weer op hun plek zitten. De twee bussen zetten zich weer in beweging, elk hun eigen kant op. Al snel werd duidelijk waarom onze bus op de bergpas had gewacht tot de andere bus omhoogkwam: iets verderop werd de weg plotseling erg smal en twee grote bussen konden elkaar daar onmogelijk passeren. De bus passeerde wel een aantal bestelwagens en personenauto's, maar elke keer moest een van beide een stukje achteruitrijden en de breedte van de bocht opzoeken om de ander erlangs te laten.

De huizengroepjes waar we langs kwamen waren nu kleiner dan in het begin en de velden die bebouwd werden waren smaller. De bergen werden steiler en liepen door tot vlak langs de weg. Bij elk groepje huizen waren steevast honden en zodra de bus kwam, blaften ze dat het een aard had.

Bij de bushalte waar ik uitstapte was helemaal niets. Geen huizen, geen akkers. Alleen het bordje van de bushalte stond daar te staan. Er stroomde een riviertje en er begon een wandelroute door de bergen. Ik deed mijn rugzak om en begon langs de rivier de weg omhoog te volgen. Aan de linkerkant van de weg stroomde het riviertje, aan de rechterkant was een loofbos. Toen ik een kwartiertje deze licht stijgende weg had gevolgd, was er een zijweg naar rechts waar ternauwernood een auto door kon en aan het begin ervan stond een bord: VILLA AMI, VERBODEN VOOR ONBEVOEGDEN.

Op het pad waren duidelijk bandensporen te zien. In het bos rondom klonk zo nu en dan het geklapwiek van vogels. Het was een vreemd helder geluid, alsof het gedeeltelijk werd versterkt. Eén keer hoorde ik in de verte een knal – van een geweer? –, maar hij klonk dof, alsof hij door een filter van een paar lagen heen kwam.

Toen ik het loofbos uit liep, kwam ik bij een witte stenen omheining. Het was een muur die niet hoger was dan ikzelf. Er stond geen gaas of hek bovenop en als je wilde kon je er makkelijk overheen klimmen. De zwarte deuren van de poort waren van ijzer en zagen er behoorlijk stevig uit, maar ze stonden open en in het poortwachtershuisje was niemand te bekennen. Naast de poort hing eenzelfde bordje als tevoren: VILLA AMI, VERBODEN VOOR ONBEVOEGDEN. In het poortwachtershuisje waren tekenen dat er even tevoren nog iemand was geweest. In de asbak lagen drie peuken, en stond een halfvol theekopje, op een plank stond een transistorradio en aan de muur hing een klok die met droge tikken de tijd aangaf. Ik wachtte of de poortwachter terug zou komen, maar omdat niets erop wees dat hij in aantocht was, drukte ik twee, drie keer op een soort bel die daar vlakbij hing. Aan de binnenkant van de poort was een parkeerplaats en daar stonden een bestelbusje, een 4WD Land Cruiser en een donkerblauwe Volvo. Er was plek voor wel dertig auto's, maar alleen deze drie stonden er geparkeerd.

Na twee of drie minuten kwam de poortwachter in een blauw uniform op een gele fiets aan op het bospad. Het was een lange man van tegen de zestig met kalende slapen. Hij zette zijn gele fiets tegen de muur van het poortwachtershuisje en zei: 'Sorry voor het wachten,' op een toon waarin niet de minste spijt doorklonk. Op het achterspatbord van de fiets stond in witte verf '32'. Nadat ik mijn naam had gezegd, belde hij op en herhaalde mijn naam twee keer. Degene aan de andere kant van de lijn zei iets, waarop hij 'Ja, ja, ik snap het' antwoordde.

'U loopt naar het hoofdgebouw en daar vraagt u naar dokter Ishida,' zei de poortwachter. 'U volgt deze weg tot aan de rotonde en neemt dan de tweede, let wel: de tweede weg naar links. Daar staat een oud gebouw. Als u daar naar rechts gaat, passeert u weer een bosje en als u dat voorbij bent, staat u bij een betonnen gebouw en dat is het hoofdgebouw. Er staan overal bordjes, dus u zult het wel vinden.'

Zoals hij gezegd had, nam ik bij de rotonde de tweede weg naar links. Ik kwam uit bij een charmant gebouw dat wel een ouderwets landhuis leek. De tuin was mooi aangelegd en onderhouden, met een mooie rotspartij en een stenen lantaarn. Het was zo te zien ooit iemands buitenhuis geweest. Toen ik rechts afsloeg door het bos, kwam ik uit bij een betonnen gebouw van twee verdiepingen. Aangezien het enigszins verzonken was gebouwd, oogde het niet opvallend. Het ontwerp was simpel en het gebouw zag er heel proper uit.

De receptie was op de eerste verdieping. Ik liep een trap op, ging door een glazen deur naar binnen en kwam bij een balie, waar een jong meisje in een rode jurk zat. Ik zei wie ik was en dat me was opgedragen naar dokter Ishida te vragen. Ze glimlachte, gebaarde naar een bruine bank in de hal en vroeg met gedempte stem of ik daar alsjeblieft wilde wachten. Vervolgens draaide ze een telefoonnummer. Ik deed mijn rugzak af, ging op de zachte bank zitten en keek om me heen. Het was een aangename, schone hal. Er stonden een paar potten met kamerplanten, aan de muur hing een smaakvol olieverfschilderij en de vloer was glimmend geboend. Terwijl ik zat te wachten, keek ik naar mijn schoenen, die in de vloer werden weerspiegeld.

Het meisje van de receptie kwam me zeggen dat dokter Ishida onderweg was. Ik knikte. Het was er onvoorstelbaar stil. Er was geen enkel geluid te horen. Je zou denken dat iedereen hier een siësta hield. Het was zo'n stille middag dat het leek of alles – de mensen, de dieren, de insecten, de planten – in diepe slaap was.

Even later hoorde ik het geluid van zachte voetstappen op rubber zolen. Een vrouw van middelbare leeftijd met kort, stug haar verscheen. Ze ging naast me zitten en sloeg haar benen over elkaar. Toen gaf ze me een hand. Tijdens het handenschudden bekeek ze de rug en de palm van mijn hand.

'Je hebt zeker al een paar jaar geen muziekinstrument aangeraakt?' was het eerste dat ze zei.

'Inderdaad,' zei ik verbaasd.

'Ik zie het aan je handen,' zei ze met een lach.

Het was een wonderlijke vrouw. Ze had veel rimpels in haar gezicht en dat viel het eerst op, maar desondanks zag ze er niet oud uit, alsof de rimpels juist een soort jeugdigheid benadrukten die leeftijd overschreed. De rimpels maakten zozeer deel uit van haar gezicht dat je zou zweren dat ze er vanaf haar geboorte hadden gezeten. Als ze lachte, lachten haar rimpels mee en als ze fronste, fronsten haar rimpels mee. Als ze niet lachte of fronste, waren de rimpels een beetje ironisch en warm overal over haar gezicht verspreid. Ze was achter in de dertig en ze was niet alleen heel aardig, maar ook heel innemend. Vanaf het eerste moment mocht ik haar.

Haar haar was rommelig geknipt; hier en daar sprongen plukjes op en ook haar pony viel ongeordend over haar voorhoofd, maar het paste precies bij haar. Ze droeg een blauwe werkblouse over een wit t-shirt, een wijde beige katoenen broek en tennisschoenen. Ze was lang en mager en had nauwelijks borsten. Haar ene mondhoek trok de hele tijd licht spottend op en de rimpels in haar ooghoeken bewogen zo nu en dan. Ze zag eruit als een enigszins nukkige, maar verder vriendelijke en bekwame timmervrouw.

Met ingetrokken kin en getuite lippen bekeek ze me van top tot teen. Ik kreeg het gevoel dat ze elk moment een rolmaat uit haar zak tevoorschijn kon halen en al mijn lichaamsdelen ging opmeten.

'Speel je een muziekinstrument?'

'Nee,' antwoordde ik.

'Jammer. Dat zou leuk geweest zijn.'

Ik zei dat ze daar gelijk in had. Ik had geen notie waarom ze steeds over muziekinstrumenten begon.

Ze haalde een sigaret uit de zak van haar blouse, stak hem tussen haar lippen, stak hem aan met een aansteker en inhaleerde met zichtbaar genot.

'Kijk, eh... Watanabe was het toch? Het leek me beter om je wat uitleg te geven over deze plek voordat je Naoko ontmoet. Daarom praten we hier nu even samen. Het gaat er hier een beetje anders aan toe dan elders, dus ik kan me voorstellen dat het zonder enige achtergrondinformatie wat verwarrend kan zijn. Het klopt toch dat je nog niet zoveel weet over Villa Ami?'

'Vrijwel niets.'

'Nou, om te beginnen...' zei ze, maar alsof haar iets te binnen schoot, knipte ze plotseling met haar vingers. 'Heb je eigenlijk al gegeten? Heb je geen trek?'

'Ik lust wel iets,' zei ik.

'Nou, kom maar mee. We gaan samen eten in de eetzaal en dan kunnen we ondertussen praten. Lunchtijd is al wel voorbij, maar ik denk dat we nog wel iets te eten kunnen krijgen als we nu gaan.'

Ze liep voor me uit de gang door, de trap af en naar de eetzaal op de begane grond. In de eetzaal was plek voor wel tweehonderd mensen, maar nu was maar de helft in gebruik en de andere helft werd opgeruimd. Het voelde een beetje als een vakantiehotel in het naseizoen. Op het menu stond aardappelratatouille met noedels, een groene salade, brood en sinaasappelsap. Zoals Naoko had geschreven was de groente inderdaad verbazingwekkend lekker. Ik at mijn bord helemaal leeg.

'Wat kun jij met smaak eten,' zei ze vermaakt.

'Het is verrukkelijk. Bovendien heb ik sinds vanochtend niets gegeten.'

'Als je wilt mag je mijn portie wel verder opeten. Ik heb echt genoeg gehad. Ga je gang.'

'Graag, als u echt niet meer wilt,' zei ik.

'Ik heb maar een kleine maag. Daar past maar een beetje in. Wat ik tekortkom, vul ik aan met roken,' zei ze, en ze stak weer een sigaret op.

'Dat is waar ook. Noem me maar Reiko. Iedereen noemt me zo.'

Reiko keek geïnteresseerd toe hoe ik haar bijna onaangeroerde ratatouille en brood opat.

'Bent u Naoko's dokter?' vroeg ik.

'Ik Naoko's dokter?' zei ze verbaasd. 'Hoe kom je daarbij?'

'Omdat ik naar dokter Ishida moest vragen.'

'Aha, ik snap het al. Nou, ik ben hier muziekdocent. Misschien dat sommige mensen me daarom dokter noemen. Maar ik ben hier gewoon patiënt. Ik ben hier al zeven jaar en ik geef muziekles en ik help op de administratie, dus dan weet je op het laatst niet meer of iemand nou patiënt is of personeel. Heeft Naoko niet over me verteld?'

Ik schudde mijn hoofd.

'Goh, dat je dat niet wist,' zei Reiko. 'In ieder geval, Naoko en ik zijn kamergenotes. Het is leuk met haar samen. We praten over van alles. Ook vaak over jou.'

'Wat dan zoal?' vroeg ik.

'O, dat is waar ook. Ik moet je eerst uitleg geven over Villa Ami,' zei Reiko, mijn vraag negerend. 'In de eerste plaats moet je weten dat dit geen gewoon ziekenhuis is. Kort gezegd komt het erop neer dat het hier niet gaat om een behandeling, maar om hersteltherapie. Natuurlijk zijn hier wel artsen en elke ochtend is er een sessie van ongeveer een uur, maar dat is meer een kwestie van de vinger aan de pols houden hoe ieders toestand is. Maar behandelingen zoals ze die in gewone ziekenhuizen uitvoeren hebben we hier niet. Daarom zijn hier geen tralies en is de poort altijd open. Mensen komen uit eigen beweging hier en ze gaan hier uit eigen beweging weer weg. Er worden alleen mensen toegelaten voor wie deze hersteltherapie geschikt is. Niet iedereen wordt hier toegelaten, en in sommige gevallen worden mensen die een specialistische behandeling nodig hebben doorgestuurd naar een specialistisch ziekenhuis. Begrijp je het tot nu toe?'

'Min of meer. Maar wat houdt die hersteltherapie in de praktijk in?'

Reiko blies de rook van haar sigaret uit en dronk haar sinaasappelsap op. 'Het leven hier is de therapie. Een regelmatig leven, beweging, afstand van de buitenwereld, stilte, gezonde lucht. We leven hier praktisch zelfvoorzienend met onze eigen akkers en er is hier zelfs geen radio of tv. Het is bijna een commune, waar je tegenwoordig zoveel over hoort. Maar het is best duur om hierin te komen, dus in dat opzicht verschilt het wel weer van een commune.'

'Kost het zoveel dan?'

'Het is niet idioot duur, maar goedkoop is het niet. Dit zijn toch ook enorme voorzieningen? Het is een groot terrein, er zijn niet veel patiënten, er is veel personeel, en sommige gevallen, zoals ik, zijn hier al heel lang, en ik krijg dan weer korting omdat ik zo'n beetje half personeel ben, maar dat terzijde. Wil je koffie?'

'Graag,' zei ik. Reiko maakte haar sigaret uit, stond op, schonk twee koppen koffie in uit de thermoskan op de balie en bracht ze naar onze tafel. Ze deed suiker in haar kopje, roerde en dronk het fronsend op.

'Dit is geen commerciële kliniek. Daarom kunnen ze toe met een niet eens zo heel hoog bedrag. Dit hele terrein is een schenking. Er is een stichting voor opgericht. Vroeger was dit hele landgoed van deze schenker. Tot ongeveer twintig jaar geleden. Je hebt de oude villa vast wel gezien, denk ik?'

'Inderdaad,' zei ik.

'Vroeger was dat het enige gebouw en daar werd met de patiënten aan groepstherapie gedaan. Ze zijn hier begonnen omdat de zoon van de mensen die dit landgoed hebben geschonken een neiging tot geesteszieke had, en een specialist had hun toen groepstherapie aanbevolen. De theorie van deze arts was dat het mogelijk was om bepaalde aandoeningen te behandelen door op een afgelegen plek samen te leven, elkaar te helpen, met fysieke arbeid, en met een arts erbij voor advies en controle. Zo is het hier begonnen. Het werd geleidelijk groter, er werd een stichting bij opgericht, de moestuinen werden uitgebreid, en vijf jaar geleden is het hoofdgebouw gekomen.'

'Dus die therapie werkt?'

'Nou, het is natuurlijk geen wondermiddel en er zijn ook mensen die er geen baat bij hebben. Maar er zijn best veel gevallen van mensen bij wie het elders niet lukte, die hier geheel hersteld weer zijn vertrokken. Het allerbeste punt hier is dat iedereen elkaar helpt. Omdat iedereen weet dat ieder zijn zwaktes heeft, helpen we elkaar. Dat is niet overal zo, helaas. Op andere plekken zijn artsen altijd artsen, en patiënten altijd patiënten. Een patiënt vraagt een arts om hulp en een arts helpt hem. Maar hier helpen we elkaar. We zijn een spiegel voor elkaar. En de artsen zijn een van ons. Ze maken ons van dichtbij mee en als ze denken dat we iets nodig hebben, voorzien ze ons daarin, maar soms is het andersom en helpen wij hen. Want soms zijn wij ergens beter in dan zij. Ik geef bijvoorbeeld pianoles aan een dokter, en er is een patiënt die Franse les geeft aan een verpleegster. Van die dingen. Onder mensen met ons soort aandoeningen zijn er relatief veel met bijzondere talenten. Daarom is iedereen hier gelijk. Patiënten, personeel, en jij ook. Zolang je hier bent, ben je een van ons en help ik jou en help jij mij.' Reiko lachte en alle rimpels in haar gezicht bewogen mee. 'Jij helpt Naoko en Naoko helpt jou.'

'Wat moet ik dan doen, praktisch gesproken?'

'Om te beginnen moet je de intentie hebben om de ander te helpen. En de intentie om een ander jou te laten helpen. In de tweede plaats moet je eerlijk zijn. Niet liegen, de zaken niet verdraaien, de zaken niet oppoetsen als dat je beter uitkomt. Dat is het wel zo'n beetje.'

'Ik doe mijn best,' zei ik. 'Maar Reiko, waarom ben je hier al zeven jaar? Als ik zo met je zit te praten, merk ik helemaal niets vreemds aan je.'

'Het is nu overdag,' zei ze met een somber gezicht. 'Maar 's nachts gaat het fout. Dan dweil ik rusteloos en kwijlend over de vloer.'

'Echt waar?' vroeg ik.

'Welnee! Grapje. Natuurlijk doe ik zoiets niet,' zei ze hoofdschuddend. 'Ik ben hersteld, op het moment. Maar ik blijf hier omdat ik er plezier in heb te helpen bij het herstel van allerlei andere mensen. Ik geef muziekles en verbouw groente. Ik vind het hier leuk. We zijn allemaal als vrienden voor elkaar. Wat heeft de buitenwereld me te bieden vergeleken met hier? Ik ben nu achtendertig, bijna veertig. Voor Naoko is het anders. Er is niemand die op me wacht als ik hier wegga, ik heb geen familie die me opneemt, geen werk, nauwelijks vrienden. Bovendien ben ik hier al zeven jaar. Ik weet helemaal niet meer hoe het er in de wereld aan toegaat. Nou ja, zo nu en dan lees ik de krant in de bibliotheek. Ik heb in geen zeven jaar een stap buiten dit terrein gezet. Ik zou niet weten wat ik moest doen als ik naar buiten ging.'

'Misschien gaat er wel een nieuwe wereld voor je open,' zei ik. 'Misschien is het de moeite van het proberen waard.'

'Ja, dat is misschien wel zo,' zei ze terwijl ze de aansteker de hele tijd ronddraaide in haar handen. 'Maar weet je, Watanabe, ik heb zo mijn eigen omstandigheden. Daar kunnen we het een andere keer weleens over hebben.'

Ik knikte. 'Gaat het met Naoko de goede kant op?'

'Nou, ik vind van wel. In het begin was ze behoorlijk in de war en we maakten ons een beetje zorgen om haar. Maar nu is ze tot rust gekomen en ze praat een heel stuk beter en kan nu uitdrukken wat ze wil – het gaat beslist de goede kant op. Maar ze had veel eerder therapie moeten krijgen. In haar geval zijn de symptomen al begonnen vanaf de dood van haar vriend Kizuki. Haar familie had het kunnen weten en zij wist het zelf eigenlijk al. En dan met haar familieachtergrond...'

'Haar familieachtergrond?' vroeg ik verbaasd.

'O, wist je dat niet?' zei Reiko, op haar beurt verbaasd.

Ik schudde zwijgend mijn hoofd.

'Dan kun je het beter rechtstreeks van Naoko horen. Zij is eraan toe een aantal dingen eerlijk met je te bespreken.' Reiko roerde met haar lepeltje door haar koffie en nam een slokje. 'Verder moet je nog weten dat het verboden is dat jij met Naoko alleen bent. Dat is de regel. Bezoekers kunnen niet alleen zijn met een patiënt. Daarom is er altijd een observator bij – in dit geval ben ik dat. Het spijt me, maar daar moet je je aan houden. Oké?'

'Goed hoor,' zei ik lachend.

'Maar jullie mogen samen bepraten wat jullie willen. Let maar niet op mij. Ik weet ongeveer alles over jou en Naoko.'

'Alles?'

'Ongeveer alles,' zei ze. 'We hebben hier nu eenmaal groepssessies. Zodoende weten we veel van elkaar. Verder praten Naoko en ik samen over alles. Hier zijn niet zoveel geheimen.'

Ik keek naar Reiko terwijl ik mijn koffie dronk. 'Eerlijk gezegd ben ik er nog niet uit. Of het goed was of niet wat ik tegenover Naoko heb gedaan toen ze nog in Tokio was. Daar denk ik al de hele tijd over na, maar ik weet het nog steeds niet.'

'Dat weet ik ook niet, hoor,' zei Reiko. 'En Naoko evenmin. Dat moeten jullie samen maar vaststellen. Zo is het toch? Wat er ook is voorgevallen, het kan altijd tot iets goeds leiden. Als je tenminste begrip voor elkaar hebt. Daarna denk je er nog maar eens over na, of wat er toen is voorgevallen goed was of niet.'

Ik knikte.

'Ik denk dat wij drieën elkaar kunnen helpen. Jij, Naoko en ik. Als we eerlijk zijn en elkaar echt willen helpen. Het kan soms enorm effectief zijn als je je er met z'n drieën toe zet. Hoe lang blijf je hier?'

'Ik wil overmorgen in de loop van de middag in Tokio terug zijn. Want ik moet naar mijn werk en op donderdag heb ik een tentamen Duits.'

'Goed,' zei ze. 'Je kunt bij ons op de kamer slapen. Dan kost het je niets en kun je rustig praten zonder op de tijd te letten.'

'Wat bedoel je met *onze* kamer?'

'De kamer van Naoko en mij natuurlijk,' zei Reiko. 'Er is een aparte slaapkamer en in de woonkamer staat een bedbank, dus je kunt er makkelijk blijven slapen. Maak je geen zorgen.'

'Maar mag dat dan? Ik bedoel, dat mannelijke bezoekers op meisjeskamers logeren?'

'Maar je bent toch niet van plan om midden in de nacht onze kamer binnen te sluipen en ons te verkrachten of iets dergelijks?'

'Natuurlijk niet.'

'Nou, dan is het toch geen probleem? Je logeert bij ons en we kunnen rustig en uitgebreid praten. Dat is prettiger. Je kunt elkaars gevoelens beter begrijpen en ik kan gitaar voor jullie spelen. Ik ben er tamelijk goed in.'

'Ben ik jullie echt niet tot last?'

Reiko stak de derde Seven Star tussen haar lippen, tuitte ze en stak de sigaret aan. 'We hebben het met z'n tweeën besproken. Dit is een persoonlijke uitnodiging voor jou van ons beiden. Zou je die niet gewoon netjes aannemen?'

'Natuurlijk,' zei ik. 'Graag.'

Reiko keek me een tijdlang aan met steeds dieper wordende rimpels rond haar ooghoeken. 'Je hebt een wonderlijke manier van praten,' zei ze. 'Je probeert toch niet te lijken op die jongen uit *De vanger in het graan*?'

'Welnee,' zei ik lachend.

Reiko lachte met de sigaret tussen haar tanden. 'Jij bent een eerlijk mens. Dat zie ik zo. Ik weet zulke dingen omdat ik in de zeven jaar dat ik hier ben allerlei mensen heb zien komen en gaan. Je hebt mensen die hun hart kunnen openen en mensen die dat niet kunnen. Jij hoort bij de mensen die hun hart kunnen openen. Of preciezer gezegd: tot de mensen die hun hart kunnen openen als ze dat willen.'

'Wat gebeurt er als je je hart opent?'

Reiko vouwde blij en met nog steeds die sigaret tussen haar lippen haar handen ineen op tafel. 'Dan herstel je,' zei ze. De as van haar sigaret viel op tafel, maar ze besteedde er geen aandacht aan.

Reiko en ik liepen het hoofdgebouw uit, een heuvel over en langs een zwembad, een tennisbaan en een basketbalveld. Op de tennisbaan stonden twee mannen tennis te spelen: een magere man van middelbare leeftijd en een dikke jongere man. Ze speelden allebei niet slecht, maar het leek wel of ze een heel ander spel speelden dan tennis. Alsof ze niet in een game zaten, maar meer onderzoek deden naar de elasticiteit van de bal. Ze sloegen met een merkwaardige toewijding de bal heen en weer. Allebei zweetten ze hevig. Toen de jongere man, die het dichtst bij ons stond te spelen, Reiko zag, onderbrak hij het spel, kwam op ons toe en wisselde lachend een paar woorden met Reiko. Naast de tennisbaan was een man met een uitdrukkingsloos gezicht bezig met een grote grasmaaier het gras te maaien.

We liepen verder door het bos en kwamen bij een plek waar op royale afstand van elkaar vijftien of twintig vriendelijk ogende huizen in westerse stijl stonden. Voor de meeste huizen stonden dezelfde gele fietsen als waar de poortwachter op reed. Reiko vertelde dat hier de gezinnen van het personeel woonden.

'Vrijwel alles wat we nodig hebben is hier voorhanden zonder dat we ervoor naar de stad hoeven,' legde Reiko me onder het lopen uit. 'Wat ons eten betreft zijn we zoals ik net al zei vrijwel zelfvoorzienend. We hebben een kippenren, dus eieren hebben we ook. We hebben boeken en platen, we hebben sportfaciliteiten, we hebben een kleine supermarkt en elke week komt de kapper langs. In het weekend worden er films gedraaid. Als we iets speciaals nodig hebben, kunnen we het altijd vragen aan iemand van het personeel die naar de stad gaat. Kleding bestellen we uit een catalogus. Het ontbreekt ons aan niets.'

'Kun je niet zelf naar de stad?' vroeg ik.

'Dat mag niet. Natuurlijk wel als je naar de tandarts moet of zo, maar afgezien van zulke bijzondere gevallen is het als regel niet toegestaan. Het staat iedereen vrij om hier weg te gaan, maar als je eenmaal weggaat, kun je niet meer terugkomen. Dan verbrand je je schepen achter je. Je kunt niet een paar dagen naar de stad gaan en dan weer terugkomen. Daar zit toch wel wat in? Anders lopen de mensen hier in en uit.'

Toen we het bos uit liepen, kwamen we bij een glooiende helling.

Daarover verspreid stonden houten huizen van twee verdiepingen met een vreemde uitstraling. Het was niet makkelijk te zeggen waar dat vreemde nu in school, maar dat was mijn eerste indruk toen ik ze zag. Het leek op het gevoel dat je vaak ervaart bij schilderijen die proberen de onwerkelijkheid prettig uit te beelden. Als Walt Disney een getekende versie zou maken van een schilderij van Munch, zou het er zo uit komen te zien. De gebouwen hadden allemaal dezelfde vorm en kleur – bijna een kubus met precies in het midden een brede ingang en met veel ramen. Tussen de huizen kronkelden paadjes alsof het een verkeersoefenterrein was. Voor elk huis lagen goed onderhouden perkjes. Er was niemand te zien en bijna overal waren de gordijnen dicht.

'Dit is blok C en hier wonen de vrouwen. Wij dus. Er zijn tien van deze gebouwen, elk gebouw is in vier appartementen verdeeld en in elk appartement wonen twee personen. In totaal kunnen hier dus tachtig mensen wonen. Maar op dit moment wonen er maar tweeëndertig.'

'Wat is het hier rustig,' zei ik.

'Op dit tijdstip is hier niemand,' zei Reiko. 'Omdat ik een uitzonderlijk geval ben, ben ik nu vrij, maar de anderen volgen vanmiddag allemaal hun eigen programma. Sommigen zijn aan het sporten, anderen werken in de tuin, weer anderen hebben groepstherapie en nog weer anderen zijn de bergen in om wilde groenten te plukken. Iedereen stelt zelf zijn eigen programma op. Wat doet Naoko nu ook alweer? Was ze nou aan het schilderen en behangen? Ik ben het vergeten. Meestal heeft iedereen tot een uur of vijf een paar van die dingen te doen.'

Ze ging een gebouw binnen waar nummer C-7 op stond, liep de trap op aan het eind van de hal en opende een deur aan de rechterkant. Hij was niet op slot. Reiko leidde me rond door hun appartement. Het was een eenvoudig, aangenaam onderkomen met een woonkamer, een slaapkamer, een keuken en een badkamer, zonder onnodige opsmuk en zonder overbodig meubilair. Toch voelde het niet kaal. Het had niets opmerkelijks, maar deze kamer had, net als Reiko, iets waardoor ik me meteen op mijn gemak voelde. In de woonkamer stonden een bank, een tafel en een schommelstoel. In de keuken stond een eettafel. Op beide tafels stond een grote asbak. In de slaapkamer stonden twee bedden, twee bureaus en een kast. Tussen de hoofdeindes van het bed stond een klein nachtkastje met een leeslampje en een opengeslagen pocket. In de keuken stond een klein gasstel met een bijpassende koelkast waar een eenvoudige maaltijd bereid kon worden.

'We hebben geen bad, alleen een douche. Maar verder is het prachtig, vind je niet?' zei Reiko. 'Het bad en de wasmachine zijn gemeenschappelijk.'

'Het is meer dan prachtig. De flat op mijn campus heeft alleen een plafond en een raam.'

'Maar jij kent de winters hier niet.' Reiko liet me met een klopje op mijn rug op de bank plaatsnemen en ging zelf naast me zitten. 'De winters hier zijn lang en zwaar. Het is sneeuw, sneeuw, sneeuw, waar je ook kijkt, en het is zo klam dat je verkilt tot op het bot. De hele winter zijn we dag in dag uit aan het sneeuw vegen. In zo'n jaargetijde kun je het best binnen zitten in een warm gestookte kamer en naar muziek luisteren en wat praten of breien. Als je dan niet een beetje de ruimte hebt zoals hier, gaat het snel benauwen. Als je een keer in de winter komt, snap je het meteen.'

Reiko slaakte een diepe zucht, alsof ze aan de lange winter dacht, en vouwde haar handen op haar schoot.

'Dit kun je uitklappen en dan heb je een bed,' zei Reiko met een klopje op de bank waar we met z'n tweeën op zaten. 'Wij slapen in de slaapkamer en jij slaapt hier. Dat is toch in orde?'

'Ik vind het prima.'

'Nou, dat is dan besloten,' zei Reiko. 'Ik denk dat we hier tegen vijven terug zijn. Tot die tijd hebben Naoko en ik ons programma, dus dan ben je hier alleen. Vind je dat niet erg?'

'Geen probleem. Ik ga mijn Duits leren.'

Toen Reiko weg was, strekte ik me uit op de bank en sloot mijn ogen. Terwijl ik daar in de stilte een tijdlang lag te rusten, moest ik terugdenken aan een uitstapje op de brommer dat ik ooit met Kizuki had gemaakt. Dat was trouwens ook in de herfst geweest. Hoe lang geleden was dat nu? Vier jaar. Ik kon me nog de geur van Kizuki's leren jack herinneren, en de knalgeluiden van zijn rode 25cc brommer. We waren ergens ver weg naar het strand gegaan en reden 's avonds totaal uitgeput terug. Eigenlijk was er helemaal niets bijzonders voorgevallen, maar ik herinnerde me het uitstapje heel goed. De herfstwind suisde langs mijn oren en als ik omhoogkeek terwijl ik me met beide handen stevig vasthield aan Kizuki's jack, had ik het gevoel dat mijn lichaam elk moment het uitspansel in kon worden geblazen.

Een hele tijd lag ik languit op de bank en dacht ik terug aan allerlei episodes uit die tijd. Ik weet niet waarom, maar liggend in deze kamer kwamen er achter elkaar gebeurtenissen en situaties van vroeger naar boven waar ik tot dan toe zelden of nooit meer aan had gedacht. Sommige waren prettig, andere een beetje verdrietig.

Hoe lang zou ik daar zo hebben gelegen? Ik was zo in beslag genomen door de onverwachte stroom van herinneringen (een echte stroom, die als een bron uit rotskieren ontspringt) dat ik niet eens in de gaten had dat Naoko zacht de deur opendeed en de kamer in kwam. Toen ik opkeek, stond ze daar. Ik tilde mijn hoofd op en keek haar een poosje aan. Zij ging op de armleuning van de bank zitten en keek mij aan. Even dacht ik dat haar gestalte een beeld was dat mijn eigen herinnering had gesponnen. Maar het was Naoko in eigen persoon.

'Sliep je?' vroeg ze zacht.

'Nee, ik was alleen in gedachten verzonken,' zei ik. Ik kwam overeind. 'Hoe is het met je?'

'Nou, best,' zei Naoko met een glimlach. Haar glimlach leek op een ver landschap in vage kleuren. 'Ik heb niet veel tijd. Eigenlijk mag ik hier nu niet zijn, maar ik ben er even tussenuit geknepen om je te zien. Ik moet zo weer weg. Zit mijn haar niet verschrikkelijk?'

'Nee hoor,' zei ik, 'het zit heel leuk.' Ze had een fris, schoolmeisjesachtig kapsel en het zat net als vroeger aan een kant met een speldje vast. Het stond haar goed. Het paste bij haar. Ze leek op een mooie jonge vrouw zoals die vaak op middeleeuwse houtsneden worden afgebeeld.

'Omdat het zo'n gedoe is, heb ik Reiko gevraagd het te knippen. Vind je het echt leuk?'

'Ik meen het.'

'Mijn moeder vond het vreselijk,' zei Naoko. Ze maakte haar haarklemmetje los, kamde haar losse haar een paar keer met haar vingers en maakte het haarklemmetje toen weer vast. Het had de vorm van een vlinder.

'Ik wilde hoe dan ook even alleen met je zijn voordat we straks met z'n drieën zijn. Ik heb niets speciaals te bespreken, maar ik wilde je

119

gezicht zien en vast aan je wennen. Anders is het lastig voor me om weer vertrouwd te raken. Ik ben nu eenmaal onhandig in die dingen.'

'En,' vroeg ik, 'ben je al een beetje gewend?'

'Een beetje,' zei ze, en weer zat ze met haar vingers aan haar haarspeldje. 'Maar ik heb geen tijd meer. Ik moet ervandoor.'

Ik knikte.

'Watanabe,' zei ze, 'dankjewel dat je bent gekomen. Daar ben ik ontzettend blij om. Maar als het je te zwaar valt om hier te zijn, zeg het dan gerust. Het is hier een beetje apart en ook het systeem is apart, en niet iedereen voelt zich er prettig bij. Dus als dat het geval is, zeg het dan alsjeblieft. Dan ben ik echt niet teleurgesteld of zo. Iedereen is hier eerlijk. Je kunt alles eerlijk zeggen.'

'Ik zal het keurig eerlijk zeggen,' zei ik.

Naoko ging naast me op de bank zitten en leunde tegen me aan. Toen ik een arm om haar schouder sloeg, vlijde ze haar gezicht tegen mijn schouder en drukte haar neus in mijn nek. Zo bleef ze een hele tijd zitten, alsof ze mijn temperatuur zat op te nemen. Zo, met mijn arm om Naoko geslagen, welde er een warm gevoel op in mijn borst. Ten slotte stond Naoko zonder iets te zeggen op en net zoals ze gekomen was, deed ze zacht de deur open en ging weg.

Toen Naoko weg was, viel ik op de bank in slaap. Ik was niet van plan om te gaan slapen, maar te midden van Naoko's leefwereld sliep ik voor het eerst in lange tijd diep. In de keuken stonden de bordjes die ze gebruikte, in de badkamer de tandenborstel die ze gebruikte, in de slaapkamer het bed waarin ze sliep. In deze kamer sliep ik zo diep dat zelfs in de verste uithoeken van mijn lichaam druppel voor druppel de vermoeidheid uit me werd gewrongen. Ik droomde van een vlinder die in het halfduister danste.

Toen ik mijn ogen opendeed, wees mijn horloge vijf over halfvijf aan. Het licht was een beetje van kleur veranderd, de wind was gaan liggen en de vormen van de wolken waren veranderd. Omdat ik had gezweet in mijn slaap, veegde ik mijn gezicht af met een handdoek uit mijn rugzak en trok ik een schoon shirt aan. Ik dronk water in de keuken en keek door het raam boven het aanrecht naar buiten. Hiervandaan kon ik het raam van het gebouw aan de overkant zien. Aan de binnenkant van dat raam bungelden een paar knipwerkjes aan een draadje. Een vogel, een wolk, een koe, een kat en dergelijke waren keurig gedetailleerd in silhouet uitgeknipt en bij elkaar gehangen. Er was nog steeds geen mens te bekennen en geen geluid te horen. Het leek wel of ik in mijn eentje in een soort zorgvuldig onderhouden ruïne woonde.

Kort na vijven begonnen er mensen terug te keren naar blok c. Toen ik uit het keukenraam keek, zag ik twee of drie vrouwen onder het raam voorbijlopen. Omdat ze alle drie een hoed op hadden, kon ik hun trekken niet goed zien en hun leeftijd niet goed inschatten, maar afgaand op hun stemmen waren ze niet zo jong meer. Ze gingen de hoek om en verdwenen uit het zicht. Even later kwamen uit dezelfde richting weer vier vrouwen aanlopen, die om dezelfde hoek verdwenen. De omgeving was ondergedompeld in schemering. Vanuit het raam in de woonkamer kon ik de contouren van het bos en de bergen zien. Daarboven dreef als een soort omlijsting een onbestemd licht.

Naoko en Reiko kwamen om halfzes tegelijk terug. Naoko en ik begroetten elkaar keurig, alsof we elkaar nu voor het eerst zagen. Naoko leek echt verlegen. Reiko zag dat ik een boek aan het lezen was en vroeg me wat ik las. 'De Toverberg van Thomas Mann,' zei ik.

'Waarom neem je uitgerekend dat boek mee hiernaartoe?' zei Reiko perplex. Daar zat eigenlijk wel iets in.

Reiko zette koffie en we dronken koffie met z'n drieën. Ik vertelde Naoko dat de Marinier plotseling was verdwenen en dat ik op de laatste dag dat ik hem had gezien een vuurvliegje van hem had gekregen. 'Wat jammer nou,' zei Naoko spijtig. 'Ik had nog zo graag veel meer verhalen over hem willen horen.' Omdat Reiko wilde weten wie de Marinier was, vertelde ik weer over hem. Natuurlijk moest zij er ook erg om lachen. Zolang we over de Marinier spraken, was de wereld vredig en vol lachende stemmen.

Om zes uur gingen we met z'n drieën naar het hoofdgebouw om te eten. Naoko en ik aten gefrituurde vis en groene salade met gestoofde groenten, rijst en misosoep. Reiko nam alleen een macaronisalade en koffie. En een sigaret toe.

'Naarmate je ouder wordt, kun je met minder eten toe,' verklaarde Reiko.

In de eetzaal zaten ongeveer twintig mensen tegenover elkaar aan tafel. In de tijd dat we zaten te eten, kwamen nog een paar mensen binnen en gingen er een paar weer weg. De eetzaal hier bood ongeveer dezelfde aanblik als die op mijn campus, behalve dat hier de leeftijd veel meer uiteenliep. Het verschil met de eetzaal op de campus was dat iedereen op gelijke toon sprak. Niemand praatte hard, er werd niet gefluisterd, niemand die luid lachte of verbaasd was, geen geroep en gezwaai naar bekenden. Iedereen praatte rustig met gelijk volume in kleine groepjes van drie tot hoogstens vijf personen. Als er iemand aan het woord was, luisterden de anderen en knikten, en als diegene was uitgesproken, was een ander een tijdje aan het woord. Ik wist niet waarover ze het hadden, maar hun gesprekken deden me denken aan het vreemde spelletje tennis dat ik die middag had gezien. Ik vroeg me af of Naoko ook op die manier praatte als ze met deze mensen samen was. Al vond ik de gesprekken vreemd, toch voelde ik een ogenblik een mengeling van verlatenheid en afgunst.

Aan de tafel achter me stak een man met dun haar in witte kleding met de uitstraling van een dokter een gedetailleerde verhandeling over de afscheiding van maagsappen in gewichtloze toestand af tegen een zenuwachtige man met een bril en een vrouw van middelbare leeftijd met een eekhoorntjesgezicht. De man en de vrouw luisterden en zeiden af en toe iets als 'goh', of 'werkelijk'. Hoe langer ik luisterde naar zijn manier van spreken, hoe meer ik twijfelde of de man in het wit met het dunne haar wel echt een arts was.

Niemand in de eetzaal besteedde speciaal aandacht aan me. Niemand die steels mijn kant uit keek. Ze leken niet eens op te merken dat ik erbij zat, alsof mijn aanwezigheid voor hen heel vanzelfsprekend was.

Alleen draaide de man in het wit zich een keer naar me om en vroeg: 'Tot wanneer blijft u hier?'

'Nog twee dagen, tot woensdag,' antwoordde ik.

'Het is hier mooi in deze tijd van het jaar,' zei hij. 'Maar komt u nog eens in de winter. Het is prachtig als alles wit is.'

'Misschien is Naoko al weg voordat het gaat sneeuwen,' zei Reiko tegen de man.

'Toch is het hier mooi in de winter,' herhaalde hij ernstig. Mijn twijfel of deze man echt een dokter was nam verder toe.

'Waar heeft iedereen het over?' vroeg ik aan Reiko. Ze leek mijn vraag niet goed te begrijpen.

'Waar ze over praten? Nou gewoon, over wat er vandaag gebeurd is, over een boek dat ze hebben gelezen, over het weer van morgen – van alles. Je verwachtte toch niet dat er opeens iemand opsprong en ging roepen dat het morgen gaat regenen omdat een ijsbeer vandaag de sterren heeft opgegeten?'

'Nee, nee, dat bedoel ik niet,' zei ik. 'Omdat iedereen zo rustig praat, vroeg ik me gewoon af waar ze het over hadden.'

'Omdat het hier rustig is, gaat iedereen vanzelf rustig praten,' zei Naoko. Ze had de graatjes allemaal netjes bij elkaar naar de rand van haar bord geschoven en veegde met een zakdoek haar mondhoeken af. 'Bovendien is het niet nodig om hard te praten. Je hoeft niemand ergens van te overtuigen en je hoeft ook niemands aandacht te trekken.'

'Daar zit wat in,' zei ik. Maar toen ik te midden van deze rust zat te eten, begon ik vreemd genoeg te verlangen naar rumoer. Ik verlangde naar lachende stemmen, naar spontaan geroep en stoere verhalen. Zulk rumoer had me vaak de keel uitgehangen, maar toen ik in deze vreemde rust mijn vis zat op te eten, voelde ik me toch niet op mijn gemak. De sfeer in deze eetzaal leek op die van een beurs voor ge- specialiseerde apparatuur, waar mensen met een sterke belangstelling voor een specifiek terrein bijeen waren en informatie uitwisselden die ze uitsluitend onder elkaar begrepen.

Toen we na het eten terug waren zeiden Naoko en Reiko dat ze naar het gezamenlijke bad gingen van blok c. Ze zeiden dat ik de badka- mer kon gebruiken als ik genoegen nam met alleen een douche. Dat vond ik prima. Toen ze weg waren, kleedde ik me uit, ging onder de douche en waste mijn haren. Tijdens het föhnen zette ik een plaat op van Bill Evans, die op een plank lag. Na een tijdje realiseerde ik me dat het dezelfde plaat was die ik op Naoko's verjaardag op haar kamer een paar keer had gedraaid – de avond dat Naoko had gehuild en dat ik haar in mijn armen had gehouden. Het was pas een halfjaar geleden, maar het leek veel langer. Misschien kwam het doordat ik eindeloos, eindeloos over die avond had nagedacht. Zo vaak dat mijn gevoel voor tijd was uitgerekt en vervormd.

Omdat de maan heel helder was, deed ik het licht uit, ging op de bank liggen en luisterde naar Bill Evans op de piano. Het maanlicht dat door het raam naar binnen viel gaf lange schaduwen aan alle voorwerpen en kleurde de muren alsof ze met dunne inkt waren ge- verfd. Ik haalde een metalen heupfles met whisky uit mijn rugzak, nam een slok en liet die langzaam mijn keel in glijden. Ik voelde een warme sensatie traag van mijn keel naar mijn maag zakken. Vandaar spreidde de warmte zich uit naar alle hoeken van mijn lichaam. Ik nam nog een slok whisky, draaide de dop terug op de fles en deed hem weer in mijn rugzak. Het leek of het maanlicht bewoog op de muziek.

Na een minuut of twintig kwamen Naoko en Reiko terug van het bad.

'Ik schrok toen ik zag dat het hier pikdonker was,' zei Reiko. 'Ik dacht dat je je spullen had gepakt en naar Tokio was teruggegaan.'

'Welnee. Ik had het licht uitgedaan omdat ik in geen tijden zo'n heldere maan heb gezien.'

'Het is inderdaad mooi,' zei Naoko. 'Zeg Reiko, hebben we nog ergens de kaarsen die we hebben gebruikt toen de stroom uitviel?'

'In de keukenla, denk ik.'

Naoko ging naar de keuken, deed een la open en kwam terug met een grote witte kaars. Ik stak hem aan, liet een beetje was in de asbak druppelen en zette hem daarin. Reiko stak haar sigaret aan aan de kaars. Met z'n drieën rond de kaars in deze onveranderd rustige omgeving leek het net of wij de laatste mensen waren die in een uithoek van de wereld waren achtergebleven. De schaduwen van het stille maanlicht en de schaduwen die beweeglijk dansten in het licht van de kaars overlapten elkaar op de witte muren en vormden een ingewikkeld patroon. Naoko en ik zaten naast elkaar op de bank, Reiko zat tegenover ons in de schommelstoel.

'Heb je zin in wijn?' vroeg Reiko aan mij.

'Mag je hier dan wijn drinken?' zei ik enigszins verbaasd.

'Eigenlijk niet,' zei Reiko, verlegen aan haar oorlelletje wrijvend. 'Over het algemeen zien ze het wel door de vingers. Zolang het bij bier en wijn blijft en niet de spuigaten uit loopt. Een bevriend personeelslid koopt af en toe wat voor me.'

'Zo nu en dan zetten we het met z'n tweeën op een zuipen,' zei Naoko plagerig.

'Leuk,' zei ik.

Reiko pakte een fles witte wijn uit de ijskast, maakte hem open met een kurkentrekker en bracht drie glazen. Het was een heerlijke wijn met een frisheid alsof hij in de achtertuin was gemaakt. Toen de plaat was afgelopen, viste Reiko haar gitaarkoffer onder het bed vandaan, pakte liefdevol haar instrument en begon langzaam een fuga van

Bach te tokkelen. Zo nu en dan sloegen haar vingers een noot over, maar het was een mooie, bezielde Bach. Warm en toegewijd, en met veel plezier gespeeld.

'Ik ben pas hier met gitaarspelen begonnen. Je hebt hier nu eenmaal geen piano op de kamer, vandaar. Ik heb het mezelf geleerd en omdat ik geen gitaarvingers heb, ben ik er niet zo goed in. Maar ik ben dol op gitaar. Het geluid is klein en simpel en lieflijk, als een kleine, warme kamer.'

Ze speelde nog een klein stukje van Bach. Iets uit een suite. Terwijl ik naar het licht van de kaars zat te kijken, wijn dronk en naar Reiko's Bach op de gitaar luisterde, gleed de spanning vanzelf van me af. Toen Bach was afgelopen, vroeg Naoko Reiko iets van de Beatles te spelen.

'Het verzoeknummeruurtje is aangebroken,' zei Reiko met een knipoog naar mij. 'Sinds Naoko hier is, laat ze me dag in dag uit alleen maar dingen van de Beatles spelen, als haar muzikale slaaf.'

Ze zette een heel geslaagde versie van 'Michelle' in.

'Een mooi nummer, hè?' zei Reiko. 'Ik ben er gek op.' Vervolgens nam ze een slok van haar wijn en rookte een sigaret. 'Een liedje alsof het zachtjes regent op een groot grasveld.'

Daarna speelde ze 'Nowhere Man' en 'Julia'. Zo nu en dan sloot ze al spelend haar ogen en wiegde ze met haar hoofd. Weer nam ze een slok wijn en een sigaret.

'Speel eens "Norwegian Wood",' zei Naoko.

Reiko haalde een spaarpot in de vorm van een kat met een opgeheven poot uit de keuken. Naoko haalde een munt van honderd yen uit haar portemonnee en deed hem erin.

'Wat is dat?' vroeg ik.

'We hebben afgesproken dat ik elke keer als ik "Norwegian Wood" als verzoeknummer vraag, honderd yen in deze spaarpot doe,' zei Naoko. 'Omdat het mijn lievelingsnummer is. Zodat ik er heel bewust om vraag.'

'En ik heb geld voor sigaretten.'

Reiko maakte haar vingers goed los en speelde 'Norwegian Wood'. Haar vertolking van het nummer raakte me zonder dat ik er te veel door werd meegesleept. Ik haalde honderd yen uit mijn zak en deed het in de spaarpot.

'Dankjewel,' zei Reiko lachend.

'Ik kan toch zo verdrietig worden als ik dat nummer hoor,' zei Naoko. 'Ik weet zelf niet waarom, maar het geeft me het gevoel dat ik verdwaald ben in een diep bos. Ik ben helemaal alleen, het is koud en donker, en er is niemand om me te helpen. Daarom speelt Reiko dit nummer alleen als ik erom vraag.'

'Het klinkt als *Casablanca*,' zei Reiko lachend.

Daarna speelde Reiko een paar bossanovanummers. Ik keek ondertussen naar Naoko. Zoals ze zelf al in haar brief had geschreven, zag ze er gezonder uit dan vroeger. Ze had een kleur en door de lichaamsbeweging en het werk buiten was haar lichaam robuuster geworden. Haar heldere ogen als meren en haar kleine mond, die verlegen kon trillen, waren nog hetzelfde als eerst, maar over het geheel genomen was haar schoonheid rijper en vrouwelijker geworden. Een zekere scherpte, een scherpte als van een dun mes die je rillingen kon bezorgen en die haar schoonheid voorheen aan het oog had onttrokken, was een heel stuk verminderd en daarvoor in de plaats ging er een kalme, troostrijke rust van haar uit. Haar schoonheid raakte me. Met een schok realiseerde ik me dat een vrouw in een halfjaar tijd een grote verandering kan ondergaan. De nieuwe schoonheid van Naoko trok me net zoveel aan, of misschien nog wel meer, maar als ik dacht aan wat ze had verloren, voelde ik toch iets van spijt. Die typisch puberale, zelfzuchtige schoonheid die haar eigen gang gaat zou ze nooit meer terugkrijgen.

Naoko wilde weten hoe mijn leven erbij stond. Ik vertelde over de staking op de universiteit, en over Nagasawa. Het was voor het eerst dat ik Naoko over Nagasawa vertelde. Het was een hele klus om zijn vreemde persoonlijkheid, zijn eigenaardige denksysteem en zijn eenzijdige moraal goed uit te leggen, maar uiteindelijk begreep Naoko ongeveer wat ik bedoelde. Dat ik zelf samen met Nagasawa op meisjesjacht ging, sloeg ik over. Ik vertelde haar alleen dat deze uitzonderlijke figuur de enige was op de campus met wie ik optrok. Reiko zat de hele tijd op haar gitaar de fuga te oefenen die ze eerder gespeeld had. Telkens laste ze korte pauzes in voor een slok wijn of een sigaret.

'Hij lijkt me een vreemd mens,' zei Naoko.

'Hij ís ook vreemd,' zei ik.

'Maar toch mag je hem?'

'Ik weet het niet,' zei ik. 'Ik geloof eigenlijk niet dat ik hem mag. Maar die vraag is op hem niet van toepassing. Het kan hemzelf ook niets schelen. In die zin is hij heel eerlijk. Hij houdt niemand voor de gek. Een heel stoïcijns type.'

'Vreemd om iemand die met zoveel vrouwen vrijt stoïcijns te noemen,' lachte Naoko. 'Met hoeveel meisjes was hij naar bed geweest?'

'Tegen de tachtig, denk ik,' zei ik. 'Hoe groter het aantal, hoe meer de betekenis van elke daad op zich afneemt, lijkt me, en in zijn geval denk ik dat het hem daar om te doen is.'

'Is dat stoïcijns?' vroeg Naoko.

'Voor hem wel.'

Naoko dacht even na over wat ik had gezegd. 'Ik denk dat hij veel gestoorder is dan ik,' zei ze.

'Dat denk ik ook,' zei ik. 'Maar hij heeft zijn afwijkingen tot een samenhangend geheel getheoretiseerd. Hij is namelijk enorm intelligent. Als ik hem hier mee naartoe zou nemen, was hij binnen twee dagen weer vertrokken. Want dit weet hij al, en dat wist hij ook al, en hij heeft alles al begrepen. Zo iemand is het. Zulke mensen worden gerespecteerd in de wereld.'

'Dan ben ik beslist niet intelligent,' zei Naoko. 'Ik doorzie nog steeds niet wat ze hier doen. Evenmin als ik mezelf begrijp.'

'Dat is geen kwestie van niet intelligent zijn. Dat is juist normaal. Ik begrijp ook zoveel dingen van mezelf niet. Dat is normaal voor een mens.'

Naoko trok haar benen op en legde haar kin op haar knieën. 'Watanabe, ik wil nog veel meer van je weten,' zei ze.

'Ik ben maar heel gewoon. Ik ben in een gewoon gezin geboren, ik ben heel normaal opgegroeid, ik heb een gewoon gezicht, ik haal gewone cijfers, ik denk heel gewone dingen.'

'Was het niet jouw eigen geliefde Scott Fitzgerald die schreef dat je mensen die zeggen dat ze gewoon zijn niet moet geloven? Je hebt me dat boek zelf geleend en ik heb het ook gelezen,' zei Naoko met een plagerig lachje.

'Klopt,' bekende ik. 'Maar bij mij zit er geen speciale bedoeling achter. Ik meen het echt dat ik een gewoon mens ben. Kun jij soms iets aan mij ontdekken dat niet gewoon is?'

'Natuurlijk,' zei Naoko, enigszins van haar stuk gebracht. 'Weet je dat zelf niet? Waarom zou ik anders met je gevreeën hebben? Denk je dat ik dat heb gedaan omdat ik gedronken had en het me niet uitmaakte met wie ik het deed?'

'Nee, natuurlijk denk ik dat niet,' zei ik.

Naoko zat een hele tijd zwijgend naar haar voeten te staren. Ik wist niet goed wat ik moest zeggen en dronk van mijn wijn.

'Watanabe, met hoeveel vrouwen ben jij naar bed geweest?' vroeg Naoko, opeens schuchter, alsof die vraag nu net bij haar opkwam.

'Acht of negen,' antwoordde ik eerlijk.

Reiko stopte met spelen en liet de gitaar op haar schoot zakken. 'Je bent nog niet eens twintig! Wat voor leven leid jij?'

Naoko keek me met haar heldere ogen een hele tijd zwijgend aan. Ik vertelde Reiko hoe het uit was geraakt met het meisje met wie ik voor het eerst naar bed was geweest en dat ik onmogelijk van haar had kunnen houden. Daarna vertelde ik ook hoe ik, op sleeptouw genomen door Nagasawa, met de ene na de andere onbekende vrouw naar bed was gegaan.

'Ik wil het niet goedpraten, maar ik had het moeilijk,' zei ik tegen Naoko. 'Week in week uit zag ik je, en we praatten wel samen, maar in je hart was alleen maar plek voor Kizuki. Dat viel me zwaar. Ik denk dat ik daarom met onbekende vrouwen naar bed ging.'

Naoko schudde een paar keer haar hoofd en richtte haar hoofd toen weer op om me aan te kijken. 'Je vroeg me toen tch waarom ik nooit met Kizuki naar bed was geweest? Wil je het nog weten?'

'Beter van wel, lijkt me,' zei ik.

'Dat lijkt mij ook,' zei Naoko. 'Wie dood is, blijft dood, maar wij moeten nog verder met ons leven.'

Ik knikte. Reiko oefende keer op keer dezelfde moeilijke passage. 'Ik had best met Kizuki naar bed gewild,' zei Naoko. Ze maakte haar haarspeldje los en liet haar haar los hangen. Haar handen speelden met het haarspeldje dat de vorm van een vlinder had. 'Natuurlijk wilde hij met mij naar bed. We hebben het dan ook keer op keer geprobeerd. Maar het werd niks. Het lukte niet. Ik had geen idee waarom het niet lukte en ik weet het nog altijd niet. Ik hield immers van Kizuki en om mijn maagdelijkheid gaf ik niet zoveel. Ik had alles wat hij wilde graag voor hem gedaan. Maar het lukte niet.'

Naoko deed haar haar weer bij elkaar en zette het vast met de haarspeld.

'Ik werd helemaal niet nat,' zei Naoko zacht. 'Ik was helemaal niet open. Daardoor deed het enorm pijn. Omdat ik zo droog was. We hebben van alles geprobeerd, maar wat we ook deden, het werd niks.

Ook als we het met iets natmaakten, deed het nog steeds pijn. Daarom deed ik het bij hem altijd met de hand of met mijn mond. Je begrijpt me toch wel?'

Ik knikte zwijgend.

Naoko keek naar buiten, naar de maan. Die leek nog groter en helderder dan eerst.

'Het liefst zou ik het er nooit over hebben. Ik had het het liefst in mijn binnenste opgesloten willen houden. Maar er is niets aan te doen. Ik kan er niet over zwijgen. Ik kom er zelf ook niet uit. Ik bedoel, toen ik het met jou deed was ik toch heel nat? Ja toch?'

'Ja,' mompelde ik.

'Die avond van mijn twintigste verjaardag was ik al nat zodra je binnenkwam. De hele tijd verlangde ik ernaar dat je me zou aanraken. Hou me vast, kleed me uit, wind me op, schuif in me – dat soort dingen dacht ik. Dat had ik nog nooit eerder gehad. Waarom? Waarom gaat het zo? Want ik hield echt van Kizuki.'

'En van mij niet eens, bedoel je?'

'Het spijt me,' zei Naoko. 'Ik wil je geen pijn doen, maar dit moet je begrijpen. Kizuki en ik hadden echt een bijzondere band. We speelden al vanaf ons derde samen. En zo groeiden we op. We waren altijd samen, praatten over alles, we begrepen elkaar perfect. Onze eerste zoen, toen we in de zesde klas van de lagere school zaten, was prachtig. Toen ik voor het eerst ongesteld werd, ben ik naar hem toe gegaan en heb tranen met tuiten gehuild. Zo innig was het tussen ons. Dus toen hij dood was, wist ik helemaal niet hoe ik met mensen om moest gaan. Of hoe ik van iemand moest houden.'

Ze reikte naar haar wijnglas op tafel, maar pakte het niet goed beet. Het glas viel en rolde over de vloer. De wijn stroomde op het tapijt. Ik boog voorover om het glas op te pakken en zette het terug op tafel. Ik vroeg Naoko of ze nog wijn wilde. Ze zweeg een tijdje. Toen begon ze plotseling te trillen en barstte in tranen uit. Ze boog voorover en begroef haar gezicht in haar handen, en net als destijds huilde ze hevig en met ingehouden adem. Reiko zette haar gitaar neer en kwam naast haar zitten, legde een hand op haar rug en aaide haar. Toen ze haar arm om Naoko's schouders sloeg, drukte ze als een baby haar gezicht tegen Reiko's borst.

'Watanabe,' zei Reiko, 'misschien is het een goed idee als je een halfuurtje een ommetje in de buurt maakt. Dat zal wel helpen, denk ik.'

Ik knikte, stond op en deed een trui aan over mijn overhemd. 'Neem me niet kwalijk,' zei ik tegen Reiko.

'Het geeft niet. Het is jouw schuld niet. Maak je maar geen zorgen. Als je terugkomt, is ze weer de oude,' zei ze met een knipoog.

Ik volgde de weg, die vreemd onwerkelijk door het maanlicht werd beschenen, liep het bos in en dwaalde daar doelloos rond. Geluiden kregen een wonderlijke klank in het maanlicht. Het geluid van mijn eigen voetstappen leek scherp te weerkaatsen uit een heel andere richting en het klonk als de voetstappen van iemand die op de bodem van de zee loopt. Af en toe hoorde ik achter me een droog, zacht geluid. In het bos hing een gespannen sfeer, alsof alle nachtdieren met ingehouden adem wachtten tot ik voorbij was.

Toen ik uit het bos kwam, ging ik zitten op een licht glooiende heuvel en keek in de richting van Naoko's huis. Het was makkelijk om Naoko's kamer te herkennen; je hoefde alleen maar te zoeken naar een raam waarachter het licht flakkerde. Zonder me te bewegen keek ik de hele tijd naar dat licht. Het deed me denken aan de laatste opflakkering van een smeulende ziel. Ik wilde mijn handen om het lichtje heen houden en het goed beschermen. Een hele tijd staarde ik naar dat flakkerende lichtje, zoals Jay Gatsby elke avond stond te staren naar de lichtjes aan de overkant van de baai.

Toen ik een halfuur later terugkeerde, hoorde ik Reiko gitaarspelen. Ik liep zacht de trap op en klopte aan. Toen ik de kamer binnenkwam, was Naoko er niet. Reiko zat op het vloerkleed in haar eentje gitaar te spelen. Ze wees naar de slaapkamer om aan te geven dat Naoko daar was. Toen legde Reiko de gitaar op de grond, ging op de bank zitten en vroeg mij om naast haar te komen zitten. Ze verdeelde de laatste wijn over onze glazen.

'Ze is in orde, hoor,' zei Reiko terwijl ze zacht mijn knie aanraakte. 'Als ze een tijdje rustig ligt, komt ze weer bij, dus maak je maar geen zorgen. Het werd haar even te veel. Zullen wij intussen samen een wandelingetje maken?'

'Goed,' zei ik.

Reiko en ik liepen rustig over een door lantaarns verlichte weg. Toen we bij de tennisbaan en het basketbalveld kwamen, gingen we daar op een bankje zitten. Reiko haalde een oranje basketbal vanonder de bank tevoorschijn en liet hem een hele tijd in haar handen ronddraaien. Toen vroeg ze me of ik kon tennissen. Ik antwoordde dat ik wel kon tennissen, maar dat ik er niet speciaal goed in was.

'En basketbal?'

'Daar ben ik ook niet zo goed in.'

'Nou, waar ben je dan wél goed in?' zei Reiko lachend en met een heleboel kraaienpootjes bij haar ogen. 'Afgezien dan van met vrouwen slapen.'

'Daar ben ik helemaal niet goed in,' zei ik, een beetje gepikeerd.

'Niet boos worden, hoor. Het was maar een grapje. Maar nu serieus: waar ben je goed in?'

'Ik ben nergens speciaal goed in. Er zijn wel dingen waar ik veel plezier aan beleef.'

'Zoals?'

'Wandelen. Zwemmen. Boeken lezen.'

'Doe je graag dingen in je eentje?'

'Inderdaad, daar heb je misschien wel gelijk in,' zei ik. 'Ik heb van jongs af aan nooit zo'n belangstelling gehad voor spelletjes die je met anderen speelt. Het grijpt me niet. Dan verlies ik al snel mijn interesse.'

'Je moet hier in de winter eens komen. Dan gaan we langlaufen. Dat is vast iets voor jou: een hele dag door de sneeuw ploeteren en helemaal bezweet raken,' zei Reiko, terwijl ze onder het licht van de lantaarn haar rechterhand bekeek alsof ze een oud instrument bestudeerde.

'Heeft Naoko dit vaak?' vroeg ik voorzichtig.

'Af en toe,' zei Reiko, nu haar linkerhand bestuderend. 'Zo nu en dan wordt het haar te veel en moet ze huilen. Maar het geeft niet. Het is gewoon zo. Haar gevoelens komen naar buiten. Het wordt gevaarlijker als dat niet gebeurt. Dan stapelen de emoties zich op in het lichaam, verharden geleidelijk en sterven ten slotte af. Dat is echt verschrikkelijk.'

'Heb ik net iets verkeerds gezegd?'

'Helemaal niet. Het is goed, je hebt niets verkeerds gezegd, maak je geen zorgen. Zeg alles maar eerlijk. Dat is het allerbeste. Ook al doet het soms pijn of wordt het iemand te veel, zoals net bij Naoko, op de lange termijn is het toch het beste. Als je oprecht wilt dat Naoko beter wordt, is dat de weg. Zoals ik net al zei, moet je niet te veel denken aan hoe je haar kunt helpen, maar zelf beter willen worden door haar beter te laten worden. Want zo werkt dat hier. Daarom moet jij je, in ieder geval zolang je hier bent, eerlijk uitspreken. Laten we wel wezen: in de buitenwereld is er toch niemand die dat doet?'

'Daar heb je gelijk in,' zei ik.

'Ik ben hier nu zeven jaar en ik heb al heel wat mensen zien komen en gaan,' zei Reiko. 'Misschien heb ik er wel te veel gezien. Daarom kan ik bijna instinctief inschatten of iemand zal herstellen of niet. Maar in Naoko's geval weet ik het niet goed. Ik kan niet inschatten hoe het met haar zal gaan. Misschien is ze volgende maand wel volledig hersteld, misschien sleept het nog jaren voort. Daarom kan ik je ook geen advies geven, afgezien van algemene dingen zoals eerlijk te zijn en elkaar te helpen.'

'Waarom is het bij Naoko zo lastig in te schatten?'

'Waarschijnlijk omdat ik haar graag mag. Ik denk dat er te veel emotie bij komt om het goed te kunnen onderscheiden. Weet je, ik mag haar echt heel graag. Maar los daarvan lopen in haar geval allerlei problemen door elkaar als een stuk in de knoop geraakt touw, en het is een hele klus om dat te ontwarren. Dat kan heel lang duren, maar voor hetzelfde geld is alles misschien opeens opgelost. Zoiets is het. Dat maakt het moeilijk.'

Ze pakte de basketbal weer op, draaide hem een tijdje rond in haar handen en liet hem toen stuiteren.

'Het belangrijkste is dat je niet ongeduldig wordt,' zei Reiko tegen me. 'Dat is nog een advies van mij: niet ongeduldig worden. Ook al is alles zo ingewikkeld dat je het nauwelijks kunt verdragen, je mag niet wanhopig worden, je mag niet de stoppen door laten slaan of in het wilde weg aan haar trekken. Je moet het de tijd geven en de draden een voor een ontwarren. Kun je dat?'

'Ik zal het proberen,' zei ik.

'Misschien duurt het lang, en zelfs dan herstelt ze misschien toch niet volledig. Heb je je dat al gerealiseerd?'

Ik knikte.

'Wachten is zwaar,' zei Reiko terwijl ze de bal liet stuiteren. 'Vooral voor mensen van jouw leeftijd. Alleen maar wachten totdat ze herstelt. En dat zonder limiet of garanties. Kun je dat? Hou je daarvoor genoeg van Naoko?'

'Ik weet het niet,' zei ik eerlijk. 'Ik weet niet goed wat het is om van iemand te houden. Net als Naoko, maar anders dan zij het bedoelde. Maar ik wil doen wat in mijn vermogen ligt. Ik moet wel, want ik weet niet goed welke kant ik anders op moet. Ik denk dat er, zoals je zelf al zei, geen andere weg is voor Naoko en mij dan elkaar te redden en dat er geen andere weg is om gered te worden.'

'Ga je door met vrijen met meisjes die toevallig je pad kruisen?'

'Dat weet ik ook niet goed,' zei ik. 'Waar doe ik in 's hemelsnaam goed aan? Moet ik de hele tijd masturberen en blijven wachten? Ik heb dat zelf niet helemaal in de hand, zulke dingen.'

Reiko legde de bal op de grond en klopte zacht op mijn knie. 'Kijk, ik zeg niet dat het niet goed is om met de een of de ander naar bed te gaan. Als het voor jou geen probleem is, is het goed. Het is tenslotte jouw leven en dat mag je zelf beslissen. Wat ik alleen maar wil zeggen, is dat je jezelf niet op een onnatuurlijke manier moet afstompen. Begrijp je dat? Dat zou namelijk hartstikke jammer zijn. Je negentiende, twintigste jaar is voor de ontwikkeling van je karakter een heel belangrijke tijd en als je in die periode een nare afwijking krijgt, heb je er later last van. Echt waar. Denk er daarom goed over na. Om goed voor Naoko te kunnen zorgen, moet je ook goed voor jezelf zorgen.'

Ik zei dat ik erover na zou denken.

'Ik ben ook ooit twintig geweest. Lang geleden, maar toch,' zei Reiko. 'Geloof je dat?'

'Ik geloof het. Uiteraard.'

'Met heel je hart?'

'Met heel mijn hart,' zei ik lachend.

'Ik was best leuk om te zien in die tijd. Niet zo leuk als Naoko, maar ik mocht er zijn. Ik had toen nog niet zoveel rimpels.'

Ik zei dat ik die rimpels heel leuk vond. Ze bedankte me.

'Je mag trouwens nooit tegen een vrouw zeggen dat je haar rimpels charmant vindt. Al vind ík het wel leuk om te horen.'

'Ik zal eraan denken,' zei ik.

Ze pakte haar portemonnee uit haar broekzak, haalde een foto uit een vakje en liet hem mij zien. Het was een kleurenfoto van een lief meisje van rond de tien jaar oud dat in een prachtig skipak op een paar ski's stond te lachen in de sneeuw.

'Een schoonheid, vind je niet? Dit is mijn dochter,' zei Reiko. 'Aan het begin van dit jaar heb ik deze foto gekregen. Ze zal nu in de vierde klas van de lagere school zitten.'

'Ze heeft jouw lach,' zei ik, en ik gaf haar de foto terug. Ze deed de portemonnee terug in haar zak, haalde zacht haar neus op en stak een sigaret aan.

'Toen ik klein was, wilde ik pianiste worden. Ik had talent en dat werd in mijn omgeving ook wel erkend. Ik ben redelijk verwend opgegroeid. Ik won weleens een concours, op het conservatorium haalde ik goede cijfers en er was sprake van dat ik na mijn examen verder zou studeren in Duitsland. Tot zover geen wolkje aan de lucht. Alles ging goed, en als iets niet goed ging, was er altijd iemand om me te helpen. Maar op een dag gebeurde er iets vreemds en alles ontspoorde. Ik zat in het vierde jaar van het conservatorium. Er was een redelijk belangrijk concours en ik had er de hele tijd voor geoefend, maar opeens kon ik de pink van mijn linkerhand niet meer bewegen. Ik weet niet waarom. In ieder geval bewoog hij niet. Ik heb hem gemasseerd, in warm water gehouden, een paar dagen met rust gelaten, maar het hielp niets. Ik kreeg het benauwd en ben naar het ziekenhuis gegaan. Daar hebben ze allerlei onderzoeken uitgevoerd, maar daar kwam niets uit. De vinger vertoonde niets ongewoons, er was niets mis met mijn zenuwen. Hij zou gewoon moeten kunnen bewegen. Misschien was het iets psychisch, zeiden ze. Dus ging ik naar de afdeling Psychiatrie. Maar ook daar wisten ze het niet precies. Alleen dat het misschien te maken had met de stress vanwege het concours. Ik moest maar eens een poosje zonder piano leven.'

Reiko zoog de rook van haar sigaret diep in en blies hem toen uit. Daarna draaide ze haar nek een paar keer.

'Toen ben ik naar mijn oma op Izu gegaan om een tijdje rust te houden. Het concours had ik al opgegeven en het idee was om daar lekker te ontspannen en twee weken lang te doen waar ik zin in had zonder een piano aan te raken. Maar het lukte niet. Wat ik ook deed, ik kon alleen maar aan die piano denken. Iets anders kwam niet in mijn hoofd op. Zou mijn pink mijn hele leven niet meer bewegen? En wat zou ik in dat geval met mijn leven aan moeten? Dat soort dingen gingen de hele tijd door mijn hoofd. Onvermijdelijk eigenlijk, want tot dat moment was pianospelen mijn hele leven geweest. Toen ik amper vier was, begon ik ermee en dat was verder het enige waar ik aan had gedacht in mijn leven. Ik had nooit aan iets anders gedacht. Omdat ik mijn vingers niet mocht verwonden, had ik nooit iets gedaan in huis. Iedereen hield rekening met me "omdat ik zo goed piano kon spelen". Wat gebeurt er met een meisje dat zo is opgegroeid als die piano weg-

valt? Dat geeft een knal. Alle schroeven in mijn hoofd waren losge-
sprongen. Ik raakte helemaal in de knoop. Alles werd zwart.'

Ze gooide haar sigaret op de grond en drukte hem uit met haar
voet. Ze draaide weer een paar keer haar nek.

'En dat was het einde van mijn droom om concertpianiste te worden. Ik ben twee maanden in het ziekenhuis geweest. Omdat daar
weer een beetje beweging kwam in mijn pink, heb ik de draad kunnen
oppakken op het conservatorium en is het me gelukt af te studeren.
Maar er was iets verdwenen. Ik was een energiesteentje of iets dergelijks kwijtgeraakt. De dokter had gezegd dat ik mijn droom om concertpianiste te worden beter kon opgeven omdat ik mentaal niet sterk
genoeg was. Dus na mijn afstuderen heb ik leerlingen genomen en
ben ik thuis les gaan geven. Dat was echt heel bitter. Alsof mijn leven
daar plotseling eindigde. Ik was net twintig en het beste deel van mijn
leven was al voorbij. Dat is toch erg, vind je niet? Ik had zoveel mogelijkheden, en opeens had ik niets meer. Niemand applaudisseerde
meer, ik werd niet meer in de watten gelegd, niemand prees me meer.
Alleen maar thuis dag in dag uit kinderen uit de buurt de etudes van
Beyer leren spelen. Ik voelde me verschrikkelijk en huilde de hele tijd.
Ik was ontzettend verongelijkt. Wanneer ik hoorde dat iemand met
beduidend minder talent dan ik tweede werd op een concours, of dat
zo iemand ergens een recital gaf, was ik zelfs zo verongelijkt dat meteen de tranen opwelden.

Ook mijn ouders ontweken me. Ik begreep het wel: zij waren ook
teleurgesteld. De dochter op wie ze tot voor kort tegenover de hele
wereld nog zo trots waren, kwam terug uit een psychiatrisch ziekenhuis. Je hebt toch soms dat een verloving wordt afgebroken? Op zo'n
manier vertelde iedereen het aan elkaar door. Ik vond het niet te verdragen zo erg. Omdat ik het gevoel had dat iedereen het over mij had
als ik buiten kwam, durfde ik op den duur ook niet meer naar buiten.
Toen kwam de volgende klap. De schroeven vlogen weer in het rond,
de draad raakte in de war, het werd zwart in mijn hoofd. Ik heb toen,
op mijn vierentwintigste, zeven maanden in een inrichting gezeten.
Niet deze, maar een met een hoog hek erom en een poort die op slot
zat. Het was er vies, er was geen piano. In die tijd wist ik echt niet
wat ik met mezelf aan moest. Ik wist alleen dat ik daar zo snel mogelijk weg wilde en ik heb enorm gevochten om beter te worden. Zeven
maanden is lang, hoor. Toen kwamen de rimpels wel.'

Reiko lachte breed.

'Niet lang nadat ik uit het ziekenhuis was gekomen, heb ik mijn man leren kennen en zijn we getrouwd. Hij was een van mijn pianoleerlingen, hij was een jaar jonger dan ik en werkte als ingenieur bij een vliegtuigfabrikant. Een goede man. Hij was niet erg spraakzaam, maar een integer en warm mens. Hij had ongeveer een halfjaar les gehad, toen hij plotseling aan me vroeg of ik met hem wilde trouwen. Zomaar ineens, toen we na afloop van de les thee zaten te drinken. Kun je het je voorstellen? We waren nog nooit samen uit geweest, we hadden nog nooit elkaars hand vastgehouden. Ik was verbijsterd. Ik zei dat ik niet met hem kon trouwen. Dat ik hem aardig vond en dat zijn bedoelingen vast goed waren, maar dat ik door omstandigheden niet met hem kon trouwen. Hij vroeg wat die omstandigheden dan waren en ik heb het hem eerlijk verteld. Dat het me twee keer te veel was geworden en dat ik opgenomen was geweest. Ik heb het hem allemaal verteld. Waar het door was gekomen en dat het zich in de toekomst nog een keer voor kon doen. Hij zei dat hij er nog eens over na wilde denken en ik zei dat hij er zo lang over mocht nadenken als hij wilde. Toen hij de week daarop weer kwam, zei hij dat hij nog steeds met me wilde trouwen. Toen heb ik tegen hem gezegd: "Wacht drie maanden. Laten we drie maanden de tijd nemen om elkaar te leren kennen. Als je dan nog steeds met me wilt trouwen, laten we het er dan over hebben."

Drie maanden lang gingen we één keer per week samen uit. We gingen overal heen, we praatten over van alles. Ik ben enorm op hem gesteld geraakt. Met hem had ik het gevoel dat ik eindelijk mijn leven terugkreeg. Het was een verademing om bij hem te zijn. Dan kon ik alle nare dingen vergeten. Mijn leven was nog niet voorbij, ook al kon ik geen concertpianiste worden. Ook al had ik in een psychiatrisch ziekenhuis gezeten, het leven had voor mij nog allerlei onbekende, mooie dingen in petto. Alleen al voor dat gevoel was ik hem uit de grond van mijn hart dankbaar. Toen de drie maanden om waren, zei hij dat hij nog steeds graag met me wilde trouwen. Ik zei toen: "Als je met me naar bed wilt, vind ik het goed. Ik ben nog nooit met iemand naar bed geweest, maar omdat ik erg veel om je geef, vind ik het goed als je met me wilt vrijen. Maar trouwen is een andere zaak. Als je met me trouwt, zit je ook aan al mijn haken en ogen vast. En die zijn veel erger dan je je kunt voorstellen. Maakt dat je niet uit?"

Hij zei dat het hem niet uitmaakte. Dat het hem er niet om te doen was om met me naar bed te gaan, maar dat hij met me wilde trouwen en alles met me wilde delen. Hij meende het. Hij zei alleen wat hij meende, en hij deed wat hij zei. Goed, laten we dan trouwen, zei ik. Wat kon ik anders zeggen? Vier maanden later zijn we getrouwd. Hij heeft er met zijn ouders ruzie over gekregen en ze zijn gebrouilleerd geraakt. Hij komt uit een oude familie van het platteland van Shikoku. Ze hebben mijn achtergrond grondig na laten trekken en ze zijn erachter gekomen dat ik twee keer opgenomen ben geweest. Daarom waren ze tegen het huwelijk. Ik kon het nog wel begrijpen ook. We hebben geen bruiloft gehouden. We zijn naar het stadhuis gegaan, hebben aangifte gedaan van ons huwelijk en zijn drie dagen naar Hakone geweest. Dat was alles. Maar ik was ontzettend gelukkig. Uiteindelijk ben ik tot aan mijn huwelijk op mijn vijfentwintigste maagd gebleven. Niet te geloven toch?'

Reiko zuchtte en pakte de basketbal weer op.

'Zolang ik met hem samen was, voelde ik me in orde,' zei Reiko. 'Ik dacht dat het nooit meer fout met me zou gaan zolang ik met hem samen was. Voor ons soort ziekte is dit vertrouwen het allerbelangrijkste: het vertrouwen dat het goed komt als je je op die persoon verlaat. Mocht je een beetje achteruitgaan, of mochten de schroeven een beetje losraken, dan heeft die persoon dat snel in de gaten en helpt je er met aandacht en geduld weer bovenop – door schroeven aan te draaien, door draadjes te ontwarren. Als je dat vertrouwen hebt, dan steekt onze ziekte de kop niet meer op. Zolang dat vertrouwen bestaat, doet zo'n klap zich niet meer voor. Ik was blij. Ik vond het leven prachtig. Alsof ik uit een wilde, koude zee was gehaald en met een warme deken om me heen in een warm bed was gelegd, zo voelde het. Twee jaar na ons trouwen kregen we een kind en daar had ik mijn handen aan vol. Zo vol dat ik mijn ziekte helemaal vergat. Als ik 's ochtends opstond, deed ik het huishouden, zorgde voor het kind en ik zorgde voor het eten als mijn man thuiskwam. Dag in dag uit. Maar ik was gelukkig. Het was waarschijnlijk de gelukkigste periode van mijn leven. Het duurde tot mijn drieëndertigste. Toen kwam er opnieuw een klap. Ik stortte in.'

Reiko stak een sigaret op. De wind was gaan liggen. De rook steeg recht omhoog en verdween in de duisternis van de avond. Toen viel me opeens op dat er talloze sterren aan de hemel stonden.

'Gebeurde er iets?' vroeg ik.

'Ja,' zei Reiko. 'Het was iets heel subtiels. Alsof een soort strik of valkuil de hele tijd op me had gewacht. Als ik eraan terugdenk, krijg ik
nog de rillingen.' Met de hand zonder sigaret wreef ze over haar slaap.
'Maar het is niet mooi van me om alleen maar over mezelf te praten.
Je bent tenslotte hier gekomen om Naoko te zien.'

'Ik wil het graag horen,' zei ik. 'Wil je het me vertellen?'

'Ons kind ging naar de kleuterschool en ik begon weer een beetje
piano te spelen,' ging Reiko verder. Niet voor anderen, maar puur
voor mezelf. Ik begon met kleine stukken van Bach, Mozart, Scarlatti
en zo. Omdat er natuurlijk een groot hiaat zat, kwam mijn gevoel
niet meteen terug. Vergeleken met vroeger bewogen mijn vingers helemaal niet zoals ik wilde. Maar ik was blij dat ik weer piano kon spelen. Toen ik eenmaal weer aan het pianospelen was, realiseerde ik me
hoeveel ik van muziek hield. En hoe ik ernaar gesnakt had. Het was
verrukkelijk om enkel en alleen voor mezelf te spelen.

Ik speelde weliswaar vanaf mijn vierde piano, maar ik realiseerde
me toen pas dat ik nog nooit louter voor mezelf had gespeeld. Ik had
altijd piano gespeeld omdat ik een examen moest halen of omdat het
huiswerk was, of om indruk te maken. Natuurlijk zijn al die dingen
ook belangrijk om een instrument meester te worden. Maar op een
bepaalde leeftijd moet je voor jezelf gaan spelen. Zo is dat met muziek. Ik moest eerst van een elitestudent een drop-out worden om
dat op mijn een- of tweeëndertigste eindelijk te begrijpen. Ik bracht
's ochtends mijn dochter naar de kleuterschool, maakte gauw het huis
aan kant en speelde dan een of twee uur muziek waar ik van hield. Tot
zover geen wolkje aan de lucht. Toch?'

Ik knikte.

'Maar op een dag kwam er een vrouw bij me langs – ik kende haar
van gezicht en we groetten elkaar als we elkaar op straat tegenkwamen – die zei dat haar dochter graag pianoles bij me wilde volgen en
of ik haar les wilde geven. Omdat ze ook weer niet zo dichtbij woonde,
kende ik haar dochter niet, maar afgaande op haar verhaal had het
meisje me vaak horen spelen als ze langs mijn huis liep en was ze er
erg van onder de indruk. Ze kende me ook van gezicht en bewonderde
me, zei ze. Het meisje zat in de tweede klas van de middelbare school
en had al een paar keer pianoles gehad, maar dat was om allerlei redenen niet goed gelopen en daarom had ze op het moment geen les.

Ik weigerde. Ik had dat hiaat van een paar jaar. Als het nou om een beginneling ging was het wat anders geweest, maar ik zag het niet zitten om iemand aan te nemen die al jaren les had gehad, zei ik. Bovendien had ik het druk met de zorg voor mijn dochtertje. Wat ook meespeelde, maar dat kon ik natuurlijk niet tegen haar zeggen, was dat het met een kind dat steeds van leraar verandert bij niemand wat wordt. Toen vroeg ze of ik haar dochter alsjeblieft wilde zien, al was het maar één keer. Ze drong erg aan en ik kon moeilijk weigeren, dus om ervanaf te zijn stemde ik ermee in haar één keer te ontmoeten. Drie dagen later komt het meisje in haar eentje bij me. Een engelachtig mooi meisje, van een bijna doorschijnende schoonheid. Ik heb nooit eerder of daarna zo'n mooi meisje gezien. Haar haar was lang en zo zwart als pasgewreven inkt, ze had mooie rechte armen en benen, stralende ogen en lippen zo klein en zacht alsof ze net gemaakt waren. Toen ik haar de eerste keer zag, was ik een tijdlang sprakeloos. Zo prachtig. Toen ze bij ons zat, lichtte de hele kamer op. Het leek wel een andere ruimte te zijn geworden. Als je een tijd naar haar keek, begon het je zo te duizelen dat je je ogen tot spleetjes moest knijpen. Zo'n kind was het. Ze staat me nog steeds helder voor de geest.'

Reiko kneep echt even haar ogen tot spleetjes, alsof ze het gezicht van het meisje weer voor zich zag.

'We dronken koffie en praatten ongeveer een uur. Over van alles: muziek, school. Ik had meteen door dat ze een pienter kind was. Ze sprak onderhoudend, ze formuleerde helder en scherp en ze had het talent om meeslepend te vertellen. Beangstigend bijna. Waar dat beangstigende nu in zat, zag ik op dat moment niet scherp. Ik vond toen alleen dat ze beangstigend slim was. Als zij tegenover me zat, verdween mijn gezonde oordeel. Ze was zo overweldigend jong en mooi dat ik mezelf een volslagen armzalig, onbeholpen wezen vond en alle negatieve gedachten over haar die bij me opkwamen, schreef ik toe aan mijn eigen kleinzieligheid.'

Ze schudde een paar keer haar hoofd.

'Als ik zo mooi en zo slim was geweest als dat meisje, zou ik veel normaler zijn geweest. Wat heb je verder nog te wensen als je zo slim en zo mooi bent? Als je door iedereen op handen wordt gedragen, dan hoef je toch niet mensen die zwakker of minder begaafd zijn te pesten of te vertrappen? Daar is toch geen enkele reden voor?'

'Deed ze dat dan?'

'Om te beginnen was ze een pathologische leugenaar. Echt ziekelijk. Ze verzon alles bij elkaar. Terwijl ze het zat te vertellen, begon ze het zelf nog te geloven. Om de losse eindjes van al die verhalen aan elkaar te breien, verdraaide ze geleidelijk alles eromheen. Meestal heb je zoiets wel in de gaten omdat er ergens iets niet klopt, maar dit kind was zo beangstigend vlug van geest dat ze voor je uit liep en je langs de oneffenheden loodste zodat je er helemaal geen erg in had dat het allemaal gelogen was. Wie denkt nu dat zo'n mooi meisje liegt over allerlei onnozele dingen? Ik in ieder geval niet. Ik heb een halfjaar lang heel wat verzinsels van dit kind aangehoord en niet één keer mijn twijfels gehad. Terwijl alles van begin tot eind was verzonnen. Wat ben ik erin getuind.'

'Wat voor leugens vertelde ze?'

'Elke denkbare leugen,' zei Reiko met een spottend lachje. 'Ik zei het toch al? Als je eenmaal begint met liegen, dan moet je weer liegen om het te laten passen. Dat is pathologisch liegen. Maar de leugens van zulke mensen zijn meestal onschuldig en in de meeste gevallen worden ze wel doorzien. Maar niet bij haar. Om zichzelf te beschermen deinsde ze er niet voor terug leugens te verzinnen die andere mensen schade toebrachten. Alles wat ze gebruiken kon, gebruikte ze. Afhankelijk van wie ze voor zich had, loog ze meer of minder erg. Tegen mensen bij wie ze met haar leugens snel tegen de lamp zou lopen, zoals haar moeder of haar vriendinnen, loog ze niet veel, en als het toch moest, deed ze het heel omzichtig. Iets wat niet snel uit zou komen. Als het toch een keer uitkwam, excuseerde ze zich met tranen in haar mooie ogen en met een aandoenlijke stem. Niemand kon dan nog boos op haar blijven.

Ik weet nog steeds niet waarom ze mij heeft uitgekozen. Misschien koos ze mij als haar nieuwe slachtoffer, misschien zocht ze bij mij een soort toevlucht. Ik heb nog steeds geen idee. Niet dat het nu nog uitmaakt. Het is voorbij en het is nu eenmaal zo gelopen.'

Er viel een korte stilte.

'Ze herhaalde wat haar moeder ook al had gezegd. Dat ze me had horen spelen toen ze langs mijn huis liep en erdoor geraakt was. Dat ze me een paar keer buiten had gezien en me adoreerde. Dat woord gebruikte ze: "adoreerde". Ik bloosde ervan. Dat zo'n beeldschoon meisje mij adoreerde. Ik denk niet dat dat helemaal gelogen was. Natuurlijk was ik al over de dertig, ik was niet zo mooi of zo slim als zij en ik had ook geen speciale talenten. Maar ik had iets dat haar aantrok. Iets wat zij miste, misschien? Iets had haar interesse gewekt. Nu, achteraf, denk ik dat. Niet om mezelf op de borst te kloppen.'

'Dat begrijp ik wel,' zei ik.

'Ze had bladmuziek meegenomen en vroeg of ze iets mocht spelen. Ik zei: "Ga je gang." Toen speelde ze een Inventio van Bach. Haar spel was... hoe zal ik het noemen, boeiend. Boeiend, of vreemd. In ieder geval ongewoon. Ze speelde natuurlijk niet geweldig. Ze had geen specialistische opleiding gehad. Ze had alleen af en toe les genomen, dus het was een heel eigen stijl geworden. Het was niet tot in de perfectie ingestudeerd. Als ze zo zou spelen bij een toelatingsexamen voor het conservatorium, lag ze er in één keer uit. Maar het werkte. Met andere woorden, negentig procent was niets, maar wat ze in die laatste tien procent liet horen, dat was muziek. En dat in een variatie van Bach! Daardoor vatte ik belangstelling voor haar op. Wat was dit voor een kind?

De wereld is vergeven van kinderen die veel en veel beter Bach spelen dan zij. Wel twintig keer zo goed. Maar de meeste uitvoeringen hebben geen inhoud. Die zijn hol en leeg. Haar uitvoering was niet perfect, maar bezat wel iets dat mensen, of mij in ieder geval, aantrok. Dus ik dacht dat het misschien wel de moeite waard was haar les te geven. Natuurlijk was het onmogelijk om haar zo bij te sturen dat ze beroeps zou kunnen worden. Maar het leek wel mogelijk dat ze, net als ikzelf op dat moment – en nu nog trouwens –, piano kon spelen voor haar eigen plezier. Maar dat bleek een loze wens. Ze was niet het type dat rustig iets voor eigen genoegen doet. Ze was een kind dat berekenend te werk ging en geen enkel middel schuwde om indruk te maken op anderen. Ze wist precies wat ze moest doen om te imponeren of geprezen te worden. Zoals ze ook had geweten met welk soort pianospel ze mij kon vervoeren. Ze berekende alles nauwkeurig. Ze heeft zich vast eindeloos ingespannen om precies dat ten gehore te brengen. Ik zíé het haar gewoon doen.

Maar zelfs nu, nu ik dat allemaal inzie, geloof ik nog steeds dat het een mooie uitvoering was, en ik denk dat ik er weer opgetogen over zou zijn als ik het opnieuw zou horen. Ondanks haar geslepenheid en haar leugens en haar gebreken. Zulke dingen bestaan.'

Reiko schraapte met een droog geluid haar keel en stopte met vertellen.

'Heb je haar als leerling aangenomen?' vroeg ik.

'Ja. Eén keer per week. Op zaterdagmorgen. Ze had op zaterdag geen school. Ze heeft nooit verzuimd, ze kwam nooit te laat, ze was een ideale leerling. Ze oefende ook keurig. Na de les babbelden we en aten we een plakje cake.' Alsof haar iets te binnen schoot, keek Reiko plotseling op haar horloge. 'Ik denk dat we zoetjesaan terug moeten. Ik maak me toch een beetje zorgen over Naoko. Je bent Naoko toch niet vergeten?'

'Geen sprake van,' zei ik lachend. 'Ik was alleen meegezogen in je verhaal.'

'Als je wilt, vertel ik je morgen de rest. Het is een lang verhaal, te lang om in één keer te vertellen.'

'Je lijkt Sheherazade wel.'

'Inderdaad,' zei Reiko, 'dan kom je nooit meer terug in Tokio.' Ze lachte.

We namen dezelfde weg door het bos terug en kwamen bij het appartement van Reiko en Naoko. De kaars was uit en ook brandde er geen licht in de kamer. De deur naar de slaapkamer stond open. Het lampje naast het hoofdeinde was aan en dat vage licht sijpelde door naar de woonkamer. In het halfduister zat Naoko recht overeind op de bank. Ze had zich omgekleed in een soort hooggesloten nachthemd. Ze zat met haar benen opgetrokken op de bank. Reiko liep naar haar toe en legde een hand op haar hoofd.

'Gaat het weer?'

'Ja, het gaat weer. Het spijt me,' zei Naoko zacht. Toen keek ze mij aan en verontschuldigde zich verlegen. 'Sorry. Ben je geschrokken?'

'Een beetje,' zei ik met een glimlach.

'Kom eens hier,' zei Naoko. Toen ik naast haar ging zitten, draaide ze zich met haar knieën nog steeds opgetrokken naar me toe, bracht haar gezicht vlak bij mijn hoofd alsof ze me een geheimpje ging vertellen, en drukte haar lippen zacht achter mijn oor. 'Sorry,' zei Naoko nog een keer zacht in mijn oor. Toen liet ze me los.

'Zo nu en dan weet ik zelf niet wat er allemaal gebeurt,' zei ze.

'Ik heb dat doorlopend.'

Naoko keek me met een glimlach aan.

'Ik wil graag nog veel meer van je weten,' zei ik. 'Over je leven hier. Wat je elke dag doet. Wat voor mensen hier zijn.'

Naoko vertelde met horten en stoten, maar in heldere bewoordingen, over haar dagelijkse leven. 's Ochtends om zes uur opstaan.

Ontbijt in hun appartement. Het hoenderpark schoonmaken. Daarna meestal op de akker werken. De planten verzorgen. Voor of na de lunch had ze een individueel gesprek met haar arts van ongeveer een uur, of groepstherapie. 's Middags was het programma vrij en kon ze een cursus kiezen, of buiten werken of aan sport doen. Er waren allerlei cursussen, zoals Franse les, breien, piano of geschiedenis.

'De pianolessen geeft Reiko,' zei Naoko. 'Ze geeft ook gitaarles. We zijn hier afwisselend leerling en leraar. Iemand die goed is in Frans, geeft Franse les; iemand die leraar maatschappijleer was, geeft geschiedenis; iemand die goed kan breien geeft breiles; en op die manier hebben we al een hele school. Jammer genoeg heb ik niets wat ik aan anderen kan leren.'

'Ik ook niet.'

'Ik doe hier veel meer mijn best dan op de universiteit. Ik studeer hard en ik vind het leuk, heel erg leuk.'

'Wat doe je na het avondeten?'

'Kletsen met Reiko, een boek lezen, plaatjes luisteren, bij anderen op bezoek gaan en een spelletje doen, van die dingen,' zei Naoko.

'Ik oefen gitaar of ik schrijf mijn autobiografie,' zei Reiko.

'Je autobiografie?'

'Grapje,' zei Reiko lachend. 'Rond tien uur gaan we slapen. Al met al een heel gezond leven, vind je niet? We slapen als roosjes.'

Ik keek op mijn horloge. Het was iets voor negenen. 'Zijn jullie zo zoetjesaan niet moe?'

'Het geeft niet als het vandaag een beetje later wordt,' zei Naoko. 'Ik heb je zo lang niet gezien. Ik wil nog veel meer bepraten. Vertel jij eens iets.'

'Toen ik daarnet alleen was, moest ik opeens aan allerlei dingen van vroeger denken,' zei ik. 'Weet je nog dat ik samen met Kizuki bij je op ziekenbezoek kwam? In dat ziekenhuis aan de kust? Het was volgens mij in de zomer dat we in de vijfde klas van de middelbare school zaten.'

'Toen ik geopereerd werd aan mijn borst,' zei Naoko glimlachend. 'Dat je dat nog weet. Kizuki en jij waren op de brommer. Jullie hadden chocola meegenomen, maar die was helemaal zacht en gesmolten. Hij was nauwelijks te eten. Maar wat lijkt dat lang geleden.'

'Inderdaad. Volgens mij was jij toen een heel lang gedicht aan het schrijven.'

'Alle meisjes schrijven gedichten op die leeftijd,' zei Naoko giechelend. 'Waarom moet je daar nu aan denken?'

'Ik weet het niet. Het schoot me gewoon te binnen. De geur van
de zee, de oleander, dat soort dingen kwamen opeens boven,' zei ik.
'Kwam Kizuki je in die tijd vaak opzoeken in het ziekenhuis?'

'Bijna nooit! Daar hebben we later nog ruzie over gemaakt. Hij is
in het begin een keer geweest en daarna een keer met jou. Dat is alles.
Erg, hè? De eerste keer dat hij kwam, was hij ontzettend rusteloos en
na tien minuten was hij weer weg. Hij had sinaasappels meegenomen, mompelde de hele tijd dingen waar ik niets van begreep en ging
er toen plotseling weer vandoor. Hij zei dat hij niet goed tegen ziekenhuizen kon.' Naoko lachte. 'In dat opzicht was hij nog steeds een
kind. Ik bedoel, niemand komt toch graag in een ziekenhuis? Daarom
komen mensen juist op bezoek: om je op te beuren en je moed in te
spreken. Dat had hij niet helemaal begrepen.'

'Maar toen we samen naar het ziekenhuis gingen, maakte hij het
niet zo bont. Toen gedroeg hij zich heel normaal.'

'Dat kwam doordat jij erbij was,' zei Naoko. 'Zo was het altijd als jij
erbij was. Dan spande hij zich in om zijn zwakke kanten niet te laten
zien. Kizuki was beslist erg op je gesteld. Daarom deed hij zijn best
om zich van zijn goede kant te laten zien. Maar als we samen waren,
was hij zo niet. Dan liet hij zich gaan. Hij kon heel wisselvallig zijn.
Het ene moment praatte hij honderduit en het volgende moment was
hij terneergeslagen. Dat gebeurde aan de lopende band. Hij was als
kind al zo. Hij probeerde altijd zichzelf te veranderen, te verbeteren.'

Naoko ging verzitten.

'Altijd probeerde hij zich te veranderen, te verbeteren, en als het
hem niet goed lukte, was hij geïrriteerd en verdrietig. Hij had zulke
prachtige en mooie kanten, maar tot op het laatst had hij geen vertrouwen in zichzelf. Altijd vond hij dat hij dit nog moest en dat hij dat
nog moest veranderen. Arme Kizuki.'

'Als hij altijd zijn best heeft gedaan om mij zijn goede kant te laten
zien, dan lijkt me dat hij daarin is geslaagd. Ik bedoel, ik ken alleen
zijn goede kanten.'

Naoko glimlachte. 'Wat zou hij blij zijn geweest als hij dat gehoord
had. Jij was tenslotte zijn enige vriend.'

'En Kizuki was míjn enige vriend,' zei ik. 'Er is daarvoor of daarna
niemand geweest die ik mijn vriend zou kunnen noemen.'

'Daarom vond ik het fijn als we met z'n drieën waren; jij, Kizuki en ik. Dan zag ik ook Kizuki op zijn best. Dan voelde ik me enorm op mijn gemak en ontspannen. Ik genoot ervan met z'n drieën te zijn. Al weet ik niet hoe het voor jou was.'

'Ik heb me wel afgevraagd hoe het voor jou was,' zei ik licht hoofd-schuddend.

'Het probleem was dat het niet eeuwig kon blijven duren. Zo'n klein kringetje kan niet voor altijd behouden blijven. Dat wist Kizuki, dat wist ik, en dat wist jij ook. Zo is het toch?'

Ik knikte.

'Maar eerlijk gezegd hield ik ook van zijn zwakke kanten. Evenveel als van zijn goede. Hij was nooit flauw of gemeen. Alleen maar zwak. Maar als ik hem dat zei, geloofde hij me niet. Hij zei altijd: "Naoko, dat komt doordat we al vanaf ons derde samen zijn en je me te goed kent. Dan kun je iemands gebreken en sterke punten niet meer uit elkaar houden en loopt het allemaal door elkaar." Maar wat hij ook zei, ik hield van hem en ik heb nooit voor iemand anders ook maar de minste belangstelling gehad.'

Naoko glimlachte meewarig naar me.

'Wij hadden een heel ongewone band voor een meisje en een jon-gen. Alsof we ergens fysiek waren verbonden. Alsof we, hoe ver we ook van elkaar verwijderd waren, door een speciale kracht altijd weer bij elkaar terugkwamen. Het was volkomen vanzelfsprekend dat Ki-zuki en ik op den duur verkering met elkaar kregen. Dat was geen kwestie van overweging of keuze. Op ons twaalfde zoenden we voor het eerst en op ons dertiende begonnen we te vrijen. Ik ging bij hem langs of hij kwam bij mij langs, en ik deed het bij hem met de hand. Het is nooit bij me opgekomen dat wij er vroeg bij waren. Ik vond het heel normaal. Als hij mijn tepels of mijn vagina wilde aanraken, vond ik dat prima. En ik vond het helemaal geen punt om hem een handje te helpen als hij wilde klaarkomen. Als iemand ons daar op dat moment om zou hebben bekritiseerd, zou ik verbaasd zijn ge-weest, of boos. We deden immers niets verkeerds. We deden alleen maar iets vanzelfsprekends. We hadden elkaars lichaam al van top tot teen gezien en het voelde zo'n beetje alsof we elkaars lichaam deelden. We deden ons best om een tijdlang niet verder te gaan dan dat. Ik was bang om zwanger te worden en ik wist toen niet goed hoe ik het kon voorkomen. In ieder geval, zo zijn we samen opgegroeid: als een stel, hand in hand. Vrijwel zonder dat het gewicht van seks op ons drukte en zonder het gezwollen ego dat kinderen gewoonlijk ervaren in hun puberteit. Zoals ik al zei waren we over seks altijd heel open en omdat we zo in elkaar opgingen, waren we ons niet erg van onze ego's bewust. Begrijp je wat ik zeg?'

'Ik denk het wel,' zei ik.

'We konden niet zonder elkaar. Als Kizuki er nog was geweest, waren we nu nog steeds samen, hielden we nog steeds van elkaar en werden we samen steeds ongelukkiger, denk ik.'

'Hoezo dat?'

Naoko haalde een paar keer haar hand door haar haar. Omdat ze haar haarklem al uit had gedaan, viel haar haar naar voren en verborg het haar gezicht als ze naar beneden keek.

'Omdat we nog een schuld hadden in te lossen aan de wereld,' zei Naoko, opkijkend. 'De bitterheid van het volwassen worden. Omdat we niet betaald hebben toen we hadden moeten betalen, zou die rekening nog komen. Daarom is het zo afgelopen met Kizuki en zit ik nu hier. Wij waren als naakte kinderen die zijn opgegroeid op een onbewoond eiland. Als we honger kregen, aten we een banaan en als we ons eenzaam voelden, vielen we met z'n tweeën in elkaars armen in slaap. Maar zoiets duurt niet eeuwig. We werden steeds groter en we moesten de maatschappij in stappen. Daarom was jij voor ons zo belangrijk. Jij betekende voor ons de verbinding met de buitenwereld. Wij deden ons best, met jou als intermediair, ons aan de buitenwereld aan te passen. Al is dat uiteindelijk niet gelukt.'

Ik knikte.

'Denk nu niet dat we je gebruikt hebben. Kizuki was echt erg op je gesteld en toevallig was het contact met jou voor ons het eerste contact met een buitenstaander. Dat is nog steeds zo. Al is Kizuki dan overleden en is hij er niet meer, jij bent voor mij het enige contact met de buitenwereld, ook nu nog. Ik ben net zo op jou gesteld als Kizuki. Al was het nooit onze bedoeling, misschien hebben we je uiteindelijk wel gekwetst. We hebben nooit gedacht dat het zo zou kunnen lopen.'

Naoko boog weer haar hoofd en zweeg.

'Nou, wie heeft er zin in chocolademelk?' vroeg Reiko.

'Ik,' zei Naoko. 'Graag!'

'Als jullie het goedvinden, neem ik liever een slok van de whisky die ik heb meegenomen.'

'Ga je gang,' zei Reiko. 'Mag ik ook een slok?'

'Nauurlijk,' zei ik lachend.

Reiko haalde twee glazen en daarmee proostten we. Toen ging Reiko naar de keuken om chocolademelk te maken.

'Zullen we over iets vrolijkers praten?' zei Naoko.

Maar mij schoot geen vrolijk onderwerp te binnen. Was de Marinier er nog maar, dacht ik spijtig. Hij was altijd goed geweest voor een hele reeks anekdotes, en wat zouden we er een lol mee hebben gehad. Er zat niets anders op dan uitgebreid te vertellen over het smerige leven op de campus. Zelf werd ik naar van al die vieze verhalen, maar voor deze twee vrouwen was het allemaal nieuw en ze vielen om van het lachen. Daarna deed Reiko imitaties van een aantal patiënten. Dat was ook ontzettend grappig. Tegen elven begon Naoko slaperig uit haar ogen te kijken. Reiko klapte de bank uit tot een bed en gaf me een set lakens en dekens.

'Mocht je vannacht iemand willen aanranden, vergis je dan niet in je slachtoffer,' zei Reiko. 'Het rimpelloze lichaam in het linkerbed is Naoko.'

'Niet waar! Ik lig in het rechterbed,' zei Naoko.

'Ik heb ervoor gezorgd dat we morgen voor een deel van de middag vrij hebben. Zullen we gaan picknicken? Er is een heel mooie plek in de buurt,' zei Reiko.

'Graag,' zei ik.

Reiko en Naoko poetsten om de beurt in de badkamer hun tanden en trokken zich terug in hun slaapkamer. Ik dronk nog een beetje van mijn whisky, ging op de bedbank liggen en liep in gedachten de gebeurtenissen van de dag van de ochtend tot de avond nog eens na. Het leek een heel lange dag. Nog altijd scheen het maanlicht wit in de kamer. In de slaapkamer waar Naoko en Reiko sliepen, was het stil en afgezien van een zacht gekraak van een bed af en toe, was er verder niets te horen. Toen ik mijn ogen dichtdeed, zag ik geometrische patronen dansen in het donker en in mijn oren klonk nog de galm van Reiko op de gitaar, maar ook dat duurde niet lang. De slaap kwam en nam me mee de warme modder in. Ik droomde van wilgen. Aan weerszijden van een bergweg stonden rijen wilgen. Het waren er ongelofelijk veel. Het waaide vrij hard, maar de wilgentakken bewogen niet. Toen ik me afvroeg hoe dat kon, zag ik dat aan elke tak kleine vogeltjes zaten vastgeklampt. Door hun gewicht bewogen die niet. Met een stok sloeg ik tegen een tak vlak bij me. Ik wilde proberen de vogels te verjagen zodat de takken van de wilgen zouden bewegen. Maar de vogels vlogen niet op. In plaats van op te vliegen veranderden ze in metalen hompjes in de vorm van vogels en vielen met een plof op de grond.

Toen ik mijn ogen opendeed, had ik het gevoel dat de droom nog doorging. De kamer werd vaag wit verlicht door de maan. In een reflex zocht ik op de grond naar metaal in de vorm van een vogel, maar dat was er natuurlijk niet. Wel zat Naoko stil aan het voeteneind van mijn bed en staarde naar buiten. Met haar kin op haar opgetrokken knieën geleund leek ze op een hongerig weeskind. Ik zocht mijn horloge bij mijn hoofdeind omdat ik wilde weten hoe laat het was, maar het lag niet op de plaats waar ik dacht dat ik het had neergelegd. Afgaande op het licht van de maan schatte ik dat het twee of drie uur was. Mijn keel voelde uitgedroogd, maar toch bleef ik stil liggen kijken naar Naoko. Ze droeg nog steeds hetzelfde blauwe nachthemd en haar haar had ze aan één kant weer vastgezet met de haarklem in de vorm van een vlinder. Daardoor werd haar mooie voorhoofd helder beschenen door het maanlicht. Vreemd, dacht ik, voor ze ging slapen had ze haar haarklem niet in.

Naoko bleef bewegingloos zitten. Ze leek op een nachtdiertje dat door het maanlicht was aangetrokken. Door de invalshoek van het maanlicht was de schaduw van haar lippen uitvergroot. Die uiterst kwetsbaar ogende schaduw bewoog licht op het ritme van haar hartslag of de beweging van haar hart. Het was net of het onhoorbare woordjes fluisterde tegen de duisternis van de avond.

Om mijn droge keel te smeren slikte ik mijn speeksel door, maar in de nachtelijke stilte klonk dat hard. Alsof het geluid een teken was stond Naoko op dat moment op, waarbij alleen vaag het ruisen van haar nachtkleding te horen was. Ze ging op haar knieën bij mijn hoofdeind zitten en keek me strak in de ogen. Ik keek haar ook aan, maar uit haar ogen sprak helemaal niets. Ze waren bijna onnatuurlijk helder en de wereld erachter leek er doorheen te schemeren. Maar hoe ik ook keek, ik kon daarachter niets ontwaren. Onze gezichten waren misschien dertig centimeter van elkaar vandaan, maar het voelde alsof Naoko lichtjaren van me verwijderd was.

Toen ik mijn hand uitstak en haar aanraakte, week ze plots achteruit. Haar lippen trilden een beetje. Daarna tilde Naoko haar beide armen op en begon de knoopjes van haar nachthemd los te maken. Het waren in totaal zeven witte knoopjes. Met het gevoel alsof ik nog steeds droomde keek ik toe hoe haar mooie fijne vingers een voor een de knoopjes losmaakten. Toen ze ze allemaal had losgemaakt, liet ze het nachthemd van haar heupen glijden als een insect dat zijn huls afschudt. Ze was volledig naakt. Ze had niets aan onder haar nachthemd. Het enige dat ze droeg was haar vlinderhaarklem. Toen ze haar nachthemd had uitgedaan, bleef ze op de grond op haar knieën naar me zitten kijken. In het zachte maanlicht zag Naoko's lichaam er zo glad en kwetsbaar uit alsof het pasgeboren vlees was. Wanneer ze bewoog – al waren het echt nauwelijks waarneembare bewegingen – veranderden de vormen van licht en schaduw subtiel mee. Haar ronde opgeheven borsten, haar tepels, haar navel, haar heupen en haar schaamhaar wierpen ruwe schaduwen die van vorm leken te veranderen als wegebbende kringen op een wateroppervlak.

Wat een perfect lichaam, dacht ik. Hoe was Naoko in zo'n korte tijd aan zo'n volmaakt lichaam gekomen? En waar was het lichaam gebleven dat ik die avond in het voorjaar in mijn armen had gehad?

Die avond, toen ik de huilende Naoko zachtjes uitkleedde, had ik de indruk gekregen van een op de een of andere manier onvolmaakt lichaam. Haar borsten waren hard, haar tepels voelden alsof ze op de verkeerde plek uitstaken, haar heupen waren een beetje stijf. Natuurlijk was Naoko toen ook een mooi meisje en had ze een aantrekkelijk lichaam. Ze wond me seksueel op en ze had me met reusachtige kracht meegesleept. Maar desalniettemin, toen ik haar naakte lichaam in mijn armen had, haar streelde en haar zoende, voelde ik daarin sterk een soort onevenwichtigheid en onhandigheid. Met mijn armen om haar heen had ik tegen haar willen zeggen: 'Ik heb nu geslachtsverkeer met je. Ik ben in je. Maar het stelt eigenlijk niets voor. Het is niet meer dan een verstrengeling van twee lichamen. We vertellen elkaar wat we alleen kunnen vertellen door elkaar met onze onvolkomen lichamen aan te raken. Op die manier verdelen we onze onvolmaaktheid.' Maar natuurlijk kon ik dat niet in woorden aan haar duidelijk maken. Ik kon haar alleen maar stijf tegen me aan gedrukt in mijn armen houden. Terwijl ik haar zo vasthad, kon ik in haar iets ruws of rafeligs voelen, alsof er iets onafgeronds in haar was achtergebleven. Die sensatie bezorgde me een heel teder gevoel, en een kloppende erectie.

Maar het lichaam van Naoko dat ik nu voor me zag, verschilde volslagen van dat van toen. Het leek me dat het een aantal veranderingen had doorgemaakt en nu in het maanlicht als dit volmaakte lichaam was herboren. Ze was het mollige meisjesvlees na de dood van Kizuki kwijtgeraakt en er was rijp vlees voor in de plaats gekomen. Het lichaam van Naoko was zo mooi en volmaakt dat ik niet eens seksuele opwinding voelde. Ik staarde alleen blanco naar haar mooie middel, haar ronde, gladde borsten, naar haar buik die zacht meebewoog met haar ademhaling, en naar het zachte donkere zwart van haar schaamhaar.

Ik denk dat ze haar naakte lichaam niet langer dan vijf, zes minuten aan me liet zien. Toen trok ze haar nachthemd weer aan en knoopte van bovenaf aan alle knoopjes weer dicht. Zodra ze allemaal dicht waren, stond ze op, opende zacht de deur van haar slaapkamer en verdween naar binnen.

Ik bleef eerst een hele tijd roerloos in bed liggen, maar ik bedacht me. Ik stapte uit bed, raapte mijn op de grond gevallen horloge op en draaide het naar het maanlicht. Het was tien over halfvier. Ik dronk een paar glazen water in de keuken en ging weer naar bed, maar ik kon de slaap pas vatten toen 's ochtends het licht van de zon het blauwe maanlicht uit alle hoeken van mijn kamer had verdreven. Op de grens van waken en slapen kwam Reiko binnen, tikte me op mijn wang en riep: 'Wakker worden, wakker worden!'

Terwijl Reiko mijn bed opruimde, stond Naoko in de keuken het ontbijt klaar te maken. Naoko zei met een brede glimlach: 'Goedemorgen!'

'Goedemorgen,' antwoordde ik. Ik ging bij haar staan en keek een tijdje toe hoe ze neuriënd water opzette en brood sneed. Uit haar manier van doen was op geen enkele wijze op te maken dat ze zich de avond tevoren voor mijn ogen had uitgekleed.

'Wat zijn je ogen rood. Is er iets?' vroeg Naoko terwijl ze koffie voor me inschonk.

'Ik werd midden in de nacht wakker en daarna kon ik niet meer in slaap komen.'

'Hebben we soms gesnurkt?' vroeg Reiko.

'Nee hoor,' zei ik.

'Gelukkig,' zei Naoko.

'Wat is hij beleefd, hè?' zei Reiko gapend.

Eerst dacht ik dat Naoko zich opgelaten voelde en voor Reiko wilde doen alsof er niets gebeurd was. Maar ook toen Reiko even weg was, was Naoko helemaal haar gewone zelf en waren haar ogen even diep helder als altijd.

'Heb je goed geslapen?' vroeg ik haar.

'Ja, als een blok,' antwoordde Naoko, alsof er niets aan hand was. Ze had een simpele haarspeld in haar haar, zonder versiering.

Mijn onbestemde gevoel kon ik tijdens het ontbijt maar niet van me af schudden. Ik smeerde boter op mijn brood, pelde mijn gekookte ei en ondertussen keek ik steeds steels naar Naoko tegenover me, op zoek naar een of ander teken.

'Watanabe, waarom zit je de hele ochtend naar me te kijken?' vroeg Naoko geamuseerd.

'Hij is verliefd op iemand,' zei Reiko.

'Ben je verliefd op iemand?' vroeg Naoko aan mij.

'Misschien,' zei ik lachend.

Terwijl ik de grapjes van de twee vrouwen over me heen liet gaan, besloot ik niet langer na te denken over de gebeurtenissen van de afgelopen nacht, at mijn brood en dronk mijn koffie.

Na het ontbijt zeiden Reiko en Naoko dat ze de vogels in het hoenderpark te eten gingen geven en ik besloot met ze mee te gaan. Ze kleedden zich allebei om in een werkbroek en werkshirt en deden witte laarzen aan. Het hoenderpark was in een gedeelte van de tuin achter de tennisbaan, en er waren allerlei soorten vogels, van kippen en duiven tot pauwen en een papegaai. Eromheen waren bloembedden, struiken en bankjes. Twee mannen van in de veertig, zo te zien ook patiënten, veegden bladeren die op het pad waren gevallen. Reiko en Naoko liepen op hen toe om ze te begroeten. Reiko maakte de twee mannen aan het lachen met een van haar grapjes. In de bloembedden bloeide cosmea. De struiken waren onberispelijk gesnoeid. Zodra de vogels Reiko zagen, begonnen ze luid te krijsen en in hun kooi rond te fladderen.

De vrouwen gingen een schuurtje naast het hoenderpark in en haalden er een zak met voer en een tuinslang uit. Naoko maakte de tuinslang vast aan een kraan en draaide hem open. Voorzichtig, zodat de vogels niet ontsnapten, stapten ze de kooi in. Naoko spoot al het vuil weg en Reiko schrobde de vloer met een bezem. De waterdruppels glinsterden in het zonlicht, de pauwen vlogen in het rond door de kooi, op de vlucht voor de opspattende druppels. Een kalkoen strekte zijn nek en bekeek me met de moeizame blik van een oude man. De papegaai zat op een tak akelig hard te krijsen en spreidde zijn vleugels. Toen Reiko miauwde tegen de papegaai vloog hij naar een hoek om zich te verstoppen, maar even later riep hij: 'Dankjewel, gek die je bent, ellendeling.'

'Wie leert hem nou zoiets?' zei Naoko met een zucht.

'Ik niet, hoor. Ik leer hem zulke dingen niet,' zei Reiko. En weer miauwde ze. De papegaai hield nu zijn kop.

'Dat beest heeft ooit een traumatische ontmoeting met een kat gehad en sindsdien is hij ontzettend bang voor katten,' zei Reiko lachend.

Toen ze klaar waren met schoonmaken zetten ze de schoonmaakspullen neer en deden voer in de etensbakken. De kalkoen kwam log aangelopen, spetterend door het water dat nog op de vloer lag, en stak zijn kop in de voerbak.

'Doen jullie dit elke ochtend?' vroeg ik aan Naoko.

'Ja. Meestal krijgen de nieuw aangekomen vrouwen dit werk. Omdat het zo makkelijk is. Wil je de konijnen zien?'

'Graag,' zei ik.

Achter het hoenderhok was een konijnenhok en een stuk of tien konijnen lagen daar te slapen in het stro. Nadat ze met een bezem de keutels had opgeveegd en eten in de etensbak had gedaan, pakte ze een jong konijntje op en drukte het tegen haar wang.

'Lief, hè?' zei Naoko blij. Toen liet ze mij het konijntje vasthouden. Het warme bolletje maakte zich klein in mijn hand en zijn oren trilden.

'Het is goed volk, hij doet je niets,' zei Naoko. Met haar vinger streelde ze het konijn over zijn kopje en ze keek lachend naar mij. Omdat het zo'n onbewolkte, stralende lach was, moest ik onwillekeurig ook lachen. Was dit nu de Naoko van vannacht, vroeg ik me af. Het was volgens mij absoluut Naoko geweest en niet een droom of iets dergelijks – ze had zich voor mijn ogen uitgekleed en had naakt bij me gezeten.

Terwijl ze heel mooi 'Proud Mary' floot, veegde Reiko de rommel bij elkaar, deed die in een plastic zak en bond hem dicht. Ik hielp de schoonmaakspullen en de zak met voer naar het schuurtje te dragen.

'Ik hou het meest van de ochtenden,' zei Naoko. 'Net of alles weer opnieuw begint. Tegen de middag word ik verdrietig. En aan de avonden heb ik de grootste hekel. Elke dag heb ik dat weer opnieuw.'

'En terwijl je elke dag nadenkt over de ochtend die komt en de avond die komt, worden jullie steeds ouder, net als ik,' zei Reiko opgewekt. 'Dat gaat snel, hoor.'

'Je wekt de indruk dat je het leuk vindt om ouder te worden,' zei Naoko.

'Ik vind het niet leuk,' zei Reiko, 'maar ik zou niet nog een keer jong willen zijn.'

'Hoezo?' vroeg ik.

'Omdat het zo'n gedoe is, natuurlijk. Dat ligt toch voor de hand?' antwoordde ze. 'Proud Mary' fluitend borg ze de bezem op in het schuurtje en sloot de deur.

Toen we terugkwamen bij hun appartement, deden de vrouwen hun rubberlaarzen uit, trokken gewone sportschoenen aan en zeiden dat ze naar de akker gingen. Reiko zei dat ik beter kon thuisblijven en een boek gaan lezen, want er viel toch niet veel aan te zien, en bovendien was het gemeenschappelijk werk met anderen erbij.

'Kun je dan meteen die berg vuil ondergoed in de wasmand onder de gootsteen wassen?' vroeg Reiko.

'Dat meen je niet,' reageerde ik verbaasd.

'Natuurlijk niet,' zei Reiko lachend. 'Natuurlijk meen ik zoiets niet. Je bent wel een schatje. Vind je niet, Naoko?'

'Nou en of,' beaamde Naoko lachend.

'Ik ga Duits leren,' zei ik met een zucht.

'Goed zo. Ga jij maar braaf studeren,' zei Reiko. 'Wij zijn voor de middag weer terug.' Met z'n tweeën gingen ze giechelend de kamer uit. Ik hoorde de voetstappen en de stemmen van mensen die onder het raam langsliepen.

Ik ging naar de badkamer, friste mijn gezicht nog een keer op en knipte mijn nagels met hun nagelschaartje. Het was heel overzichtelijk in de badkamer, in aanmerking genomen dat hier twee vrouwen woonden. Er stonden alleen crème, lippencrème, zonnebrand en lotion, keurig op een rijtje. Make-up ontbrak vrijwel geheel. Toen ik mijn nagels had geknipt, maakte ik koffie in de keuken en dronk die aan de keukentafel op met mijn Duitse lesboek voor me op tafel. Terwijl ik in een zonovergoten keuken in een T-shirt rijtjes van de Duitse grammatica een voor een in mijn hoofd stampte, werd het me opeens vreemd te moede. Het leek me dat er geen twee dingen verder van elkaar verwijderd konden zijn dan Duitse onregelmatige werkwoorden en deze keukentafel.

Om halftwaalf kwamen ze allebei thuis; ze namen om de beurt een douche en trokken schone kleren aan. Met z'n drieën gingen we naar de kantine; daar aten we en daarna wandelden we naar de poort. Dit keer was de poortwachter keurig op zijn post. Hij zat aan tafel smakelijk te eten van een lunch die hem blijkbaar uit de kantine was gebracht. Uit de transistorradio op een plank klonk een levenslied. Toen wij aan kwamen lopen, stak hij zijn hand op en zei ons gedag.

Reiko zei dat we met z'n drieën buiten gingen wandelen en een uur of drie weg zouden blijven.

'Tuurlijk, tuurlijk, ga je gang, mooi weertje. De weg door het dal is gevaarlijk door de hevige regen van laatst, maar verder is alles goed. Geen probleem,' zei de poortwachter. Reiko vulde op een soort absentielijst haar eigen naam en die van Naoko in, en het tijdstip van vertrek.

'Wees voorzichtig,' zei de poortwachter. 'En veel plezier.'

'Vriendelijke man,' zei ik.

'Hij is niet helemaal lekker hier,' zei Reiko met haar vinger naar haar hoofd wijzend.

Hoe het ook zij, de poortwachter had gelijk over het mooie weer. De lucht was extreem helder blauw met hier en daar een dunne veeg wit. We liepen een poosje langs de lage stenen omheining van Villa Ami en daarna gingen we een smal, steil pad op. Reiko liep voorop, Naoko in het midden en ik achteraan. Reiko stapte op dit smalle bergpad omhoog met de ferme pas van iemand die deze bergen kende als haar broekzak. Praktisch zonder een woord te zeggen stapten we stevig door. Naoko droeg een blauwe spijkerbroek en een wit shirt. Haar jack had ze uitgedaan en hield ze in haar hand. Onder het lopen zag ik haar steile haar heen en weer zwaaien ter hoogte van haar schouders. Naoko keek zo nu en dan om en lachte als onze blikken elkaar ontmoetten. De steile weg ging zo lang door dat je er duizelig van werd, maar Reiko's tempo verslapte niet en Naoko bleef, af en toe het zweet afwissend, niet achter. Omdat het lang geleden was dat ik een bergwandeling had gemaakt, raakte ik buiten adem.

'Doen jullie dit vaak?' vroeg ik aan Naoko.

'Ongeveer één keer per week,' antwoordde Naoko. 'Valt het je zwaar?'

'Het gaat,' zei ik.

'Nog even doorzetten,' zei Reiko. 'We hebben er nu twee derde op zitten. Je bent toch een man?'

'Ik doe het te weinig.'

'Omdat hij alleen maar achter de meisjes aan zit,' zei Naoko voor zich uit.

Ik wilde iets terugzeggen, maar doordat ik buiten adem was, kon ik geen woord uitbrengen. Af en toe vlogen er rode vogels met een soort kuifjes op hun kop vlak voor ons langs. Het beeld van die vogels tegen de blauwe lucht was schitterend. In de velden om ons heen bloeiden talloze witte en blauwe en gele bloemetjes door elkaar, en overal zoemden bijen. Zonder nog ergens aan te denken keek ik naar dit landschap terwijl ik de ene voet voor de andere zette.

Tien minuten later eindigde het bergpad en kwamen we uit op een soort plateau-achtige vlakte. Daar namen we pauze om te roken, het zweet af te wissen, op adem te komen en water te drinken uit een bidon. Reiko vond een of ander blaadje waar ze op floot door erop te blazen.

De weg glooide naar beneden en aan weerszijden groeiden hoge graspluimen. We hadden een kwartier gelopen toen we een dorpje passeerden met een stuk of twaalf, dertien huizen in verschillende stadia van verval waar geen mens te bekennen was. Rondom de huizen stond het onkruid heuphoog en onder de gaten in de muren zaten aangekoekte klodders witte duivenpoep. Eén huis was zo vervallen dat alleen de pilaren nog overeind stonden, maar sommige zagen eruit alsof je er zo in zou kunnen trekken als je de luiken openschoof. We vervolgden onze weg, die tussen deze uitgeputte, woordeloze huizen door liep.

'Nog geen zeven, acht jaar geleden woonden hier nog mensen,' vertelde Reiko. 'Hier rondom waren allemaal akkers. Maar iedereen is naar de stad getrokken. Het leven was te zwaar. In de winter ligt hier zoveel sneeuw dat je geen kant op kunt, en zo vruchtbaar is de grond nu ook weer niet. In de stad kunnen ze veel meer verdienen.'

'Zonde,' zei ik. 'Er zitten huizen bij die nog te gebruiken zijn.'

'Er hebben nog een tijdje hippies gewoond, maar in de winter zijn ze gillend vertrokken.'

Toen we het groepje huizen al een tijdje voorbij waren, kwamen we bij een groot weiland dat rondom was afgezet door een hek. In de verte zagen we een aantal paarden grazen. Toen we verderliepen langs het hek, kwam er een hond kwispelend op ons afgelopen. Hij duwde Reiko bijna omver toen hij haar gezicht wilde besnuffelen. Daarna sprong hij tegen Naoko op. Toen ik floot, kwam hij naar me toe en likte mijn hand met lange halen van zijn tong.

'De hond hoort bij het weiland,' zei Naoko, hem over zijn kop aaiend. 'Ik denk dat hij al een jaar of twintig is. Hij kan nauwelijks meer harde dingen eten met zijn zwakke tanden. Hij ligt altijd voor de zaak te slapen en als hij voetstappen hoort, komt hij aangehold en laat zich verwennen.'

Reiko haalde een stukje kaas uit haar rugzak. De hond rook het, ging naar haar toe en vrat blij de kaas op.

'Nog even en dan zien we hem hier niet meer,' zei Reiko, terwijl ze de hond op zijn kop klopte. 'Half oktober laden ze de koeien en de paarden op een truck en brengen ze naar een stal beneden. Alleen in de zomer laten ze ze in de wei grazen. Dan openen ze ook een koffiehuisje voor de toeristen. Nou ja, wat heet. Er komen misschien twintig wandelaars per dag langs. Wil je misschien iets drinken?'

'Graag,' zei ik.

De hond liep voor ons uit naar het koffiehuisje. Het was een witgeschilderd gebouwtje met een veranda aan de voorkant en aan de gevel bungelde een verschoten uithangbord in de vorm van een koffiekop. De hond liep voor ons uit de veranda op, ging liggen en kneep zijn ogen tot spleetjes. Toen wij aan een tafeltje op de veranda gingen zitten, kwam er een meisje met een paardenstaart en gekleed in een trainingsjack en een witte spijkerbroek naar buiten. Ze begroette Reiko en Naoko als bekenden.

'Dit is een vriend van Naoko,' stelde Reiko mij voor.

'Hoi,' zei het meisje.

'Hoi,' zei ik terug.

Terwijl de drie vrouwen babbelden, aaide ik onder tafel de hond over zijn hals. De hals van de hond was inderdaad stijf van de ouderdom. Toen ik hem lekker over deze stijve plekken wreef, deed de hond zijn ogen dicht en hijgde van genot.

'Hoe heet hij?' vroeg ik aan het meisje.

'Pepe,' zei ze.

'Pepe,' probeerde ik tegen de hond, maar hij toonde niet de minste reactie.

'Hij is doof. Je moet veel harder praten, anders hoort hij je niet,' zei het meisje.

Toen ik 'Pepe!' riep, deed de hond zijn ogen open, richtte zich snel op en blafte.

'Braaf, Pepe,' zei het meisje. 'Het is al goed, ga maar slapen en leef nog lang.' De hond ging weer aan mijn voeten liggen.

Naoko en Reiko bestelden koude melk, ik bestelde bier. Reiko vroeg of het meisje de radio aan wilde zetten. Het meisje zette de tuner aan en stemde af op een zender. Blood, Sweat and Tears zong 'Spinning Wheel'.

'Eerlijk gezegd kom ik hier om naar de radio te luisteren,' zei Reiko tevreden. 'Wij hebben immers geen radio, en als ik niet af en toe hier kom, weet ik helemaal niet meer wat voor muziek er nu in de wereld gedraaid wordt.'

'Woon je hier?' vroeg ik aan het meisje.

'Welnee,' antwoordde ze lachend. ''s Avonds ga je dood van eenzaamheid op een plek als deze. Aan het eind van de dag brengt de man van de wei me met die bak weer naar de stad.' Het meisje wees naar een fourwheeldrive die een eindje verderop voor een gebouwtje stond dat bij het weiland hoorde. 'En 's morgens kom ik weer.'

'Zit het er niet bijna op voor jou?' vroeg Reiko.

'Het loopt zoetjesaan wel ten einde,' zei het meisje. Reiko haalde sigaretten tevoorschijn en ze staken er allebei een op.

'Het zal eenzaam worden als je weg bent,' zei Reiko.

'Volgend jaar mei kom ik weer,' zei het meisje lachend.

'White Room' van Cream werd gedraaid, daarna was er reclame en daarna kwam Simon and Garfunkels 'Scarborough Fair'. Toen het was afgelopen, zei Reiko dat ze het een leuk nummer vond.

'Ik heb de film gezien,' zei ik.

'Wie speelt daarin?'

'Dustin Hoffman.'

'Die ken ik niet,' zei Reiko, spijtig haar hoofd schuddend. 'De wereld verandert voortdurend zonder dat ik er iets van weet.'

Reiko vroeg aan het meisje of ze de gitaar mocht lenen. 'Goed hoor,' zei ze. Ze deed de radio uit en haalde van achteren een oude gitaar. De hond tilde zijn kop op en snuffelde eraan. 'Dit is niet om te eten,' zei

Reiko waarschuwend tegen hem. Wind voerde de geur van gras langs de veranda. De contouren van de bergen tekenden zich voor onze ogen helder af.

'Het lijkt wel een scène uit *The Sound of Music*, zei ik tegen Reiko,' die de gitaar aan het stemmen was.

'Wat is dat?' vroeg Reiko.

Ze probeerde het beginakkoord van 'Scarborough Fair' aan te slaan. Omdat ze het voor het eerst en zonder bladmuziek probeerde, duurde het even voor ze de goede akkoorden gevonden had, maar na een paar pogingen lukte het en kon ze het hele nummer spelen. De derde keer speelde ze het trefzeker, met zelfs hier en daar een versiering. 'Ik heb er gevoel voor,' zei Reiko met een knipoog tegen mij, en ze wees naar haar hoofd. 'Als ik iets drie keer gehoord heb, kan ik het meestal wel spelen.'

Er zachtjes bij neuriënd speelde ze 'Scarborough Fair' van begin tot eind. Wij drieën klapten en Reiko boog beleefd haar hoofd.

'Als ik vroeger concerto's van Mozart speelde, was het applaus nog veel groter,' zei Reiko.

Het meisje zei dat ze de melk op rekening van de zaak zou zetten als Reiko 'Here Comes the Sun' voor haar wilde spelen. Reiko stak haar duim op en begon 'Here Comes the Sun' te zingen, waarbij ze zichzelf begeleidde. Haar stem had niet veel volume en was door het roken een beetje verweerd, maar het was een mooie stem met een kern. Terwijl ik bier drinkend naar de bergen keek en naar haar lied luisterde, had ik echt het gevoel dat de zon zich elk moment kon laten zien. Het was een heel warm, prettig gevoel.

Toen 'Here Comes the Sun' uit was, gaf Reiko de gitaar terug aan het meisje en vroeg of de radio weer aan mocht. Tegen ons zei ze dat we gerust een uurtje in de buurt konden gaan wandelen.

'Ik ga hier naar de radio luisteren en met haar praten. Zolang jullie maar voor drie uur terug zijn, is het goed.'

'Mogen we zo lang alleen zijn?' vroeg ik.

'Eigenlijk mag het niet, maar vooruit,' zei Reiko. 'Ik ben nu eenmaal geen chaperonne en ik wil ook wel even rust, in mijn eentje. En jij bent helemaal uit Tokio gekomen, dus je zult vast veel te bespreken hebben.' Ze stak een nieuwe sigaret op.

'Zullen we gaan?' zei Naoko, terwijl ze opstond.

Ik stond ook op en volgde Naoko. De hond werd wakker en liep een eindje met ons mee, maar kreeg er na een tijdje genoeg van en keerde terug. Wij liepen over een vlakke weg langs het hek van de wei. Af en toe pakte Naoko mijn hand of gaf me een arm.

'Doet het je niet aan lang geleden denken nu we hier zo lopen?' zei Naoko.

'Dat is niet lang geleden, dat was dit voorjaar,' zei ik lachend. 'Als dat lang geleden is, dan is tien jaar geleden de prehistorie.'

'Het voelt ook als de prehistorie,' zei Naoko. 'In ieder geval spijt het me van gisteravond. Mijn zenuwen speelden op. Uitgerekend nu jij hier helemaal naartoe bent gekomen. Sorry.'

'Het geeft niet. Ik denk dat het beter is emoties nog veel meer te uiten. Zowel voor jou als voor mij. Als je ze toch op iemand wilt afvuren, dan maar op mij. Dan kunnen we elkaar nog beter begrijpen.'

'Al zou je me beter begrijpen, waar leidt dat toe?'

'Kijk, je snapt het niet,' zei ik. 'Waar het toe leidt, is de vraag niet. Er zijn mensen op de wereld die het heerlijk vinden om vertrektabellen te bestuderen en ze doen de hele dag niet anders. Mensen die van luciferhoutjes een schip van een meter proberen te bouwen heb je ook. Dan is het toch niet zo vreemd dat er op deze wereld iemand is die jou wil proberen te begrijpen?'

'Als een soort hobby?' zei Naoko bevreemd.

'Je zou het hobby kunnen noemen. Over het algemeen noemen normale mensen het genegenheid of liefde, maar als je het hobby wilt noemen, vind ik het best.'

'Kijk, Watanabe,' zei Naoko, 'jij was toch ook op Kizuki gesteld?'

'Natuurlijk,' antwoordde ik.

'En Reiko?'

'Ik mag haar enorm. Ze is een goed mens.'

'Hoe komt het dat je altijd naar dit soort mensen trekt?' vroeg Naoko. 'Ik bedoel, mensen als wij, waar een steekje aan loszit, die gestoord zijn, die niet kunnen zwemmen, die geleidelijk aan verdrinken? Ik, Kizuki, Reiko. Waarom trek je niet naar normalere mensen?'

'Omdat ik het zo niet zie,' antwoordde ik na enig nadenken. 'Ik vind jou en Kizuki en Reiko helemaal niet gestoord. De mensen die ik gestoord vind, lopen allemaal vrolijk buiten rond.'

'Maar wíj zijn gestoord, hoor. Ik kan het weten,' zei Naoko.

We liepen een tijdje zwijgend verder. De weg boog af van het hek langs het weiland en kwam uit op een rond, open veld dat als een meertje werd omringd door bos.

'Soms word ik 's nachts wakker en dan ben ik onverdraaglijk bang,' zei Naoko, op mijn arm steunend. 'Ik ben bang dat ik gestoord blijf en niet meer mijn oude zelf word, dat ik hier oud word en hier wegrot. Als ik daaraan denk, word ik kil tot op het bot. Echt heel erg. Zo ellendig en zo koud.'

Ik sloeg mijn armen om haar schouders en drukte haar tegen me aan.

'Het voelt net of Kizuki vanuit het donker zijn armen naar me uitstrekt en mij zoekt. "Kom Naoko, wij horen bij elkaar te zijn." Ik weet dan echt niet meer wat ik moet doen.'

'En wat doe je in dat geval?'

'Watanabe, zul je me niet raar vinden?'

'Ik zal je niet raar vinden.'

'Ik vraag Reiko me in haar armen te nemen,' zei Naoko. 'Ik maak Reiko wakker, kruip bij haar in bed en laat me door haar omarmen. En dan huil ik. Zij streelt me. Tot mijn bevroren binnenste weer opwarmt. Vind je dat raar?'

'Nee. Ik zou je graag in Reiko's plaats vast willen houden.'

'Hou me dan vast,' zei Naoko. 'Nu. Hier.'

We lieten ons zakken op het droge gras en omhelsden elkaar. Gezeten tussen het gras konden we niets anders meer zien dan de wolken en de lucht. Verder niets. Ik legde Naoko zachtjes neer op het gras en nam haar in mijn armen. Ze was zacht en warm en haar handen zochten mij. We zoenden vol overgave.

'Watanabe?' fluisterde Naoko in mijn oor.

'Ja?'

'Wil je met me vrijen?'

'Natuurlijk,' zei ik.

'Maar kun je wachten?'

'Natuurlijk kan ik wachten.'

'Voor we het doen, wil ik mezelf eerst wat meer op orde hebben. Ik wil een beter mens worden, iemand die jouw hobby waard is. Kun je daarop wachten?'

'Natuurlijk wacht ik.'

'Ben je nu stijf?'

'Onder mijn voetzolen?'

'Gekkie,' giechelde Naoko.

'Als je bedoelt of ik een stijve heb, natuurlijk heb ik die.'

'Wil je ophouden de hele tijd "natuurlijk" te zeggen?'

'Goed hoor, ik zal het niet meer zeggen,' zei ik.

'Vind je het vervelend?'

'Wat?'

'Dat je een stijve hebt.'

'Vervelend?' vroeg ik terug.

'Ik bedoel, of het niet moeilijk is.'

'Hangt ervan af.'

'Zal ik je laten komen?'

'Met de hand?'

'Ja,' zei Naoko. 'Eerlijk gezegd lig ik niet zo lekker.'

Ik schoof een stukje op. 'Zo beter?'

'Dank je wel.'

'Weet je, Naoko?' zei ik.

'Nou?'

'Ik zou het wel fijn vinden.'

'Goed hoor,' zei Naoko met een glimlach. Ze maakte de rits van mijn broek los en pakte mijn harde penis in haar hand.

'Wat is hij warm,' zei Naoko.

Ze begon haar hand te bewegen, maar ik hield haar tegen. Ik knoopte haar blouse los en maakte op de tast het haakje van haar beha op haar rug los. Voorzichtig drukte ik mijn lippen tegen haar zachte, roze borsten. Naoko deed haar ogen dicht en begon langzaam haar vingers te bewegen.

'Je bent er goed in,' zei ik.

'En nu braaf zijn en niets meer zeggen,' zei Naoko.

Toen ik was klaargekomen, omhelsde ik haar teder en zoende haar nog een keer. Naoko fatsoeneerde haar beha en haar blouse en ik deed mijn rits dicht.

'Zal het lopen je nu beter afgaan?' vroeg Naoko.

'Helemaal dankzij jou,' antwoordde ik.

'Zullen we dan nog een stukje wandelen?'

'Met alle plezier,' zei ik.

We liepen over het veld, door een bosje en weer door een veld. On- derweg vertelde Naoko over haar overleden zusje. Ze zei dat ze het tot nu toe nog nauwelijks aan iemand had verteld, maar dat ze het aan mij vertelde omdat dat haar beter leek.

'We scheelden zes jaar en we verschilden ook enorm van karakter, maar toch waren we heel close samen,' zei Naoko. 'We hadden nooit ruzie. Echt nooit. Al zou je misschien kunnen zeggen dat we te veel verschilden om ruzie te krijgen.'

Haar zus was zo'n meisje dat in alles wat ze deed de beste was, zei Naoko. Zo'n meisje dat de beste is op school, de beste bij sport, dat bij iedereen geliefd is, een geboren leider is, aardig is, zo'n meisje op wie jongens gek zijn, op wie de leraren dol zijn en die honderd oorkondes krijgt. 'Ik zeg het niet omdat het mijn eigen zus is,' zei Naoko, 'maar ze was niet het type dat daardoor verwend en arrogant werd. Ze hield er ook niet van om de aandacht op zich te vestigen. Ze blonk simpelweg uit in alles wat ze deed.

Daarom besloot ik al toen ik nog klein was om een lief kind te worden,' zei Naoko terwijl ze een graspluim tussen haar handen liet ronddraaien. 'Zo gaat dat natuurlijk, als je als kind de hele tijd hoort dat je zus zo slim is, dat ze zo goed is in sport, dat ze zo geliefd is. Waar ik me ook op zou richten, ik had toch nooit tegen haar op gekund. Maar aangezien mijn gezichtje een ietsepietsie knapper was dan het hare, hebben mijn ouders vermoedelijk besloten een schattig meisje van me te maken. Daarom ben ik vanaf de lagere school naar zo'n meisjesschool gestuurd. Ik kreeg fluwelen jurkjes, blousejes met kant, lakschoenen, pianoles, balletles. Daardoor was mijn zus altijd heel lief voor mij – haar lieve kleine zusje. Ze kocht allerlei kleine dingetjes voor me, nam me overal mee naartoe, overhoorde me. Ik mocht zelfs weleens met haar mee naar een afspraakje met haar vriendje. Ze was een heel lieve zus.

Niemand begreep waarom ze zelfmoord had gepleegd. Het was net als bij Kizuki. Volslagen identiek. Zij was ook zeventien, had nooit gedrag vertoond dat op zelfmoordplannen wees, ze had geen brief achtergelaten – dat was bij Kizuki toch precies hetzelfde?'

'Inderdaad,' zei ik.

'Iedereen zei dat ze te intelligent was, of dat ze te veel boeken had gelezen. Ze las inderdaad stapels boeken. Na haar dood heb ik er een paar van gelezen, maar daar werd ik erg verdrietig van. Ze had er dingen bij geschreven, er zaten droogbloemen tussen, er zaten brieven van haar vriendjes in. Elke keer als ik zoiets tegenkwam, moest ik huilen.'

Naoko zweeg een poosje en draaide de graspluim rond in haar handen.

'Ze was iemand die in haar eentje de dingen uitzocht. Ze vroeg nooit om advies of om hulp. Niet omdat ze er te trots voor was. Ze vond dat gewoon logisch, volgens mij. Mijn ouders waren niet anders gewend en dachten dat ze alles wel alleen afkon. Ik vroeg altijd van alles aan mijn zus en zij legde alles altijd vriendelijk uit, maar zelf overlegde ze nooit met iemand. Ze dopte haar eigen boontjes. Ze was nooit boos, ze was nooit humeurig. Echt waar. Ze was niet arrogant. De meeste vrouwen zijn, bijvoorbeeld als ze ongesteld worden, weleens onredelijk, of reageren zich op iemand af. Zelfs dat had ze niet. In plaats van chagrijnig te worden, trok ze zich terug. Dat kwam één keer in de twee of drie maanden voor. Dan trok ze zich terug in haar eigen kamer, deed de gordijnen dicht, het licht uit en sliep. Ze ging ook niet naar school en at nauwelijks. Ze zat daar maar, zonder iets te doen. Maar chagrijnig was ze niet. Als ik thuiskwam van school, vroeg ze me bij haar te komen zitten en vroeg naar mijn belevenissen van die dag. Niets belangwekkends. Wat voor spelletjes ik gedaan had met mijn vriendinnen, wat de leraar had gezegd, wat ik voor mijn proefwerk had gehaald – dat soort dingen. Ze luisterde er geïnteresseerd naar en gaf soms haar mening of advies. Maar als ik wegging – naar een vriendin of naar balletles –, zat ze daar maar. Na twee dagen was het zomaar vanzelf weer over en ging ze weer naar school. Dat is, schat ik, een jaar of vier zo doorgegaan. Eerst maakten mijn ouders zich er zorgen over en ze zijn geloof ik ook naar een dokter geweest, maar omdat ze altijd na twee dagen weer opknapte, dachten ze dat het vanzelf over zou gaan als ze haar met rust lieten. Het was tenslotte een slim en verstandig meisje.

Maar toen mijn zus dood was, heb ik een keer een gesprek tussen mijn ouders afgeluisterd. Het ging over de jongere broer van mijn vader, die al heel lang geleden was overleden. Die man was ook heel intelligent, maar hij had zich van zijn zeventiende tot zijn eenentwintigste in huis opgesloten, tot hij op een dag opeens naar buiten ging en voor een trein sprong. Toen zei mijn vader: "Misschien zit het toch in de familie, aan mijn kant."'

Tijdens het vertellen trok Naoko onbewust met haar vingers de graspluim uit elkaar en liet de pluisjes wegwaaien op de wind. Toen ze alle pluisjes had losgeplukt, draaide ze de stengel als een touwtje om haar vinger.

'Ik heb haar gevonden,' ging Naoko verder. 'Het was in de herfst, ik zat in de zesde klas. November. Het regende en het was een sombere dag. Mijn zus zat toen in de laatste klas van de middelbare school. Ik kwam om halfzeven terug van pianoles. Mijn moeder was aan het koken. Ze zei dat het eten klaar was en vroeg of ik mijn zus wilde roepen. Ik ging naar boven, klopte op de deur en riep dat we gingen eten. Maar er kwam geen antwoord, het bleef stil. Dat vond ik vreemd, dus ik klopte nog een keer en deed de deur een beetje open. Ik dacht eerst dat ze sliep. Maar ze lag niet te slapen. Ze stond bij het raam naar buiten te staren, met haar hoofd een beetje schuin. Alsof ze diep in gedachten was. Het was donker in de kamer, het licht was uit, ik kon niet alles goed zien. Ik zei: "Wat is er? We gaan eten." Op dat moment viel me op dat ze langer was dan anders. Ik vond het vreemd. Hoe kan dat nou, dacht ik. Heeft ze hakken aan of staat ze ergens op? Toen ik dichterbij kwam en op het punt stond iets te zeggen, zag ik het: boven haar zat een touw. Het hing aan een haak in het plafond recht naar beneden – echt verbazingwekkend recht, alsof er met een liniaal een streep was getrokken door de ruimte. Mijn zus had een witte blouse aan – een simpele, net zo een als ik nu aanheb – en een grijze rok, haar voeten staken spits naar beneden alsof ze balletschoenen aanhad, en tussen haar voeten en de vloer zat een ruimte van ongeveer twintig centimeter. Ik heb dat allemaal nauwkeurig bekeken. Ook haar gezicht. Ik keek naar haar gezicht. Het was onmogelijk er niet naar te kijken. Ik dacht: ik moet het snel aan mijn moeder vertellen, ik moet haar roepen. Maar mijn lichaam luisterde niet. Mijn lichaam bewoog los van mijn bewustzijn. Mijn bewustzijn vond dat ik snel naar beneden moest gaan, maar mijn lichaam probeerde het lichaam van mijn zus los te maken van het touw. Natuurlijk lukte dat niet met de kracht van een kind. Ik heb daar denk ik vijf of zes minuten zo gestaan, helemaal verdoofd. Ik wist helemaal niets meer. Alsof er iets in mijn lichaam was gestorven. Daar stond ik de hele tijd, bij mijn zus, op die koude, donkere plek, tot mijn moeder naar boven kwam om te vragen wat we aan het doen waren.'

Naoko schudde haar hoofd.

'Drie dagen lang heb ik geen woord uitgebracht. Ik lag in bed alsof ik dood was, alleen maar te staren met mijn ogen open. Ik begreep er helemaal niets van,' zei Naoko en ze leunde tegen mijn arm. 'Ik schreef het je toch al in mijn brief? Ik ben een veel onvollediger mens dan je denkt. Ik ben veel zieker dan je denkt en de wortels zitten diep. Ga daarom als je kunt alleen verder. Wacht niet op mij. Als je met andere vrouwen naar bed wilt, doe dat dan. Laat je niet weerhouden door de gedachte aan mij. Anders zit ik je misschien in de weg en dat is het laatste wat ik wil. Ik wil niemand tot last zijn. Zoals ik eerder al zei, zou ik alleen graag willen dat je me zo nu en dan komt opzoeken en altijd aan me zult blijven denken.'

'Dat is niet het enige dat ík verlang,' zei ik.

'Maar je vergooit je eigen leven als je je aan mij verbindt.'

'Ik vergooi helemaal niets.'

'Maar wie weet word ik wel nooit beter. Blijf je op me wachten? Kun je tien, twintig jaar op me wachten?'

'Je bent te huiverig,' zei ik. 'Voor het donker en voor nare dromen en voor de kracht van overleden mensen. Dat moet je allemaal vergeten en als je dat allemaal vergeten bent, word je zeker beter.'

'Als ik het kán vergeten,' zei Naoko hoofdschuddend.

'Als je hier weggaat, kom je dan bij mij wonen? Dan kan ik je beschermen tegen de duisternis en de nare dromen, en dan zal ik je in Reiko's plaats vasthouden als je het zwaar hebt.'

Naoko drukte zich nog steviger tegen mijn arm. 'Het zou mooi zijn als dat kon,' zei ze.

Even voor drieën waren we terug bij het koffiehuis. Reiko zat een boek te lezen en te luisteren naar het Tweede Pianoconcert van Brahms op de radio. Dat in deze uithoek, waar in de verste verte geen mens te bekennen was, Brahms te horen was, had iets prachtigs. Reiko floot mee toen de cello in het derde deel de melodie inzette.

'Backhaus en Böhm,' zei Reiko. 'Ik heb deze plaat vroeger grijs gedraaid. Hij was echt grijs. Ik heb de muziek eruit geluisterd tot elke groef sleets was.'

Naoko en ik bestelden koffie.

'Hebben jullie veel kunnen bepraten?' vroeg Reiko aan Naoko.

'Heel veel,' zei Naoko.

'Ik hoor de details straks wel, over zijn je-weet-wel.'

'We hebben zoiets helemaal niet gedaan,' zei Naoko blozend.

'Echt niet?' vroeg Reiko aan mij.

'Helemaal niets.'

'Saai, hoor,' zei Reiko met een verveelde blik.

'Inderdaad,' zei ik, van mijn koffie slurpend.

Het tafereel bij het avondeten – de sfeer, de stemmen, de gelaatsuitdrukkingen – was hetzelfde als de avond ervoor. Alleen het menu was anders. De man in het wit die de avond ervoor had gesproken over de afscheiding van maagsappen in gewichtloze toestand, kwam bij ons drieën aan tafel zitten en had het de hele tijd over de relatie tussen herseninhoud en intelligentie. Terwijl wij onze sojaburger opaten, kregen we een uiteenzetting over de herseninhoud van Bismarck en Napoleon. Hij schoof zijn bord opzij en maakte voor ons met balpen op een blocnote een tekening van de hersenen. Telkens vond hij dat het niet helemaal klopte en dan begon hij opnieuw. Toen hij klaar was met tekenen, borg hij de blocnote zorgvuldig op in de zak van zijn witte jas en stak de balpen in zijn borstzak. Daar zaten drie pennen, een potlood en een liniaal. Toen hij klaar was met eten, herhaalde hij wat hij een dag eerder ook al had gezegd: 'In de winter is het hier mooi. U moet de volgende keer beslist eens in de winter komen.'

'Is die man nu dokter of is hij patiënt?' vroeg ik aan Reiko.

'Wat denk je?'

'Ik kan het echt niet inschatten. Hij komt hoe dan ook niet helemaal normaal over.'

'Hij is dokter,' zei Naoko. 'Dokter Miyata.'

'Maar hij is wel de gekste man uit de hele omgeving,' zei Reiko. 'Daar durf ik iets om te verwedden.'

'Omura, de poortwachter, is anders ook behoorlijk gek,' zei Naoko.

'Nou en of,' beaamde Reiko, terwijl ze met haar vork in de broccoli prikte.

'Hij doet elke ochtend de wonderlijkste oefeningen, met allerlei onbegrijpelijke uitroepen. En dan was er nog dat meisje van de administratie, Kimura. Dat was voor Naoko's tijd. Die heeft in een neurotische aanval een zelfmoordpoging gedaan. En we hadden nog de verpleger Tokushima, die vorig jaar moest vertrekken omdat zijn alcoholprobleem de spuigaten uit liep.'

'Zo te horen kun je personeel en patiënten hier integraal omwisselen,' zei ik verbaasd.

'Precies,' zei Reiko, terwijl ze haar vork heen er weer schoof. 'Jij hebt blijkbaar ook door hoe de wereld in elkaar steekt.'

'Klaarblijkelijk,' zei ik.

'Het goede van ons,' zei Reiko, 'is dat wij weten dat we niet helemaal goed zijn.'

Terug in hun appartement speelden Naoko en ik een spelletje kaart terwijl Reiko haar gitaar weer oppakte en verder oefende op Bach.

'Hoe laat ga je morgen weg?' vroeg Reiko toen ze even pauzeerde om een sigaret op te steken.

'Na het ontbijt. De bus komt na negenen en dan ben ik nog op tijd terug voor mijn werk 's avonds.'

'Jammer. Het zou leuk zijn als je nog rustig wat langer kon blijven.'

'Misschien zou ik hier dan ook wel nooit meer weggaan,' zei ik lachend.

'Wie weet,' zei Reiko. En tegen Naoko zei ze: 'Dat is waar ook: ik zou druiven ophalen bij de familie Oka. Ik ben het helemaal vergeten.'

'Zullen we samen gaan?' zei Naoko.

'Is het goed als ik Watanabe even leen?'

'Goed hoor.'

'Dan maken we weer samen een avondwandeling,' zei Reiko, terwijl ze mijn arm pakte. 'Gisteravond waren we er bijna, dus laten we er vanavond helemaal voor gaan.'

'Goed hoor, ga je gang,' zei Naoko giechelend.

Omdat het fris was, had Reiko een lichtblauw vest over haar blouse aangetrokken en stak ze beide handen in de zakken van haar broek. Onder het lopen keek ze omhoog en snoof als een hond de lucht op. 'Het ruikt naar regen.' Ik probeerde ook de lucht op te snuiven, maar ik rook helemaal niets. Aan de hemel verzamelden zich inderdaad wolken, die de maan aan het oog onttrokken.

We liepen het gemengde bos in waar de woningen van het personeel stonden. Reiko vroeg me even te wachten, liep naar een van de huizen en belde aan. De vrouw des huizes deed open. Ze praatten en giechelden ergens over. Toen ging de vrouw naar binnen en kwam met een grote plastic zak weer tevoorschijn. Reiko bedankte haar, wenste haar welterusten en liep weer naar me terug.

'Kijk, druiven,' zei Reiko, terwijl ze de tas voor me openhield. Er zat een grote berg druiventrossen in.

'Hou je van druiven?'

'Ja,' zei ik.

Ze pakte de bovenste tros en gaf hem aan mij. 'Ze zijn gewassen, je kunt ze zo eten.'

Ik at onder het lopen van de druiven, en de velletjes en de pitjes spuugde ik uit op de grond. Ze waren heerlijk fris. Reiko nam ook een trosje.

'Hun zoon geef ik af en toe pianoles. Als dank geven ze me van alles. Die wijn van laatst, bijvoorbeeld. Ze doen ook weleens een boodschap voor me in de stad.'

'Ik wil graag het vervolg horen van het verhaal van gisteren,' zei ik.

'Dat is goed,' zei Reiko. 'Maar als we elke avond laat thuiskomen, zal Naoko er dan niet het hare van gaan denken?'

'Dan nog.'

'Goed, maar dan wel graag ergens waar een dak is. Het is vandaag nogal fris.'

Voor de tennisbaan sloeg ze af naar links. We liepen een smalle trap af en kwamen uit bij een plek waar een aantal kleine magazijnen waren, in de vorm van een rij huisjes. Reiko opende de deur van het voorste, ging naar binnen en deed het licht aan. 'Kom binnen. Het is wel helemaal niets, maar toch.'

In het voorraadhok stonden ski's, stokken en schoenen om te langlaufen netjes naast elkaar en op de grond stonden sneeuwschuivers en zakken strooizout.

'Vroeger kwam ik hier vaak gitaar spelen. En wanneer ik alleen wilde zijn. Lekker rustig, toch?'

Reiko ging zitten op de zakken met strooizout en zei dat ik naast haar moest gaan zitten. Ik deed wat me gezegd werd.

'Het wordt hier wel een beetje benauwd, maar vind je het goed dat ik rook?'

'Ga je gang,' zei ik.

'Het lukt me maar niet om te stoppen,' zei ze fronsend. Vervolgens inhaleerde ze gelukzalig. Er waren niet veel mensen die zo van hun sigaret konden genieten als zij. Ik at mijn druiven keurig een voor een op en stopte de velletjes en de pitjes in een leeg blikje dat dienstdeed als prullenbak.

'Waar was ik gebleven?' vroeg Reiko.

'Dat je op een stormachtige avond een steile klip beklom om een nest van een rotszwaluw te pakken,' zei ik.

'Jij bent me er een, om met een stalen gezicht zulke grappen te maken,' zei Reiko berustend. 'Volgens mij was ik gebleven bij het feit dat ik haar elke zaterdagochtend pianoles gaf.'

'Klopt.'

'Als je de wereld zou verdelen in mensen die goed zijn in lesgeven en mensen die er niet goed in zijn, dan zou ik denk ik in de eerste categorie vallen,' zei Reiko. 'Toen ik jong was, vond ik dat natuurlijk niet. Misschien wilde ik dat ook wel niet, maar toen ik wat ouder was en wat meer zelfkennis kreeg, realiseerde ik me dat het zo was. Dat ik goed ben in lesgeven. Echt goed.'

'Dat denk ik ook,' beaamde ik.

'Ik heb met anderen veel meer geduld dan met mezelf en het valt me bij anderen veel makkelijker om het beste in ze naar boven te halen. Zo zit ik nu eenmaal in elkaar. Een nederig bestaan als zijkant van een lucifersdoosje, zeg maar. Niet dat dat uitmaakt. Ik heb er geen hekel aan. Ik ben liever een eersteklasluciferdoosje dan een tweederangslucifer. Dat ik dat zo ben gaan zien was, pak 'm beet, sinds ik dat meisje les ben gaan geven. Toen ik jonger was, had ik als bijbaantje ook weleens een paar mensen lesgegeven, maar op dat moment zag ik dat niet van mezelf. Pas toen ik haar lesgaf, ontdekte ik het voor het eerst. Goh, dat ik er zo goed in ben om les te geven. Zo goed ging het me af.

Zoals ik gisteren al zei, stelde haar pianospel technisch gezien niet veel voor en het zat er niet in dat ze van pianospelen haar beroep kon maken, dus ik pakte het ontspannen aan. Bovendien zat ze op een meisjesschool waar je ook met matige cijfers zo kon doorstromen naar de universiteit, dus daar hoefde ze ook niet hard te studeren, en haar moeder had me trouwens gezegd dat ik het rustig aan mocht doen met de lessen. Daarom preste ik haar niet. Ik had al vanaf het eerste moment dat we elkaar ontmoetten begrepen dat ze zich niet liét pressen. Dat ze geen kind was dat lief en vriendelijk "Ja, natuurlijk, zal ik doen" zegt, maar absoluut alleen doet waar ze zelf zin in heeft. Daarom liet ik haar in het begin spelen wat ze zelf wilde. Honderd procent haar eigen zin. Vervolgens liet ik haar verschillende manieren horen waarop diezelfde stukken gespeeld kunnen worden. Daarna bespraken we welke manier beter was of welke we mooier vonden. Ten slotte liet ik het haar nog een keer spelen. Haar spel was dan drie, vier stappen beter dan daarvoor. Ze had precies de goede dingen eruit opgepikt.'

Reiko zweeg even en keek naar de punt van haar sigaret. Ik at zwijgend door van de druiven.

'Ik vind dat ik zelf een goed gevoel heb voor muziek, maar zij was nog veel beter dan ik. Ik vond het zo zonde. Als ze van jongs af aan een goede leraar had gehad die haar goed had lesgegeven, dan had ze een heel eind kunnen komen. Maar zo lag het niet. Ze was er het kind niet voor om zich te voegen naar regelmatige studie. Zulke mensen heb je. Ze zijn gezegend met een groot talent, maar ze hebben het vermogen niet om het eruit te laten komen. Uiteindelijk verspillen ze hun talent. Ik heb dat een paar keer meegemaakt. In het begin ben je helemaal onder de indruk. Ze spelen bijvoorbeeld een enorm lastig stuk zo van het blad. En dan ook nog redelijk goed. Als je dat ziet, sta je versteld. In de orde van "daar kan ik helemaal nooit aan tippen". Maar daar blijft het vervolgens bij. Ze komen niet verder. En waarom niet? Omdat ze er geen moeite voor doen. Omdat bij hen de discipline om te oefenen er nooit is ingehamerd. Ze zijn verwend. Vanwege hun talent kunnen ze van jongs af aan leuk spelen zonder zich in te spannen en ze zijn altijd de hemel in geprezen. Ze zijn inspanning als iets doms gaan beschouwen. Een stuk waar andere kinderen drie weken over doen, spelen ze vlot in de helft van de tijd. Hun leraren laten hen doorgaan naar het volgende omdat ze vinden dat hun pupil het stuk al onder de knie heeft. Het lukt ze dus in de helft van de tijd. En ze gaan weer door met het volgende, zonder te weten wat het is om ergens moeite voor te doen. Zo missen ze een element dat noodzakelijk is voor hun karakter. Dat is hun tragiek. Bij mij was daar ook wel sprake van, maar gelukkig was mijn leraar heel streng en zo viel de schade nog wel mee.

Hoe dan ook, het was leuk om dit kind les te geven. Het had wel iets weg van in een sportwagen met een sterke motor over de snelweg te scheuren, waarbij je maar één vinger hoeft te bewegen voor een snelle reactie. Het leek zelfs té hard te gaan af en toe. Een van de geheimen om zo'n kind iets bij te brengen is dat je het niet te veel moet prijzen. Omdat ze er van jongs af aan zo aan gewend zijn om geprezen te worden, kun je ze prijzen wat je wilt, maar het doet ze niets meer. Je moet de complimenten goed doseren. Verder moet je dingen niet forceren. Je moet ze zelf laten kiezen. Je moet ze niet steeds vooruit laten stuiven, maar pas op de plaats laten maken en dwingen tot nadenken. Dat is alles. Als je dat doet, kunnen ze heel goed worden.'

Reiko liet haar sigarettenpeuk op de grond vallen en trapte hem uit. Ze haalde diep adem, alsof ze haar emoties tot bedaren wilde krijgen.

'Na de les dronken we thee en praatten we. Soms speelde ik haar jazzimitaties voor. Van Bud Powell of Thelonious Monk. Maar meestal praatte zij. Praten dat ze kon! Ze sleepte je helemaal mee. Zoals ik gisteren al vertelde, was het meeste waarschijnlijk verzonnen, maar ze bracht het heel boeiend. Ze kon scherp waarnemen en dingen treffend verwoorden, ze had venijn en humor. Ze wist je te raken. Ze was er erg goed in iemands gevoel te bespelen. Ze wist zelf ook dat ze dat vermogen had en ze deed haar best het zo ingenieus en effectief mogelijk te gebruiken. Ze kon de gevoelens bij je oproepen die ze maar wilde: boos of verdrietig, meelevend, moedeloos of gelukkig. Ze manipuleerde meedogenloos de gevoelens van anderen met als enige reden haar eigen vermogen te testen. Natuurlijk realiseerde ik me dat pas later. Op dat moment wist ik het niet.'

Reiko at hoofdschuddend een paar druiven.

'Het was een ziekte,' zei Reiko. 'Ze was ziek. Maar op een manier zoals een rotte appel de appels in zijn omgeving ook aantast. Haar ziekte was door niemand te genezen. Tot haar dood zal ze eraan lijden. Zo bezien was ze ook heel beklagenswaardig. Als ik niet zelf slachtoffer van haar was geworden, zou ik medelijden met haar hebben gehad. Dan had ik haar ook als slachtoffer gezien.'

Reiko at weer een paar druiven. Ze leek na te denken hoe ze verder zou gaan met haar verhaal.

'Een halfjaar was het heel leuk. Natuurlijk verbaasde ik me weleens ergens over. Als ze over iemand praatte, drong het soms met een schok tot me door dat ze diegene buitenproportioneel kwaadgezind was. Ik heb me wel afgevraagd wat er in haar omging, in dit kind met haar goede intuïtie. Maar heeft niet ieder mens zijn tekortkomingen? Bovendien was ik alleen maar haar pianoleraar en ging haar persoonlijkheid of karakter me niet aan. Zolang ze maar studeerde. Daar kwam bij dat ik erg op haar gesteld was, als ik eerlijk ben.

Toch zorgde ik ervoor dat ik haar geen persoonlijke dingen vertelde. Ik voelde instinctief aan dat ik dat beter niet kon doen. Ze stelde me allerlei vragen over mezelf – ze was echt heel nieuwsgierig –, maar ik vertelde haar alleen dingen die geen kwaad konden. Waar ik was opgegroeid, op welke school ik had gezeten – van die dingen. Ze zei dan dat ze me zo graag nog veel beter wilde leren kennen. Ik zei haar dat er niet veel te leren kennen viel, omdat ik een saai leven had met een gewone man, een gewoon kind en bergen huishoudelijk werk. "Maar ik ben zo op u gesteld," zei ze, en dan keek ze me op haar indringende manier strak aan. Als ze zo naar me keek, liep er een rilling over mijn rug. Geen onaangename, hoor. Toch vertelde ik haar niet meer dan nodig was.

Op een dag – het moet in mei geweest zijn – zei ze tijdens de les opeens dat ze zich niet goed voelde. Ze zag er inderdaad een beetje bleek en bezweet uit. Dus ik vroeg haar of ze naar huis wilde. Ze zei toen dat het wel over zou gaan als ze even kon liggen. Dat is goed, zei ik, kom maar op mijn bed liggen. Ik tilde haar er zo ongeveer naartoe. Ik moest haar wel op ons bed leggen, omdat onze bank nogal klein was. Ze excuseerde zich dat ze me tot last was en ik zei dat het niet gaf en dat ze zich niet bezwaard hoefde te voelen. Ik vroeg of ze iets wilde drinken, maar dat wilde ze niet. Ze vroeg of ik bij haar op het bed wilde blijven zitten. Met alle plezier, zei ik, zo lang je maar wilt.

Na een tijdje vroeg ze of ik over haar rug wilde wrijven. Ze klonk alsof ze pijn had en ze zweette enorm, dus ik wreef uit alle macht over haar rug. Toen vroeg ze me haar beha los te maken omdat hij zo knelde. Wat kon ik anders doen dan haar beha losmaken? Omdat ze een blouse droeg, maakte ik de knoopjes los en toen het haakje van haar beha op haar rug. Voor iemand van dertien had ze grote borsten, wel twee keer zo groot als de mijne. Haar beha was ook geen model voor jonge meisjes, maar een wuft exemplaar voor een volwassen vrouw, tamelijk duur ook zo te zien. Maar goed, wat maakt dat uit, nietwaar? Ik wreef de hele tijd verwoed over haar rug. Zij verontschuldigde zich steeds deemoedig, en ik zei telkens maar dat het niets gaf.'

Reiko liet met een tikje de as van haar sigaret op de grond vallen. Ik was inmiddels gestopt met druiven eten en luisterde geboeid naar haar verhaal.

'Na verloop van tijd begint het meisje te snikken.

"Wat is er?" vroeg ik.

"Er is niets."

"Er is niet niets, zo te zien. Zeg het maar eerlijk."

"Zo nu en dan heb ik dat. Dan weet ik niet wat ik moet. Ik ben zo eenzaam, en zo verdrietig, en er is niemand bij wie ik terechtkan, niemand die om me geeft. Dat doet zo'n pijn dat het me soms aanvliegt. Ik kan 's avonds niet slapen en ik heb nauwelijks trek. Mijn enige lichtpuntje is deze pianoles bij u."

"Nou, vertel het mij dan maar. Ik luister."

Ze zei dat het thuis niet lekker ging. Ze hield niet van haar ouders en haar ouders hielden ook niet van haar, zei ze. Haar vader had een andere vrouw en kwam vaak niet thuis als hij er geen zin in had; haar moeder was daardoor helemaal doorgedraaid en reageerde zich op haar af en sloeg haar bijna elke dag, zei ze. Ze zag ertegen op naar huis te gaan. Toen begon ze weer te huilen. In die mooie ogen van haar stonden tranen. Zo'n aanblik gaat zelfs een god door merg en been. Dus ik zei dat als het haar thuis zo zwaar viel, ze ook buiten de lessen weleens langs mocht komen. Alsof ik haar laatste strohalm was, zei ze smekend: "Het spijt me. Als ik u niet had, wist ik echt niet wat ik moest doen. Laat me niet vallen. Als u me laat vallen, kan ik nergens meer naartoe."

Wat kon ik anders doen dan haar over haar haar strelen en haar sussen? Op dat moment had ze haar arm om mijn rug geslagen en streelde ze me. Geleidelijk beving me een vreemd gevoel. Alsof mijn lichaam begon te gloeien. Ik bedoel, daar zat ik, met mijn armen om een beeldschoon meisje, en dat meisje streelt ontzettend sensueel mijn rug, op een manier waar mijn man in de verste verte niet aan kan tippen. Het was zo sterk dat bij elke streling de schroeven van mijn lichaam een beetje losser raakten. Voor ik er erg in had, had ze mijn blouse en mijn beha uitgedaan en streelde ze mijn borsten. Toen drong het eindelijk tot me door: dit kind was een door de wol geverfde lesbienne. Ik had zoiets al een keer eerder meegemaakt. Op de middelbare school, met zo'n meisje uit goede kringen. Dus op dat moment zei ik dat ze moest stoppen.

"Alstublieft, even maar," zei ze. "Ik ben zo eenzaam. Echt waar. Ik ben zo eenzaam. Ik heb alleen u. Laat me niet vallen." Ze pakte mijn handen en drukte die tegen haar borsten, haar prachtige borsten. Ook al ben ik een vrouw, toen ik ze aanraakte, ging er een schok door me heen. Ik wist niet wat ik moest doen en bleef maar zeggen: "Nee, niet doen, dit mag niet." Op een of andere manier bewoog mijn lichaam niet. Destijds op de middelbare school lukte het me dat meisje van me af te slaan, maar dit keer lukte dat helemaal niet. Mijn lichaam luisterde niet. Ze drukte met haar linkerhand mijn rechterhand tegen haar borst en begon zachtjes met haar lippen in mijn tepels te bijten en ze te likken. Met haar rechterhand streelde ze mijn rug en mijn zij en mijn billen. Dus daar zit ik, in mijn slaapkamer, met de gordijnen dicht, vrijwel geheel ontkleed door een meisje van dertien – op een of andere manier waren mijn kleren een voor een uitgetrokken. Zij streelt me overal en ik ben buiten mezelf. Als ik er nu aan terugdenk, kan ik het zelf niet geloven. Het is echt een waanzinnig verhaal. Maar op dat moment was ik onder een soort betovering. Ze zoog op mijn tepels en zei steeds: "Ik ben zo eenzaam, ik heb alleen u, laat me niet vallen, ik ben zo eenzaam," en ik herhaalde almaar: "Niet doen, niet doen."

Reiko onderbrak haar verhaal en nam een trek van haar sigaret.

'Weet je, ik heb dit nog nooit aan een man verteld,' zei ze terwijl ze me aankeek. 'Ik vertel het je omdat ik denk dat ik daar goed aan doe, maar ik geneer me ontzettend.'

'Het spijt me,' zei ik. Ik wist niet goed wat ik verder moest zeggen.

'Dat ging een tijdje zo door. Haar rechterhand daalde steeds verder af naar beneden. Ze begon me daar te wrijven over mijn ondergoed heen. Tegen die tijd was ik al onhoudbaar nat. Een gênant verhaal, maar vooruit. Ik ben daarvoor of daarna nooit meer zo nat geweest. Ik dacht tot die tijd dat seks me onverschillig liet. Het verbaasde me dat ik zo opgewonden raakte. Vervolgens stak ze haar zachte vingers onder mijn onderbroek en... Nou, je begrijpt het wel zo ongeveer. Ik krijg die dingen echt niet over mijn lippen. Het was heel anders dan met ruwe mannenvingers. Een enorm verschil, echt waar. Alsof je met veertjes wordt gekieteld. Mijn stoppen stonden op doorslaan. Maar in mijn verdoofde hoofd wist ik wel dat dit niet kon. Als ik het een keer liet gebeuren, dan zou het steeds vaker gebeuren, en met zo'n geheim zou mijn hoofd beslist weer in de war raken. En ik dacht ook aan mijn kind. Stel dat ze me zo zou zien. Ze was elke zaterdag tot drie uur bij haar grootouders, maar stel dat er iets was en ze plotseling naar huis kwam? Daar dacht ik aan. Dus met alle kracht die ik in me had kwam ik overeind en riep: "Stop alsjeblieft!"

Maar ze stopte niet. Ze trok mijn slip omlaag en begon me te likken. Dat had ik zelfs mijn echtgenoot zelden laten doen omdat ik daar verlegen van werd, en nu was een meisje van dertien me daar aan het likken. Ik was helemaal van de kaart. Ik huilde. Maar tegelijkertijd was het zo geweldig dat ik leek op te stijgen naar de hemel.

"Stop!" riep ik nog een keer, en ik sloeg haar op haar wang. Resoluut. En eindelijk stopte ze. Ze kwam overeind en keek me strak aan. Op dat moment waren we allebei spiernaakt en rechtop op bed gezeten keken we elkaar strak aan. Zij was dertien, ik was eenendertig. Maar als ik naar haar lichaam keek, werd ik op een of andere manier bedwelmd. Het staat me nog levendig voor de geest. Ik kon gewoon niet geloven dat dit het lichaam was van een dertienjarige, en ik geloof het nog steeds niet. Naast haar was mijn lichaam een om te huilen zo onbenullig ding. Echt waar.'

Omdat ik daar niets op te zeggen had, zweeg ik.

'"Wat is er nou?" zei ze. "U vindt het toch lekker? Ik wist het al meteen. U houdt er toch van? Ik weet dat gewoon. Het is toch veel beter dan met een man? U bent zo nat. Ik kan het nog veel en veel lekkerder maken. Echt waar. Zo lekker dat je lichaam smelt. Toe, vindt u het goed?" Eerlijk gezegd klopte het wat ze zei. Het was veel lekkerder dan met mijn echtgenoot, en ergens wilde ik dat ze doorging. Maar het kon niet. Ze zei: "Laten we dit één keer per week doen. Eén keer maar. Niemand hoeft het te weten. Het blijft ons geheimpje."

Maar ik stond op, sloeg een badjas om en zei dat ze naar huis moest gaan en hier nooit meer mocht komen. Zij keek me de hele tijd strak aan. Haar ogen stonden heel vlak, in tegenstelling tot anders. Zo vlak dat ze wel op bordkarton getekend leken. Zonder enige diepte. Nadat ze me een hele tijd zo had aangekeken, pakte ze zwijgend haar kleren bij elkaar, trok ze bijna demonstratief langzaam een voor een aan, ging terug naar de kamer waar de piano stond, haalde een borstel uit haar tas en borstelde haar haar, veegde met een zakdoek het bloed van haar lippen, deed haar schoenen aan en vertrok. Bij het weggaan zei ze: "Je bent lesbisch hoor. Je kunt jezelf nog zo voor de gek houden, maar dat zul je tot je dood blijven."'

'Is dat ook zo?' vroeg ik.

Reiko trok haar lippen op en dacht na. 'Ja en nee. Het was veel lekkerder met haar dan met mijn man. Dat is een feit. Ik heb een tijd wel getwijfeld of ik misschien lesbisch was. Of ik het alleen tot dat moment nooit had geweten. Maar nu denk ik dat niet meer. Natuurlijk kan ik niet ontkennen dat ik die neiging in me heb. Die heb ik waarschijnlijk wel. Maar ik ben geen lesbienne in de ware betekenis. Ik voel uit mezelf geen lust als ik naar een vrouw kijk. Begrijp je?'

Ik knikte.

'Alleen reageert een bepaald type meisje op mij en dat gevoel slaat op mij over. Alleen in die gevallen heb ik dat. Als ik bijvoorbeeld mijn armen om Naoko sla, voel ik niets bijzonders. Als het warm is, leven we praktisch naakt in dezelfde kamer, we gaan samen in bad, we slapen soms in één bed. Maar er gebeurt niets. Ik voel helemaal niets. Ze heeft een prachtig lichaam, maar dat is het. We hebben wel een keer gedaan alsof we lesbisch waren, Naoko en ik. Wil je dat verhaal horen?'

'Vertel maar op.'

'Toen ik ditzelfde verhaal aan Naoko vertelde – we vertellen elkaar alles, weet je –, heeft Naoko bij wijze van test mijn lichaam gestreeld. We waren allebei naakt. Maar het stelde helemaal niets voor. Het kietelde en kietelde onbeschrijflijk. Als ik er nu aan terugdenk, begint het weer te kriebelen. Ze was erg onhandig. En, ben je nu opgelucht?'

'Eerlijk gezegd wel,' zei ik.

'Nou, dat is het zo ongeveer,' zei Reiko, met haar pink langs haar wenkbrauw wrijvend.

'Toen het meisje weg was, heb ik een tijdlang verdwaasd op een stoel gezeten. Ik wist niet wat ik moest doen. Ik hoorde binnen in mijn lichaam mijn hart dof bonken, mijn handen en voeten waren zwaar, mijn mond was zo droog alsof ik een mot had opgegeten. Maar mijn kind kon elk moment thuiskomen, dus ik ging om te beginnen maar in bad. Ik wilde allereerst alle plekken op mijn lichaam die door haar waren gestreeld en gelikt netjes schoonwassen. Maar hoe ik ook schrobde met zeep, een bepaald soort slijmerigheid kreeg ik maar niet weg. Misschien was het alleen maar inbeelding, maar toch.

Die avond vroeg ik mijn man met me te vrijen. Om de bezoedeling kwijt te raken, gevoelsmatig. Natuurlijk zei ik er niets over. Ik kón er ook niets over zeggen. Ik vroeg hem met me te vrijen en dat deed hij. Ik wilde dat hij er rustig de tijd voor nam. Hij deed het met heel veel aandacht. Uitgebreid. Ik kwam gierend klaar. Het was voor het eerst sinds ons trouwen dat ik zo heftig was klaargekomen. En weet je waardoor dat kwam? Doordat het gevoel van haar vingers nog nazinderde in mijn lichaam.

Dat is alles. Tjongejonge. Gênant verhaal hè? Het zweet breekt me uit bij woorden als "vrijen" en "klaarkomen".' Reiko lachte weer met opgetrokken lippen.

'Maar het was nog altijd niet over. Twee dagen later, drie dagen later was het gevoel van haar aanraking er nog steeds. En haar laatste waarschuwing stuiterde maar rond in mijn hoofd.

De volgende zaterdag kwam ze niet. Ik zat met bonkend hart thuis, zonder ergens toe te komen, te wachten en te piekeren wat ik moest doen voor het geval ze toch zou komen. Maar ze kwam niet. Natuurlijk kwam ze niet. Ze was een trots meisje en ze had haar zin niet gekregen. De week daarna kwam ze ook niet en de week daarna ook niet, en zo ging een maand voorbij. Ik dacht dat ik het voorval na verloop van tijd wel zou vergeten, maar dat lukte me niet goed. Als ik alleen thuis was, was ik onrustig omdat ik haar aanwezigheid op een of andere manier om me heen voelde. Ik kon niet pianospelen, ik kon niet nadenken. Ik kon me nergens toe zetten. Zo ging er een maand voorbij.

Op een zekere dag viel me toen ik buiten liep opeens iets op. De mensen uit de buurt keken me op een rare manier aan. Hun blik was vreemd en afstandelijk. Natuurlijk groetten ze me wel, maar ook de toon van hun stem en hun reacties waren anders dan vroeger. De buurvrouw, die anders af en toe bij me op bezoek kwam, leek me te mijden. Ik besloot er zo min mogelijk aandacht aan te besteden. Want op zulke dingen gaan letten is het eerste symptoom van ziekte.

Toen kwam op een dag een vriendin die in de buurt woonde op bezoek. We zijn even oud en zij is de dochter van een kennis van mijn moeder, onze kinderen zaten bij elkaar op de kleuterschool, dus we kenden elkaar redelijk. Die vrouw komt plotseling op bezoek en vraagt me of ik weet dat er grove leugens over mij de ronde doen. Ik zei dat ik daar helemaal niets van wist.

"Wat voor leugens dan?"

"Dingen die ik eigenlijk niet wil herhalen."

"Je bent er nu toch over begonnen. Dan kun je het net zo goed zeggen."

Uiteindelijk vertelde ze het me allemaal, met tegenzin. Dat wil zeggen, ze stribbelde eerst tegen, maar natuurlijk was ze gekomen met de bedoeling het me allemaal te vertellen. Volgens haar werd over mij gezegd dat ik een notoire lesbienne was die een paar keer in een psychiatrisch ziekenhuis was opgenomen, en dat ik had geprobeerd een leerlinge die op pianoles kwam uit te kleden en aan te randen, en dat het meisje zich had verzet en dat ik haar toen zo hard had geslagen dat haar gezicht helemaal was opgezwollen. Het kind had de zaak natuurlijk volkomen verdraaid, maar wat me vooral verbaasde was dat ze blijkbaar wist dat ik opgenomen was geweest.

"Ik heb tegen iedereen gezegd dat ik je al van vroeger ken en dat je zo niet bent," zei mijn vriendin. "Maar de moeder van het meisje gelooft haar op haar woord en zij heeft het tegen iedereen in de buurt rondgebazuind. Dat je haar dochter hebt aangerand en dat ze toen onderzoek naar je hebben laten doen en er zo achter zijn gekomen dat je een psychiatrisch verleden hebt."

Volgens wat mijn vriendin ervan had gehoord, was het meisje die dag – de dag van het incident – met betraand gezicht teruggekomen van pianoles en had haar moeder het hele verhaal uit haar moeten trekken. Ze had een gezwollen gezicht, een tand door haar lip die bloedde, de knopen waren van haar blouse gerukt en ook haar ondergoed was gescheurd. Niet te geloven, toch? Natuurlijk had ze dat allemaal zelf gedaan om haar verhaal te schragen. Ze heeft met opzet bloed op haar blouse gedaan, er knopen af gerukt, het kant van haar beha gescheurd, in haar eentje zitten janken tot ze er rode ogen van kreeg, haar haar in de war gemaakt, en zo is ze naar huis gegaan en heeft ze drie emmers vol leugens uitgestort. Ik zie het haar zo doen.

Toch kan ik het de mensen die haar geloofden niet kwalijk nemen. Ik denk dat ik haar ook had geloofd in hun plaats. Dat beeldschone meisje met haar slangentong. Als die huilend thuiskomt en zegt dat ze er niet over wil praten en vervolgens met horten en stoten haar verhaal doet, dan gelooft iedereen haar blindelings. Om het nog erger te maken, is het nog waar ook dat ik een geschiedenis heb van psychiatrische opnames. Het is ook waar dat ik haar recht in haar gezicht heb geslagen. Wie zou ooit mijn versie geloven? De enige die me misschien zou geloven, was mijn man.

Na een paar dagen twijfelen besloot ik alles aan mijn man te vertellen, en hij geloofde me natuurlijk. Ik heb hem alles verteld wat er die dag gebeurd is. De lesbische dingen die ze deed, dat ik haar had geslagen. Natuurlijk vertelde ik er niet bij wat ik gevoeld had. Dat was hoe dan ook onmogelijk. Hij was woedend en zei: "Wat haalt ze zich in haar hoofd? Ik ga naar ze toe en zal ze eens de waarheid zeggen. Je bent getrouwd met mij, we hebben nota bene een kind. Wat heeft ze je lesbisch te noemen! Bespottelijk gewoon!"

Maar ik heb hem tegengehouden. Ik zei dat hij het moest laten rusten omdat het de wond alleen maar dieper zou maken. Dat dat kind ziek was. Dat ik het kon weten omdat ik al zoveel zieke mensen had gezien. Dat ze tot op het bot verrot was. Dat er onder dat mooie velletje niets van haar deugde. Het was misschien verschrikkelijk om het zo te zeggen, maar het was waar. Maar omdat de andere mensen dat nooit zouden zien, zouden wij het hoe dan ook niet winnen, zei ik. Dat kind was er bedreven in de gevoelens van volwassenen te bespelen en wij hadden niets om onze versie van het verhaal mee te staven. Wie zou nu geloven dat een dertienjarig meisje een vrouw van over de dertig wil verleiden tot homoseks? Wat we er ook over zouden zeggen, de mensen geloofden toch alleen wat ze zelf wilden geloven. Het zou alleen maar erger worden naarmate we er meer tegen in zouden gaan.

"Laten we verhuizen," zei ik. "Er zit niets anders op. Als we hier nog langer blijven, escaleert dit en springt er straks weer een schroefje in mijn hoofd. Ik ben er nu al behoorlijk van in de war. We moeten verhuizen naar een plaats ver weg, waar niemand ons kent." Maar mijn man was dat niet van plan. De ernst van de situatie was nog niet volledig tot hem doorgedrongen. Het kwam heel slecht uit, want hij had veel plezier in zijn werk, we hadden eindelijk een huis gekocht, al was het dan een klein nieuwbouwhuis, en onze dochter had het naar haar zin op haar kleuterschool. "Wacht," zei hij, "we kunnen niet op stel en sprong verhuizen. Ik heb niet zomaar ander werk, we moeten ons huis verkopen, we moeten een nieuwe kleuterschool vinden voor onze dochter, dat vergt op z'n minst twee maanden."

Ik zei dat ik geen twee maanden kon wachten, omdat het een wond was waarvan ik niet wist of ik hem weer te boven zou komen. Ik zei het niet als dreigement. Het was echt zo. Ik wist dat van mezelf. Ik had in die tijd al last van oorsuizingen, sliep slecht en hoorde dingen die er niet waren. "Nou," zei hij, "dan ga jij vast in je eentje vooruit en dan kom ik na als ik alles heb afgehandeld."

"Nee," zei ik. "Ik wil helemaal nergens alleen naartoe. Zonder jou val ik helemaal uit elkaar. Ik heb je nodig. Laat me niet alleen."

Hij sloeg zijn armen om me heen. Hij vroeg me nog even – eventjes maar – door te zetten. "Houd het nog een maand vol," zei hij. "Dan zorg ik in die tijd dat alles voor elkaar komt. Ik regel het met het werk, ik verkoop het huis, ik zoek een nieuwe kleuterschool, ik vind een nieuwe baan. Als het een beetje meezit, heb ik misschien een ingang om in Australië te gaan werken. Heb nog een maand geduld. Dan komt alles goed." Daar kon ik niets meer op zeggen. Wat ik er verder ook tegen inbracht, ik zou er alleen maar nog meer alleen voor komen te staan.'

Reiko slaakte een zucht en keek omhoog naar de lamp aan het plafond.

'Maar ik hield het geen maand meer uit. Op een dag raakte er een schroefje in mijn hoofd los, en *pang*! Het was dit keer heel ernstig. Ik had slaappillen ingenomen en het gas opengedraaid. Maar ik ging niet dood. Toen ik weer bijkwam, lag ik in een ziekenhuis. En dat was het einde. Toen ik een paar maanden later genoeg tot rust was gekomen om te kunnen nadenken, vroeg ik om een scheiding. Ik zei dat dat het beste was, voor hemzelf en voor onze dochter. Hij zei dat hij niet van zins was te scheiden.

"Laten we het nog een keer proberen," zei hij. "Laten we het op een nieuwe plek met z'n drieën opnieuw proberen."

Ik zei dat het te laat was. Dat alles was geëindigd toen hij me vroeg nog een maand geduld te hebben. Dat hij dat niet had moeten zeggen als hij het echt opnieuw had willen proberen. Dat zich altijd weer zoiets zou voordoen, waar we ook heen zouden verhuizen. Dat ik dan weer hetzelfde van hem zou verlangen en hem opnieuw pijn zou doen. En dat ik dat niet meer wilde.

En zo zijn we gescheiden. Dat wil zeggen, ik heb de scheiding doorgezet. Hij is twee jaar geleden hertrouwd. Ik denk nog steeds dat ik er goed aan heb gedaan. Echt waar. Ik wist op dat moment dat ik mijn hele leven zo zou zijn en daar wilde ik niemand anders in meeslepen. Ik wilde niemand opzadelen met een leven vol constante zorg of mijn hoofd weer zou ontsporen.

Hij is een heel goede echtgenoot geweest. Hij was oprecht, betrouwbaar, hij was sterk en geduldig – de ideale man voor mij. Hij heeft zich ontzettend ingespannen om mij erbovenop te helpen, en ik heb ook mijn best gedaan om erbovenop te komen. Voor hem en voor ons kind. Ik dacht ook dat ik er weer bovenop was. De zes jaar van ons huwelijk was ik heel gelukkig. Hij heeft het voor negenennegentig procent perfect gedaan. Maar voor één procent, slechts één procent, zat hij ernaast. En *pang*! Alles wat we hadden opgebouwd stortte in één ogenblik in elkaar. In een oogwenk was alles tot nul gereduceerd. Allemaal door toedoen van dat meisje.'

Reiko raapte de uitgetrapte peuken op en deed ze in het blik.

'Het is een afschuwelijke geschiedenis. We hadden zo ons best gedaan en alles stukje bij beetje opgebouwd. Toen het instortte, was het echt in een oogwenk weg. In een mum van tijd was het ingestort en was er niets meer van over.'

Reiko stond op en stak haar handen in de zakken van haar broek. 'Laten we teruggaan. Het is al laat.'

Het was inmiddels veel zwaarder bewolkt en de maan was helemaal niet meer te zien. Nu rook ik ook de regen in de lucht. Die vermengde zich met de geur van de verse druiven in de plastic zak in mijn hand.

'Daarom is de kans niet groot dat ik hier nog uit kom,' zei Reiko. 'Ik vind het eng om hier weg te gaan en met de buitenwereld om te moeten gaan. Ik vind het eng om allerlei mensen te ontmoeten en alles wat daarbij komt aan gedachten en gevoelens.'

'Dat gevoel kan ik me voorstellen,' zei ik. 'Maar ik denk dat je het kunt. Als je naar buiten gaat, lukt het je vast om het er goed vanaf te brengen.'

Reiko glimlachte, maar zei niets.

Naoko zat op de bank een boek te lezen. Ze had haar benen over elkaar geslagen. Onder het lezen wreef ze over haar slaap, alsof ze met haar vingers de woorden wilde verifiëren die haar hoofd binnenkwamen. De eerste spetters vielen al. Het licht van de lamp dreef in fijne deeltjes om haar heen. Toen ik na het lange verhaal van Reiko Naoko weer zag, viel me opnieuw op hoe jong ze was.

'Het spijt me dat het zo laat is geworden,' zei Reiko met een aai over Naoko's hoofd.

'Hadden jullie het leuk samen?' zei Naoko, opkijkend.

'Natuurlijk,' antwoordde Reiko.

'Wat hebben jullie gedaan, met z'n tweeën?' vroeg Naoko aan mij.

'Daar kan ik niets over zeggen,' zei ik.

Giechelend legde Naoko haar boek neer. We luisterden naar de regen en aten druiven.

'Als het zo regent,' zei Naoko, 'lijkt het net of wij drieën de enigen op de wereld zijn. Ik wou dat het altijd bleef regenen en wij de hele tijd met z'n drieën bleven.'

'En terwijl jullie in elkaar opgaan, kan ik zeker als een onnozele slaaf jullie koelte toewapperen met een waaier aan een lange steel, of op de gitaar de achtergrondmuziek verzorgen? Geen denken aan,' zei Reiko.

'Nou, je mag hem af en toe wel lenen,' zei Naoko lachend.

'Laat het in dat geval maar regenen.'

Het bleef regenen. Af en toe onweerde het. Toen de druiven op waren, stak Reiko maar weer een sigaret op, haalde haar gitaar onder het bed vandaan en begon te spelen. Eerst 'Desafinado' en 'The Girl from Ipanema', toen een paar nummers van Burt Bacharach en daarna Lennon-McCartney-liedjes. Reiko en ik dronken weer wijn, en toen die op was, deelden we het restje whisky dat nog in mijn flacon zat. In een heel vertrouwde sfeer praatten we met elkaar. Ik begon ook te wensen dat het door bleef regenen.

'Kom je nog een keer op bezoek?' vroeg Naoko, me aankijkend.

'Natuurlijk,' zei ik.

'En schrijf je me ook?'

'Elke week.'

'Schrijf je mij ook iets?' zei Reiko.

'Goed hoor. Met alle plezier.'

Toen het elf uur was, klapte Reiko net als de avond tevoren voor mij de bank uit en maakte het bed op. We zeiden elkaar welterusten, deden het licht uit en gingen slapen. Omdat ik de slaap niet kon vatten, haalde ik *De Toverberg* uit mijn rugzak en las een tijdje. Iets voor twaalven ging de deur van de slaapkamer open. Naoko kwam binnen en kroop naast me in bed. In tegenstelling tot de avond tevoren was het dezelfde Naoko als altijd. Haar ogen stonden niet afwezig en haar bewegingen waren kordaat. Ze bracht haar mond bij mijn oor en fluisterde: 'Ik kan niet goed slapen.'

'Ik ook niet,' zei ik. Ik legde mijn boek opzij, deed het leeslampje uit, sloeg mijn armen om haar heen en zoende haar. De duisternis en het geluid van de regen omhulden ons zacht.

'En Reiko?'

'Geen punt, die is in diepe slaap. Als die eenmaal slaapt, wordt ze niet meer wakker,' zei Naoko. 'Kom je me echt nog eens opzoeken?'

'Natuurlijk.'

'Ook al kan ik niets voor je doen?'

Ik knikte in het donker. Ik voelde de vorm van Naoko's borsten duidelijk tegen mijn borst. Ik streelde haar lichaam over haar nachthemd. Mijn hand gleed steeds maar weer van haar schouders over haar rug naar haar billen, en ik prentte me de vorm en de zachtheid ervan goed in. Nadat we een poosje zo lief tegen elkaar aan hadden gelegen, drukte Naoko haar lippen op mijn voorhoofd en glipte uit bed. Ik zag haar lichtblauwe nachthemd in het donker trillen als een vis.

'Tot ziens,' zei ze zacht.

Met het geluid van de regen in mijn oren viel ik stil in slaap.

De volgende ochtend regende het nog steeds. In tegenstelling tot de avond ervoor was het nu een bijna onzichtbaar fijne herfstregen. Zo fijn dat je pas hoorde dat het regende wanneer druppels die aan de dakrand hingen naar beneden drupten. Toen ik mijn ogen opendeed, hing er buiten een melkwitte mist, maar met het klimmen van de zon werd de mist door de wind meegevoerd en werden langzaam maar zeker de contouren van het bos en de bergen zichtbaar.

Net als de dag ervoor ontbeten we met z'n drieën en daarna gingen we helpen bij het hoenderpark. Naoko en Reiko droegen een gele regenjas met een capuchon. Ik had een waterdicht windjack over mijn trui heen aangetrokken. De lucht was klam en kil. Ook de vogels leken gevlucht voor de regen en zaten achter in het hoenderpark stilletjes hun veren te schikken.

'Koud, hè, als het regent?' zei ik tegen Reiko.

'Elke keer dat het regent wordt het steeds een beetje kouder en op een goed moment is het sneeuw,' zei ze. 'De wolken die van de Japanse Zee komen, laten hier hun sneeuw vallen en drijven dan verder.'

'Wat gebeurt er met de vogels in de winter?'

'Die verhuizen natuurlijk naar binnen. Je dacht toch niet dat we in de lente de bevroren vogels onder de sneeuw vandaan opgraven, weer ontdooien en tot leven wekken met een "Goedemorgen allemaal, hier is jullie eten"?'

Toen ik met mijn vinger langs het hek tikte, klapperde de papegaai met zijn vleugels en riep: 'Rot op! Dankjewel! Idioot!'

'Die zou je wel willen bevriezen,' zei Naoko melancholiek. 'Als je dat elke ochtend hoort, word je echt gek.'

Toen het hoenderpark was schoongemaakt, gingen we naar het appartement terug. Ik pakte mijn spullen in. De vrouwen kleedden zich om voor het werk op het land. We liepen samen het gebouw uit en iets voorbij de tennisbaan scheidden onze wegen. Zij sloegen rechts af, ik ging rechtdoor. 'Tot ziens,' zeiden ze, en ik zei: 'Tot ziens. Ik kom nog eens op bezoek.' Naoko glimlachte en verdween daarna om een hoek uit het zicht.

Op weg naar de poort kwam ik nog een paar mensen tegen, die allemaal dezelfde gele regenjas als Naoko en Reiko droegen, met de capuchon over hun hoofd getrokken. Door de regen waren alle kleuren intenser. De aarde was diepzwart, de naalden van de dennen frisgroen en de mensen in hun gele regenjassen zagen eruit als bijzondere geesten die alleen op regenachtige dagen over het aardoppervlak mochten ronddwalen. De een droeg tuingereedschap, de ander een mand of een zak, en allemaal verplaatsten ze zich geluidloos over het aardoppervlak.

De poortwachter wist mijn naam nog en toen ik wegging, vinkte hij die af op zijn lijst.

'U komt uit Tokio?' zei de oude baas toen hij naar mijn adres keek. 'Daar ben ik één keer geweest. Het varkensvlees was er heerlijk.'

'Vindt u?' antwoordde ik, zonder te begrijpen waar hij heen wilde.

'De meeste dingen die ik in Tokio heb gegeten vond ik niet lekker, maar het varkensvlees was heerlijk. Misschien worden ze op een speciale manier gefokt of zo.'

Ik zei dat ik het niet wist en dat ik voor het eerst hoorde dat het varkensvlees in Tokio zo lekker was. 'Wanneer was u er?' vroeg ik.

'Wanneer zal het geweest zijn?' De oude baas schudde zijn hoofd. 'Ik denk in de tijd dat de kroonprins trouwde. Mijn zoon was in Tokio en hij zei dat ik ook maar eens moest komen, dus toen ben ik gegaan. Rond die tijd moet het geweest zijn, 1959.'

'Nou, in die tijd was het varkensvlees in Tokio vast lekker.'

'Hoe is het er tegenwoordig mee gesteld?'

Ik zei hem dat ik het niet wist en dat ik er nooit iets bijzonders over had gehoord. Hij keek heel teleurgesteld. De oude man wekte de indruk het gesprek nog veel langer te willen voortzetten, maar ik onderbrak hem. Ik zei dat ik de bus moest halen en begon naar de weg te lopen. Langs de rivier hingen nog hier en daar flarden mist die werden meegenomen door de wind die langs de hellingen blies. Onderweg stopte ik een paar keer om achterom te kijken of een diepe zucht te slaken. Het voelde alsof ik op een planeet met een afwijkende

184

zwaartekracht was terechtgekomen. Dat is waar ook, dit is de buitenwereld, realiseerde ik me, en het werd me droef te moede.

Toen ik tegen halfvijf op de campus aankwam, zette ik mijn spullen
op mijn kamer, kleedde me snel om en vertrok naar mijn werk in de
platenzaak in Shinjuku. Van zes uur tot halfelf paste ik op de winkel
en verkocht platen. De hele tijd keek ik verdoofd naar al die verschillende soorten mensen die buiten voor de winkel langsliepen. Gezinnen, stelletjes, dronkenlappen, onderwereldfiguren, frisse meisjes in
korte rokjes, jongens met hun haar in hippiepaardenstaartjes, barjuf-
frouwen en allerlei ondefinieerbare types kwamen de een na de ander
voorbij. Toen ik hardrock opzette, verzamelde zich een groepje hippies en weggelopen jongeren voor de zaak, die begonnen te dansen,
thinner snoven of zomaar op de grond zaten. Toen ik een plaat van
Tony Bennett opzette, verdwenen ze weer.

Naast de platenzaak zat een winkel met speeltjes voor volwassenen,
waar een slaperig uit zijn ogen kijkende veertiger vreemde seksat-
tributen verkocht. Het waren uitsluitend spullen waarvan ik me niet
kon voorstellen dat iemand ze zou willen hebben, maar toch leek de
zaak redelijk te floreren. Op de stoep schuin ertegenover stond een
dronken student te kokhalzen. In de amusementshal aan de overkant
zetten koks uit de restaurants in de buurt hun geld in op een bingo-
spel en brachten zo hun pauze door. Een zwerver met een pikzwart
gezicht zat de hele tijd bewegingloos gehurkt onder het afdak van een
gesloten winkel. Een meisje met lichtroze lippenstift dat er niet ouder
uitzag dan vijftien kwam de winkel binnen en vroeg of ik 'Jumping
Jack Flash' van de Rolling Stones wilde opzetten. Toen ik de plaat had
gepakt en opgezet, knipte ze met haar vingers mee met het ritme en
danste heupwiegend door de zaak. Toen vroeg ze me om een sigaret.
Ik gaf haar een Lark uit een pakje dat de manager had laten liggen.
Ze rookte hem met smaak op. Toen de plaat was afgelopen, liep ze
zonder een woord van dank weg. Elk kwartier was er wel een sirene
te horen van een ziekenauto of de politie. Drie kantoortypes die allemaal even dronken waren, riepen steeds: 'Neuken!' tegen een mooi
meisje met lang haar dat in een telefooncel stond te bellen en moesten
daar zelf erg om lachen.

Terwijl ik al deze taferelen zag, raakte mijn hoofd steeds meer in
de war en begreep ik er steeds minder van. Wat was dit allemaal? Wat

hadden al deze taferelen in 's hemelsnaam te betekenen?

De baas kwam na het eten terug en zei: 'Nou, Watanabe, dat meisje uit die boetiek heb ik eergisteren gepakt.' Hij had al langer een oogje op een meisje dat bij een boetiek in de buurt werkte en hij had haar zo nu en dan een plaat cadeau gedaan.

'Da's mooi,' zei ik, waarop hij me het hele verhaal van begin tot eind tot de details uit de doeken deed. 'Als je het met een meisje wilt aanleggen,' onderwees hij me met een air van deskundigheid, 'geef je haar sowieso cadeautjes, of in ieder geval minstens één cadeautje; daarna laat je haar ontzettend veel drinken, zodat ze dronken wordt, heel dronken in ieder geval. En daarna hoef je het alleen nog maar te doen. Makkelijk toch?'

Met mijn nog altijd verwarde hoofd stapte ik op de trein en ging terug naar de campus. Toen ik de gordijnen dicht had getrokken, het licht had uitgedaan en in bed was gaan liggen, had ik het idee alsof elk moment Naoko bij me in bed zou kunnen kruipen. Als ik mijn ogen dichtdeed, kon ik de zachte welving van haar borsten op mijn borstkas voelen, hoorde ik haar fluisteren en voelde ik de lijn van haar lichaam in mijn handen. In het donker ging ik nog een keer terug naar haar kleine wereld. Ik rook de geur van gras, ik hoorde het geluid van de regen. Ik dacht aan Naoko zoals ik haar naakt had gezien in het licht van de maan. Ik haalde me dat zachte, mooie lichaam voor de geest dat in een gele regenjas het hoenderpark schoonmaakte, of in de groentetuin aan het werk was. Ik pakte mijn stijve penis en kwam met mijn gedachten bij Naoko klaar. De verwarring in mijn hoofd leek er een beetje door tot bedaren te komen, maar toch kon ik de slaap niet vatten. Hoewel ik heel moe en slaperig was, lukte het me maar niet.

Ik stond op, ging bij het raam staan en staarde een tijdlang wezenloos naar de vlaggenstok op de binnenplaats. Zonder vlag leek de witte paal sprekend op een reusachtig wit bot dat uitstak in het donker van de nacht. Ik vroeg me af wat Naoko op dat moment zou doen. Die lag natuurlijk te slapen, omhuld door het donker van die kleine vreemde wereld. Ik bad dat ze geen nare dromen had.

7

Tijdens de sportles de volgende ochtend, op donderdag, zwom ik achter elkaar baantjes van vijftig meter op en neer. Door de hevige inspanning knapte ik een heel stuk op en ik kreeg ook weer trek. Bij een lunchrestaurant at ik uitgebreid. Ik was op weg naar de bibliotheek van de letterenfaculteit, waar ik iets moest uitzoeken, toen ik Midori Kobayashi tegen het lijf liep. Ze was samen met een klein meisje met een bril, maar toen Midori me zag, kwam ze in haar eentje op me toe.

'Waar ga je heen?' vroeg ze me.

'De bibliotheek.'

'Kun je dat niet laten zitten en met mij gaan lunchen?'

'Ik heb net gegeten.'

'Geeft toch niet? Dan eet je nog een keer.'

Uiteindelijk ging ik samen met Midori naar een lunchroom, waar zij curry at en ik een kop koffie dronk. Ze droeg een witte blouse met lange mouwen met daaroverheen een geel wollen vest met een ingebreide vis, een gouden ketting en een Disneyhorloge. Ze at smakelijk van haar curry en dronk er drie glazen water bij.

'Waar was je de hele tijd?' zei Midori. 'Ik heb je weet ik hoe vaak gebeld.'

'Was er iets?'

'Nee. Ik had gewoon zin je te bellen.'

'Oké,' zei ik.

'Hoezo "Oké"?'

'Niets in het bijzonder, gewoon een respons,' zei ik. 'Nog brand gehad de laatste tijd?'

'Ja, leuk was dat, hè? Zoveel schade was er niet, maar met al die rook zag het er wel heel realistisch uit. Geweldig,' zei Midori, en weer dronk ze een glas water leeg. Ze slaakte een zucht en keek me toen ernstig aan. 'Watanabe, wat is er aan de hand? Je hebt zo'n vage blik. Je ogen staan helemaal wazig.'

'Ik ben net terug van een reis en ik ben nog een beetje moe. Verder niets.'

'Je ziet eruit alsof je een spook hebt gezien.'

'Oké,' zei ik.

'Watanabe, heb jij vanmiddag college?'

'Duits en theologie.'

'Kun je niet spijbelen?'

'Niet bij Duits. Ik heb vandaag tentamen.'

'En hoe laat ben je daarmee klaar?'

'Twee uur.'

'Zullen we dan daarna samen in de stad gaan stappen?'

'Om twee uur 's middags?' vroeg ik.

'Dat kan toch wel, voor een keer? Je kijkt zo vaag uit je ogen. Ga mee het op een zuipen zetten, wie weet word je er weer vrolijk van. Daar heb ik zelf ook wel zin in: drinken en vrolijk worden. Nou, goed plan toch?'

'Vooruit, we gaan het op een zuipen zetten,' zei ik met een zucht. 'Om twee uur wacht ik op je in de binnentuin van de letterenfaculteit.'

Toen ik klaar was met Duits, gingen we met de bus naar Shinjuku en in de Dug, een bar in een kelder aan de achterkant van Kinokuniya, dronken we elk twee wodka-tonics.

'Ik kom hier wel vaker,' zei Midori. 'Hier kun je 's middags al aan de drank zitten zonder je opgelaten te voelen.'

'Doe je dat dan wel vaker?'

'Af en toe.' Ze rammelde met de laatste restjes ijs in haar glas. 'Af en toe, als de wereld me te veel is, drink ik hier wodka-tonic.'

'Is de wereld je te veel?'

'Af en toe,' zei Midori. 'Ik heb zo mijn eigen problemen.'

'Zoals?'

'Met thuis, met relaties, met ongeregelde menstruatie, van alles.'

'Nog een dan maar?'

'Uiteraard.'

Ik wenkte de ober en bestelde twee wodka-tonic.

'Weet je nog dat we laatst op die zondag hebben gezoend?' zei Midori. 'Ik heb er nog eens over nagedacht. Het was fijn – heel fijn eigenlijk.'

'Fijn.'

'"Fijn,"' herhaalde Midori weer. 'Jij hebt echt een vreemde manier van praten!'

'Vind je?' vroeg ik.

'In ieder geval, ik bedacht toen hoe mooi het zou zijn als dat mijn eerste zoen met een jongen was geweest. Als ik de volgorde van mijn leven kon veranderen, dan zou ik daar absoluut mijn eerste zoen van hebben gemaakt. En daar zou ik de rest van mijn leven op die manier aan terugdenken. Zo van: "Hoe zou het met hem wezen, die Watanabe, van wie ik op het wasdroogplaatsje mijn eerste zoen kreeg, op zijn achtenvijftigste?" Nou, vind je dat geen mooie gedachte?'

'Ja, dat is een mooie gedachte,' zei ik, terwijl ik een pistachenootje pelde.

'Nou, voor de draad ermee. Waarom ben je zo ver weg met je gedachten?'

'Waarschijnlijk ben ik nog niet goed op de wereld aangesloten,' zei ik na een poosje nadenken. 'De wereld voelt zo vreemd aan. De mensen om me heen, de omgeving – het komt me voor alsof het ergens niet echt is.'

Met een elleboog op de bar leunend keek Midori me aan. 'In een nummer van Jim Morrison komt zoiets voor.'

'*People are strange when you are a stranger.*'

'*Peace, man,*' zei Midori.

'*Peace, man,*' zei ik.

'We zouden samen naar Uruguay kunnen gaan,' zei Midori, met haar elleboog nog steeds op de bar. 'Familie, geliefden, school – weg ermee.'

'Geen slecht idee,' zei ik lachend.

'Lijkt het je niet geweldig om alles en iedereen los te laten en ergens heen te gaan waar niemand je kent? Zo nu en dan heb ik daar ontzettend veel zin in. Dus als jij me nou eens meeneemt naar een of ander ver oord, dan zal ik een heleboel oersterke baby's voor je baren. En dan leven we vrolijk met z'n allen. De hele bende over de vloer door elkaar.'

Ik lachte en dronk mijn derde glas wodka-tonic leeg.

'Of hoef je niet zoveel oersterke baby's?' zei Midori.

'Ik ben wel nieuwsgierig hoe dat eruit zou zien.'

'Geeft niet hoor, als je ze niet wilt,' zei Midori, een pistachenootje etend. 'Als ik 's middags al begin te drinken, ga ik weleens dit soort onzinnige dingen denken. Zoals alles loslaten en ergens heen gaan of zo. En dan sta je daar in Uruguay. Tussen de ezelkeutels.'

'Daar kon je wel eens gelijk in hebben.'

'Ezelkeutels, overal waar je kijkt. Keutels hier, keutels daar. Een hele wereld vol ezelkeutels. Hier, probeer jij die maar,' zei Midori, terwijl ze me een pistachenootje met een weerbarstige schil gaf. Met moeite lukte het me het te pellen. 'Wat was die zondag een verademing. Samen met jou op de wasdroogplaats naar de brand kijken, bier drinken en liedjes zingen. Het is echt lang geleden dat ik zo ontspannen was. Iedereen dringt me altijd van alles op, weet je. Zodra ze me zien moet ik dit of dat. Jij dringt me in ieder geval niets op.'

'Daar ken ik je nog niet goed genoeg voor.'

'Dus als je me beter leerde kennen, zou jij me ook van alles opdringen? Net als iedereen?'

'Die mogelijkheid bestaat,' zei ik. 'In de echte wereld dringen mensen elkaar nu eenmaal van alles op.'

'Maar ik denk niet dat jij zoiets doet. Ik heb daar wel kijk op, op die dingen. Want ik ben een soort autoriteit op het gebied van dingen opdringen en opgedrongen krijgen. Jij bent er het type niet naar en daarom is het ook zo ontspannend om met je samen te zijn. Weet je dat er op de wereld heel veel mensen zijn die ervan houden anderen dingen op te dringen en zelf dingen opgedrongen te krijgen? Daar zijn ze doorlopend mee bezig. Dat vinden ze leuk. Ik niet. Ik doe het alleen als het niet anders kan.'

'Wat voor dingen dring jij dan op, of worden jou opgedrongen?'

Midori liet een ijsblokje in haar mond glijden en zoog er een tijdje op.

'Wil je me beter leren kennen?'

'Ik ben best geïnteresseerd.'

'Luister. Ik vroeg: "Wil je me beter leren kennen?" Vind je zo'n antwoord dan niet vreselijk stuitend?'

'Ja, ik wil je beter leren kennen,' zei ik.

'Echt waar?'

'Echt waar.'

'Ook als je straks je ogen wilt afwenden?'

'Is het zo erg?'

'In zekere zin,' zei Midori met een frons. 'Ik lust er nog wel een.'

Ik riep de ober en bestelde ons vierde rondje. Tot de glazen ge-bracht werden, steunde ze met haar kin op haar handen, met haar el-lebogen op de bar. Ik luisterde zwijgend naar 'Honeysuckle Rose' van Thelonious Monk. Er waren nog vijf of zes mensen in de zaak, maar wij waren de enigen die alcohol dronken. Het aroma van koffie gaf aan de halfschemerige zaak een vertrouwd namiddaggevoel.

'Ben je komende zondag vrij?' vroeg Midori.

'Ik heb het geloof ik al eerder gezegd, maar ik ben elke zondag vrij. Ik moet alleen vanaf zes uur werken.'

'Heb je zin om mij komende zondag gezelschap te houden?'

'Goed hoor.'

'Ik kom je zondagochtend wel ophalen op de campus. Ik weet al-leen nog niet precies hoe laat. Dat geeft toch niet?'

'Nee, dat geeft niet,' zei ik.

'Watanabe, weet je wat ik nu het liefst zou willen?'

'Nee, geen flauw idee.'

'Om te beginnen zou ik in een groot, zacht bed willen liggen,' zei Midori. 'Ik voel me goed, ik ben lekker aangeschoten en in de wijde omtrek is geen ezelkeutel te bekennen. Jij ligt naast me. Beetje bij beetje kleed je me uit. Heel aandachtig. Heel voorzichtig, als een moe-der die haar kleine kindje uitkleedt.'

'Hmm,' zei ik.

'Eerst laat ik het ontspannen over me heen komen. Maar halver-wege verzet ik me en roep: "Watanabe, laat dat!" En dan zeg ik: "Ik mag je graag, maar ik ga met iemand anders. Dit kan niet. Ik ben daar heel rechtlijnig in. Stop daarmee, alsjeblieft." Maar je stopt niet.'

'Ik zou wel stoppen, hoor.'

'Dat weet ik wel. Maar dit is een fantasie. Daarom kan het dus wel,' zei Midori. 'En dan laat je 'm opeens aan me zien. Fier opgeheven. Ik wend snel mijn ogen af, maar toch heb ik er een glimp van opgevangen. En ik zeg: "Laat dat! Niet doen! Zo'n groot en stijf ding komt er niet in."'

'Zo groot is hij anders niet, hoor. Heel gemiddeld.'

'Maakt niet uit. Het is een fantasie. Vervolgens kijk je ontzettend droevig. Zo droevig dat ik medelijden met je krijg en je wil troosten. Stil maar, stil maar.'

'Dit is wat je nu het liefst wilt?'

'Ja.'

'Bof ik even.'

We hadden in totaal elk vijf wodka-tonics op toen we de zaak verlieten. Toen ik wilde betalen, tikte Midori me op mijn hand, haalde een kraaknieuw briefje van tienduizend yen uit haar portemonnee en rekende af.

'Laat maar, ik heb net mijn geld binnen van mijn werk en bovendien heb ik je meegevraagd,' zei Midori. 'Maar mocht je een gestaalde fascist zijn die niet door een vrouw op drank getrakteerd wil worden, dan verandert dat de zaak.'

'Nee, dat is niet zo.'

'Dan had ik je er niet in gelaten.'

'Te groot en te hard.'

'Ja,' zei Midori. 'Te groot en te hard.'

Doordat ze een beetje aangeschoten was, verstapte ze zich op de trap en rolden we bijna naar beneden.

Toen we buiten stonden, bleek de hemel, die eerst nog licht bewolkt was, opgeklaard te zijn, en de avond zette de stad in een lieflijk licht. Midori en ik dwaalden een tijdlang door de straten. Ze zei dat ze in een boom wilde klimmen, maar in Shinjuku stonden helaas geen klimbomen en Shinjuku Gaien Park ging al bijna dicht.

'Jammer,' zei Midori, 'ik hou zo van boompje klimmen.'

Toen Midori en ik verderliepen langs de winkels, voelde de stad niet meer zo onnatuurlijk als even tevoren.

'Ik geloof dat ik door deze ontmoeting met jou weer een beetje verzoend raak met de wereld,' zei ik.

Midori bleef staan en keek me recht aan. 'Je hebt gelijk. Je kijkt al een stuk helderder uit je ogen. Zie je dat het best goed is om met mij om te gaan?'

'Absoluut,' zei ik.

Om halfzes zei Midori dat ze naar huis moest om te koken. Ik zei dat ik met de bus terugging naar de campus. Ik liep met haar mee naar station Shinjuku en daar namen we afscheid.

'Weet je wat ik nu zou willen?' vroeg Midori me bij het afscheid.

'Ik heb geen flauwe notie, met die gedachten van jou.'

'Dat jij en ik door piraten worden gegrepen en dat we allebei helemaal worden uitgekleed en aan elkaar worden vastgebonden met onze gezichten naar elkaar toe en helemaal met touw worden omwikkeld.'

'Waarom zouden ze dat doen?'

'Het zijn gedegenereerde piraten.'

'Je bent zelf gedegenereerd,' zei ik.

'Ze stoppen ons in het scheepsruim en zeggen: "Over een uur gooien we jullie overboord. Vermaak je in de tussentijd."'

'En dan?'

'Wij vermaken ons een uur lang. Door te rollen en te draaien.'

'Dat is wat je nu het liefst wilt?'

'Ja.'

'Bof ik even,' zei ik hoofdschuddend.

Zondagmorgen om halftien kwam Midori me ophalen. Ik was net wakker en had zelfs mijn gezicht nog niet gewassen. Iemand bonsde op mijn deur en riep: 'Watanabe, een meisje voor je!' Toen ik naar beneden naar de hal liep, zat Midori daar in een superkort spijkerrokje op een stoel met haar benen over elkaar te geeuwen. Alle jongens die op weg naar het ontbijt langsliepen, keken opzij en staarden naar haar lange slanke benen. Die waren absoluut prachtig.

'Ben ik te vroeg?' zei Midori. 'Zo te zien ben je net op.'

'Ik ga me nu opfrissen en scheren. Kun je een kwartiertje wachten?' zei ik.

'Het maakt me niet uit als ik moet wachten, maar iedereen kijkt de hele tijd naar mijn benen.'

'Wat had je dan verwacht? Zo'n kort rokje op een jongenscampus. Natuurlijk kijkt iedereen.'

'Het geeft niet. Ik heb vandaag een heel schattig slipje aan. Heel wuft en roze, met kant en alles.'

'Dat maakt het alleen maar erger,' zei ik met een zucht. Ik ging naar mijn kamer en zo snel mogelijk waste ik mijn gezicht en schoor ik me. Ik trok een blauw buttondownoverhemd en een grijs tweedjasje aan, ging naar beneden en haastte me met Midori de poort van de campus door. Het koude zweet brak me uit.

'Dus iedereen hier masturbeert? Rukkerderuk?' zei Midori, opkijkend naar de campus.

'Waarschijnlijk wel.'

'En denken ze daarbij aan vrouwen?'

'Daar komt het wel op neer,' zei ik. 'Er zullen niet veel mannen zijn die masturberen terwijl ze aan de beurs denken, of aan de vervoeging van werkwoorden of het Suezkanaal. De meesten zullen wel aan vrouwen denken, zou het niet?'

'Het Suezkanaal?'

'Bij wijze van spreken.'

'Denken ze dan aan één meisje in het bijzonder?'

'Waarom vraag je zulke dingen niet aan je vriendje?' zei ik. 'Waarom moet ik jou op zondagmorgen de hele tijd dat soort dingen uitleggen?'

'Ik wou het gewoon weten,' zei Midori. 'Als ik hem zulke dingen vraag, wordt hij heel boos. Hij vindt dat vrouwen daar niet naar moeten vragen.'

'Daar heeft hij gelijk in.'

'Maar ik wil het weten. Het is pure interesse. Denken mannen bij het masturberen aan één vrouw in het bijzonder?'

'Ja. Ik wel in ieder geval. Ik weet niet of dat voor iedereen geldt,' antwoordde ik gelaten.

'Watanabe, heb je het weleens gedaan terwijl je aan mij dacht? Eerlijk antwoorden, ik word niet boos.'

'Nee, eerlijk gezegd niet,' antwoordde ik.

'Waarom niet? Ben ik niet aantrekkelijk?'

'Dat is het niet. Je bent aantrekkelijk en leuk, en die uitdagende kleding staat je goed.'

'Nou, waarom denk je dan niet aan mij?'

'In de eerste plaats omdat ik je als een vriendin beschouw en ik je niet wil verwikkelen in mijn seksuele fantasieën. En in de tweede plaats...'

'... moet je aan iemand anders denken.'

'Inderdaad,' zei ik.

'Wat ben je toch correct in die dingen,' zei Midori. 'Dat waardeer ik in je. Maar zou je me niet toch een keertje willen opvoeren? Ik zou zo graag een keer willen voorkomen in je seksuele fantasie of je wildste gedachten. Alsjeblieft. Omdat we vrienden zijn. Aan wie kan ik het anders vragen? Ik kan toch niet zomaar aan iemand vragen: "Als je je vanavond aftrekt, denk dan ook eens aan mij." Alsjeblieft, juist omdat we vrienden zijn. En dan wil ik dat je me later vertelt hoe het was. Wat je gedaan hebt en zo.'

Ik zuchtte.

'Maar je mag niet naar binnen, hoor. We zijn immers vrienden. Toch? Zolang je niet binnenkomt, mag je doen wat je maar wilt, wat je maar bedenkt.'

'Tjee. Ik heb het nog nooit met die voorwaarden gedaan,' zei ik.

'Wil je erover nadenken?'

'Ik zal erover nadenken.'

'Kijk, Watanabe, denk nou niet dat ik pervers ben, of gefrustreerd, of een flirt. Ik ben er gewoon enorm in geïnteresseerd en wil er alles over weten. Zoals je weet ben ik op een meisjesschool tussen de meisjes opgegroeid. Wat mannen denken, hoe hun lichaam in elkaar zit, dat soort dingen wil ik allemaal weten. Niet uit de bijlagen van damesbladen, maar als een soort casestudy.'

'Casestudy?' echode ik wanhopig.

'Ik wil van alles weten en van alles doen, maar mijn vriend wordt chagrijnig en boos als ik zulke dingen vraag. Dan zegt hij dat ik pervers ben, en niet goed bij mijn hoofd. Ik mag hem niet eens pijpen. Ik wil dat juist zo graag onderzoeken.'

'Tja...' zei ik.

'Heb jij er een hekel aan om gepijpt te worden?'

'Nee, niet speciaal.'

'Vind je het lekker of niet?'

'Dan zeg ik lekker,' zei ik. 'Maar kunnen we het daar niet een andere keer over hebben? Het is vandaag een mooie zondagmorgen en die wil ik niet verdoen met gesprekken over masturberen en pijpen. Laten we het over iets anders hebben. Studeert je vriendje aan onze universiteit?'

'Nee, ergens anders natuurlijk. We hebben elkaar op de middelbare school leren kennen bij de buitenschoolse activiteiten. De meisjesschool waar ik op zat en de jongensschool waar hij op zat hadden gezamenlijke activiteiten, zoals concerten en dergelijke. Dat doen ze wel vaker. We kregen trouwens pas verkering toen we al van school af waren. Weet je, Watanabe?'

'Nou?'

'Denk alsjeblieft een keertje aan mij als je het doet.'

Ik gaf mijn verzet op. 'Ik zal het proberen, volgende keer,' zei ik.

We gingen met de trein naar Ochanomizu. Omdat ik nog niet had ontbeten, kocht ik op station Shinjuku bij het overstappen een sandwich bij een kiosk en dronk er een kop koffie bij die naar gekookte kranteninkt smaakte. De trein op zondagochtend zat vol gezinnen en stelletjes die eropuit gingen. Een groep jongetjes in identieke baseball-uniformen rende met hun knuppels door de trein. Er waren meer meisjes met korte rokjes in de trein, maar niemand droeg zo'n kort rokje als Midori. Af en toe trok ze de zoom van haar rok omlaag. Mannen keken steels naar haar dijen. Ik voelde me opgelaten, maar Midori leek het niet te kunnen schelen.

'Weet je wat ik nu het liefst zou willen?' fluisterde Midori in de buurt van Ichigaya in mijn oor.

'Ik heb geen flauwe notie,' zei ik. 'Maar vertel het me alsjeblieft niet in de trein. Andere mensen hoeven het niet te horen.'

'Jammer. Deze was wel geweldig,' zei Midori heel teleurgesteld.

'Wat is er trouwens in Ochanomizu?'

'Kom maar mee, dan zie je het vanzelf.'

Ochanomizu was vergeven van de middelbare scholieren op weg naar een proefexamen of naar bijles. Midori had het hengsel van haar schoudertas in haar linkerhand; met haar rechterhand pakte ze mij bij de hand en loodste me door de massa scholieren.

'Weet je, Watanabe, kun jij uitleggen wat het verschil is tussen aanvoegende wijs tegenwoordige tijd en aanvoegende wijs verleden tijd van het Engels?' vroeg ze zonder enige inleiding.

'Ik denk het wel,' zei ik.

'Ik zou weleens willen weten wat voor nut dat nu heeft in het dagelijks leven.'

'Geen enkel,' zei ik. 'Maar de vraag is niet wat het praktisch nut ervan is. Het is volgens mij eerder een goede training om dingen systematisch te benaderen.'

Midori dacht daar een tijdje ernstig over na. 'Je bent geweldig,' zei ze. 'Daar ben ik nog nooit op gekomen. Ik ben er altijd van uitgegaan dat subjunctieven en differentiaalformules en de scheikundige symbolen nut hadden. Ik heb al die ingewikkelde dingen altijd gewoon overgeslagen. Misschien heb ik mijn hele leven wel iets verkeerd gedaan.'

'Gewoon overgeslagen?'

'Precies. Ik heb altijd gedaan alsof die dingen niet bestonden. Sinus, cosinus, ik weet er helemaal niets van.'

'Knap dat je de middelbare school hebt afgemaakt en op de universiteit bent gekomen,' zei ik verbaasd.

'Wat ben je toch dom,' zei Midori. 'Weet je dat dan niet? Het enige dat je nodig hebt om een examen te halen is een goede intuïtie. Ik heb een ontzettend goede intuïtie. Als ik uit drie dingen het goede antwoord moet kiezen, haal ik dat er zo uit.'

'Ik heb niet zo'n goede intuïtie als jij, dus ik moet me wel tot op zekere hoogte een systematische denkwijze eigen maken. Als een raaf die stukjes glas verzamelt in zijn nest in de boom.'

'En wat is daar het nut van?'

'Tja,' zei ik. 'Sommige dingen worden er makkelijker door, volgens mij.'

'Zoals?'

'Metafysische redeneringen. Of een taal leren.'

'En wat is daar dan het nut van?'

'Dat hangt van de persoon af. Voor sommige mensen is dat nuttig, voor sommige niet. Het is vooral een soort oefening. Waar het nuttig voor is, dat is vraag twee. Zoals ik net al zei.'

'Ik snap het,' zei ze, onder de indruk. Ze leidde me aan de hand verder langs een weg omlaag. 'Watanabe, jij kunt echt goed dingen uitleggen.'

'O ja?'

'Ja. Ik heb al aan allerlei mensen gevraagd wat het nut is van de Engelse aanvoegende wijs, maar nooit heeft iemand het me zo helder uitgelegd als jij. Zelfs mijn leraar Engels niet. Als ik het aan mensen vroeg, raakten ze in de war, of ze werden boos, of ze maakten me belachelijk. Niemand die het me gewoon uitlegde. Als er toen iemand was geweest zoals jij die het me helder had uitgelegd, had ik me misschien wel geïnteresseerd voor de subjunctief.'

'Wie weet,' zei ik.

'Heb jij ooit *Het kapitaal* gelezen?' vroeg Midori.

'Ja. Niet in zijn geheel, natuurlijk. Gedeeltes ervan, zoals de meesten.'

'Begreep je het?'

'Sommige stukken begreep ik, andere niet. Om *Het kapitaal* te kunnen lezen, moet je je eerst een bepaald begrippenkader eigen maken. Maar ik geloof dat ik in grote lijnen het marxisme wel begrijp.'

'Denk je dat een eerstejaars die nog nooit zulke boeken heeft gelezen *Het kapitaal* volledig kan begrijpen?'

'Dat lijkt me praktisch uitgesloten,' zei ik.

'Kijk, toen ik op de universiteit kwam, ben ik bij een soort folkclub gegaan. Omdat ik liedjes wilde zingen. Maar het was een stel wannabe's bij elkaar. Ik krijg er de rillingen van als ik er alleen maar aan denk. Als je bij die club kwam, moest je Marx lezen. Van bladzij zoveel tot bladzij zoveel. Met een hele uitleg erbij dat folk radicaal met de maatschappij verbonden moest zijn. Dus zat er niets anders op dan thuis Marx te gaan lezen. Maar ik begreep er helemaal niets van, nog minder dan van de subjunctief. Na drie bladzijden gaf ik het op. Op de bijeenkomst een week later zei ik braaf dat ik het wel had gelezen, maar dat ik er niets van snapte. Prompt werd ik voor domkop uitgemaakt. Ze zeiden dat ik geen kritisch bewustzijn van de klassenstrijd had, en dat het me aan maatschappelijke betrokkenheid ontbrak. Serieus. Alleen maar omdat ik gezegd had dat ik de tekst niet had begrepen. Verschrikkelijk toch?'

'Tja,' zei ik.

'Hun zogenaamde discussies waren ook verschrikkelijk. Ze gebruikten allemaal moeilijke woorden met een gezicht alsof ze alles begrepen. Elke keer als ik iets niet begreep, stelde ik een vraag: "Wat is dat, imperialistische uitbuiting? Wat heeft dat te maken met de Verenigde Oost-Indische Compagnie?" "Betekent verwerping van het industriële conglomeraat dat we na ons afstuderen geen baan mogen zoeken in de maatschappij?" Maar niemand die het me uitlegde. Ze werden boos op me. Niet te geloven, toch?'

'Ik geloof je.'

'Hoe ik dat nou niet kon snappen. Wat er dan helemaal in mijn hoofd omging. En daar lieten ze het bij. Dat kan natuurlijk niet. Ik weet het: ik ben niet de slimste. Ik ben plebs. Maar de hele wereld draait op het plebs en het is het plebs dat wordt uitgebuit. Met woorden strooien die het plebs niet begrijpt – wat is dat voor revolutie, wat is dat voor maatschappelijke omwenteling? Ik heb ook het beste voor met de wereld. Als er iemand wordt uitgebuit, moet daar een einde aan komen. Daarom stel ik juist die vragen. Zo is het toch?'

'Daar zit wat in.'

'Op dat moment realiseerde ik me hoe nep ze allemaal waren. Ze voelen zich heel wat met hun gewichtige woorden. Het enige waar ze aan denken is hoe ze indruk kunnen maken op de meisjes uit het eerste jaar en hoe ze hun hand onder de rokjes kunnen steken. En als ze in hun examenjaar komen, knippen ze hun lange haar af en solliciteren bij Mitsubishi, of bij TBS, of bij IBM of bij de Fuji Bank; ze trouwen met een lieve vrouw die nog nooit Marx heeft gelezen en geven hun kinderen afschuwelijk ingewikkelde namen. Hoezo verwerping van het industriële conglomeraat? Laat me niet lachen. Van hetzelfde laken een pak met de andere eerstejaars. Die zitten stuk voor stuk braaf te knikken met een gezicht alsof ze het allemaal begrijpen, terwijl ze er niets van snappen. En achteraf beginnen ze tegen mij dat ik een sukkel ben en dat ik alleen maar overal ja en amen op hoef te zeggen. Er zijn trouwens nog veel gekkere dingen voorgevallen. Wil je horen hoe ze me echt over de rooie kregen?'

'Ik ben een en al oor.'

'Op een keer hadden we 's avonds een politieke bijeenkomst en de meisjes kregen te horen dat ze allemaal twintig rijstballen moesten meebrengen als avondsnack. Volslagen seksistisch gewoon. Maar omdat ik niet altijd uit de toon wilde vallen, zei ik niets en ik maakte keurig twintig rijstballen, met een zoute pruim erin en met zeewier erom. En wat denk je dat ik achteraf te horen krijg? Dat in de rijstballen van Kobayashi alleen maar een zoute pruim zat en dat ze niets extra's had gemaakt. Het bleek dat de andere meisjes ook zalm en kuit in hun rijstballen hadden gedaan en dat ze er ook nog gebakken ei bij hadden gemaakt. Het was zo absurd dat ik geen woord kon uitbrengen. Als je revolutionaire omwentelingen te bediscussiëren hebt, ga je je toch niet druk maken over rijstballen? Met een zoute pruim en met zeewier heb je een uitstekende rijstbal. Denk eens aan de kinderen in India.'

Ik lachte. 'En hoe is het afgelopen met de club?'

'In juni ben ik ermee gestopt, toen begon ik me te veel te ergeren,' zei Midori. 'Maar bijna iedereen hier op de universiteit is nep. Iedereen is doodsbang dat een ander erachter komt dat hij iets niet begrijpt. Daarom lezen ze allemaal dezelfde boeken, strooien ze allemaal met dezelfde woorden, luisteren ze allemaal naar John Coltrane-platen en kijken ze naar films van Pasolini. Is dat nou revolutie?'

'Tja, wat kan ik ervan zeggen? Ik heb nog nooit een revolutie meegemaakt.'

'Als dit een revolutie is, laat dan maar zitten. Ik krijg toch het vuurpeloton omdat ik enkel een zoute pruim in mijn rijstballen had gedaan. Voor jou vinden ze ook wel een reden om je af te maken. Omdat je de aanvoegende wijs netjes hebt uitgelegd of zo.'

'Niet ondenkbaar,' zei ik.

'Kijk, ik weet waar ik het over heb. Ik ben tenslotte het gewone volk. Revolutie of niet, voor het gewone volk zit er niets anders op dan zich door de barre omstandigheden heen te slaan. Revolutie? Voor hen betekent het enkel een ander naambordje op het stadhuis. Maar daar weet dat stelletje helemaal niets van. Ze strooien maar met die belachelijke woorden. Heb jij ooit een belastinginspecteur op bezoek gehad?'

'Nee.'

'Ik zo vaak. Ze komen binnen zonder kloppen en blazen hoog van de toren. "Wat is dit voor een kasboek? Wat drijft u voor een miserabele zaak? En zijn dit echt uw uitgaven? Laat me de bonnetjes zien. De bonnetjes!" Zo gaan ze tekeer. Wij kruipen weg in een hoekje en als het tijd wordt voor de lunch, laten we een luxe sushimenu bezorgen. Maar mijn vader heeft nooit gesjoemeld met de belasting. Echt niet. Zo is hij gewoon. Van de oude stempel. Toch heeft zo'n inspecteur de hele tijd over van alles wat te zeuren. "Het inkomen is wel wat aan de lage kant." Het moet niet gekker worden. Allicht is het inkomen laag, want we verdienen nauwelijks iets. Als ik dat soort dingen hoor, erger ik me kapot. Dan krijg ik ontzettend zin om tegen ze te schreeuwen dat ze deze geintjes maar ergens moeten uithalen waar wel veel geld is. Nou, wat denk jij, zal de houding van belastinginspecteurs na de revolutie veranderen?'

'Dat valt sterk te betwijfelen.'

'Nou, ik geloof er niet in, in die revolutie. Ik geloof alleen in liefde.'

'*Peace, man,*' zei ik.

'*Peace, man,*' zei Midori.

'Waar zijn we trouwens naar op weg?' vroeg ik.

'Naar het ziekenhuis. Mijn vader ligt in het ziekenhuis en het is vandaag mijn beurt hem gezelschap te houden.'

'Je vader?' zei ik verbaasd. 'Je vader zat toch in Uruguay?'

'Dat was gelogen,' zei Midori langs haar neus weg. 'Hij heeft altijd geroepen dat hij naar Uruguay ging, maar daar is geen sprake van. Hij komt nog niet eens Tokio uit.'

'Hoe is het met hem?'

'Eerlijk gezegd is het een kwestie van tijd.'

Een tijdlang stapten we zwijgend voort.

'Het is dezelfde ziekte als bij mijn moeder. Ik spreek uit ervaring. Een hersentumor. Kun je het geloven? Nog geen twee jaar geleden is mijn moeder aan een hersentumor overleden. En nu heeft mijn vader er een.'

Op de gangen van het academisch ziekenhuis liepen, ook omdat het zondag was, bezoekers en mensen met lichte aandoeningen door elkaar. Overal hing een onmiskenbare ziekenhuislucht: een samensmelting van ontsmettingsmiddel, bloemen van bezoekers, urine en matrassen. Verpleegsters klepperden daar met het droge geluid van hun schoenen doorheen.

De vader van Midori lag in het voorste bed van een tweepersoonskamer. Zoals hij daar lag, deed hij me denken aan een zwaargewond diertje. Hij lag bewegingloos op zijn zij te slapen. Zijn linkerarm bungelde, met de naald van het infuus erin, naar beneden. Hij was mager en klein van stuk en oogde alsof hij nog veel kleiner en magerder zou worden. Er zat een wit verband om zijn hoofd gewikkeld en op zijn bleke arm waren de stippels zichtbaar van littekens van infusen en injecties. Met zijn halfgeopende ogen staarde hij naar een punt in de ruimte, maar toen wij binnenkwamen, bewogen zijn rooddoorlopen ogen even en keken onze kant op. Dat hield hij tien seconden vol. Toen liet hij zijn zwakke blik weer rusten op dat ene punt.

Als je zijn ogen zag, wist je meteen dat deze man spoedig zou sterven. In zijn lichaam viel nauwelijks meer levenskracht te bespeuren. Het was nog slechts een zwak, vaag overblijfsel van een leven, als een oud huis waar alle meubels en huisraad uit zijn gedragen en dat alleen nog wacht op de afbraak. Rond zijn droge mond groeide een polletje stoppels dat net onkruid leek. Wonderlijk hoe zelfs bij een oude man uit wie de levenskracht is verdwenen de baard nog keurig blijft groeien.

Midori groette de stevige man van middelbare leeftijd in het bed bij het raam. Zo te zien kon hij niet praten; hij knikte alleen en glimlachte. Hij schraapte een paar keer zijn keel, nam een slok van het water dat bij zijn hoofdeinde stond, draaide zich toen steunend om op zijn zij en keek naar buiten. Buiten waren alleen elektriciteitspalen en elektriciteitsdraden te zien. Verder niets. Nog geen wolkje aan de hemel.

'Hoe is het, vader, gaat het goed?' zei Midori in het oor van haar vader. Ze praatte op een toon alsof ze een microfoon testte. 'Hoe gaat het vandaag?'

Haar vader bewoog met moeite zijn lippen. 'Niet goed,' zei hij. Eigenlijk was het geen spreken, het was meer een poging woorden voort te brengen op de droge lucht die uit zijn keel naar buiten kwam.

'Doet uw hoofd pijn?' vroeg Midori.

'Ja,' kreunde haar vader. Hij leek niet meer dan een of twee lettergrepen tegelijk te kunnen uitspreken.

'Nou, dat is ook logisch, zo vlak na de operatie. Het is akelig, maar hou nog even vol,' zei Midori. 'Dit is Watanabe, een vriend van me.'

'Aangenaam,' zei ik.

Haar vader opende zijn lippen half en sloot ze toen weer.

'Ga daar maar zitten,' zei Midori. Ze wees naar een ronde plastic stoel aan het voeteneind. Ik deed wat me gezegd was. Midori liet haar vader een beetje water drinken en vroeg hem of hij zin had in fruit of pudding. 'Laat maar,' zei haar vader. Toen Midori zei dat hij toch iets moest eten, antwoordde hij: 'Al klaar.'

Aan het hoofdeind van het bed was een klein tafeltje dat tevens dienstdeed als opbergruimte voor spulletjes en daarop stonden een waterkan, een kop, een schoteltje en een kleine wekker. Uit een grote papieren zak die eronder stond haalde Midori een schone pyjama, ondergoed en allerlei klein spul, dat ze ordende en wegborg in een kast in de hoek naast de ingang. Onder in de zak zat ziekenkost. Twee grapefruits, puddinkjes en drie komkommers.

'Komkommers?' zei Midori verbaasd. 'Wat moeten we met komkommers? Wat denkt mijn zus wel? Onvoorstelbaar. Ik heb haar de boodschappen nog doorgebeld. Ik heb echt niet om komkommers gevraagd.'

'Misschien heeft ze je verkeerd verstaan,' zei ik.

Midori knipte met haar vingers. 'Dat is het. Ik heb haar om kiwi gevraagd. Maar ze kan toch ook zelf nadenken? Wat moet een zieke nu met een rauwe komkommer? Vader, wilt u komkommer?'

'Nee,' zei vader.

Midori ging aan zijn hoofdeind zitten en vertelde hem van alles over thuis. Dat de tv kapot was en dat ze een reparateur erbij geroepen hadden, dat een tante uit Takaido had gezegd dat ze over een paar dagen op ziekenbezoek zou komen, dat Miyazaki, van de apotheek, was gevallen met zijn motor – dat soort verhalen. Vader reageerde alleen maar met een kreun.

'Wilt u echt niet iets eten, vader?'

'Nee,' antwoordde vader.

'En jij, Watanabe? Wil je grapefruit?'

'Nee,' zei ik.

Even later wenkte Midori me mee naar de tv-kamer. Ze rookte daar op de bank een sigaret. In de tv-kamer zaten drie zieken in pyjama ook met een sigaret erbij te kijken naar een of ander politiek discussieprogramma.

'Weet je, die oude man daar met zijn stok zit al de hele tijd naar mijn benen te kijken. Die man met een bril, in een blauwe pyjama,' fluisterde Midori blij in mijn oor.

'Natuurlijk kijkt hij. Iedereen kijkt, met zo'n rokje.'

'Prima toch? Iedereen zit zich hier maar te vervelen en dan is het leuk om eens naar een paar meisjesbenen te kijken. Misschien herstellen ze wel sneller van een beetje opwinding.'

'Als het maar niet omgekeerd uitpakt.'

Midori staarde naar de rook van haar sigaret, die recht omhoogsteeg.

'Mijn vader,' begon Midori, 'is geen slecht mens. Zo nu en dan ergert hij me omdat hij vreselijke dingen zegt, maar in de grond is hij oprecht en hij hield met hart en ziel van mijn moeder. Hij heeft op zijn manier zijn uiterste best gedaan. Hij had zijn zwaktes, hij had absoluut geen talent voor zaken, hij was geen getapte figuur, maar vergeleken met al die kleingeestige lui die alleen maar liegen en de zaken verdraaien is het een heel rechtschapen man. Hij is geen slecht mens.'

Midori pakte mijn hand alsof ze iets opraapte wat op straat gevallen was en legde hem op haar schoot. De helft van mijn hand lag op de stof van haar rok, de andere helft lag op haar dij. Ze keek me een tijdlang aan.

'Ik weet het, Watanabe, het is niet erg gezellig zo in een ziekenhuis, maar zou je me hier nog even gezelschap willen houden?'

'Ik heb tot vijf uur de tijd, dus ik kan tot vijf uur blijven,' zei ik. 'Ik vind het leuk met je samen te zijn en ik heb toch niets anders te doen.'

'Wat doe je anders op zondag?'

'De was,' zei ik. 'En de strijk.'

'Je wilt geloof ik niet met mij over haar praten, hè? Je vriendinnetje.'

'Dat klopt. Daar wil ik niet over praten. Het is nogal gecompliceerd en ik denk niet dat ik het goed kan uitleggen.'

'Het geeft niets. Je hoeft niets uit te leggen,' zei Midori. 'Mag ik zeggen wat ik me erbij voorstel?'

'Ga je gang. Het is meestal boeiend als jij je ergens een voorstelling van maakt. Brand los.'

'Ik denk dat ze getrouwd is.'

'O ja?' zei ik.

'Het is een mooie, rijke vrouw van twee-, drieëndertig, met een bontmantel, schoenen van Charles Jourdan, zijden ondergoed en zo, en op de koop toe heeft ze een enorme seksuele honger. Ze doet heel vieze dingen. Op doordeweekse middagen verslinden jullie elkaar. Maar omdat op zondag haar man thuis is, kunnen jullie elkaar niet zien. Klopt het?'

'Boeiende hypothese,' zei ik.

'Ze wil dat je haar vastbindt, dat je haar blinddoekt en dat je haar hele lichaam likt tot in alle hoekjes. En dan wil ze dat je er vreemde dingen in stopt, je weet wel. En jullie doen allerlei acrobatische standjes en daar nemen jullie polaroids van.'

'Klinkt goed.'

'Ze is onverzadigbaar en jullie doen alles wat ze maar kan bedenken. Dag in dag uit denkt ze daarover na. Ze heeft er alle tijd voor. "Als Watanabe de volgende keer komt, dan gaan we dit doen, of dat." Als jullie dan in bed duiken, doen jullie het in allerlei standjes en komt ze drie keer klaar. En dan zegt ze tegen je: "Vind je mijn lichaam niet geweldig? Dit vind je niet bij een jongere vrouw. Die doen dit niet. Maar je mag nog niet stoppen." Zoiets.'

'Je hebt te veel pornofilms gezien,' zei ik lachend.

'Misschien heb je wel gelijk,' zei Midori. 'Ik ben dol op pornofilms. Zullen we een keertje samen gaan?'

'Mij best. Als je een keer tijd hebt doen we dat.'

'Echt? Ik verheug me er nu al op. Laten we naar een sm-film gaan. Zo een met zwepen, of dat ze het meisje dwingen voor het oog van iedereen te plassen. Daar ben ik dol op.'

'Goed hoor.'

'Weet je wat ik in de pornobioscoop nou het allerleukst vind?'
'Ik heb geen flauwe notie.'
'Nou, als dan de seksscène komt, hoor je iedereen om je heen tegelijk iets wegslikken. Ik ben dol op dat geluidje. Heel vertederend.'

Terug op de ziekenzaal praatte Midori weer verder tegen haar vader over van alles en nog wat. Haar vader zei af en toe 'o', of hij kreunde, of hij zei helemaal niets. Om een uur of elf kwam de vrouw van de man in het bed naast hem binnen, ze verschoonde zijn pyjama en schilde fruit voor hem. Het was een hartelijke vrouw met een rond gezicht en ze maakte een praatje met Midori. Er kwam een verpleegster binnen, ze verwisselde de infuusfles, babbelde even met Midori en de vrouw met het ronde gezicht en ging toen weer weg. Omdat ik niets te doen had, liet ik mijn blik door de kamer dwalen en naar buiten, naar de elektriciteitsdraden. Af en toe kwamen er spreeuwen aanvliegen die erop neerstreken. Midori babbelde tegen haar vader, wiste nu eens het zweet van zijn voorhoofd, veegde dan weer wat speeksel weg, praatte wat met de vrouw of met een verpleegster, babbelde tegen mij en controleerde het infuus.

Toen om halftwaalf de zaalarts de ronde kwam doen, gingen Midori en ik op de gang staan wachten. Toen de zaalarts naar buiten kwam, vroeg Midori: 'Dokter, hoe is het met hem?'

'Hij is net geopereerd en hij krijgt pijnstillers toegediend, dus hij is behoorlijk uitgeput,' zei de dokter. 'De resultaten van de operatie weten we pas over een dag of twee, drie. Wie weet valt het mee. En als het niet meevalt, zullen we het dan opnieuw moeten bekijken.'

'U gaat toch niet nog een keer zijn hoofd openmaken?'

'Daar kan ik nu nog niets over zeggen,' zei de dokter. 'Trouwens, is dat niet een erg kort rokje, jongedame?'

'Leuk, hè?'

'Maar hoe doe je dat op de trap?' vroeg de dokter.

'Niks bijzonders. Ik laat het gewoon zien,' zei Midori. De verpleegster achter hem giechelde.

'Misschien moet jij eens opgenomen worden en je hoofd laten nakijken,' zei de dokter verbaasd. 'En gebruik in dit ziekenhuis zoveel mogelijk de lift. Meer patiënten hoeven we er niet bij. We hebben het de laatste tijd al zo druk.'

Vlak na de ronde van de zaalarts was het etenstijd. Een verpleegster kwam met een karretje de ziekenzaal binnen en deelde de maaltijden uit. Midori's vader kreeg soep, fruit, zachtgekookte vis zonder graten en gepureerde groente. Midori hielp haar vader op zijn rug te gaan liggen en met een hendel aan het voeteneind van het bed krikte ze het hoofdeinde omhoog. Ze voerde haar vader soep met een lepel. Toen hij vijf, zes happen had gegeten, draaide hij zijn gezicht weg en zei: 'Genoeg.'

'Dat kan niet, hoor, dat u zo weinig eet,' zei Midori.

Haar vader zei: 'Later.'

'U zult wel moeten. Als u niet goed eet, wordt u niet beter,' zei Midori. 'Moet u plassen?'

'Nee,' antwoordde haar vader.

'Watanabe, ga je mee naar beneden wat eten?' zei Midori.

'Goed,' zei ik, maar eerlijk gezegd had ik op dat moment nergens trek in. In de kantine was het een komen en gaan van dokters, verpleegsters en bezoekers. In een kale ondergrondse hal zonder ramen stonden stoelen en tafels in rijen en iedereen zat onder het eten te praten – waarschijnlijk over ziektes – en dat echode als in een tunnel. Af en toe klonk over dit geroezemoes heen een oproep voor een arts of een verpleegster. Ik stelde een tafel veilig en Midori haalde intussen eten voor twee personen op een aluminium blad. Een menu van kroket met aardappelsalade, fijngesneden kool, gekookte groenten, rijst en misosoep, in hetzelfde witte plastic servies als voor de patiënten. Ik at de helft op en liet de rest staan. Midori at alles met smaak op.

'Heb je niet zoveel trek, Watanabe?' zei Midori, van haar hete thee slurpend.

'Nee, niet zo,' zei ik.

'Dat komt door het ziekenhuis,' zei Midori, om zich heen kijkend. 'Dat heeft iedereen die er niet aan gewend is. De geur, het geluid, de beladen sfeer, de gezichten van de zieken, de spanning, de irritaties, de wanhoop, de pijn, de vermoeidheid – daar komt het door. Daardoor krimpt je maag en verdwijnt je eetlust. Maar als je er eenmaal aan gewend bent, heb je er geen last meer van. Bovendien, als je niet goed eet, kun je niet verplegen. Echt. Ik kan het weten, want ik heb mijn opa, mijn oma en mijn moeder verpleegd, en nu mijn vader. Het komt vaak genoeg voor dat je aan eten niet toekomt. Daarom moet je goed eten als je kunt.'

'Ik begrijp wat je bedoelt,' zei ik.

'Als er familie op ziekenbezoek komt, eet ik hier natuurlijk ook met hen. En iedereen laat de helft liggen, net als jij. Als ik dan alles naar binnen werk, zeggen ze: "Nou, die Midori heeft een gezonde eetlust. Ik krijg geen hap door mijn keel." Maar ík ben degene die verpleegt. Dat is geen lolletje. De anderen komen alleen maar even langs en betuigen hun medeleven. Maar ík ben degene die hem helpt als hij naar de wc moet, die zijn speeksel wegveegt en zijn lichaam dept. Als met medeleven de stront ook was opgeruimd, dan heb ik al vijftig keer zo veel meegeleefd als alle anderen. Maar als ik mijn hele bord leeg eet, zegt iedereen: "Gelukkig gaat het goed met onze Midori." Denken ze soms allemaal dat ik een pakezel ben of zo? Waarom begrijpen die mensen, die best al op leeftijd zijn, niet hoe die dingen werken? Met de mond belijden ze van alles, maar wat telt is of je de stront opruimt of niet. Ik ben ook weleens gekwetst. Ik ben ook weleens bekaf. Ik heb ook weleens zin om te huilen. Ik bedoel, er komt een stel artsen aan, ze snijden zijn hoofd open zonder dat er enig vooruitzicht is op herstel, ze knutselen wat, en dat herhalen ze nog een keer, en elke keer gaat hij achteruit en wordt hij steeds verwarder. Hoe denk je dat het is om dat voor je ogen te zien gebeuren? Dat is niet te verdragen. Bovendien schieten we door ons spaargeld heen en ik weet niet of ik nog drieënhalf jaar kan studeren, of dat de bruiloft van mijn zus onder deze omstandigheden door kan gaan.'

'Hoe vaak in de week kom je hier?' vroeg ik.

'Vier dagen,' zei Midori. 'In principe krijgen de mensen hier volledige verzorging, maar in de praktijk is het niet voldoende met alleen de verpleegsters. Ze doen echt heel goed werk, maar ze zijn met te weinig en er is te veel te doen. Daarom moet de familie wel enigszins bijspringen. Mijn zus past op de winkel en ik probeer tussen de colleges door te komen. Mijn zus komt drie keer in de week, en ik meestal vier dagen. En in de tijd die dan nog overblijft zien we onze vriendjes. Een overvol programma.'

'Als je het zo druk hebt, waarom spreek je dan zo vaak met mij af?'

'Omdat ik het fijn vind met je samen te zijn,' zei Midori, terwijl ze haar lege plastic theekopje in haar hand liet ronddraaien.

'Ga jij maar even een uur of twee in je eentje een stukje wandelen,' zei ik. 'Ik pas zolang wel op je vader.'

'Waarom?'

'Het is goed om even uit het ziekenhuis te zijn en je te ontspannen.

Niemand aan je hoofd, even die bovenkamer leeg laten worden.'

Midori dacht even na en ten slotte knikte ze. 'Ja. Misschien heb je gelijk. Maar weet je hoe het moet? Hoe je hem moet helpen?'

'Ik heb het je zien doen, dus ik heb wel een idee. Het infuus controleren, water laten drinken, zweet afwissen, speeksel wegvegen. De steek staat onder het bed. Als hij trek krijgt, geef ik hem de rest van zijn lunch te eten. Als ik iets niet weet, vraag ik het aan de verpleging.'

'Met wat je nu weet, kun je wel even voort,' zei Midori met een glimlach. 'Eén ding nog: die ouwe begint een beetje vreemd in zijn hoofd te worden, dus af en toe zegt hij rare dingen. Dingen waar geen touw aan vast te knopen valt. Gewoon niet op letten.'

'Komt in orde,' zei ik.

Toen we terugkwamen op de ziekenzaal, zei Midori tegen haar vader dat ze even wegging voor een boodschap, maar dat ik in de tussentijd op hem zou passen. Haar vader had daar niets op te zeggen. Misschien had hij helemaal niet begrepen wat Midori had gezegd. Hij lag op zijn rug en staarde naar het plafond. Als hij niet zo nu en dan had geknipperd, had je hem voor dood gehouden. Zijn ogen waren rooddoorlopen alsof hij zwaar had gedronken en als hij diep ademhaalde, zwol zijn neus een beetje op. Hij vertrok geen spier en ook al praatte Midori tegen hem, hij deed geen moeite antwoord te geven. Ik had geen flauwe notie wat er omging in de diepte van zijn verwarde bewustzijn.

Toen Midori weg was, vroeg ik me af of ik iets tegen hem zou zeggen, maar omdat ik niet wist hoe of wat, zweeg ik uiteindelijk. Hij deed al snel zijn ogen dicht en viel in slaap. Ik ging op de stoel aan zijn hoofdeind zitten en terwijl ik vurig hoopte dat hij niet nu zou overlijden, keek ik naar zijn neus, die zo af en toe licht trilde. Het zou vreemd zijn als de man uitgerekend zou stoppen met ademhalen terwijl ik bij hem zat, bedacht ik me. Ik had hem pas net voor het eerst ontmoet. De enige band tussen hem en mij was Midori. De enige band tussen Midori en mij was het college Theatergeschiedenis.

Maar hij ging niet dood. Hij was alleen in diepe slaap. Toen ik mijn oor dicht bij zijn gezicht bracht, kon ik hem zacht horen snurken. Opgelucht begon ik een gesprek met de vrouw van de man in het andere bed. Ze nam aan dat ik het vriendje van Midori was en praatte honderduit over Midori.

'Het is echt een goed kind,' zei ze. 'Ze zorgt prima voor haar vader en ze is heel vriendelijk, en attent en flink, en nog knap ook. Je moet goed op haar passen, hoor. Laat haar niet gaan. Meisjes zoals zij zijn er niet veel.'

'Ik zal op haar passen,' antwoordde ik neutraal.

'Ik heb een dochter van eenentwintig en een zoon van zeventien, maar ze komen niet naar het ziekenhuis. Zodra ze vrij zijn, gaan ze surfen, of ze gaan uit of ze hebben afspraakjes. Het is verschrikkelijk. Ze proberen zoveel zakgeld van je los te krijgen als ze kunnen en daarna zijn ze weer verdwenen.'

Om halftwee zei de vrouw dat ze even boodschappen moest doen en ging weg. De patiënten waren allebei in diepe slaap. De vredige stralen van de middagzon stroomden de kamer in en zelf viel ik op mijn ronde krukje ook bijna in slaap. De witte en gele chrysanten in een vaas op de tafel bij het raam herinnerden eraan dat het nu herfst was. In de kamer hing de zoete geur van gekookte vis van de onaangeroerde lunch. Verpleegsters klepperden onophoudelijk over de gang en hun stemmen klonken helder en scherp als ze iets tegen elkaar zeiden. Zo nu en dan kwamen ze de kamer binnen en wanneer ze zagen dat beide patiënten in diepe slaap waren, verdwenen ze weer met een glimlach in mijn richting. Ik wilde dat ik iets te lezen had, maar in de kamer waren geen kranten, boeken of tijdschriften. Er hing alleen een kalender aan de muur.

Ik dacht aan Naoko. Hoe ze naakt met alleen een haarspeldje in voor me had gestaan. Ik dacht aan de welving van haar taille en aan haar beschaduwde schaamhaar. Waarom zou ze zich zo naakt aan me hebben laten zien? Was ze aan het slaapwandelen? Of was het uitsluitend een zinsbegoocheling? Naarmate de tijd verstreek en hoe meer ik van die kleine wereld verwijderd was, hoe minder ik wist of de gebeurtenissen van die avond zich werkelijk hadden afgespeeld. Als ik ervan uitging dat het echt was gebeurd kon ik dat geloven, en als ik ervan uitging dat het een zinsbegoocheling was kon ik me dat ook voorstellen. Voor een zinsbegoocheling was het te gedetailleerd en voor een werkelijke gebeurtenis was het te mooi. Dat gold zowel voor Naoko's lichaam als voor het maanlicht.

Mijn gedachten werden onderbroken doordat de vader van Midori plotseling zijn ogen opendeed en begon te hoesten. Ik veegde met een tissue het slijm weg en depte met een handdoek het zweet van zijn voorhoofd.

Toen ik vroeg of hij water wilde drinken, gaf hij een knikje van ongeveer vier millimeter. Ik liet hem voorzichtig drinken uit een kleine glazen tuitbeker. Zijn lippen trilden en zijn adamsappel schoof op en neer. Hij dronk al het lauwe water uit de tuitbeker op.

'Wilt u nog meer water?' vroeg ik hem. Hij leek iets te willen zeggen, dus bracht ik mijn oor naar hem toe. 'Genoeg,' zei hij met een zachte, droge stem. Zijn stem klonk nog droger en zachter dan eerst.

'Wilt u niet iets eten? U zult wel trek hebben,' zei ik. De vader gaf weer een miniem knikje. Ik draaide zoals ik Midori had zien doen met de hendel het bed omhoog en voerde hem in beurten kleine hapjes groenten in gelei en vis. Hij deed er ontzettend lang over om de helft op te eten. Toen draaide hij zijn hoofd opzij om aan te geven dat hij genoeg had. Blijkbaar deden bewegingen met zijn hoofd hem pijn, want hij bewoog zich zo min mogelijk. Toen ik hem vroeg of hij nog fruit of zo wilde, zei hij: 'Nee.' Ik veegde zijn mondhoeken schoon met een handdoek, draaide het bed terug in zijn horizontale stand en zette het eetgerei op de gang.

'Hoe heeft het gesmaakt?' vroeg ik.

'Vies,' zei hij.

'Nou, het ziet er inderdaad niet al te smakelijk uit,' zei ik lachend. Zonder iets te zeggen keek hij me een hele tijd aan met ogen die leken te twijfelen of ze dicht zouden gaan of open wilden blijven. Ik vroeg me af of hij wel wist wie ik was. Hij leek nu met mij samen meer ontspannen dan toen Midori er was. Misschien zag hij me voor iemand anders aan. In dat geval was ik daar dankbaar voor.

'Het is mooi weer hè, buiten?' zei ik, op mijn ronde krukje gezeten met mijn benen over elkaar. 'Het is herfst, het is zondag, het is mooi weer en overal is het nu druk. Op zulke dagen kun je maar het best rustig binnen zitten. Het is alleen maar vermoeiend als het zo druk is. En de lucht is ook slecht. Ik doe op zondag meestal de was. 's Ochtends was ik, dan hang ik de was op het dak van de campus te drogen en aan het eind van de middag strijk ik alles. Ik heb helemaal geen hekel aan strijken. Het heeft wel iets om gekreukelde dingen glad te maken. Ik ben er zelfs tamelijk goed in. In het begin natuurlijk niet; toen kreeg ik overal vouwen. Maar na een maand had ik de slag te pakken. Zodoende is zondag mijn was- en strijkdag. Alleen vandaag komt het er niet van. Jammer, het is prachtig weer voor een wasdag.

Maar het geeft niet. Ik sta morgen vroeg op en dan doe ik het.

Maakt u zich maar geen zorgen. Er zijn zoveel andere dingen om te doen op zondag.

Als ik morgen de was heb gedaan en heb opgehangen, ga ik om tien uur naar college. Dat college heb ik samen met Midori. Theatergeschiedenis; we behandelen nu Euripides. Kent u Euripides? Het is een oude Griek, die samen met Sophocles en Aeschylus als de grote drie van het Griekse theater wordt beschouwd. Ze zeggen dat hij in Macedonië is overleden aan een hondenbeet, maar er zijn ook andere lezingen. Die Euripides dus. Ik hou persoonlijk meer van Sophocles, maar dat is een kwestie van smaak. Eigenlijk kun je er niet veel van zeggen.

Het kenmerk van zijn toneelstukken is dat alles in de war loopt en niemand meer een kant op kan. Begrijpt u dat? Er worden allerlei mensen opgevoerd, met elk hun eigen omstandigheden, motieven en zienswijzen, en allemaal jagen ze rechtvaardigheid en geluk na. Daardoor loopt alles en iedereen vast. Dat is ook logisch. Het is nu eenmaal niet mogelijk dat iedereen zijn recht haalt en iedereen het geluk bereikt, dus het loopt uit op een onvermijdelijke chaos. Weet u hoe het afloopt? Heel eenvoudig. Op het laatst wordt er een god ten tonele gevoerd. En die regelt het verkeer. Jij daarheen, jij die kant op, jij gaat met die samen, jij blijft daar een poosje – op die manier. Als een soort fixer die alles keurig oplost. Dat noemen ze deus ex machina. In de toneelstukken van Euripides komt die deus ex machina steevast voor en op dat punt loopt de waardering voor Euripides uiteen.

Maar stel je eens voor hoe makkelijk het zou zijn als er in de echte wereld zo'n deus ex machina was. Als je in de problemen zit of geen kant meer op kunt, dan komt er gewoon een god van boven en die regelt het voor je. Wat zou dat makkelijk zijn. In ieder geval, daar gaat Theatergeschiedenis over. Dit soort dingen leren we op de universiteit.'

Terwijl ik zat te praten, keek de vader van Midori me de hele tijd wezenloos aan zonder een woord te zeggen. Uit zijn blik viel niet op te maken of te beoordelen of hij ook maar iets had begrepen van wat ik had gezegd.

'*Peace, man,*' zei ik.

Van al dat praten had ik enorme trek gekregen. Ik had tenslotte nauwelijks ontbeten en van mijn lunch had ik de helft laten staan. Ik had nu spijt dat ik mijn lunch niet helemaal had opgegeten, maar aan spijt had ik niets. Ik zocht in het kastje naar iets eetbaars, maar er stond alleen een bus met velletjes nori, Vickshoestbonbons en shoyu. In de papieren zak zaten komkommers en grapefruits.

'Ik heb trek. Is het goed als ik een komkommer opeet?' vroeg ik. Midori's vader zei niets. In de badkamer waste ik drie komkommers. Ik schonk een beetje shoyu op een schaaltje, wikkelde nori om de komkommer, dipte hem in de shoyu en knabbelde hem op.

'Dat smaakt,' zei ik. 'Het is eenvoudig en verfrissend, en het ruikt naar het leven. Een goede komkommer. Veel zinniger voedsel dan een kiwi.'

Toen ik de eerste komkommer op had, begon ik aan de tweede. Het sappige, knapperige geluid galmde door de ziekenzaal. Toen ik twee komkommers soldaat had gemaakt, stopte ik. Op een gasstel in de gang kookte ik water en ik zette thee voor mezelf.

'Wilt u iets drinken? Water, of sap?' vroeg ik.

'Komkommer,' zei hij.

Ik glimlachte. 'Prima. Met nori erom?'

Hij gaf een klein knikje. Ik draaide het bed weer omhoog, sneed de komkommer met het fruitmesje in hapklare stukjes, wikkelde er nori om, dipte het geheel in de shoyu, prikte het op een tandenstoker en bracht het naar zijn mond. Zonder van uitdrukking te veranderen kauwde hij en kauwde hij maar op een stuk komkommer en slikte het ten slotte door.

'En, smaakt het?' vroeg ik.

'Lekker,' zei hij.

'Fijn, hè, lekkere dingen eten? Dan weet je dat je leeft.'

Uiteindelijk at hij de hele komkommer op. Toen de komkommer op was, wilde hij water. Ik liet hem weer drinken uit de beker. Even later zei hij dat hij moest plassen. Ik haalde het urinaal onder het bed vandaan en hing zijn penis erin. Ik gooide de plas weg in het toilet en spoelde het urinaal schoon. Toen ik terugkwam in de ziekenzaal, dronk ik mijn thee verder op.

'Hoe voelt u zich?' vroeg ik.

'Mijn hoofd,' zei hij.

'Doet uw hoofd pijn?'

'Een beetje,' zei hij met een frons.

'Dat is nu eenmaal zo vlak na een operatie. Daar is niets aan te doen. Maar ik moet erbij zeggen dat ik zelf nog nooit een operatie heb ondergaan, dus ik weet niet goed hoe dat is.'

'Kaartje,' zei hij.

'Kaartje? Wat voor kaartje?'

'Midori,' zei hij. 'Kaartje.'

Omdat ik geen idee had waar hij het over had, zweeg ik. Ook hij zweeg een hele tijd. Toen zei hij: 'Vragen.' Hij had zijn ogen nu wijdopen en keek me strak aan. Hij leek me iets duidelijk te willen maken, maar de boodschap kwam niet bij me over.

'Ueno,' zei hij. 'Midori.'

'Bedoelt u station Ueno?'

Hij gaf een klein knikje.

'Kaartje. Midori. Vragen. Ueno,' vatte ik samen. Maar ik begreep de achterliggende betekenis volstrekt niet. Ik veronderstelde dat hij verward was, maar zijn oogopslag was veel helderder dan eerst. Hij tilde de arm zonder infuus op en strekte hem naar me uit. Het leek veel kracht van hem te vergen en zijn hand trilde in de lucht. Ik stond op en pakte de rimpelige hand beet. Hij kneep zacht in mijn hand en herhaalde: 'Vragen.'

'Komt in orde,' zei ik. 'Maakt u zich maar niet ongerust.' Toen legde ik zijn hand terug en hij deed zijn ogen dicht. Hij viel met een luide snurk in slaap. Nadat ik had vastgesteld dat hij niet was overleden, kookte ik water op de gang en dronk weer thee. Ik merkte dat ik een soort warmte was gaan voelen voor deze kleine man op zijn sterfbed.

Even later kwam de vrouw van de buurman terug en vroeg me of alles in orde was. Ik zei van wel. Ook haar man lag vredig snurkend te slapen.

Na drieën kwam Midori terug.

'Ik heb in het park zitten niksen,' zei ze. 'Precies zoals jij had gezegd. In mijn eentje zonder met iemand te praten mijn hoofd leeg laten worden.'

'En, hoe was het?'

'Dank je wel. Ik ben een stuk opgeknapt. Ik ben nog een beetje gaar, maar mijn lichaam voelt een stuk lichter. Ik had zelf niet in de gaten hoe moe ik eigenlijk was.'

Nu haar vader in diepe rust was, hadden we eigenlijk niets te doen, dus haalden we koffie bij een automaat en dronken die in de tv-kamer op. Ik bracht Midori verslag uit van wat er in haar afwezigheid was gebeurd. Dat haar vader eerst diep had geslapen, dat hij toen wakker was geworden, dat hij de helft van de lunch had opgegeten, dat hij ook komkommer wilde eten toen hij mij komkommer hoorde eten, dat hij een hele komkommer had opgegeten, dat hij had geplast en toen weer in slaap was gevallen.

'Watanabe, je bent geweldig,' zei Midori, onder de indruk. 'Wij moeten altijd ontzettend ons best doen om hem iets te laten eten en jij krijgt het voor elkaar dat hij een hele komkommer naar binnen werkt. Ongelofelijk!'

'Ik weet niet. Misschien kwam het doordat hij mij zo smakelijk hoorde peuzelen,' zei ik.

'Misschien komt het doordat jij een talent hebt om mensen op hun gemak te stellen.'

'Welnee,' lachte ik. 'Er zijn genoeg mensen die precies het tegenovergestelde zeggen.'

'Wat vind je van mijn vader?'

'Ik mag hem wel. Niet dat we een gesprek hebben gevoerd, maar hij lijkt me aardig.'

'Was hij makkelijk?'

'Heel erg.'

'Vorige week was hij vreselijk,' zei Midori hoofdschuddend. 'Hij had ze niet op een rijtje en hij ging door het lint. Hij gooide een glas naar mijn hoofd en riep: "Val dood, trut!" Bij deze ziekte komen zulke dingen voor. Ik weet niet waarom, maar bij vlagen worden ze heel boosaardig. Bij mijn moeder was het ook zo. Weet je wat ze tegen me heeft gezegd? "Je bent mijn kind niet. Ik haat je." Heel even werd het me zwart voor de ogen. Maar het hoort erbij. Ergens drukt er iets op de hersenen en daardoor raken ze geïrriteerd en gaan ze lelijke dingen zeggen. Maar ook al weet je dat het zo is, het doet toch pijn. Als je zo je best doet en dan zulke dingen naar je hoofd krijgt, dat is verdrietig.'

'Dat kan ik me voorstellen,' zei ik. Toen schoten me de onbegrijpelijke dingen te binnen die Midori's vader had gezegd.

'Kaartje? Station Ueno?' zei Midori. 'Wat zou hij bedoelen? Ik begrijp het niet goed.'

'En toen zei hij "Midori" en "vragen".'

'Zou hij je hebben gevraagd voor mij te zorgen?'

'Misschien bedoelde hij of je voor hem een kaartje wilde kopen op station Ueno,' zei ik. 'In ieder geval is het onduidelijk wat het verband tussen die vier woorden is. Het kan van alles betekenen. Schiet je niets te binnen in verband met station Ueno?'

'Station Ueno...' Midori dacht diep na. 'Het enige dat me daarover te binnen schiet is dat ik twee keer van huis ben weggelopen. Eén keer toen ik in de derde klas van de lagere school zat en één keer in de vijfde. Beide keren ben ik op station Ueno op de trein gestapt naar Fukushima. Ik was ergens boos over en ik deed het in een opwelling. In Fukushima heb ik een tante met wie ik het nogal goed kan vinden en daar ging ik naartoe. Mijn vader was degene die me dan weer kwam ophalen. Helemaal in Fukushima. Samen gingen we met de trein terug naar Ueno en onderweg kochten we een lunchdoos. Mijn vader vertelde me dan allerlei losse dingen. Over de grote aardbeving, over de oorlog, over de tijd dat ik geboren werd – van die dingen waar je het meestal niet zo vaak over hebt. Nu ik erover nadenk, waren dat geloof ik de enige keren dat mijn vader en ik rustig met elkaar hebben gepraat. En wat denk je? Mijn vader zat tijdens de grote aardbeving midden in Tokio en hij heeft haar niet eens gevoeld!'

'Het is niet waar!' zei ik stomverbaasd.

'Het is wel waar. Mijn vader reed op dat moment op de fiets met een aanhangkarretje door Koishikawa, maar hij zegt dat hij niets heeft gevoeld. Toen hij thuiskwam, waren overal in de buurt dakpannen gevallen en zijn familie stond, vastgeklampt aan de pilaren, te trillen. Mijn vader begreep er niets van en vroeg: "Wat staan jullie nou te doen?" Dat is nou mijn vaders verhaal over de grote aardbeving,' zei Midori met een lach.

'Al zijn verhalen waren zo: volslagen gespeend van dramatiek. Altijd stond hij ergens aan de zijlijn van de gebeurtenissen. Afgaande op zijn verhalen was er in Japan in de afgelopen vijftig, zestig jaar niets belangwekkends gebeurd. De opstand van 1935, de Tweede Wereldoorlog – die hadden zich terloops ook ergens afgespeeld. Grappig, niet?

Met tussenpozen vertelde hij me steeds zo'n verhaal, tussen Fukushima en Ueno. En op het laatst was het altijd: "Waar je ook heen gaat, Midori, het is overal hetzelfde." Wat moest ik daar als kind nou van denken?'

'Dat schiet je te binnen bij Ueno?'

'Ja,' zei Midori. 'Ben jij ooit van huis weggelopen?'

'Nee.'

'Waarom niet?'

'Ik ben nooit op het idee gekomen.'

'Wat ben jij een rare,' zei Midori hoofdschuddend en onder de indruk.

'Vind je?' zei ik.

'In ieder geval denk ik dat mijn vader toen hij "Midori vragen" zei bedoelde of je op me wilde passen.'

'Meen je dat?'

'Ik meen het. Ik begrijp dat, gevoelsmatig. En wat heb je hem geantwoord?'

'Ik wist het niet goed. Ik heb gezegd dat hij zich niet ongerust hoefde te maken en dat ik zou zorgen dat het in orde kwam met jou en met het kaartje.'

'Heb je mijn vader beloofd voor mij te zorgen?' zei Midori, en ze keek me ernstig aan.

'Dat niet,' zei ik er snel achteraan. 'Ik wist op dat moment niet goed wat hij bedoelde en...'

'Het is goed, hoor, ik maakte maar een grapje,' zei Midori lachend. 'Wat kun je toch vertederend zijn.'

Toen we onze koffie op hadden, gingen we terug naar de ziekenzaal. Midori's vader was nog in diepe slaap. Als je vooroverboog, kon je hem zacht horen snurken. In de loop van de middag veranderde het licht buiten in een herfstachtige, zachte, stille kleur. Er kwamen troepen vogels aanvliegen; ze streken neer op de elektriciteitsdraden en vertrokken weer. Midori en ik zaten samen in een hoek van de kamer en praatten zachtjes. Ze las mijn hand en voorspelde dat ik honderdvijftig zou worden, drie keer zou trouwen en door een verkeersongeluk om het leven zou komen. Geen slecht leven.

Toen haar vader na vieren zijn ogen open deed, ging Midori aan zijn hoofdeind zitten, veegde het zweet van zijn voorhoofd, liet hem water drinken en informeerde naar zijn hoofdpijn. Er kwam een verpleegster binnen; ze nam zijn temperatuur op, noteerde het aantal urinelozingen en controleerde het infuus. Ik ging in de tv-kamer op de bank naar een voetbalwedstrijd zitten kijken.

'Ik moet ervandoor,' zei ik om vijf uur. Aan haar vader legde ik uit dat ik aan het werk moest: 'Van zes uur tot halfelf werk ik in een platenzaak in Shinjuku.'

Hij gaf me een klein knikje.

'Watanabe, ik weet niet goed hoe ik het moet zeggen, maar ik ben je ontzettend dankbaar voor vandaag,' zei Midori in de lobby tegen me. 'Dankjewel.'

'Zoveel heb ik niet gedaan,' zei ik. 'Maar als ik van dienst kan zijn, kom ik volgende week nog een keer. Ik wil je vader best nog eens zien.'

'Echt?'

'Op de campus is toch niet veel te doen en hier kan ik tenminste nog komkommer eten.'

Midori sloeg haar armen over elkaar en tikte met de hak van haar schoen tegen het linoleum.

'Ik wil graag nog eens met je uit gaan,' zei ze met haar hoofd een beetje schuin.

'En de pornofilm?'

'Eerst een pornofilm en het dan op een drinken zetten,' zei Midori. 'En dan zoals gewoonlijk elkaar walgelijke verhalen vertellen.'

'Ik niet, hoor,' protesteerde ik. 'Dat doe jij.'

'Ook goed. In ieder geval, dan praten we over zulke dingen, worden heel dronken, vallen elkaar in de armen en belanden samen in bed.'

'Ik denk dat ik het vervolg al weet,' zei ik met een zucht. 'Ik wil en jij gaat me tegenhouden.'

'Wie weet!'

'Kom me volgende zondag maar weer ophalen. Dan gaan we samen hierheen.'

'In een iets langere rok?'

'Precies,' zei ik.

Maar een week later ging ik niet naar het ziekenhuis. Op vrijdagochtend overleed Midori's vader.

Midori belde me die ochtend om halfzeven 's ochtends om het me te vertellen. De bel om te waarschuwen dat er telefoon was rinkelde, ik sloeg een vest over mijn pyjama, ging naar beneden naar de hal en nam de telefoon aan. Buiten regende het geluidloos.

'Mijn vader is net overleden,' zei Midori met een zacht, klein stemmetje.

Ik vroeg of er iets was dat ik kon doen.

'Nee, dankjewel. Het gaat wel,' zei Midori. 'We zijn wel aan begrafenissen gewend. Ik wilde het je alleen even laten weten.'

Ze slaakte een soort zucht.

'Niet naar de begrafenis komen, hoor. Daar heb ik een enorme hekel aan. Ik wil jou niet tegenkomen op zo'n plek.'

'Ik heb het begrepen,' zei ik.

'Neem je me echt mee naar een pornofilm?'

'Natuurlijk.'

'Zo'n walgelijke?'

'Ik zal er speciaal een uitzoeken.'

'Goed. Ik bel je wel,' zei Midori.

Er ging een week voorbij, maar ze liet niets van zich horen. Ik zag haar niet op college en ze belde ook niet. Elke keer als ik thuiskwam op de campus hoopte ik dat er een berichtje voor me op het mededelingenbord hing, maar er was niet één keer voor me gebeld. Op een avond probeerde ik me zoals ik had beloofd af te trekken terwijl ik aan haar dacht, maar het werd niets. Ik schakelde over op Naoko, maar ook het beeld van Naoko hielp dit keer niet. Ten slotte voelde ik me zo absurd dat ik het opgaf. Ik dronk een glas whisky, poetste mijn tanden en ging slapen.

Op zondagochtend schreef ik Naoko een brief. Ik vertelde haar over Midori's vader.

Ik ben bij de vader van een meisje uit mijn klas op ziekenbezoek geweest en heb van de overgebleven komkommers gegeten. Haar vader kreeg trek toen hij mij hoorde eten en at ook met smaak een komkommer op. Vijf dagen later was hij overleden. Het knapperige geluid waarmee hij die komkommer opat, klinkt nog steeds in mijn oren. Gek hoe iemands dood de wonderlijkste herinneringen nalaat.

Als ik 's ochtends wakker word, denk ik in bed aan jou en aan Reiko in het hoenderpark. Aan de pauwen, de duiven, de papegaai en de kalkoenen, en verder aan de konijntjes. Op dagen dat het regent, denk ik aan de gele regenjassen met capuchon die jullie droegen. Het is heerlijk om in mijn warme bed aan jou te liggen denken. Ik heb dan het gevoel dat je bij me bent en opgerold naast me ligt te slapen. En dan bedenk ik hoe heerlijk het zou zijn als dat echt zo was.

Ook al voel ik me zo nu en dan enorm eenzaam, door de bank genomen gaat het goed met me. Zoals jij elke ochtend voor de vogels zorgt en op het land werkt, draai ik elke ochtend mijn veer op. Ik sta op, poets mijn tanden, scheer me, ik ontbijt, kleed me aan, loop de campus af en tegen de tijd dat ik op de universiteit ben, heb ik de veer zo'n zesendertig draaien gegeven. En dan zeg ik tegen mezelf dat deze dag ook de moeite waard is om geleefd te worden. Zelf heb ik het niet zo in de gaten, maar ik schijn de laatste tijd vaak in mezelf te praten. Waarschijnlijk zeg ik van alles terwijl ik de veer opdraai.

Het is jammer dat we elkaar niet kunnen zien, maar zonder jou zou mijn leven in Tokio een heel stuk vreselijker zijn, denk ik. Doordat ik 's morgens in bed aan jou denk, kan ik de veer opdraaien en hou ik mezelf voor dat ik er een goede dag van moet maken. Ik vind dat ik hier net zo mijn best moet doen als jij daar.

Maar vandaag is het zondag en draai ik de veer niet op. Ik heb de was gedaan en zit je nu te schrijven. Als ik straks klaar ben met deze brief, er een postzegel op heb geplakt en hem op de bus heb gedaan, heb ik tot aan de avond niets meer te doen. Op zondag studeer ik ook niet. Doordeweeks studeer ik tussen de colleges door tamelijk serieus in de bibliotheek, dus ik hoef op zondag niets te doen. Ik lees in mijn eentje een boek of ik luister muziek. Soms probeer ik me precies de routes voor de geest te halen die we 's zondags samen liepen toen je nog in Tokio was. Ik kan me ook nog vrij goed herinneren welke kleren je dan droeg. Op zondagmiddag denk ik terug aan van alles en nog wat.

Doe de groeten aan Reiko en zeg haar dat ik haar gitaarspel 's avonds mis.

Toen de brief klaar was, postte ik hem in een brievenbus ongeveer honderd meter verderop. Bij een bakker in de buurt kocht ik een eisandwich en een cola, en at dat bij wijze van lunch op op een bankje in het park. Ik keek naar een paar kinderen die daar aan het honkballen waren. Naarmate de herfst vorderde, werd de lucht blauwer en hoger. Toen ik opkeek, zag ik vliegtuigstrepen parallel als een spoorlijn naar het westen gaan. Een uitbal vloog mijn kant op. Ik gooide hem terug, waarop de kinderen hun pet afnamen en me bedankten. Zoals meestal bij jeugdhonkbal was het een spel met veel wijd en veel gestolen honken.

Tegen de middag ging ik terug naar mijn kamer en las een boek, maar ik kon me niet goed concentreren. Ik staarde naar het plafond en dacht aan Midori. Ik vroeg me af of haar vader me werkelijk had willen vragen voor Midori te zorgen. Natuurlijk kon ik onmogelijk te weten komen wat hij had bedoeld. Waarschijnlijk had hij me met iemand anders verward. Hoe dan ook, op een vrijdagochtend met kille regen was hij overleden en elke mogelijkheid om erachter te komen hoe het echt zat was definitief verdwenen. Ik stelde me voor dat hij toen hij overleed nog veel meer was gekrompen. En dat hij gecremeerd was en tot as gereduceerd. Wat hij had achtergelaten, was een sjofele kiosk in een sjofele winkelstraat en twee wispelturige dochters, of in ieder geval één. Ik vroeg me af wat voor leven dat was geweest. Wat zou er in dat opengesneden, verwarde hoofd zijn omgegaan toen hij uit zijn ziekenhuisbed naar me keek?

Omdat ik me heel ellendig begon te voelen toen ik zo aan Midori's vader dacht, ging ik snel naar het dak om mijn was binnen te halen, vertrok naar Shinjuku en doodde daar de tijd met door de stad lopen. De zondagse drukte luchtte me wat op. In de Kinokuniya-boekhandel, waar het zo druk was als in de trein in het spitsuur, kocht ik Faulkners *Licht in augustus*. Ik ging een jazzcafé met harde muziek binnen en luisterend naar Ornette Coleman en Bud Powell dronk ik hete, sterke, vieze koffie en las in het boek dat ik net had gekocht. Om halfzes deed ik mijn boek dicht, ging naar buiten en at iets eenvoudigs. Hoeveel van deze zondagen zouden er nog komen, vroeg ik me af. Nog tien? Nog honderd? 'Een rustige, vredige, eenzame zondag,' zei ik tegen mezelf. Op zondag draaide ik de veer niet op.

8

Halverwege die week haalde ik mijn hand open aan een stuk glas. Ik had niet gezien dat een glazen tussenschot op een plank met platen was gebroken. Ik stond ervan te kijken hoeveel bloed eruit kwam. Het bloed druppelde op de grond en vormde een rode plas aan mijn voeten. De manager van de zaak kwam met een paar handdoekjes aan en wikkelde die strak om mijn hand bij wijze van verband. Vervolgens belde hij om uit te zoeken waar de dichtstbijzijnde EHBO-post was die 's avonds open was. Meestal had je niets aan hem, maar in dit soort dingen was hij heel doortastend. Het ziekenhuis waar ik terechtkon was gelukkig dichtbij, maar toen ik er aankwam, waren de handdoekjes rood doorweekt en druppelde het bloed op het asfalt. Mensen gingen haastig voor me opzij. Ze leken te denken dat ik bij een ruzie gewond was geraakt. De wond deed geen pijn. Alleen bleef hij maar bloeden.

De dokter haalde zonder omhaal de handdoekjes weg, kneep hard in mijn pols om het bloeden te stoppen en ontsmette de wond. Vervolgens hechtte hij hem en zei dat hij me de volgende dag weer wilde zien. Toen ik terugkwam in de platenzaak, zei de manager dat ik naar huis mocht gaan en dat hij het niet van mijn gewerkte uren zou aftrekken. Ik ging met de bus naar de campus. Daar ging ik langs bij Nagasawa. Ik was aangeslagen door de wond. Ik had er behoefte aan met iemand te praten en ik had hem al een tijd niet meer gezien.

Hij was op zijn kamer en zat met een blikje bier in zijn hand naar Spaanse les op tv te kijken. 'Wat is er met jou gebeurd?' vroeg hij toen hij mijn verband zag. Ik zei dat ik gewond was, maar dat het niet veel voorstelde. Hij vroeg of ik bier wilde en ik antwoordde dat ik er geen trek in had.

'Wacht even, dit is bijna afgelopen,' zei Nagasawa en hij ging verder met het oefenen van zijn Spaanse uitspraak. Ik kookte water en zette voor mezelf een kopje thee met een theezakje. Een Spaanse vrouw las zinnen voor: 'Het heeft nog nooit zo vreselijk geregend. In Barcelona zijn tal van bruggen door het water meegesleurd.' Nagasawa herhaalde deze tekst en zei toen: 'Vreselijk. Die talencursussen hebben altijd van die belachelijke teksten.'

Toen de Spaanse les was afgelopen, deed Nagasawa de tv uit en haalde nog een biertje uit de koelkast.

'Zit ik je niet in de weg?'

'Mij? Helemaal niet. Ik verveelde me. Wil je echt geen bier?'

Ik bedankte.

'Dat is waar ook, laatst was de uitslag van het examen. Ik ben aangenomen,' zei Nagasawa.

'Het examen voor de buitenlandse dienst?'

'Ja. Officieel heet het "examen voor ambtenaren eerste klasse diplomatieke dienst", maar dat is natuurlijk een lachertje.'

'Gefeliciteerd,' zei ik, en ik gaf hem mijn linkerhand.

'Dankjewel.'

'Ik had niet anders verwacht, maar toch.'

'Ik ook niet,' lachte Nagasawa. 'Toch is het mooi dat het nu vaststaat.'

'Ga je meteen naar het buitenland?'

'Nee, het eerste jaar krijg je hier een opleiding. Daarna sturen ze je voor een tijd naar het buitenland.'

Ik slurpte van mijn thee, Nagasawa dronk met smaak zijn bier.

'Als je wilt mag je die koelkast wel hebben als ik hier wegga,' zei Nagasawa. 'Je wilt hem toch wel? Dan staat je bier tenminste altijd koud.'

'Ik wil hem graag hebben, maar heb je hem zelf niet nodig? Je zult toch ergens op jezelf gaan wonen.'

'Ben je gek. Als ik hier wegga, koop ik een grote koelkast en ga ik op grote voet leven. Ik heb nu vier jaar op deze armzalige plek gewoond. De dingen die ik hier heb gebruikt, wil ik niet langer zien. Je mag alles hebben: de tv, de thermoskan, de radio.'

'Nou, graag,' zei ik. Ik pakte het Spaanse lesboek van zijn bureau en bekeek het. 'Ben je met Spaans begonnen?'

'Ja. Hoe meer talen je kent, hoe beter. En ik heb er aanleg voor. Ik heb mezelf Frans geleerd en beheers het nu bijna perfect. Het is net als bij een spel: als je eenmaal de regels begrijpt, is het daarna allemaal hetzelfde. Net als met vrouwen, eigenlijk.'

'Wat een contemplatief leven leid je toch,' zei ik spottend.

'Zullen we een keer samen uit eten gaan?' zei Nagasawa.

'En weer op vrouwenjacht zeker?'

'Nee, dat bedoel ik niet. Een echt diner, samen met Hatsumi naar een echt restaurant. Om mijn aanstelling te vieren. Dan kiezen we een lekker duur restaurant uit. Mijn vader betaalt toch.'

'Moet je dat niet gewoon samen met Hatsumi doen?'

'Het is prettiger als jij er ook bij bent. Zowel voor Hatsumi als voor mij,' zei Nagasawa.

Daar gaan we weer, dacht ik bij mezelf. Het is weer hetzelfde als met Kizuki en Naoko.

'Ik blijf wel bij Hatsumi slapen. Maar laten we met z'n drieën gaan eten.'

'Nou, als jullie het allebei goedvinden, ga ik graag mee,' zei ik. 'Maar Nagasawa, hoe moet dat dan met Hatsumi, als je na je opleiding een paar jaar naar het buitenland moet? Wat doe je dan met haar?'

'Dat is haar probleem, niet het mijne.'

'Ik begrijp je niet.'

Met zijn voeten nog steeds op het bureau nam hij een slok van zijn bier en gaapte.

'Ik ben niet van plan te trouwen, en dat heb ik ook tegen Hatsumi gezegd. Dus als Hatsumi wil trouwen, dan gaat ze haar gang maar. Ik hou haar niet tegen. Als ze niet trouwt en op me wil wachten, dan wacht ze. Dat bedoel ik.'

'Tja,' zei ik, perplex.

'Je vindt me vast verschrikkelijk.'

'Ja.'

'Het gaat er nu eenmaal oneerlijk aan toe in de wereld. Dat is niet mijn schuld. Dat is altijd al zo geweest. Ik ben altijd eerlijk geweest tegen Hatsumi. Ik bedoel maar, als ze me verschrikkelijk vindt en een hekel aan me heeft, dan maakt ze het maar uit. Dat weet ze.'

Nagasawa dronk zijn bier op en stak een sigaret aan.

'Beangstigt het leven je dan nooit?' vroeg ik.

'Hoor eens, ik ben niet gek,' zei Nagasawa. 'Natuurlijk beangstigt het leven me soms. Dat spreekt voor zich. Ik laat me er alleen niet door leiden. Ik ga ervoor om mijn kracht voor honderd procent in te zetten. Ik pak wat ik wil en wat ik niet wil, pak ik niet. Zo leef ik. Als het spaak loopt, verleg ik mijn strategie. Met andere woorden, een oneerlijke maatschappij is een maatschappij waarin je je talenten kunt ontplooien.'

'Het klinkt nogal egocentrisch,' zei ik.

'Ik ga nu eenmaal niet naar de hemel staan kijken en wachten tot het fruit omlaagvalt. Ik doe op mijn manier mijn best. Ik doe tien keer zoveel als jij.'

'Dat is waar,' gaf ik toe.

'Daarom word ik af en toe niet goed als ik om me heen kijk. Al die mensen die nergens moeite voor doen maar er wel de mond vol van hebben hoe onrechtvaardig alles is.'

Ik keek Nagasawa verbijsterd aan. 'Volgens mij zijn er heel veel mensen die zich helemaal uit de naad werken. Of zie ik dat verkeerd?'

'Dat is geen kwestie van moeite, dat is gewoon werk,' zei Nagasawa langs zijn neus weg. 'De inspanning waar ik het over heb is veel actiever en doelgerichter.'

'Bijvoorbeeld dat je Spaans gaat studeren terwijl je al zeker bent van een baan, wanneer ieder ander het eens rustig aan zou doen?'

'Inderdaad. Vóór het voorjaar beheers ik het Spaans tot in de puntjes. Het is me met Engels, Duits en Frans ook gelukt en met Italiaans gaat het ook de goede kant op. Gaat zoiets zonder moeite?'

Hij nam een haal van zijn sigaret en ik dacht aan de vader van Midori. Hij zou nooit op het idee zou zijn gekomen om aan een studie Spaans op tv te beginnen. Hij zou nooit hebben nagedacht over het verschil tussen werk en moeite. Hij zou het wel te druk hebben gehad om over dergelijke dingen na te denken. Te druk met zijn werk en met zijn weggelopen dochter, die hij helemaal uit Fukushima moest ophalen.

'Om terug te komen op dat dinertje: kun je komende zaterdag?' zei Nagasawa.

'Prima,' zei ik.

Nagasawa had een rustig en chic restaurant uitgekozen in een zijstraat van Azabu. Zodra Nagasawa zijn naam noemde, werden we naar een aparte ruimte achterin geleid. In dit kleine vertrek hingen een stuk of vijftien prenten aan de muur. Terwijl we op Hatsumi wachtten, praatten Nagasawa en ik over een roman van Joseph Conrad en dronken we een uitstekende wijn. Nagasawa droeg een duur ogend, grijs pak. Ik had mijn gewone marineblauwe blazer aan.

Na een kwartiertje kwam Hatsumi binnen. Ze was mooi opgemaakt, had gouden oorbellen in en ze droeg een fraaie donkerblauwe jurk en elegante rode pumps. Toen ik haar een compliment maakte over de kleur van haar jurk, vertelde ze dat het nachtblauw was.

'Wat een mooi restaurant,' zei Hatsumi.

'Als mijn vader naar Tokio komt, eet hij altijd hier,' zei Nagasawa. 'Ik heb hier ooit één keer met hem gegeten. Eigenlijk hou ik niet zo van dat pretentieuze eten.'

'Kom, voor een keer is het best leuk. Vind je niet, Watanabe?' zei Hatsumi.

'Inderdaad,' zei ik. 'Zolang ik niet zelf hoef te betalen, tenminste.'

'Mijn vader gaat hier altijd naartoe met zijn maîtresse,' zei Nagasawa. 'Hij heeft een maîtresse in Tokio.'

'Echt waar?' zei Hatsumi.

Ik deed alsof ik niets had gehoord en nam een slok wijn.

Uiteindelijk kwam de ober en hij nam onze bestelling op. We bestelden voorgerechten en soep, Nagasawa bestelde eend als hoofdgerecht en Hatsumi en ik zeebaars. Omdat het eten met lange tussenpozen werd geserveerd, dronken we tussen de gangen door wijn en praatten over van alles en nog wat. Eerst vertelde Nagasawa over het examen bij Buitenlandse Zaken. Het gros van de kandidaten was puin dat je het liefst in een bodemloos moeras zou willen storten, zei hij. Maar er zaten ook wel een paar geschikte lui bij. Ik vroeg hem of dat percentage verhoudingsgewijs hoger of lager was dan in de maatschappij in het algemeen.

'Hetzelfde natuurlijk,' zei Nagasawa, met een gezicht alsof dat voor zichzelf sprak. 'Het is toch overal hetzelfde? Dat is een constante.'

Toen de wijn op was, bestelde Nagasawa een nieuwe fles en zelf nam hij een dubbele Schotse whisky.

Vervolgens begon Hatsumi voor de zoveelste keer over een meisje dat ze graag aan me wilde voorstellen. Dit was een eeuwig gespreksonderwerp tussen Hatsumi en mij. Ze wilde mij steeds voorstellen aan een 'heel leuke jongerejaars uit haar club' en ik ontweek haar telkens.

'Ze is echt heel aardig. En ze is knap. Ik zal haar de volgende keer meenemen en dan moet je zeker eens met haar praten. Je vindt haar vast leuk.'

'Laat maar,' zei ik. 'Ik ben veel te arm om uit te gaan met meisjes van jouw universiteit. Ik heb geen geld en we hebben geen gespreksstof.'

'Wat een onzin. Ze is heel spontaan. En helemaal niet arrogant.'

'Ja, waarom zou je haar niet eens ontmoeten?' zei Nagasawa. 'Je hoeft haar niet meteen te bespringen.'

'Natuurlijk niet. Juist niet. Ze is nog keurig maagd,' zei Hatsumi.

'Net als jij vroeger.'

'Ja, net als ik vroeger,' zei Hatsumi met een lach. 'Maar Watanabe, het maakt toch niet uit of je arm bent of niet? Daar gaat het toch niet om? Natuurlijk zitten er wel een paar van die arrogante, nuffige meisjes in mijn klas, maar de rest is net zo gewoon als wij. Tussen de middag eten we gewoon in de kantine voor tweehonderdvijftig yen en...'

'Stop maar, Hatsumi,' onderbrak ik haar. 'Bij mij op school kun je in de kantine kiezen uit lunch A, B of C. A kost honderdtwintig yen, B honderd yen en C tachtig yen. Als ik een enkele keer de A-lunch neem, kijkt iedereen me al met de nek aan. En wie de C-lunch niet kan betalen, die neemt noedels van zestig yen. Op zo'n school zit ik. Denk je dat zij en ik iets hebben om over te praten?'

Hatsumi moest vreselijk lachen. 'Goh, dat is nog eens goedkoop. Kan ik daar ook eens komen eten? Maar goed, Watanabe, je bent leuk gezelschap en jullie hebben vast heel veel te bepraten. Wie weet wil ze ook wel een lunch van honderdtwintig yen.'

'Schei uit,' zei ik lachend. 'Dat wil niemand. Dat doe je alleen als je niet anders kunt.'

'Beoordeel ons nou eens niet op de buitenkant, Watanabe. Het is inderdaad best een bekakte meisjesschool, maar er zitten genoeg serieuze meisjes bij die weleens over het leven nadenken. Het is echt niet zo dat iedereen uit is op een jongen in een sportauto.'

'Dat begrijp ik ook wel,' zei ik.

'Watanabe heeft al een vriendinnetje,' zei Nagasawa. 'Maar hij wil het nooit over haar hebben. Er komt geen woord over haar over zijn lippen. Heel raadselachtig.'

'Echt waar?' vroeg Hatsumi aan mij.

'Ja. Maar er is niets raadselachtigs aan. Alleen zijn de omstandigheden nogal gecompliceerd en die laten zich niet zo makkelijk uitleggen.'

'Een onbereikbare liefde of zo? Nou, ik ben een en al oor.'

In plaats van Hatsumi antwoord te geven nam ik een slok wijn.

'Ik zei het toch?' zei Nagasawa, die aan zijn derde whisky was begonnen. 'Als hij eenmaal heeft besloten er geen woord over te zeggen, dan zegt hij ook absoluut niets.'

'Nou, jammer,' zei Hatsumi, terwijl ze haar terrine aan stukjes sneed en met een vork een hapje naar haar mond bracht. 'Als jullie het goed met elkaar hadden kunnen vinden, zouden we met z'n vieren hebben kunnen afspreken.'

'En dan hadden we met z'n allen dronken kunnen worden en van partner kunnen ruilen,' zei Nagasawa.

'Zeg niet van die rare dingen.'

'Dat is niet raar. Watanabe vindt je heel leuk.'

'Dat is heel wat anders,' zei Hatsumi zacht. 'Zo is hij niet. Hij is attent en voorkomend. Dat weet ik gewoon. Daarom wilde ik hem ook aan dat meisje voorstellen.'

'Watanabe en ik hebben al eens een keer van meisje geruild, ooit, vroeger. Ja toch?' zei Nagasawa met een gezicht alsof het de gewoonste zaak van de wereld was. Toen dronk hij zijn glas leeg en bestelde een nieuwe.

Hatsumi legde haar mes en vork neer en bette voorzichtig met een servet haar mondhoeken. Toen keek ze me aan. 'Watanabe, hebben jullie dat echt gedaan?'

Omdat ik niet wist wat ik moest antwoorden, zweeg ik.

'Zeg het maar eerlijk. Wat maakt het uit?' zei Nagasawa. De situatie nam een onaangename wending. Nagasawa kon heel onaangenaam worden als hij had gedronken. Dit keer richtte hij zijn venijn niet op mij, maar op Hatsumi. Ik doorzag het en voelde me er erg ongemakkelijk bij.

'Ik wil het graag horen,' zei Hatsumi tegen mij. 'Het lijkt me interessant.'

'We waren dronken,' zei ik.

'Het geeft niet, hoor. Ik neem je niets kwalijk. Ik wil alleen graag horen wat er gebeurd is.'

'Nagasawa en ik zaten in een bar in Shibuya te drinken en we raakten aan de praat met twee meisjes. Ze volgden een of andere opleiding en ze waren al ver heen. Uiteindelijk zijn we in een hotel daar in de buurt beland en zijn we met ze naar bed geweest. In twee kamers naast elkaar. Midden in de nacht klopte Nagasawa op mijn deur en

227

stelde voor te ruilen. Toen ging ik naar die van Nagasawa en hij naar die van mij.'

'En werden die meisjes niet boos?'

'Zij waren ook dronken en het maakte hun niet uit.'

'Er was wel een reden voor,' zei Nagasawa.

'Wat voor reden?'

'Ze waren met z'n tweeën, maar ze waren heel verschillend. Het ene kind was mooi, maar de ander was verschrikkelijk, dus ik vond het oneerlijk. Want ik had de mooie genomen en dat vond ik sneu voor Watanabe. Daarom hebben we geruild. Zo was het toch, Watanabe?'

'Zoiets, ja,' zei ik. Eerlijk gezegd had ik degene die geen schoonheid was veel leuker gevonden. Ze was leuk om mee te praten en ze was aardig. Na de seks hadden we best gezellig liggen kletsen toen Nagasawa binnenkwam en voorstelde om te ruilen. Toen ik haar vroeg of ze het goedvond, zei ze: 'Goed hoor, als jullie dat willen.' Ze zou wel gedacht hebben dat ik het nog graag met die mooie wilde doen.

'Was het leuk?' vroeg Hatsumi aan mij.

'Dat ruilen, bedoel je?'

'Wat het ook was.'

'Niet speciaal,' zei ik. 'We deden het gewoon. Verder was er niets bijzonders aan.'

'Waarom doe je het dan?'

'Omdat ik hem had meegevraagd,' zei Nagasawa.

'Ik vroeg het aan Watanabe,' zei Hatsumi scherp.

'Waarom doe je zulke dingen?'

'Omdat ik zo nu en dan ontzettend zin heb om met een meisje naar bed te gaan,' zei ik.

'Als je iemand hebt om wie je geeft, kun je er dan met haar niet iets op verzinnen?' vroeg Hatsumi nadat ze even had nagedacht.

'Dat ligt gecompliceerd.'

Hatsumi slaakte een zucht.

Op dat moment ging de deur open en werd het hoofdgerecht geserveerd. Nagasawa kreeg zijn geroosterde eend en Hatsumi en ik onze zeebaars. Vervolgens werden de warme groenten met een saus opgediend. Toen trok de bediening zich terug en waren we weer met ons drieën. Nagasawa sneed een stuk van zijn eend af, at er met smaak van en dronk whisky. Ik nam een hap van de spinazie. Hatsumi raakte haar eten niet aan.

'Hoor eens, Watanabe, ik weet niet om wat voor omstandigheden het gaat, maar het lijkt me dat zulke dingen eigenlijk niet bij je passen. Klopt dat?' zei Hatsumi. Ze legde haar handen op tafel en keek me recht in de ogen.

'Daar zit wel iets in,' zei ik. 'Dat denk ik zelf ook weleens.'

'Waarom stop je er dan niet mee?'

'Zo nu en dan verlang ik naar een warm lichaam,' zei ik naar waarheid. 'Als ik die warme huid niet tegen me aan voel, word ik soms onverdraaglijk eenzaam.'

'Kort gezegd komt het hierop neer,' viel Nagasawa me in de rede. 'Watanabe heeft een vriendin, maar door omstandigheden kunnen ze het niet doen. Dus seks haalt hij, puur voor de seks, ergens anders. Wat geeft dat nou? Het is toch een helder verhaal? Je kunt toch niet de hele tijd opgesloten in je kamer liggen rukken?'

'Maar als je echt van haar houdt, Watanabe, zou je je dan niet kunnen inhouden, vraag ik me af?'

'Misschien wel,' zei ik, terwijl ik een stukje vis met saus in mijn mond stak.

'Jij begrijpt de seksuele behoefte van mannen niet,' zei Nagasawa tegen Hatsumi. 'We gaan nu al drie jaar met elkaar en in die tijd heb ik het met een heleboel andere vrouwen gedaan. Maar ik herinner me helemaal niets van hen. Niet hoe ze heetten, niet hoe ze eruitzagen. Ik heb het steeds maar één keer met ze gedaan. Je ziet elkaar, je doet het, aju. Dat is alles. Wat is daar nou verkeerd aan?'

'Waar ik niet tegen kan, is die zelfingenomenheid van jou,' zei Hatsumi zacht. 'Het gaat er niet om of je met andere vrouwen slaapt of niet. Heb ik me daar ooit serieus kwaad over gemaakt, over je vrouwenjacht?'

'Het is niet eens vrouwenjacht. Het is gewoon een spelletje. Ik doe niemand pijn,' zei Nagasawa.

'Je doet mij pijn,' zei Hatsumi. 'Waarom heb je aan mij niet genoeg?'

Nagasawa zweeg een poosje en schudde met zijn whiskyglas. 'Het punt is niet dat ik aan jou niet genoeg heb. Dat staat er helemaal los van. Ik heb een soort honger naar zulke dingen. Als ik je daarmee pijn heb gedaan, dan spijt me dat. Het is absoluut niet zo dat ik aan jou niet genoeg heb of zo. Maar ik heb die honger in me. Zo ben ik. Daar is niets aan te doen.'

Ten slotte pakte Hatsumi haar mes en vork op en begon van haar zeebrasem te eten. 'Je kunt toch op z'n minst Watanabe erbuiten laten?'

'Watanabe en ik lijken in sommige opzichten op elkaar,' zei Nagasawa. 'We zijn allebei eigenlijk alleen maar in onszelf geïnteresseerd. Het enige verschil is dat ik er trots op ben en hij niet. Wij zijn alleen maar geïnteresseerd in onze eigen gedachten, onze eigen gevoelens en onze eigen daden. Wij zien onszelf los van anderen. Daarom mag ik Watanabe. Alleen heeft hij het nog niet met zoveel woorden onderkend, en daarom twijfelt hij soms en verwondt hij zich soms.'

'Bestaan er dan mensen die nooit twijfelen of zich nooit verwonden?' zei Hatsumi. 'Of bedoel je dat jij nog nooit hebt getwijfeld en je nog nooit hebt verwond?'

'Natuurlijk twijfel ik ook en verwond ik me weleens. Maar het is mogelijk dat door oefening te beperken. Als je een muis een elektrische schok toedient, kiest hij op den duur de weg met de minste pijn.'

'Maar een muis kent geen liefde.'

'Een muis kent geen liefde,' herhaalde Nagasawa terwijl hij naar mij keek. 'Mooi, hè? Dit verdient achtergrondmuziek. Liefst een orkest met twee harpen erbij en...'

'Maak me niet belachelijk. Ik meen het.'

'We zijn nu aan het eten,' zei Nagasawa. 'En Watanabe is er ook bij. Het is wel zo beleefd om een andere gelegenheid te kiezen voor een eerlijk gesprek.'

'Zal ik weggaan?' zei ik.

'Blijf maar liever. Dat is beter,' zei Hatsumi.

'Nou we hier toch zitten, moesten we ook maar een dessert nemen,' zei Nagasawa.

'Het is mij om het even.'

We aten een poosje zwijgend verder. Ik at mijn zeebrasem netjes op, Hatsumi liet de helft liggen. Nagasawa had zijn eend allang op en ging verder met de whisky.

'Heerlijk, die zeebrasem,' probeerde ik, maar niemand gaf antwoord. Het was alsof ik een steentje in een mijnschacht had gegooid.

De borden werden weggehaald en er werd citroensorbet en espresso geserveerd. Nagasawa nam een hapje en een slokje, maar stak al snel een sigaret op. Hatsumi raakte de sorbet niet aan. Vooruit dan maar, dacht ik bij mezelf, en ik werkte mijn sorbet naar binnen en dronk mijn koffie op. Hatsumi staarde naar haar handen op tafel. Zoals alles aan haar zagen ook haar handen er heel chic, elegant en kostbaar uit. Ik dacht aan Naoko en Reiko. Wat zouden zij nu aan het doen zijn? Misschien lag Naoko lekker op de bank een boek te lezen en speelde Reiko 'Norwegian Wood' op haar gitaar. Ik werd overvallen door het sterke verlangen om naar hun kleine kamertje terug te keren. Wat deed ik hier in godsnaam?

'Watanabe en ik hebben met elkaar gemeen dat we niet vinden dat andere mensen ons moeten begrijpen,' zei Nagasawa. 'Daarin verschillen we van de rest. Die doen allemaal moeite omdat ze willen dat andere mensen hen begrijpen. Maar ik heb dat niet en Watanabe ook niet. Het kan ons niet schelen. Ik ben ik, en de ander is de ander.'

'Is dat zo?' vroeg Hatsumi aan mij.

'Welnee,' zei ik. 'Zo sterk ben ik helemaal niet. Het is niet zo dat niemand me hoeft te begrijpen. Met sommige mensen verlang ik wel degelijk naar wederzijds begrip. Maar dat de rest me niet altijd begrijpt, daar is niet veel aan te doen, denk ik. Daar leg ik me bij neer. Dus wat Nagasawa zegt, dat het me niet kan schelen of ik word begrepen, klopt niet.'

'Het is bijna hetzelfde als wat ik zeg,' zei Nagasawa terwijl hij het koffielepeltje oppakte. 'Het is echt hetzelfde. Het is hetzelfde verschil als tussen een laat ontbijt en een vroege lunch. Wat je eet is hetzelfde, het tijdstip waarop je eet is hetzelfde, alleen noem je het anders.'

'Nagasawa, kan het je ook niet schelen of ik je begrijp?' vroeg Hatsumi.

'Jij snapt het volgens mij helemaal niet. Of de ene mens de andere begrijpt, is alleen een kwestie van of de tijd er rijp voor is, niet of de een de ander wil begrijpen.'

'Dus het is verkeerd om te verlangen dat iemand – jij bijvoorbeeld – mij begrijpt?'

'Nee, het is niet verkeerd,' antwoordde Nagasawa. 'Mensen noemen dat gewoonlijk liefde, jouw verlangen om mij te begrijpen. Maar ik leef volgens een volslagen ander systeem.'

'Bedoel je dat je niet van me houdt?'

'Ik bedoel dat mijn systeem en jouw...'

'Rot toch op met je systeem!' riep Hatsumi uit. Het was de eerste en laatste keer dat ik haar heb horen schreeuwen.

Nagasawa drukte op de bel bij de tafel en de ober bracht de rekening. Nagasawa overhandigde hem zijn creditcard.

'Sorry, Watanabe, voor vanavond,' zei hij. 'Ik breng Hatsumi naar huis. Jij redt je denk ik wel.'

'Het geeft niet. Ik heb trouwens heerlijk gegeten,' zei ik, maar niemand reageerde erop.

De ober kwam met de creditcard, Nagasawa controleerde het bedrag en zette zijn handtekening. Wij stonden op en gingen naar buiten. Op straat wilde Nagasawa een taxi aanhouden, maar Hatsumi hield hem tegen.

'Dankjewel, maar ik wil niet langer met je samen zijn vandaag. Je hoeft me niet thuis te brengen. Bedankt voor het eten.'

'Wat jij wilt,' zei Nagasawa.

'Ik heb liever dat Watanabe me thuisbrengt,' zei Hatsumi.

'Wat jij wilt,' zei Nagasawa. 'Maar Watanabe is van hetzelfde laken een pak als ik. Hij is vriendelijk en aardig, maar hij is niet in staat uit de grond van zijn hart van iemand te houden. Ergens is hij zich daar altijd van bewust, maar toch snakt hij ernaar. Ik weet er alles van.'

Ik hield een taxi aan, liet Hatsumi instappen en zei tegen Nagasawa: 'Nou, dan breng ik haar maar naar huis.'

'Het spijt me,' zei hij, maar hij leek met zijn gedachten heel ergens anders.

'Waar moet je naartoe? Terug naar Ebisu?' vroeg ik in de taxi aan Hatsumi. Daar was haar appartement. Hatsumi schudde haar hoofd.

'Nou, zullen we nog ergens iets drinken?'

Ze knikte.

'Naar Shibuya,' zei ik tegen de chauffeur.

Hatsumi hing met haar armen over elkaar en haar ogen dichtgeknepen in het hoekje van de achterbank. Haar gouden oorbellen glinsterden af en toe met het heen en weer bewegen van de auto. Haar nachtblauwe jurk leek erop gemaakt helemaal op te gaan in het donker van de taxi. Haar goedgevormde, in een zachte kleur gestifte lippen bewogen af en toe, alsof ze op het punt stond iets te zeggen maar er toch maar van afzag. Toen ik zo naar haar keek, kon ik goed begrijpen waarom Nagasawa haar had uitverkoren. Er waren genoeg meisjes die mooier waren dan Hatsumi en Nagasawa had er zoveel kunnen krijgen als hij maar wilde, maar Hatsumi had iets dat een sterke trilling teweeg kon brengen in je hart. Niet dat ze er welbewust opuit was iets bij je te raken. Het was een subtiele kracht die diep bij de ander resoneerde. De hele rit naar Shibuya keek ik naar haar en de hele tijd vroeg ik me af wat dat gevoel dat ze in mijn hart opriep nu toch was. Maar ik kwam er maar niet achter.

Ik realiseerde me pas twaalf of dertien jaar later wat het was. Ik was in Santa Fe in New Mexico om een schilder te interviewen. Op een avond zat ik in een pizzeria in de buurt bier te drinken en een pizza te eten toen ik een zeldzaam mooie zonsondergang zag. De hele wereld was rood gekleurd. Mijn hand, mijn bord, de tafel – zo ver mijn oog reikte was alles rood. Het was een fris rood, alsof uit mijn hoofd een uitzonderlijk vruchtensap ontsprong. Te midden van deze overweldigende avondschemering moest ik opeens aan Hatsumi denken. Op dat moment begreep ik wat de trilling was geweest die ze in mijn hart teweeg had gebracht: het was kinderlijk verlangen dat onvervuld bleef en tot in de eeuwigheid niet vervuld zou worden. Ik was dit branden- de, pure hunkeren heel lang geleden ergens kwijtgeraakt en ik had er zelfs lange tijd niet eens meer aan gedacht dat dat gevoel ooit in mij had bestaan. Hatsumi had een deel van mijzelf geraakt dat had ge- sluimerd. Toen ik me dat realiseerde, voelde ik me zo verdrietig dat ik bijna in tranen uitbarstte. Ze was echt, absoluut een heel bijzondere vrouw. Iemand had haar op een of andere manier moeten redden.

Maar het was noch Nagasawa noch mij gelukt. Zoals zoveel men- sen die ik kende, had Hatsumi toen ze in een zekere fase van haar leven was gekomen zomaar haar leven afgebroken. Twee jaar nadat Nagasawa naar Duitsland was gegaan trouwde ze met iemand anders en nog twee jaar later sneed ze met een scheermes haar polsen door.

Nagasawa was – uiteraard – degene die me van haar dood op de hoogte bracht. Hij schreef me een brief vanuit Bonn. 'Door Hatsumi's dood is er iets verloren gegaan en dat is onverdraaglijk verdrietig en pijnlijk. Zelfs voor mij.' Ik verscheurde de brief en gooide hem weg. Ik heb hem nooit meer geschreven.

We gingen een bar binnen en sloegen ieder een paar glazen achter- over. We zeiden allebei weinig. Als een uitgeblust echtpaar zaten we zwijgend tegenover elkaar te drinken en pinda's te knabbelen. Toen de zaak geleidelijk volliep, besloten we naar buiten te gaan en een stukje te lopen. Hatsumi zei dat ze de rekening wilde betalen, maar ik stond erop dat ik dat zou doen omdat ik haar tenslotte had uitgenodigd.

Buiten was de lucht behoorlijk afgekoeld. Hatsumi sloeg een licht-grijs vest om haar schouders. Nog altijd liep ze zwijgend naast me. Zonder een duidelijk doel liepen we door de nachtelijke stad, ik met mijn handen in mijn broekzakken. Net als destijds met Naoko, schoot het opeens door me heen.

'Watanabe, weet jij hier in deze buurt een plek waar we kunnen biljarten?' zei Hatsumi ineens.

'Biljarten?' zei ik verbaasd. 'Kun jij dan biljarten?'

'Ja. Ik ben er vrij goed in. En jij?'

'Als het met vier ballen is, sta ik mijn mannetje. Maar ik ben niet zo goed.'

'Nou, laten we dan gaan spelen.'

We vonden een biljartcafé in de buurt en gingen er naar binnen. Het was een kleine zaak op een hoek. We vielen er ontzettend uit de toon, Hatsumi in haar chique jurk en ik in mijn blauwe blazer met stropdas, maar zonder er aandacht aan te besteden zocht Hatsumi een keu uit en krijtte de punt. Ze haalde een haarspeld uit haar tas en zette haar haar vast achter haar oor, zodat ze er tijdens het stoten geen last van had.

We speelden twee potjes. Hatsumi had er inderdaad slag van en ik kon de ballen niet lekker raken omdat mijn hand dik in het verband zat. Ze versloeg me beide potjes verpletterend.

'Wat ben je goed,' zei ik, onder de indruk.

'Dat had je zeker niet verwacht, hè?' zei ze lachend, terwijl ze zorg-vuldig de plaats van de ballen uitmat.

'Waar heb je dat geleerd?'

'Mijn grootvader van vaderskant speelde vroeger graag. Hij had thuis een biljarttafel staan, dus van jongs af aan biljartten mijn broer en ik als we naar hem toe gingen. Toen ik wat groter was, heeft mijn grootvader me de fijne kneepjes geleerd. Hij was een goed mens. Stijl-vol en aantrekkelijk. Hij is al overleden, trouwens. Het was zijn groot-ste trots dat hij ooit in New York Deanna Durbin had ontmoet.'

Ze maakte drie punten op rij en de vierde keer miste ze. Ik scoorde met moeite één keer en miste vervolgens een makkelijke bal.

'Dat komt door je verband,' vergoelijkte Hatsumi.

'Het komt doordat ik het lang niet heb gedaan. Twee jaar en vijf maanden.'

'Hoe weet je dat zo precies?'

'Een vriend van me overleed op een avond nadat we samen hadden gebiljart. Vandaar dat ik het nog precies weet.'

'En sindsdien heb je niet meer gespeeld?'

'Niet om die reden,' zei ik, na even te hebben nagedacht. 'Er deed zich gewoon geen gelegenheid meer voor om te spelen.'

'Hoe is je vriend overleden?'

'Door een verkeersongeluk,' zei ik.

Ze stootte nog een paar keer. Ze keek heel ernstig naar de ballen en schoot gedoseerd en met grote precisie. Als ik haar zo bezig zag – met haar mooi gekapte haar naar achteren geschoven, met haar glitterende gouden oorbellen, met haar zorgvuldig neergeplante pumps, en met haar mooie uitgestrekte hand op het vilt van het biljart leunend om te schieten – veranderde het smoezelige biljartzaaltje in een schitterende societygelegenheid. Ik was voor het eerst alleen met haar samen en voor mij was het een mooie ervaring. Ik had het gevoel dat het leven op een hoger plan werd getild door haar aanwezigheid. Na het derde potje – natuurlijk had ze me weer ingemaakt – begon mijn wond te kloppen en besloten we ermee te stoppen.

'Het spijt me. Ik had niet moeten voorstellen om te biljarten,' zei Hatsumi bedremmeld.

'Het geeft niet. Het is geen zware wond en ik vond het leuk. Heel leuk,' zei ik.

Toen we weggingen zei een magere vrouw van middelbare leeftijd, die vermoedelijk de uitbaatster was: 'Nou, meissie, je weet ze te raken.'

'Dank u,' zei Hatsumi lachend. Zij rekende af.

'Doet het pijn?' vroeg Hatsumi toen we buiten waren.

'Het valt wel mee,' zei ik.

'Zou de wond open zijn gegaan?'

'Er is niets aan de hand, denk ik.'

'Weet je wat, ga met mij mee. Dan kijk ik naar je wond en doe ik er een schoon verband om,' zei Hatsumi. 'Ik heb verband en ontsmettingsmiddel in huis. Het is hier vlakbij.'

Ik zei dat ze zich geen zorgen hoefde te maken en dat er niets mis was, maar zij bleef erop hameren dat het belangrijk was te controleren of de wond niet was opengegaan.

'Of vind je het vervelend met me samen te zijn? Wil je zo snel mogelijk terug naar je eigen kamer?' zei Hatsumi plagend.

'Helemaal niet,' zei ik.

'Nou, doe dan niet zo moeilijk en kom mee. Lopend zijn we er zo.'

Hatsumi's appartement was een kwartier lopen vanaf Shibuya in de richting van Ebisu. Het was geen extravagante, maar beslist wel een mooie flat, met een kleine lobby en een lift. Hatsumi liet me plaatsnemen aan de tafel in de keuken van haar flat en ging haar kamer in om zich om te kleden. Ze kwam weer tevoorschijn in een zeiltrui waar PRINCETON UNIVERSITY op stond en een katoenen broek. Haar oorbellen waren verdwenen. Ze zette een EHBO-doos op tafel, wikkelde mijn verband af, stelde vast dat mijn wond niet open was gegaan, ontsmette de plek en wikkelde er een nieuw verband om. Ze deed het allemaal heel handig.

'Hoe komt het dat je in zoveel dingen zo goed bent?' vroeg ik.

'Ik heb vroeger dit soort dingen gedaan als vrijwilligster. Verpleegstertje spelen. Zo heb ik het geleerd,' zei Hatsumi.

Toen ze klaar was met het verband, haalde ze twee blikjes bier uit de koelkast. Zij dronk de helft van haar blikje en ik dronk de mijne, plus de rest van haar bier. Toen liet Hatsumi me foto's zien van de jongerejaars uit haar club. Er zaten inderdaad een paar leuke meisjes tussen.

'Als je een vriendinnetje zoekt, kun je altijd bij mij terecht. Ik stel je zó aan iemand voor.'

'Ik zal eraan denken.'

'Je zult me wel een oude koppelaarster vinden, Watanabe. Zeg eens eerlijk?'

'Enigszins,' antwoordde ik lachend en naar waarheid. Hatsumi lachte ook. Het stond haar goed.

'Watanabe, wat vind jij er nou van, van Nagasawa en mij?'

'Hoe bedoel je "wat ik ervan vind"? Waarvan?'

'Wat moet ik doen, verder?'

'Het maakt toch niets uit wat ik vind?' zei ik terwijl ik van mijn goed gekoelde bier dronk.

'Zeg me je mening, wat die ook is.'

'Als ik jou was, zou ik met hem breken. Vind iemand die er een wat zinniger manier van denken op na houdt en word gelukkig. Zelfs in het gunstigste geval zul je niet gelukkig met hem worden. Hij is er de man niet naar om zich te bekommeren om zijn eigen geluk, of dat van een ander. Als je bij hem blijft, gaat dat je zenuwen slopen. Ik

236

vind het een wonder dat je al drie jaar met hem omgaat. Natuurlijk mag ik hem op mijn manier. Hij is leuk en hij heeft veel goede kanten. Hij heeft talenten en krachten waar ik nooit aan zal kunnen tippen. Maar de manier waarop hij denkt en leeft is niet gezond. Als ik met hem praat, heb ik soms het gevoel dat ik op dezelfde plaats in cirkels ronddraai. Hij beweegt in dat proces geleidelijk aan omhoog, maar ik draai nog steeds rondjes op dezelfde plaats. Dat voelt heel leeg. Ik bedoel, onze systemen zijn verschillend. Begrijp je wat ik bedoel?'

'Ik begrijp het heel goed,' zei Hatsumi. Ze haalde een nieuw blikje voor me uit de koelkast.

'Bovendien gaat hij na zijn opleiding bij Buitenlandse Zaken voor een tijd naar het buitenland. Wat doe jij dan? Blijf je de hele tijd op hem wachten? Hij is toch niet van plan om te trouwen. Met niemand.'

'Dat weet ik.'

'Nou, dan hoef ik niets meer te zeggen.'

'Hmm,' zei Hatsumi.

Ik schonk langzaam bier in mijn glas.

'Ik moest er net tijdens het biljarten opeens aan denken,' zei ik. 'Ik bedoel, ik heb geen broers of zussen en ben helemaal alleen opgegroeid. Toch heb ik nooit naar broers of zussen verlangd omdat ik me eenzaam voelde. Ik vond het wel best in mijn eentje. Maar toen ik daarnet met jou aan het biljarten was, bedacht ik opeens dat het leuk zou zijn als ik een zus als jij had gehad. Een slimme, chique zus die er fantastisch uitziet in een nachtblauwe jurk en met gouden oorbellen, en die goed kan biljarten.'

Hatsumi lachte blij en keek me aan. 'Dat is het allerliefste dat ik in een jaar heb gehoord. Echt waar.'

'Daarom wil ik ook graag dat je gelukkig wordt,' zei ik een beetje blozend. 'Het is heel gek. Waarom gaat iemand als jij, die zo op het oog met iedereen gelukkig zou kunnen worden, uitgerekend met iemand als Nagasawa?'

'Zulke dingen gebeuren gewoon. Daar heb ik zelf niet de hand in. Nagasawa zou zeggen dat het mijn eigen verantwoordelijkheid is. Niet de zijne.'

'Iets van die strekking, ja,' beaamde ik.

'Maar weet je, Watanabe. Ik ben helemaal niet zo'n bijdehand meisje. Eerder dom en ouderwets. Systeem, verantwoordelijkheid

– dat is me allemaal om het even. Ik wil gewoon trouwen, elke avond in de armen liggen van de man van wie ik hou, kinderen krijgen – dat is voor mij genoeg. Meer hoef ik niet.'

'Nagasawa zoekt iets heel anders.'

'Maar mensen veranderen. Ja toch?'

'Je bedoelt dat ze de echte wereld in stappen, worden geconfronteerd met de realiteit, tegenslagen te verwerken krijgen en volwassen worden?'

'Ja. Bovendien zullen zijn gevoelens voor mij ook wel veranderen als hij langere tijd in het buitenland is, denk je niet?'

'Bij gewone mensen wel,' zei ik. 'Bij gewone mensen zou het wel zo kunnen lopen. Maar hij is zo niet. Hij heeft zo'n sterke wil dat wij ons er geen voorstelling van kunnen maken, bovendien is hij dag in dag uit bezig zijn zwakkere plekken nog te versterken. Hij is iemand die eerder sterker zal worden van tegenslagen. Hij is iemand die levende wormen eet wanneer ieder ander de handdoek in de ring zou gooien. Wat verwacht je in 's hemelsnaam van zo iemand?'

'Maar Watanabe, ik kan niet anders dan op hem wachten,' zei Hatsumi met haar kin op haar handen geleund en met haar ellebogen op tafel.

'Ben je zo gek op Nagasawa?'

'Ja,' zei ze zonder aarzeling.

'Toe maar,' zei ik met een zucht. Ik dronk mijn laatste bier op. 'Het heeft beslist iets moois om met zoveel zekerheid van iemand te houden.'

'Ik ben alleen maar hopeloos ouderwets,' zei Hatsumi. 'Wil je nog bier?'

'Nee, ik heb genoeg gehad. Ik moet op huis aan. Bedankt voor het verband en voor het bier.'

Toen ik bij de deur mijn schoenen stond aan te doen, ging de telefoon. Hatsumi keek naar mij, naar de telefoon en weer naar mij. 'Welterusten,' zei ik, en ik deed de deur open en ging naar buiten. Toen ik zacht de deur dichtdeed, ving ik een glimp op van Hatsumi die de telefoon opnam. Dat was het laatste dat ik van haar zag.

Toen ik thuiskwam op de campus, was het halftwaalf. Ik liep regelrecht naar Nagasawa's kamer en klopte daar aan. Toen ik zo'n tien keer had geklopt, schoot me te binnen dat het zaterdagavond was.

Nagasawa had voor elke zaterdagavond toestemming om buiten de deur te slapen, zogenaamd bij familie.

Ik ging naar mijn kamer, maakte mijn das los, hing mijn blazer en mijn broek op een hangertje, deed mijn pyjama aan en poetste mijn tanden. Op dat moment drong het tot me door dat het de volgende dag alweer zondag was. Ik had het gevoel alsof het om de vier dagen zondag was. Nog twee zondagen en dan werd ik twintig. Ik rolde mijn bed in, keek naar de kalender aan de muur en voelde me steeds somberder worden.

Op zondagochtend ging ik als altijd aan mijn bureau zitten en schreef een brief aan Naoko. Met een kop koffie bij de hand en met een oude plaat van Miles Davis op de achtergrond schreef ik haar uitgebreid. Buiten viel een fijne regen, waardoor mijn kamer zo kil was als een aquarium. De dikke trui die ik net tevoorschijn had gehaald, rook nog naar mottenballen. Ergens boven aan het raam zat bewegingloos een dikke vlieg. Omdat er geen wind stond, hing de vlag strak langs de vlaggenmast omlaag. Een magere bruine hond met een timide kop kwam de binnentuin in en liep langs de borders aan de bloemetjes te snuffelen. Het was mij een volslagen raadsel waarom.

Ik schreef verder aan mijn brief en elke keer wanneer de wond in mijn rechterhand pijn ging doen van het schrijven, staarde ik naar de binnentuin in de regen.

Eerst schreef ik dat ik tijdens mijn werk in de platenzaak een diepe snee in mijn hand had opgelopen, en ik schreef dat Nagasawa, Hatsumi en ik op zaterdagavond uit eten waren gegaan om te vieren dat hij geslaagd was voor het toelatingsexamen van de diplomatieke dienst. Ik beschreef het restaurant en wat we hadden gegeten. Ik schreef dat het eten uitstekend was, maar dat de stemming halverwege bekoelde. Ik schreef het haar allemaal.

Ik twijfelde even of ik naar aanleiding van het feit dat ik met Hatsumi naar een biljartcafé was geweest iets zou schrijven over Kizuki, maar besloot het toch te doen. Ik vond dat dat moest.

Ik herinner me nog heel goed de laatste bal die hij stootte op die dag – de dag dat hij overleed. Het was een behoorlijk lastige stoot langs de band en ik had nooit gedacht dat het hem zou lukken. Maar door een of andere goddelijke ingreep raakte hij hem loepzuiver. De

*witte bal rolde over het groene vilt en raakte de rode zo zacht dat je
het ternauwernood kon horen. Zo scoorde hij zijn laatste punt. Het
was zo'n mooie, indrukwekkende stoot dat hij me nog steeds levendig voor de geest staat. Sindsdien heb ik bijna tweeënhalf jaar geen
biljart gespeeld.*

*Maar op de avond dat ik met Hatsumi aan het biljarten was,
dacht ik pas aan Kizuki toen het eerste potje was afgelopen. Ik schrok
er zelf van. Want ik had na de dood van Kizuki altijd gedacht dat
biljarten mij voortaan onherroepelijk aan Kizuki zou doen denken.
Maar tot het eerste spel was afgelopen en ik een slok nam uit een
blikje Pepsi-Cola uit de automaat, had ik helemaal niet aan Kizuki
gedacht. Het was de cola-automaat die me aan hem herinnerde,
want in de biljartzaak waar wij vaak speelden stond er ook zo een
en vaak speelden we erom wie een rondje uit de automaat moest
betalen.*

*Ik voelde me schuldig omdat ik niet meteen aan hem had gedacht.
Het voelde alsof ik hem tekort had gedaan en hem had verlaten.
Maar toen ik die avond thuiskwam, keek ik er anders tegenaan. Het
is inmiddels tweeënhalf jaar later. En hij is nog steeds zeventien. Het
betekende niet dat mijn herinnering aan hem vervaagd was. Alles wat met zijn dood samenhing stond me nog helder voor de geest
– sommige dingen zelfs helderder dan toen. Ik bedoel: Binnenkort
ben ik twintig, en een deel van wat Kizuki en ik deelden toen we
zestien, zeventien waren is al helemaal verdwenen. Dat komt nooit
meer terug, al zijn we er nog zo rouwig om. Veel duidelijker kan ik
het niet uitleggen, maar ik denk dat je wel zult begrijpen wat ik heb
gevoeld en wat ik bedoel. Ik denk niet dat er behalve jij iemand is die
het kan begrijpen.*

*Ik denk vaker aan je dan ooit tevoren. Zondagen met regen halen
me uit mijn doen. Want als het regent, kan ik niet wassen en dus ook
niet strijken. Ik kan niet gaan wandelen, of op het dak gaan liggen.
Ongeveer het enige dat ik kan doen is met 'Kind of Blue' op de auto-
repeat aan mijn bureau zitten en naar de binnentuin in de regen
staren. Zoals ik al eerder schreef, draai ik op zondag de veer niet op.
Daardoor is deze brief zo lang geworden. Ik stop nu. Ik ga eten in de
kantine. Tot ziens.*

9

Ook op het college de dag erna kwam Midori niet opdagen. Ik vroeg me af wat er aan de hand was. Het was tien dagen geleden sinds we elkaar over de telefoon voor het laatst hadden gesproken. Ik stond op het punt naar haar huis te bellen, toen me te binnen schoot dat ze had gezegd dat zij wel contact zou opnemen. Ik besloot niet te bellen.

Op donderdag zag ik Nagasawa in de kantine. Hij ging naast me zitten met een volgeladen bord en bood zijn verontschuldigingen aan. 'Het spijt me van laatst.'

'Geeft niet, zei ik. 'Jij hebt trouwens getrakteerd. Maar het was een wonderlijke manier om een nieuwe baan te vieren.'

'Zeg dat wel,' zei hij.

Vervolgens aten we een tijdlang zwijgend door.

'Ik heb het weer goed gemaakt met Hatsumi,' zei hij.

'Dat zal wel,' zei ik.

'Ik geloof dat ik ook tegen jou nogal hard ben geweest.'

'Wat is dat met al die spijtbetuigingen? Ben je niet lekker of zo?'

'Misschien,' zei hij, en hij knikte een paar keer. 'Trouwens, Hatsumi zei dat je haar had aangeraden met me te breken.'

'Uiteraard.'

'Tja, daar zit wel wat in.

'Ze is een goede meid,' zei ik terwijl ik van mijn misosoep at.

'Ik weet het,' zei Nagasawa met een zucht. 'Ze is iets te goed voor mij.'

Ik was in een haast comateuze slaap toen de buzzer afging ten teken dat er telefoon voor me was. Ik was op dat moment uiterst diep in slaap en kon helemaal niet plaatsen wat er gebeurde. Het leek of de inhoud van mijn hoofd in mijn slaap onder water was gedompeld en mijn hersenen waren opgezwollen. Ik zag op mijn wekker dat het kwart over zes was, maar ik wist niet of dat 's morgens was of 's avonds. Het wilde me ook niet te binnen schieten welke dag het was, of welke datum. Ik keek naar buiten en zag dat de vlag niet was gehesen. Toen daagde het me dat het waarschijnlijk kwart over zes 's avonds was. Zo had het hijsen en strijken van de vlag toch nog nut.

'Ha, Watanabe, heb je nu tijd?' vroeg Midori.

'Wat voor dag is het vandaag?'

'Vrijdag.'

'Is het nu avond?'

'Natuurlijk. Rare. Het is nu, even kijken... achttien over zes.'

Dus het is inderdaad avond, dacht ik. Dat was waar ook: ik was in bed gaan liggen met een boek, en blijkbaar tijdens het lezen in slaap gevallen. Vrijdag. Ik zette mijn hoofd aan het werk. Op vrijdagavond hoefde ik niet te werken. 'Ja, ik heb tijd. Waar ben je nu?'

'Op station Ueno. Ik ga nu naar Shinjuku. Zullen we daar afspreken?'

We spraken een plaats en een tijd af en toen hingen we op.

Toen ik bij de Dug aankwam, zat Midori al aan het einde van de bar te drinken. Ze droeg een witte, verfomfaaide herenregenjas, een dunne gele trui en een spijkerbroek. Om haar pols had ze twee armbandjes.

'Wat drink je?'

'Een Tom Collins,' zei Midori.

Ik bestelde een whisky-soda en toen viel me op dat er aan haar voeten een grote leren tas stond.

'Ik ben op reis geweest. Ik ben net terug,' zei ze.

'Waar ben je heen geweest?'

'Naar Nara en Aomori.'

'Op dezelfde reis? Het is precies de andere kant op,' zei ik verbaasd.

'Natuurlijk niet. Ik mag dan raar zijn, ik ga niet in één keer naar Nara én Aomori. Ik ben er om de beurt heen gegaan. In twee trips. Ik ben met mijn vriendje naar Nara geweest en in mijn eentje naar Aomori, in een opwelling.'

Ik nam een slok van mijn whisky-soda en gaf Midori een vuurtje voor de Marlboro die ze tussen haar lippen had gestoken. 'Je zult het wel zwaar hebben gehad, met de begrafenis en alles.'

'De begrafenis was een eitje. Daar waren we al aan gewend. Zolang je met een ernstig gezicht in je zwarte kimono blijft zitten, doet iedereen om je heen wat er gedaan moet worden. Familie en buren en dergelijke. Zij gaan drank kopen en sushi halen; ze troosten, ze huilen, maken zich druk en verdelen de aandenkens. Makkelijk zat. Een fluitje van een cent. Vergeleken met dag in dag uit van 's ochtends tot 's avonds iemand verplegen is het absoluut een fluitje van een cent. We waren zo uitgeput dat we niet eens meer konden huilen, mijn zus en ik. We zaten er zo doorheen dat er geen tranen meer kwamen. En dan beginnen de buren te kletsen: "Nou, die dochters zijn een stelletje kouwe meiden, ze hebben geen traan gelaten." Dan gaan wij ook niet meer huilen. Als we hadden gewild, hadden we best kunnen doen alsof, maar dat doen we dan expres niet. Als iedereen er zo naar uitziet om ons te zien huilen, huilen we juist niet. Mijn zus en ik zijn qua karakter heel verschillend, maar in dit opzicht lijken we echt op elkaar.'

Midori's armbanden rinkelden toen ze de ober wenkte. Ze bestelde nog een Tom Collins en een schaaltje pistachenootjes.

'Toen de begrafenis voorbij was, hebben we samen tot de ochtend sake zitten drinken. Wel anderhalve fles van anderhalve liter. En we hebben alle roddelende buren eens uitgebreid de revue laten passeren. Hoe gestoord de een is, en hoe shit een ander, en wat een schurftige honden, wat een varkens, wat een huichelaars, wat een dieven het toch zijn. Dat deed ons nog eens goed.'

'Dat geloof ik graag.'

'We zijn dronken ons bed in gerold en in slaap gevallen. Wat heb ik goed geslapen. We lieten de telefoon gewoon rinkelen en sliepen maar door. Toen we wakker werden, hebben we met z'n tweeën sushi laten komen en overlegd wat ons te doen stond. We besloten de winkel een tijdje dicht te laten en te doen waar we zin in hadden. We hebben allebei heel wat voor de kiezen gekregen, dus daar waren we wel aan toe. Mijn zus wilde het gewoon een tijdje met haar vriendje rustig aan doen en ik had wel zin om er met mijn vriendje een paar nachten tussenuit te gaan en te rampetampen.' Toen beet ze op haar lip en krabde aan haar oor. 'Sorry voor mijn taalgebruik.'

'Geeft niet. En toen zijn jullie naar Nara gegaan.'

'Ja. Ik heb Nara altijd al leuk gevonden.'

'En hebben jullie lekker gerampetampt?'

'Daar is niets van gekomen,' zei ze met een zucht. 'We waren nog niet in het hotel of ik werd ongesteld. Opeens.'

Ik moest onwillekeurig lachen.

'Dat is niet om te lachen. Het was een week te vroeg. Wat heb ik gehuild. Waarschijnlijk toch van slag door alle spanning. Mijn vriendje baalde. Hij wordt nogal snel boos. Maar er was niets aan te doen. Ik was niet expres ongesteld geworden omdat ik daar nou zo'n zin in had. Bovendien is het bij mij nogal hevig. De eerste twee dagen wil ik helemaal niets. Op die dagen kun je maar beter uit mijn buurt blijven.'

'Dat wil ik best doen, maar hoe kan ik het weten?'

'Ik zal voortaan de eerste twee dagen als ik ongesteld ben een rood hoedje op doen. Dat is toch wel duidelijk?' zei Midori lachend. 'Als je me tegenkomt als ik mijn rode hoedje op heb, moet je gewoon de benen nemen.'

'Dat zouden alle vrouwen moeten doen,' zei ik. 'En wat hebben jullie nou gedaan in Nara?'

'Wat konden we anders doen dan de hertjes aaien en wandelingetjes maken in de omgeving. Het was echt vreselijk. We hebben ruzie gemaakt en elkaar sindsdien niet meer gezien. Terug in Tokio heb ik twee, drie dagen lopen balen. Toen bedacht ik dat ik lekker in mijn eentje op pad kon gaan en ben ik naar Aomori vertrokken. Ik heb een vriend in Hirosaki bij wie ik twee dagen kon logeren. Daarna heb ik rondgereisd langs Shimokita en Tappi en zo. Het is daar heel erg mooi. Ik heb ooit de tekst geschreven voor een reisgids van die omgeving. Ben jij er weleens geweest?'

'Nee.'

'In ieder geval,' zei Midori, terwijl ze van haar Tom Collins slurpte en een pistachenootje pelde, 'toen ik zo in mijn eentje aan het reizen was, moest ik de hele tijd aan jou denken. En hoe leuk het zou zijn geweest als je bij me was.'

'Waarom?'

'Waarom?' zei Midori, en ze keek me met een lege blik aan. 'Waarom? Wat bedoel je daarmee?'

'Ik bedoel, waarom moest je aan me denken?'

'Omdat ik je mag, natuurlijk! Waarom anders? Wie verlangt er nu naar om met iemand samen te zijn die hij niet mag?'

'Je hebt toch een vriendje?' zei ik terwijl ik langzaam van mijn whisky dronk. 'Dan hoef je toch niet aan mij te denken?'

'Dus omdat ik een vriendje heb, mag ik niet aan jou denken?'

'Nee, zo bedoel ik het niet, maar...'

'Pas op, Watanabe,' zei Midori, met haar wijsvinger op mij gericht. 'Ik waarschuw je. De afgelopen maand is er bij mij ontzettend veel gebeurd en dat ligt allemaal op een geweldige manier te broeien. Dus zeg daar alsjeblieft niet nog iets ergs bovenop. Want anders begin ik me hier toch een partij te huilen. En als ik eenmaal begin, dan huil ik de hele nacht door. Zou je dat willen? Want ik huil als een beest, ongeacht de omgeving. Echt waar.'

Ik knikte en zei verder niets meer. Ik bestelde een tweede whiskysoda en at een paar pistachenootjes. Ergens klonk het geluid van een shaker die geschud werd, glazen rinkelden, met een bonkig geluid werden ijsblokjes uit de ijsmachine geschept en Sarah Vaughan zong een oude lovesong.

'Sinds het tamponincident loopt het niet meer zo lekker tussen mij en mijn vriendje,' zei Midori.

'Het tamponincident?'

'Ja, ongeveer een maand geleden ging ik met hem en vijf of zes van zijn vrienden uit drinken en ik vertelde over een vrouw bij ons in de buurt bij wie de tampon uit vloog toen ze moest niezen. Grappig, toch?'

'Dat is inderdaad grappig,' beaamde ik lachend.

'Nou, dat vond iedereen. Behalve hij. Hij werd boos. Hij vond dat ik niet zulke vulgaire dingen moest vertellen. Wat een domper.'

'Nou,' zei ik.

'Hij is een goed mens, maar erg bekrompen in die dingen,' zei Midori. 'Hij wordt bijvoorbeeld kwaad als ik ondergoed draag van een andere kleur dan wit. Dat is toch bekrompen?'

'Misschien is dat een kwestie van smaak,' zei ik. Het verbaasde mij vooral dat zo iemand verliefd werd op Midori, maar dat zei ik maar niet.

'En wat heb jij zoal gedaan?'

'Niets bijzonders. Hetzelfde als altijd.' Toen schoot me te binnen dat ik, zoals ik haar beloofd had, had geprobeerd me af te trekken terwijl ik aan haar dacht. Ik vertelde het zacht aan Midori, zodat de mensen om ons heen het niet konden horen.

Haar gezicht straalde en ze knipte met haar vingers. 'En hoe was het? Ging het goed?'

'Halverwege voelde het toch wel ongemakkelijk en ben ik ermee gestopt.'

'Kon je 'm niet omhooghouden?'

'Daar komt het op neer.'

'Jammer,' zei Midori, vanuit haar ooghoek naar me kijkend. 'Daar hoef je je toch niet ongemakkelijk bij te voelen? Je mag erbij fantaseren wat je wilt. Je hebt mijn toestemming. Weet je wat, volgende keer zal ik het over de telefoon doen. "Ja, daar! O, ik kan je voelen! O jee, ik kom! Ja, ga door!" Dan zeg ik dat soort dingen en doe jij het ondertussen.'

'De telefoon staat in een hoek van de hal bij de ingang en iedereen loopt daar in en uit,' legde ik uit. 'Als ik me daar ga zitten aftrekken, slaat het campushoofd me hoogstpersoonlijk dood, zeker weten.'

'O. Balen.'

'Welnee. Te zijner tijd probeer ik het nog weleens in mijn eentje.'

'Wel je best doen, hoor.'

'Uiteraard.'

'Misschien ligt het aan mij. Misschien ben ik van nature niet erg sexy.'

'Nee, dat is het niet,' zei ik. 'Het ligt aan het uitgangspunt.'

'Ik ben heel gevoelig van achteren. Als ik daar zachtjes met een paar vingers gestreeld word... Nou!'

'Ik zal eraan denken.'

'Kom, laten we samen naar een vieze film gaan kijken,' zei Midori. 'Een lekkere vieze sm-film.'

Midori en ik verlieten de bar, aten paling in een palingrestaurant en kochten vervolgens bij een notoire bioscoop in Shinjuku kaartjes voor drie pornofilms. In een krantje dat we hadden gekocht hadden we gezien dat ze daar alleen sm-films draaiden. Er hing een onbestemde lucht in de bioscoop. We hadden geluk, want net toen we binnenkwamen, begon er zo'n film. Het was een verhaal over twee zusjes, een kantoormeisje en een middelbare scholiere, die door een paar mannen werden gekidnapt en opgesloten en aan sadistische handelingen werden onderworpen. Ze dreigden het jongste zusje te verkrachten als de oudste niet allerlei vreselijke dingen met zich liet doen. Maar het meisje veranderde in een toegewijde masochiste en het jonge zusje, die dit allemaal voor haar ogen zag gebeuren, werd helemaal gek. Dat was ongeveer de plot. Het was zo'n herhaling van bizarre perversiteiten dat het me halverwege een beetje begon te vervelen.

'Als ik die zus was, zou ik er niet door van streek raken. Ik zou de hele tijd kijken,' zei Midori.

'Vast,' zei ik.

'Vind je ook niet dat die jongste veel te donkere tepels heeft voor een maagd?'

'Absoluut.'

Ze zat heel gretig, heel gulzig naar de film te kijken. Ik was ervan onder de indruk en bedacht dat ze iemand die zo aandachtig kijkt wel tien keer zoveel konden rekenen. Elke keer als haar iets opviel, meldde ze het aan mij. 'Kijk, kijk, geweldig wat ze nu doen,' of: 'Nee zeg, drie man tegelijk, dan bezwijk je toch?', of: 'Kijk, Watanabe, zoiets zou ik ook weleens willen proberen.' Het was veel leuker om naar haar te kijken dan naar de film.

Toen ik in de pauze, toen het licht aanging, de zaal rondkeek, bleek dat Midori de enige vrouw was. Een jongeman die vlak bij ons zat, een student zo te zien, keek naar Midori en ging toen een heel stuk verderop zitten.

'Watanabe,' vroeg Midori, 'krijg je nou een stijve als je naar zoiets zit te kijken?'

'Zo nu en dan,' zei ik. 'Daar zijn die films tenslotte voor gemaakt.'

'Dus bij zo'n scène komt hij bij iedereen hier overeind? Dertig, veertig stuks, allemaal aan het steigeren? Vind je dat geen gekke gedachte?'

'Ja, nu je het zegt.'

De tweede film was iets gematigder, maar ook een stuk saaier dan de eerste. Het was een film met veel orale seks en elke keer dat er wat viel te beffen of te pijpen en bij elk standje negenenzestig klonken de soppende en slurpende geluiden door de zaal. Luisterend naar deze geluiden bedacht ik hoe wonderlijk de planeet waarop ik leefde eigenlijk was.

'Wie verzint al die geluiden?' zei ik tegen Midori.

'Ik ben er dol op,' zei Midori.

Ook elke penis die een vagina in en uit schoof sopte luidruchtig. Die geluiden waren me tot dan toe nog nooit opgevallen. De mannen hijgden hevig en de vrouwen kreunden steeds: 'Ja!', of: 'Ga door!' Het bed kraakte luid mee. Er kwam geen eind aan dit soort scènes. In het begin zat Midori geïnteresseerd te kijken, maar op den duur had zij er ook genoeg van. Ze stelde voor weg te gaan. We stonden op, gingen naar buiten en haalden diep adem. Het was voor het eerst dat de lucht van Shinjuku fris voelde.

'Dat was leuk,' zei Midori. 'Laten we het nog eens doen.'

'Het is toch elke keer hetzelfde,' zei ik.

'Dat is onvermijdelijk. Wij doen nu eenmaal steeds hetzelfde.'

Daar had ze gelijk in.

We gingen weer een bar in en bestelden iets te drinken. Ik dronk whisky, Midori nam drie of vier onduidelijke cocktails. Toen we de zaak uit liepen, zei Midori dat ze in een boom wilde klimmen.

'Er zijn hier in de buurt geen bomen. Bovendien sta je zo te zwaaien op je benen dat dat je toch niet lukt,' zei ik.

'Wat kun jij een domper op de feestvreugde zetten met je verstandige opmerkingen. Ik ben dronken omdat ik daar zin in heb. Wat is daar mis mee? Ik kan nog best in een boom klimmen, ook al ben ik dronken. Toevallig. Ik klim zo in een hoge boom en dan pis ik over iedereen heen.'

'Moet je toevallig naar de wc?'

'Ja.'

Ik nam Midori mee naar een betaaltoilet in het station van Shinjuku, stopte er een muntje in en loodste haar naar binnen. Ik kocht een avondkrant bij een kiosk en die las ik terwijl ik wachtte tot Midori weer tevoorschijn kwam. Maar ze kwam maar niet. Toen ik me na een kwartier zorgen begon te maken en op het punt stond eens te gaan kijken hoe het met haar was, kwam ze naar buiten. Ze zag behoorlijk bleek.

'Sorry. Ik ben gewoon in slaap gevallen,' zei Midori.

'Hoe voel je je?' vroeg ik terwijl ik haar in haar jas hielp.

'Niet goed.'

'Ik breng je naar huis,' zei ik. 'Thuis ga je lekker in bad en dan naar bed. Je zult wel moe zijn.'

'Ik ga niet naar huis. Er is nu toch niemand en ik wil daar niet in mijn eentje slapen.'

'Vooruit dan maar,' zei ik. 'Nou, wat doen we dan?'

'We gaan naar een lovehotel hier in de buurt en ik val tegen je aan in slaap. Ik slaap als een blok, tot morgenochtend. En dan ontbijten we hier ergens in de buurt en gaan we samen naar college.'

'Was dat niet van het begin af aan je bedoeling toen je me opbelde?'

'Natuurlijk.'

'Dan had je mij niet moeten bellen, maar je vriendje. Was dat niet beter geweest? Daar heb je toch een vriendje voor?'

'Maar ik wil bij jou zijn.'

'Dat kan niet,' zei ik klip en klaar. 'Om te beginnen moet ik voor twaalf uur terug zijn op de campus. Anders overtreed ik de regels voor overnachtingen buitenshuis. Dat is me al een keer gebeurd en dat is me duur komen te staan. In de tweede plaats wil ik als ik naast een vrouw lig met haar kunnen vrijen. Ik heb er een hekel aan gefrustreerd in bed te liggen omdat ik me moet inhouden. Ik sta er niet voor in dat ik het niet doe.'

'Wat niet – mij slaan, vastbinden en van achteren overweldigen?'

'Kom op, dit is geen grap.'

'Maar ik ben zo eenzaam! Zo ontzettend eenzaam! Ik weet dat het onredelijk van me is van alles van je te verlangen zonder ergens over na te denken. Onzin uit te kramen als ik daar zin in heb, je op te bellen, je op sleeptouw te nemen. Maar weet je, jij bent die enige met wie ik dat soort dingen kan doen. Voor het eerst in mijn hele twintigjarige leven kan ik eens doen waar ik zelf zin in heb. Mijn vader en mijn moeder hebben zich nooit om me bekommerd en mijn vriendje is er het type niet voor. Als ik zeg waar ik zin in heb, wordt hij boos en krijgen we ruzie. Jij bent de enige tegen wie ik dit soort dingen kan zeggen. En nu ben ik echt uitgeteld en wil ik in slaap vallen naast iemand die zegt dat ik lief en mooi ben. Dat is alles. Als ik morgen wakker word, ben ik weer fris en sterk, en zal ik nooit meer zoiets egoïstisch van je vragen. Ik beloof het. Dan ben ik weer braaf.'

'Toch kan het niet,' zei ik.

'Alsjeblieft. Als je het niet doet, blijf ik hier de hele nacht zitten huilen en ga ik naar bed met de eerste de beste die me aanspreekt.'

Ze had me om. Ik belde naar de campus en vroeg naar Nagasawa. Ik vroeg hem of hij kon regelen dat het leek of ik die avond was teruggekeerd op de campus. 'Ik ben met een meisje,' zei ik.

'Oké,' zei hij. 'In dat geval draag ik natuurlijk graag mijn steentje bij. Ik zal je naamkaartje ophangen bij AANWEZIG, dus maak je geen zorgen en doe maar rustig aan. Als je morgenochtend door mijn raam binnenkomt, is er geen vuiltje aan de lucht,' zei hij.

'Dank je wel. Ik sta bij je in het krijt,' zei ik, en ik hing op.

'Is het gelukt?' vroeg Midori.

'Min of meer,' zei ik met een diepe zucht.

'Geweldig. Laten we naar een disco gaan. Het is nog vroeg.'

'Was jij niet moe dan?'

'Zoiets kan ik nog wel aan.'

'Vooruit dan maar,' zei ik.

Inderdaad kreeg Midori haar energie terug toen we in de discotheek aan het dansen waren. Ze dronk twee whisky-cola's en danste tot het zweet op haar voorhoofd stond.

'Te gek,' zei Midori toen we naar ons tafeltje terugliepen om even op adem te komen. 'Het is echt lang geleden dat ik zo gedanst heb. Net of je geest ook loskomt als je je lichaam beweegt.'

'Volgens mij is jouw geest altijd los.'

'Helemaal niet.' Ze schudde lachend haar hoofd. 'Trouwens, nu ik weer wat opknap krijg ik wel honger. Laten we ergens een pizza gaan eten.'

Ik nam haar mee naar een pizzeria waar ik weleens kwam en bestelde bier en een ansjovispizza. Ik had niet zo'n trek en at maar vier van de twaalf pizzapunten. Midori verslond de rest.

'Jij bent snel weer hersteld. Net was je nog bleek en stond je nog te zwaaien op je benen,' zei ik verbaasd.

'Dat komt doordat mijn verlangens zijn vervuld,' zei Midori. 'Nu is de blokkade verdwenen. Lekkere pizza trouwens.'

'Zeg eens, Midori: is er nu echt niemand thuis bij jou?'

'Nee, er is niemand. Mijn zusje is er niet, want die logeert bij een vriendin. Ze is enorm bang aangelegd en ze wil niet alleen thuis slapen.'

'Laten we dat lovehotel dan maar vergeten,' zei ik. 'Van zulk soort plekken word je alleen maar triest. Laten we naar jouw huis gaan. Er is vast wel een plekje voor me om te slapen.'

Midori dacht even na en knikte toen. 'Goed. We slapen bij mij thuis.'

We gingen met de Yamanote-lijn naar Otsuka en schoven even later het rolluik van boekwinkel Kobayashi omhoog. Er zat een papier met GESLOTEN op geplakt. Het rolluik leek lange tijd niet open te zijn geweest. In de winkel hing de lucht van oude tijdschriften. De helft van de schappen was leeg en de meeste tijdschriften waren in bundels samengebonden voor retourzending. De winkel was nog veel gammeler en kouder dan toen ik hem de eerste keer had gezien. Het leek wel een op het strand geworpen wrak.

'Zijn jullie van plan om de winkel te houden?' vroeg ik.

'We gaan hem verkopen,' zei Midori. 'We verkopen de zaak en verdelen het geld. Voortaan zullen we op eigen kracht verder moeten zonder iemand om op ons te passen. Mijn zus gaat volgend jaar trouwen en ik studeer nog de komende drie jaar. Het geld dat we ervoor krijgen zal wel ongeveer genoeg zijn. Ik werk er ook nog bij. Als de winkel verkocht is, huren mijn zus en ik samen een appartement.'

'Is hij verkoopbaar?'

'Ik denk het wel. Ik heb een kennis die een wolwinkel wil beginnen en die vroeg een tijdje terug al of we niet wilden verkopen,' zei Midori. 'Arme vader. Hij heeft zo hard gewerkt om de winkel te kunnen kopen en de lening beetje bij beetje af te betalen, en uiteindelijk blijft er bijna niets van over. Het is allemaal als schuim zo snel weer verdwenen.'

'Jij bent er nog,' zei ik.

'Ik?' zei Midori, en ze lachte verbaasd. Toen haalde ze diep adem en blies die langzaam uit. 'Laten we naar boven gaan. Het is hier koud.'

Toen we boven waren zette ze me aan de keukentafel en liet het bad vollopen. Ik kookte water en maakte thee. Tot het bad klaar was zaten Midori en ik tegenover elkaar aan de keukentafel thee te drinken. Met haar kin op haar hand geleund keek ze me een tijdje aan. Afgezien van het tikken van de klok en het brommen van de koelkast was er geen geluid te horen. De klok wees al bijna twaalf uur aan.

'Je hebt welbeschouwd best een leuke kop,' zei Midori.

'Vind je?' zei ik, een beetje in mijn wiek geschoten.

'Ik vind uiterlijk best belangrijk. Jouw gezicht is... hoe zal ik het zeggen? Hoe beter ik kijk, hoe meer ik denk: die kan er best mee door.'

'Dat vind ik zelf ook – dat ik er best mee door kan.'

'Ik bedoel het niet negatief. Het lukt me gewoon niet goed om mijn gevoelens te verwoorden. Daardoor begrijpt iedereen me de hele tijd verkeerd. Wat ik wil zeggen is dat ik je mag. Of heb ik dat al gezegd?'

'Ja.'

'Ik bedoel dat ik er steeds een beetje bij leer over mannen.' Midori pakte een pakje Marlboro en stak een sigaret op. 'Als je bij nul begint, valt er heel wat te leren.'

'Dat zal best,' zei ik.

'O, dat is waar ook: laten we wierook branden voor mijn vader,' zei Midori. Ik volgde haar naar de kamer waar het huisaltaar stond, stak wierook aan en vouwde mijn handen.

'Weet je, ik heb me laatst voor deze foto van mijn vader helemaal uitgekleed. Ik heb al mijn kleren uitgetrokken en mezelf uitgebreid, met een soort yoga, aan hem laten zien. "Kijk papa, dit zijn mijn borsten en dit is mijn kut,"' zei Midori.

'Waarom dat nou?' vroeg ik enigszins verbijsterd.

'Ik wilde het hem gewoon laten zien. De helft van mij is tenslotte van zijn zaadcel afkomstig. Dan kan ik het hem toch best laten zien? "Dit is nu jouw dochter." Misschien kwam het ook wel doordat ik een beetje dronken was.'

'Wie weet.'

'Toen kwam mijn zus binnen en die schrok zich wezenloos. Nou ja, daar stond ik, naakt met mijn benen wijd voor de foto van onze vader. Logisch dat ze schrok.'

'Dat zal wel.'

'Toen heb ik haar uitgelegd wat ik aan het doen was. Ik stelde haar voor om samen in ons blootje alles aan vader te laten zien. Maar ze wilde niet. Ze ging er ontzet vandoor. Ze is nogal conservatief in die dingen.'

'Ze is, met andere woorden, redelijk normaal,' zei ik.

'Watanabe, wat vond jij eigenlijk van mijn vader?'

'Meestal voel ik me ongemakkelijk als ik iemand voor het eerst ontmoet, maar met je vader viel dat nogal mee. Het liep eigenlijk nogal soepel. We hebben over van alles gepraat.'

'Gepraat? Waarover?'

'Over Euripides.'

Midori barstte in lachen uit. 'Jij bent ook een rare. Wie begint er nu aan het sterfbed van iemand die je voor het eerst ziet over Euripides?'

'Wie gaat er nu met haar benen wijd voor de foto van haar overleden vader staan?' zei ik.

Midori giechelde en gaf een tikje tegen het belletje van het altaar. 'Vader, slaap zacht. Wij vermaken ons hier verder, dus slaap maar gerust. Je hebt toch geen pijn meer? Je bent immers al dood, dus zou je geen pijn meer moeten hebben. Mocht je nu nog steeds pijn lijden, dan moet je daar boven maar je beklag doen. Want dat zou toch echt te erg zijn. Doe het maar lekker met mama in de hemel. Ik heb je piemel gezien toen ik je hielp met plassen en hij mag er wezen. Doe je best. Slaap zacht.'

We gingen om de beurt in bad en deden pyjama's aan. Ik leende een pyjama van haar vader die hij nauwelijks aan had gehad. Hij was een beetje aan de krappe kant, maar het was beter dan niets. Midori rolde in de kamer van het altaar een matras voor me uit.

'Vind je het niet eng, bij het altaar?' vroeg Midori.

'Welnee. Ik heb toch niets misdaan?' zei ik lachend.

'Maar je blijft toch wel bij me tot ik in slaap val, met je armen om me heen?'

'Goed, hoor.'

Hoewel ik bijna van de rand van haar smalle bed af viel, hield ik de hele tijd mijn arm om haar heen geslagen. Midori drukte haar neus tegen mijn borst en legde een hand op mijn heup. Met mijn linkerhand hield ik me vast aan de rand van het bed om niet te vallen. Het was geen seksueel stimulerende situatie te noemen. Het puntje van mijn neus raakte Midori's hoofd en haar kortgeknipte haar kriebelde af en toe.

'Nou, kom op, zeg eens iets,' zei Midori, met haar gezicht begraven tegen mijn borst.

'Wat voor iets?'

'Maakt niet uit. Iets waar ik blij van word.'

'Je bent heel lief.'

'Midori,' zei ze. 'Je moet mijn naam erbij zeggen.'

'Je bent heel lief, Midori,' verbeterde ik me.

'Hoe lief?'

'Zo lief dat de bergen verkruimelen en de zee opdroogt.'

Midori keek me aan. 'Jij zegt echt unieke dingen.'

'Mijn hart wordt week als je dat zegt,' zei ik lachend.

'Zeg eens iets nog mooiers.'

'Ik ben gek op je, Midori.'

'Hoe gek?'

'Zo gek als een beer in de lente.'

'Een beer in de lente?' Weer keek Midori naar me op. 'Wat is dat nu weer, een beer in de lente?'

'Je loopt in het voorjaar in je eentje door een veld en van de overkant komt er een berenjong aan met een fluwelige vacht en grote

253

ronde ogen. En het berenjong zegt: "Hallo meisje, heb je zin om met mij te stoeien?" En samen rollen jullie de hele dag over de met klaver begroeide hellingen. Dat is toch mooi?'

'Heel mooi.'

'Zo gek ben ik op je.'

Midori pakte mijn borst stevig beet. 'Super,' zei ze. 'Als je zo gek op me bent, dan mag ik vast alles zeggen wat ik wil. Niet kwaad worden, hè?'

'Natuurlijk niet.'

'Je zult toch altijd op me blijven passen?'

'Natuurlijk,' zei ik. Ik streelde haar korte, zachte, jongensachtige haar. 'Maak je geen zorgen. Alles komt goed.'

'Maar ik ben bang,' zei Midori.

Ik hield mijn arm nog steeds om haar schouders, maar toen na verloop van tijd haar schouders regelmatig op- en neergingen en ik haar hoorde snurken, glipte ik uit haar bed. Ik ging naar de keuken en pakte een biertje. Ik was helemaal niet moe en had zin om een boek te lezen. Ik keek om me heen, maar ik vond niets geschikts. Ik overwoog in Midori's kamer een boek te zoeken, maar daar zag ik van af omdat ik bang was haar met mijn gestommel wakker te maken.

Ik had al een poosje loom bier zitten drinken, toen me te binnen schoot dat dit een boekwinkel was. Ik ging naar beneden, deed het licht in de winkel aan en zocht op de planken met pockets. Er waren niet veel boeken bij die ik zou willen lezen en de helft daarvan had ik al eens gelezen. Omdat ik toch iets nodig had, koos ik *Tussen de raderen* van Hermann Hesse. Aan de verschoten kaft te zien stond het al een hele tijd op de plank. Het geld legde ik op een hoekje naast de kassa. Zo was de voorraad van boekhandel Kobayashi weer met één boek geslonken.

Aan de keukentafel las ik *Tussen de raderen* met een biertje erbij. Ik had het al eens gelezen in de eerste klas van de middelbare school. Daar zat ik dan acht jaar later dat boek te herlezen – midden in de nacht in de keuken van een vriendin, in de te krappe pyjama van haar overleden vader. Het had wel iets aparts. Zonder deze vreemde omstandigheden had ik het boek vermoedelijk nooit herlezen.

Tussen de raderen was een beetje gedateerd, maar het was geen slecht boek. Ik genoot ervan het langzaam, regel voor regel, te lezen in de in diepe stilte gehulde, middernachtelijke keuken. Ik zag op een plank een stoffige fles whisky staan. Ik dronk er wat van uit een koffiekopje. Ik warmde er wel van op, maar slaperig werd ik er niet van.

Rond drieën ging ik zachtjes kijken hoe het met Midori was. Blijkbaar was ze heel moe geweest. Ze was in een diepe slaap gevallen. De winkelstraatverlichting buiten scheen net zo vaag wit de kamer in als het licht van de maan. Ze lag te slapen met haar rug naar het licht gedraaid. Ze leek wel bevroren, zo stil lag ze. Alleen als ik mijn oor dichterbij bracht, kon ik haar horen snurken. Ze sliep precies zoals haar vader.

Haar weekendtas stond nog naast haar bed en haar witte jas hing over een stoel. Haar bureau was keurig opgeruimd en aan de muur erboven hing een Snoopykalender. Ik deed het gordijn een beetje opzij en keek omlaag naar de verlaten winkelstraat. Alle winkels hadden hun rolluiken omlaag. De drankautomaten voor de slijter leken ineengedoken te zitten wachten tot het ochtend werd. Af en toe trilde de lucht van kreunende banden van zware trucks. Ik ging terug naar de keuken, schonk nog wat whisky in en las verder in *Tussen de raderen*.

Toen ik het boek uit had, begon het al licht te worden. Ik kookte water en maakte een kop oploskoffie. Op een kladblok dat op tafel lag schreef ik een boodschap voor Midori. 'Ik heb van de whisky gedronken. Ik heb een exemplaar van *Tussen de raderen* gekocht. Ik ga nu naar huis, want het is al licht. Tot ziens!' Ik twijfelde even en toen schreef ik erbij: 'Je ziet er heel lief uit als je slaapt.' Ik waste de koffiekop af, deed het licht in de keuken uit en liep de trap af. Zachtjes deed ik het rolluik omhoog en ging naar buiten. Ik maakte me zorgen of iemand uit de buurt me zou zien en het verdacht zou vinden, maar 's ochtends voor zes uur was er nog niemand op straat. Alleen zaten onveranderd de kraaien op het dak omlaag te turen. Ik bleef nog even staan kijken naar Midori's raam met de lichtroze gordijnen. Toen liep ik naar het station, nam de trein tot het eindpunt en liep daarvandaan naar de campus. Ik vond een eettentje dat open was voor ontbijt en daar at ik warme rijst, misosoep, gezouten groenten en een gebakken ei. Achterom liep ik het terrein van de campus op en ik klopte zacht op het raam van Nagasawa's kamer op de begane grond. Nagasawa deed snel het raam voor me open en liet me binnen.

'Koffie?' bood hij aan, maar ik bedankte. Ik bedankte hem voor de moeite, ging naar mijn eigen kamer, poetste mijn tanden, deed mijn broek uit, kroop in mijn bed en sloot mijn ogen. Ten slotte kwam er een droomloze slaap, als een zware loden deur.

Ik schreef Naoko elke week een brief en zo nu en dan schreef ze me ook terug. Het waren nooit lange brieven. In november schreef ze dat de ochtenden en de avonden almaar kouder werden.

Omdat de komst van de herfst samenviel met jouw terugkeer naar Tokio, wist ik een tijdlang niet of het gat dat ik in mijn lichaam voelde nu was ontstaan doordat jij weg was of dat het met het seizoen was meegekomen. Ik praat vaak over je met Reiko. Je moet ook de groeten van haar hebben. Reiko is altijd heel lief voor me. Ik denk niet dat ik het leven hier zou kunnen verdragen als zij er niet was. Als ik me eenzaam voel, huil ik. Reiko zegt dat het goed is dat ik kan huilen. Maar de eenzaamheid valt me zwaar. Als ik in een eenzame bui ben, beginnen uit het nachtelijk duister allerlei mensen tegen me te praten. Kizuki of mijn zusje, ze praten vaak tegen me zoals de bomen 's nachts ruisen in de wind. Ook zij voelen zich eenzaam en zijn op zoek naar iemand om mee te praten.

Vaak herlees ik in zulke zware, eenzame nachten jouw brieven. De meeste dingen die van buitenaf komen, brengen mijn hoofd in de war, maar de dingen die je in je brieven schrijft over de wereld om je heen doen me juist goed. Gek, hè? Hoe zou dat komen? Daarom herlees ik ze steeds en ook Reiko leest ze steeds opnieuw. En samen praten we over dingen die je schrijft. Ik hou erg van je beschrijvingen van de vader van die Midori. Wij verheugen ons op je wekelijkse brieven als een van de weinige genoegens om naar uit te zien – een brief telt hier als een genoegen.

Ik doe mijn best om tijd te maken om je te schrijven, maar elke keer als ik aan mijn briefpapier zit, zakt de moed me in de schoenen. Ook voor deze brief moet de kracht uit mijn tenen komen. Reiko moppert op me dat ik je terug moet schrijven. Begrijp me alsjeblieft niet verkeerd. Er zijn zoveel dingen waarover ik met je wil praten of die ik je wil laten weten. Alleen lukt het me niet goed ze op papier te zetten. Daarom valt het me zo zwaar een brief te schrijven.

Die Midori lijkt me een leuk mens. Toen ik tegen Reiko zei dat ik

de indruk had uit je brieven dat ze dol op je is, zei ze: 'Dat spreekt
toch voor zich? Ik ben ook dol op hem.' We plukken elke dag pad-
denstoelen, of rapen kastanjes om te eten. We eten al tijden rijst met
kastanjes of rijst met paddenstoelen, maar het is zo lekker dat we er
geen genoeg van krijgen. Maar Reiko is nog altijd een kleine eter die
alleen maar aan één stuk door sigaretten rookt. Ook de vogels en de
konijnen maken het goed. Tot ziens.

Drie dagen na mijn twintigste verjaardag kreeg ik van Naoko een
cadeautje opgestuurd. Er zat een bordeauxkleurige trui in met een
brief.

Gefeliciteerd met je verjaardag. Ik hoop dat je een gelukkig twin-
tigste jaar zult hebben. Het lijkt erop dat mijn eigen twintigste jaar
verschrikkelijk gaat aflopen. Het zou me deugd doen als je voor mijn
deel erbij gelukkig wordt. Dat meen ik echt. Reiko en ik hebben elk de
helft van deze trui gebreid. Als ik het in mijn eentje had gedaan, was
hij waarschijnlijk pas tegen Valentijnsdag volgend jaar af geweest.
De goede helft heeft Reiko gebreid, de lelijke helft is van mij. Reiko
is goed in alles wat ze doet. Soms krijg ik een hekel aan mezelf als ik
naar haar kijk. Ik heb immers niets waar ik goed in ben. Tot ziens.
Het beste.

Er zat ook een korte boodschap van Reiko in:

Hoe is het? Voor jou belichaamt Naoko het opperste geluk, maar voor
mij is ze gewoon een onhandige vrouw. In ieder geval, de trui is toch
nog af gekomen. Vind je hem mooi? De kleur en het model hebben
we samen uitgekozen. Gefeliciteerd met je verjaardag.

10

Ik herinner me het jaar 1969 uitsluitend als een hopeloos moeras. Een drassig moeras dat zo diep en zwaar aan mijn schoenen zoog dat ik bij elke stap vreesde ze te verliezen. Ik probeerde uit alle macht vooruit te komen te midden van deze drab. Voor me of achter me was niets te zien. Alleen dit donkere moeras strekte zich uit zo ver het oog reikte.

Ook de tijd verliep strompelend. Hij hield gelijke tred met mijn stappen. De mensen om me heen gingen wel degelijk vooruit, alleen ik en mijn tijd bleven in dit moeras voortploeteren. De wereld om me heen maakte grote veranderingen door. John Coltrane ging dood, en nog veel meer mensen. Er was een roep om verandering. Die leken ook vrijwel binnen handbereik. Maar die gebeurtenissen waren niet meer dan een betekenisloze, substantieloze achtergrond. Ik sleet mijn dagen zonder op of om te kijken. Het enige in mijn blikveld was dat oneindig uitgestrekte moeras. Ik zette een stap met mijn rechterbeen, tilde mijn linkerbeen op, dan weer mijn rechterbeen. Zonder enige zekerheid waar ik me bevond en zonder enig vertrouwen dat ik de goede kant op ging. Ik bleef gewoonweg de ene stap na de andere zetten omdat ik toch ergens heen moest.

Ik werd twintig en de herfst ging over in de winter, maar mijn leven veranderde niet noemenswaardig. Ik ging zonder enige belangstelling naar de universiteit, had drie dagen per week mijn baantje, herlas zo nu en dan *De grote Gatsby*, op zondag deed ik de was en schreef ik Naoko een lange brief. Af en toe ging ik samen met Midori uit eten of naar de dierentuin of naar de film. De verkoop van boekhandel Kobayashi was voorspoedig verlopen. Midori en haar zus hadden een tweekamerappartement gehuurd vlak bij Myogadani. Midori zei dat ze er weer weg zou gaan als haar zus ging trouwen en dan zelf een flat zou huren. Ze nodigde me uit om een keer te komen eten. Het was een mooi, zonnig appartement en het leek Midori daar stukken beter te bevallen dan boven boekhandel Kobayashi.

Nagasawa vroeg me een paar keer of ik met hem mee uitging, maar ik sloeg elke keer af met een smoesje. Niet dat ik geen zin had om met iemand te vrijen. Maar als ik alleen al dácht aan de hele heisa – 's avonds gaan drinken in de stad, een geschikt meisje zoeken, een praatje beginnen, naar een hotel gaan –, had ik er alweer genoeg van. Ik had ontzag voor Nagasawa, die er maar mee doorging zonder het moe te worden. Misschien kwam het ook door wat Hatsumi had gezegd. In ieder geval maakte het me gelukkiger om aan Naoko te denken dan naar bed te gaan met een dom wicht van wie ik niet eens wist hoe ze heette. De herinnering aan Naoko's vingers die me midden in het weiland hadden laten klaarkomen stond me nog levendig voor de geest.

In het begin van december schreef ik haar een brief om te vragen of het goed was als ik haar in de wintervakantie opzocht. Het antwoord kwam van Reiko. Ze schreef dat ze heel blij waren dat ik kwam en er erg naar uitzagen. Dat zij in Naoko's plaats antwoordde kwam doordat het Naoko nu niet zo goed afging om een brief te schrijven. Maar ik moest me geen zorgen maken. Het was niet omdat het niet goed met haar ging. Het was gewoon een soort golf.

Toen de wintervakantie aanbrak, propte ik mijn spullen bij elkaar in mijn rugzak, trok mijn sneeuwschoenen aan en reisde af naar Kioto. Inderdaad was het met sneeuw overdekte landschap prachtig, zoals de maffe dokter had gezegd. Net als de vorige keer logeerde ik twee nachten bij Naoko en Reiko. De drie dagen verliepen in grote lijnen hetzelfde als tevoren. Na zonsondergang speelde Reiko gitaar en praatten we met z'n drieën. In plaats van te picknicken maakten we dit keer een langlauftocht. Toen ik een uur lang op ski's door de bergen had gelopen, was ik buiten adem en bezweet. Ook hielpen we net als iedereen met sneeuwvegen. De maffe dokter Miyata kwam bij het avondeten weer bij ons aan tafel zitten en legde ons dit keer uit waarom bij de hand de middelvinger langer is dan de wijsvinger en het bij de voet precies andersom is. Poortwachter Omura begon weer over het varkensvlees in Tokio. Reiko was heel blij met de platen die ik voor haar had meegenomen. Van een aantal nummers schreef ze de muziek uit en die probeerde ze te spelen op de gitaar.

Naoko was een stuk zwijgzamer dan eerst. Wanneer we met z'n

drieën waren, deed ze nauwelijks een mond open en zat ze alleen maar glimlachend op de bank. Reiko praatte des te meer. 'Let er maar niet op,' zei Naoko. 'Het is gewoon een fase. Ik vind het veel leuker om naar jullie te luisteren dan om zelf te praten.'

Toen Reiko onder het mom van een boodschap wegging, doken Naoko en ik samen in bed. Ik kuste zacht haar hals, haar schouders en haar borsten, en net als de vorige keer trok Naoko me af. Nadat ik was klaargekomen, sloeg ik mijn armen om haar heen en zei haar dat het gevoel van haar vingers me deze twee maanden de hele tijd was bijgebleven. En dat ik me aftrok terwijl ik aan haar dacht.

'Ben je niet met iemand anders naar bed geweest?' vroeg Naoko.

'Nee,' zei ik.

'Nou, dan heb je hier nog iets om aan terug te denken,' zei Naoko. Ze boog zich voorover, drukte zachtjes haar lippen op mijn penis, nam hem vervolgens in haar warme mond en liet haar tong eroverheen kruipen. Naoko's lange haar lag op mijn onderbuik en schudde zachtjes mee met de beweging van haar tong. Ik kwam voor de tweede keer klaar.

'Kun je dat onthouden?' vroeg Naoko na afloop.

'Natuurlijk,' zei ik. 'Ik zal het altijd onthouden.' Ik ging naast Naoko liggen, schoof mijn hand onder haar ondergoed en probeerde haar vagina te strelen, maar die was droog. Naoko schudde haar hoofd en ze trok mijn hand weg. Een tijdlang lagen we zonder iets te zeggen tegen elkaar aan.

'Ik denk dat ik na dit schooljaar wegga van de campus en ergens een kamer zoek,' zei ik. 'Het leven daar begint me steeds meer tegen te staan. Zolang ik er een baantje bij heb, moet het wel lukken. Wil je niet bij me komen wonen? Het aanbod staat nog steeds.'

'Dankjewel. Ik ben ontzettend blij dat je dat zegt,' zei Naoko.

'Niet dat ik het hier slecht vind,' zei ik. 'Het is rustig, de omgeving is prachtig, Reiko is een fantastisch mens. Maar dit is geen plek om lang te blijven. Het is hier iets te apart om er lang te zijn. Hoe langer je hier bent, hoe moeilijker het wordt om te vertrekken, lijkt me zo.'

Naoko zei niets en wendde haar blik naar buiten. Daar was niets dan sneeuw te zien. De sneeuwwolken waren zwaar en hingen zo laag dat er nog maar een klein reepje lucht over was tussen de wolken en de met sneeuw bedekte wereld.

'Denk er maar rustig over na,' zei ik. 'In ieder geval verhuis ik tegen het eind van maart. Dus als je bij me wilt komen wonen, kun je altijd bij me terecht.'

Naoko knikte. Ik sloeg zacht mijn armen om haar heen, alsof ik een breekbaar glazen voorwerp vasthield. Zij sloeg haar armen om mijn hals. Ik was naakt en zij droeg alleen een klein wit slipje. Haar lichaam was prachtig en ik had er de hele tijd naar kunnen blijven kijken zonder er genoeg van te krijgen.

'Waarom zou ik niet nat worden?' zei Naoko zacht. 'Het is echt alleen die ene keer gebeurd. Op mijn twintigste verjaardag in april. Die avond met jou. Wat is er mis met me?'

'Dat is puur psychologisch en te zijner tijd komt het wel goed. Het heeft geen haast.'

'Al mijn problemen zijn puur psychologisch,' zei Naoko. 'Stel dat ik mijn hele leven niet nat word en niet tot seks in staat ben, zou je dan van me kunnen blijven houden? Zou je dat uithouden, met alleen maar aftrekken en pijpen? Of zou je toch voor de seks met andere vrouwen gaan vrijen?'

'Ik ben van nature optimistisch,' zei ik.

Naoko kwam overeind, schoof een T-shirt over haar hoofd, deed er een flanellen blouse over en trok een spijkerbroek aan. Ik kleedde me ook aan.

'Laat me er rustig over nadenken,' zei Naoko. 'En denk jij er ook rustig over na.'

'Dat doe ik,' zei ik. 'Wat kun je trouwens geweldig pijpen.'

Naoko bloosde een beetje en glimlachte. 'Dat vond Kizuki ook.'

'Kizuki en ik waren het vaak met elkaar eens,' zei ik, en ik lachte.

We dronken koffie tegenover elkaar aan de keukentafel en praatten over vroeger. Ze was zover dat ze over Kizuki kon praten. Met grote pauzes en zorgvuldig haar woorden kiezend praatte ze over hem. Het sneeuwde af en toe, maar in de drie dagen dat ik er was klaarde de lucht geen enkele keer op. Bij het afscheid zei ik dat ik van plan was in maart weer te komen. Ik omarmde Naoko met dikke jas en al aan en zoende haar. 'Tot ziens,' zei ze.

Het werd 1970, een jaar met een heel nieuwe klank. Toen kwam er definitief een einde aan mijn tienerjaren. Er lag weer een heel nieuw moeras aan mijn voeten. De eindejaarstentamens kwamen en ik haalde ze zonder al te veel moeite. Omdat ik toch niets te doen had, ging ik elke dag naar college en dat was voldoende om zonder al te veel te blokken te slagen.

Op de campus dienden zich een paar problemen aan. Een paar lieden die actief waren in een radicale groepering hadden op de campus een arsenaal aan helmen en ijzeren pijpen verstopt en dat leidde tot schermutselingen met de studenten van de sportclub van het campushoofd. Twee mensen raakten gewond en zes werden er van de campus gezet. Dit incident bleef nog lang nasmeulen en bijna dagelijks waren er wel kleine ruzies. De sfeer was geladen en iedereen was op zijn hoede. Ook ik dreigde in de nasleep klappen te krijgen van de jongens van de sportclub, maar Nagasawa kwam tussenbeide en wist de zaak glad te strijken. Hoe dan ook, het werd tijd om de campus te verlaten.

Toen de tentamens vrijwel achter de rug waren, ging ik serieus op zoek naar een appartement. Na een week vond ik een geschikte kamer in een buitenwijk van Kichijoji. Het was een beetje lastig te bereiken, maar daar stond tegenover dat het vrijstaand was. Het was echt een mazzeltje. Het was een soort prieeltje of tuindershuisje in een hoek van een groot terrein. Het was afgescheiden van het hoofdgebouw door een behoorlijk verwaarloosde tuin. De verhuurders gebruikten de vooringang en ik de zijingang, zodat ik volledige privacy had. Het huisje bestond uit één kamer, een kleine keuken, een toilet en achter schuifdeuren zat een onwaarschijnlijk diepe kast. Er was zelfs een veranda aan de tuinkant. Ik mocht het huren op voorwaarde dat ik zou vertrekken als de kleinzoon van de verhuurder volgend jaar naar Tokio zou komen. Daardoor was de huur ook relatief laag. Het werd me verhuurd door een innemend ouder echtpaar, dat me verzekerde dat ik mijn gang kon gaan omdat ze niet moeilijk waren.

Nagasawa hielp me verhuizen. Hij had van iemand een busje geleend, laadde mijn spullen in en gaf me zoals hij beloofd had zijn koelkast, zijn tv en zijn grote thermoskan cadeau. Ik kon ze goed gebruiken. Twee dagen later verliet hij zelf ook de campus en verhuisde naar een appartement in Mita.

'Nou, ik denk dat we elkaar voorlopig niet zien,' zei hij bij het afscheid. 'Het beste. Ik heb trouwens het gevoel dat we elkaar ooit wel weer ergens tegen zullen komen.'

'Daar verheug ik me op,' zei ik.

'Trouwens, die keer dat we ruilden was het lelijke meisje veel lekkerder.'

'Mee eens,' zei ik lachend. 'Maar Nagasawa, je moet beter op Hatsumi passen. Goede mensen als zij zijn er niet veel en ze is kwetsbaarder dan ze eruitziet.'

'Ja, ik weet het,' knikte hij. 'Daarom dacht ik eerlijk gezegd dat het het beste zou zijn als jij haar van me zou overnemen. Jullie passen goed bij elkaar.'

'Doe even normaal!' zei ik perplex.

'Grapje!' zei Nagasawa. 'Nou, het ga je goed. Je zult nog wel genoeg voor je kiezen krijgen, denk ik zo. Maar je bent behoorlijk koppig, dus je slaat je er vast wel doorheen. Mag ik je een advies geven?'

'Ga je gang.'

'Je moet geen medelijden met jezelf hebben,' zei hij. 'Dat is voor sukkels.'

'Ik zal eraan denken,' zei ik. We gaven elkaar een hand en hier scheidden onze wegen. Hij naar een nieuwe wereld en ik terug naar mijn moeras.

Drie dagen na mijn verhuizing schreef ik Naoko een brief. Ik beschreef mijn nieuwe huis, hoe opgelucht en blij ik was dat ik aan de strubbelingen op de campus was ontsnapt en dat ik verlost was van die vervelende lui met hun vervelende acties. Ik schreef haar dat ik hier met een nieuw gevoel aan een nieuw leven wilde beginnen.

Mijn raam kijkt uit over een grote tuin die de katten uit de buurt gebruiken als hangplek. Als ik niets te doen heb, vind ik het heerlijk om op de veranda naar ze te liggen kijken. Ik weet niet hoeveel het er zijn, maar in ieder geval zijn het er veel. Ze liggen met z'n allen te zonnebaden. Zij leken er eerst niet zo van gecharmeerd dat ik hier was komen wonen, maar toen ik oude kaas voor ze neerzette, waren er toch een paar die dichterbij kwamen en ervan aten. Waarschijnlijk worden we na verloop van tijd goede maatjes. Er is een gestreepte kater bij die zo sprekend op het hoofd van de campus lijkt, dat ik elk moment verwacht dat hij in de tuin een vlag gaat hijsen.

Ik zit nu wel iets verder weg van de universiteit, maar volgend studiejaar heb ik 's ochtends veel minder colleges en ik denk niet dat het een groot probleem is. Het is misschien zelfs wel goed, omdat ik in de

trein alle tijd heb om te lezen. Nu moet ik alleen nog in de buurt van
Kichijoji een eenvoudig baantje zien te vinden voor drie of vier keer
in de week. Als dat voor elkaar is, kan ik weer terug naar mijn leven
met een opgedraaide veer.

Ik wil niet op de conclusie vooruitlopen, maar de lente is een
geschikt seizoen om iets nieuws te beginnen en misschien is het een
goed idee als we vanaf april kunnen gaan samenwonen. Als het goed
gaat, kun je misschien je studie weer oppakken. Mocht je er proble-
men mee hebben om samen te wonen, dan kunnen we ook voor jou
een appartement hier in de buurt zoeken. Het belangrijkste is dat
we altijd dicht bij elkaar zijn. Het hoeft natuurlijk niet in de lente te
zijn. Als je de zomer beter vindt, dan is in de zomer ook goed. Geen
probleem. Kun je me alsjeblieft laten weten hoe jij hierover denkt?

Ik ben van plan om de komende tijd serieus wat bij te verdienen
om de kosten van de verhuizing te dekken. Het kost behoorlijk wat
om op jezelf te gaan wonen. Ik moet toch pannen en servies en der-
gelijke hebben. Maar in maart heb ik vakantie en dan wil ik je beslist
komen opzoeken. Laat je me weten wanneer het schikt? Dan pas ik
mijn plannen daaraan aan. Ik verheug me erop je weer te zien en
wacht op je antwoord.

De volgende dagen kocht ik allerlei spullen die ik nodig had en begon
thuis eenvoudige maaltijden voor mezelf te koken. Bij een houthan-
del in de buurt kocht ik planken, liet ze op maat zagen en maakte er
een bureau van. Ik besloot het voorlopig ook als eettafel te gebruiken.
Ook maakte ik een keukenrekje en kocht kruiderijen. Een wit katje
van zo'n zes maanden oud kwam vaak bij me aan en at op den duur
bij me. Ik noemde haar Meeuw.

Toen ik zover op orde was, ging ik de stad in en nam een baantje
aan bij een schilder. Twee weken aan één stuk werkte ik als schilders-
hulpje. Het salaris was goed, maar het werk was verschrikkelijk en
ik werd duizelig van de oplosmiddelen. Als het werk erop zat, at ik
iets bij een goedkoop restaurantje, dronk een biertje, ging naar huis,
speelde met de kat en viel vervolgens in slaap alsof ik dood was. Zo
gingen twee weken voorbij, maar er kwam nog altijd geen antwoord
van Naoko.

Halverwege mijn schilderwerk moest ik opeens aan Midori denken. Ik realiseerde me dat ik al drie weken geen contact meer met haar

had gehad en haar zelfs niet had laten weten dat ik was verhuisd. Ik had haar wel gezegd dat ik overwoog te verhuizen. Ze had toen 'O', gezegd en daar was het bij gebleven.

Ik ging naar een telefooncel en draaide haar nummer. Iemand – waarschijnlijk haar zus – nam op. Toen ik mijn naam had gezegd, zei ze: 'Wacht even.' Maar hoe ik ook wachtte, Midori kwam niet aan de lijn.

'Nou, Midori is heel boos en ze zegt dat ze niet met je wil praten,' zei de vrouw die waarschijnlijk haar zus was. 'Je bent toch verhuisd zonder haar iets te laten weten? Gewoon verdwenen zonder te zeggen waarheen? Daar is ze heel boos over. En als ze eenmaal boos is, dan gaat dat doorgaans niet meer over. Net als bij een dier.'

'Kan ze niet aan de telefoon komen, zodat ik het kan uitleggen?'

'Ze hoeft geen uitleg te horen, zegt ze.'

'Kan ik het misschien aan jou uitleggen zodat jij het aan Midori door kunt geven? Het spijt me natuurlijk dat ik jou ermee opzadel.'

'Ik heb het daar niet zo op,' zei de vrouw die waarschijnlijk de zus van Midori was, en ze klonk alsof ze op het punt stond op te hangen. 'Leg het haar zelf maar uit. Je bent toch een man? Neem dan gewoon je verantwoordelijkheid.'

Er zat niets anders op dan haar te bedanken en op te hangen. Midori had inderdaad alle reden om kwaad te zijn. Ik was zo in beslag genomen door de verhuizing, het op orde krijgen van mijn nieuwe huis en geld verdienen dat ik helemaal niet meer aan Midori had gedacht. Zowel Midori als Naoko was nauwelijks in mijn gedachten geweest. Al van jongs af aan had ik helemaal geen oog meer voor mijn omgeving als ik ergens volledig door in beslag werd genomen.

Ik vroeg me af hoe ik me zou voelen als Midori was verhuisd zonder te zeggen waarheen en drie weken niets van zich had laten horen. Ik zou me waarschijnlijk gekwetst voelen. Behoorlijk gekwetst zelfs. Ook al waren we geen geliefden, op een bepaalde manier waren we misschien nog wel meer dan geliefden intiem met elkaar. Die gedachte trof me onaangenaam. Het was vreselijk om een ander, en al helemaal een dierbare, onbewust pijn te doen.

Zodra ik van mijn werk thuiskwam, schreef ik aan mijn nieuwe bureau een lange brief aan Midori. Ik schreef de dingen die door me heen gingen gewoon eerlijk op. Verklaringen en uitleg liet ik achterwege. Ik verontschuldigde me dat ik onattent en ongevoelig was geweest. Ik schreef haar dat ik haar graag wilde zien. En dat ik haar graag mijn nieuwe huis wilde laten zien. En of ze me alsjeblieft wilde terugschrijven. Ik plakte een expreszegel op de brief en deed hem op de bus.

Maar er kwam geen antwoord.

Het was het begin van een vreemde lente. De hele voorjaarsvakantie zat ik op brieven te wachten. Ik kon niet op reis gaan, ik kon niet naar mijn ouders en ik kon niet werken. Want dan zou ik misschien de brief van Naoko mislopen over wanneer het schikte bij haar op bezoek te komen. Overdag ging ik naar Kichijoji en keek twee films, of ik zat een halve dag in een jazzcafé te lezen. Ik zag niemand en sprak met niemand. Eén keer per week schreef ik Naoko een brief. In die brieven repte ik er met geen woord over dat ik op haar antwoord wachtte. Ik wilde haar niet opjagen. Ik schreef over mijn werk voor de schilder, ik schreef over Meeuw, ik schreef over de perzikbloesem in de tuin, ik schreef over de vriendelijke vrouw van de tofuzaak en over de achterbakse vrouw bij de groenteboer, en ik schreef wat ik elke dag had gekookt. Nog steeds kreeg ik geen antwoord.

Toen ik het zat werd om boeken te lezen en naar muziek te luisteren, begon ik de tuin een beetje op orde te brengen. Van de huisbaas leende ik een tuinbezem, een stoffer en blik en een snoeischaar. Ik wiedde het onkruid en snoeide de lang uitgeschoten takken. Met een beetje inspanning knapte de tuin al een heel stuk op. Eén keer riep de huisbaas me toen ik daarmee bezig was en vroeg of ik zin had in een kopje thee. Samen met hem zat ik op de veranda van het hoofdgebouw thee te drinken, rijstkoeken te eten en te praten. Hij vertelde dat hij na zijn pensionering nog een tijdlang had gewerkt bij een verzekeringsmaatschappij, maar daar was hij twee jaar geleden mee gestopt en nu leidde hij een rustig leventje. Hij vertelde dat het huis en de grond al jaren in de familie waren, dat zijn kinderen allemaal zelfstandig waren en dat hij ook zonder te hoeven werken een rustige oude dag had. En dat ze zodoende vaak samen op reis gingen, zijn vrouw en hij.

'Wat heerlijk,' zei ik.

'Helemaal niet,' zei hij. 'Ik vind er niets aan. Werken is veel beter.'

Dat de tuin niet was bijgehouden, kwam doordat er in de buurt geen fatsoenlijke tuinman te vinden was. Hij kon het zelf niet doen vanwege een allergie aan zijn neus, waardoor hij het gras niet meer kon maaien. Toen de thee op was, liet hij me de schuur zien en hij zei me dat ik – bij wijze van dank voor mijn werk in de tuin – mocht gebruiken wat er stond als ik er iets aan had. Het waren voor hen allemaal nutteloze spullen. In de schuur stond echt van alles. Van een badkuip en een kinderzwembadje tot een honkbalknuppel. Ik haalde er een oude fiets tussenuit, een handzame eettafel met twee stoelen, een spiegel en een gitaar, en zei dat ik dat graag wilde lenen. Hij zei dat ik mocht gebruiken wat ik maar wilde.

Het kostte me een dag om de fiets van roest te ontdoen, te smeren, de banden op te pompen, de versnellingen af te stellen en er bij de fietsenmaker een nieuwe ketting om te laten leggen. Toen was hij zo mooi dat je hem niet meer herkende. De tafel ontdeed ik grondig van stof en zette hem in de lak. Ik verving alle snaren van de gitaar en een deel dat los dreigde te laten lijmde ik vast. De roest poetste ik er met een staalborstel keurig af en ik repareerde ook de stemknoppen. Het was geen geweldige gitaar, maar er kwam toch weer een min of meer acceptabel geluid uit. Ik realiseerde me dat ik voor het eerst sinds de middelbare school weer een gitaar in handen had. Ik zat op mijn veranda en probeerde voorzichtig of ik nog 'Up on the Roof' van The Drifters kon spelen. Tot mijn verbazing herinnerde ik me de meeste akkoorden nog.

Van het hout dat over was, maakte ik een brievenbus. Ik schilderde hem rood, schreef mijn naam erop en zette hem neer voor mijn deur. Maar het enige poststuk dat daar voor 4 april in viel, was een doorgestuurd bericht over een reünie van mijn klas van de middelbare school. Dat was wel het laatste waar ik naartoe wilde. Het was de klas waar ik met Kizuki in had gezeten. Ik gooide het snel in de prullenbak.

Op 4 april viel er 's middags een brief in mijn brievenbus. Op de achterkant van de envelop stond: 'Reiko Ishida'. Ik knipte de envelop netjes open met een schaar en las de brief op mijn veranda. Ik had zo'n voorgevoel dat het slecht nieuws was en toen ik de brief las bleek dat volledig te kloppen.

Om te beginnen verontschuldigde Reiko zich dat het antwoord zo lang was uitgebleven. Ze schreef dat Naoko de hele tijd erg haar best had gedaan om mij terug te schrijven, maar dat het haar maar niet was gelukt. Reiko had herhaaldelijk aangeboden in haar plaats te schrijven en gezegd dat ze het niet kon maken zo lang te wachten met antwoorden, zo schreef Reiko, maar Naoko herhaalde steeds dat het een persoonlijke kwestie was die ze zelf moest klaren. Vandaar dat ze niet eerder had geschreven. En of ik haar dat wilde vergeven.

Het zal wel zwaar voor je zijn geweest om een maand lang te blijven wachten op een antwoord, maar voor Naoko was dit ook een heel zware maand. Probeer daar alsjeblieft begrip voor te hebben. Eerlijk gezegd gaat het momenteel niet zo goed met haar. Ze heeft haar best gedaan op eigen kracht weer op de been te komen, maar zonder resultaat.

Achteraf gezien was het feit dat het haar niet meer lukte een brief te schrijven het eerste symptoom. Dat was eind november, begin december. Daarna begon ze stemmen te horen. Als ze een brief probeerde te schrijven, begonnen er allerlei mensen tegen haar te praten en ze stoorden haar bij het schrijven. Ze stoorden haar, zodat het haar niet lukte haar woorden te kiezen. Totdat je haar de tweede keer bezocht, waren deze aandoeningen betrekkelijk licht en ik heb er eerlijk gezegd niet zo zwaar aan getild. We hebben alle-maal bij vlagen last van zulke symptomen. Maar toen je weg was, werden ze steeds ernstiger. Ze heeft er nu zelfs last van bij dagelijkse gesprekken. Ze kan haar woorden niet kiezen; daar raakt ze erg van in de war. Ze is in de war en bang. Ook worden de stemmen steeds sterker.

We hebben elke dag therapie met een specialist erbij. Met z'n drieën – Naoko, de dokter en ik – bepraten we van alles, met als doel precies vast te stellen welk deel van haar beschadigd is. Ik heb voor-gesteld jou ook in deze sessies te betrekken. De dokter was het ermee eens, maar Naoko was ertegen. Om precies te zijn gaf ze als reden: 'Wanneer ik hem zie, wil ik een schoon lichaam hebben.' Ik heb er bij haar op gehamerd dat dat niet het probleem is, maar dat ze zo snel mogelijk beter moet worden. Maar ze was niet op andere gedachten te brengen.

Ik heb het je geloof ik al eerder gezegd, maar dit is geen gespeci-aliseerd ziekenhuis. Natuurlijk zijn er gedegen artsen en er worden effectieve behandelingen uitgevoerd, maar een geconcentreerde behandeling is hier lastig. Het doel van deze faciliteiten is een ef-fectieve omgeving te creëren voor het zelfherstel van de patiënten, en een medische behandeling valt daar strikt genomen niet onder. Dus

mochten de aandoeningen van Naoko verergeren, dan zal ze naar
een ander ziekenhuis of een andere inrichting moeten verhuizen.
Ik vind het ook naar, maar het is niet anders. Mocht dat het geval
zijn, dan zal het natuurlijk om een tijdelijke 'overplaatsing' gaan en
kan ze daarna weer hier terugkomen. Of wie weet herstelt ze zo goed
dat ze meteen ontslagen kan worden. Hoe het ook zij, we doen ons
uiterste best en Naoko doet ook haar uiterste best. Bid alsjeblieft voor
haar herstel. En ga alsjeblieft door met brieven schrijven.
Reiko Ishida

De brief was gedateerd 30 maart. Toen ik hem uit had, bleef ik op de veranda zitten en keek naar de tuin die geheel van de lente was vervuld. Er stond een oude kersenboom en de bloesem was bijna op zijn top. Er stond een zacht briesje en het licht dompelde alles in een bijzondere kleur. Even later kwam Meeuw aanlopen. Ze krabde een tijdje aan de planken van de veranda, strekte zich loom naast me uit en viel in slaap.

Ik moet iets bedenken, dacht ik, maar ik wist niet wat. Eerlijk gezegd wilde ik ook nergens over nadenken. Te zijner tijd zou het moment daarvoor zich wel aandienen en als het zover was, zou ik het wel zien. In ieder geval wilde ik nu nergens over nadenken.

Ik zat de hele dag tegen een pilaar geleund op de veranda Meeuw te aaien en naar de tuin te kijken. Het voelde alsof alle kracht uit mijn lichaam was verdwenen. De middag verdiepte zich, de schemering viel en ten slotte omhulde een vaag blauw nachtelijk duister de tuin. Meeuw was weer verdwenen, maar ik staarde nog altijd naar de kersenboom. In het donker leken de kersenbloesems op ontstoken vlees waarvan de bladderende huid was opengesprongen. De geur van al dit rottende vlees hing zoet en zwaar in de tuin. Ik moest aan Naoko's lichaam denken. Haar mooie lichaam lag languit in het donker voor me en door haar huid groeiden talloze kiempjes. De kleine groene plantjes bewogen zachtjes in de wind die uit onduidelijke hoek aan kwam waaien. Ik vroeg me af waarom zo'n mooi lichaam ziek moest worden. Waarom konden ze Naoko niet met rust laten?

Ik ging naar binnen en deed de gordijnen dicht, maar ook in mijn kamer hing de geur van de lente. Deze geur hing overal. Het enige waar die me nu aan deed denken was bederf. In mijn kamer, met de gordijnen stevig dicht, zat ik de lente grondig te haten. Ik haatte de dingen die de lente me bracht en ik haatte de scherpe pijn die het in mijn lichaam veroorzaakte. Ik had nog nooit van mijn leven iets zo hevig gehaat.

Vervolgens had ik drie dagen lang het vreemde gevoel dat ik op de bodem van de oceaan liep. Ik kon nauwelijks verstaan wat mensen tegen me zeiden en als ik zelf iets tegen iemand zei, kon diegene mij ook niet goed verstaan. Het voelde alsof er om mijn lichaam een vlies geplakt zat waardoor ik niet in contact kon komen met de buitenwereld. Maar tegelijkertijd konden zij mij ook niet bereiken. Ik was machteloos, maar zolang ik me in deze toestand bevond, waren zij dat ook.

Met mijn rug tegen de muur geleund staarde ik naar het plafond. Als ik honger kreeg, at ik iets wat binnen handbereik lag. Ik dronk eerst water, maar toen ik me ellendig begon te voelen dronk ik whisky en viel in slaap. Zo gingen er drie dagen voorbij, zonder dat ik me waste of schoor. Ik wist dat ik veel had om over na te denken, maar ik wist niet waar ik moest beginnen.

Op 6 april kreeg ik een brief van Midori. Ze vroeg of ik zin had om op 10 april, wanneer we onze roosters moesten ophalen, samen ergens te gaan lunchen. Ze schreef: 'Mijn antwoord heeft lang op zich laten wachten, maar nu staan we weer quitte en kunnen we het wel weer goedmaken. Ik mis je.' Ik las de brief vier keer over, maar ik kon niet begrijpen wat ze probeerde te zeggen. Wat had deze brief te betekenen? Mijn hoofd was zo wazig dat het me niet lukte het verband tussen de ene zin en de volgende te vinden. Waarom stonden we quitte als we elkaar op de dag van de roosterbekendmaking zouden zien? Waarom wilde ze met me lunchen? Ik dacht dat ik gek aan het worden was. Mijn bewustzijn was zo slap en opgezwollen als de wortels van een plant in het donker. Ergens wist ik dat dit zo niet kon doorgaan. Dit kon zo niet duren. Ik moest iets doen. Opeens schoten me de woorden van Nagasawa te binnen: 'Je moet geen medelijden met jezelf hebben. Zelfmedelijden is voor sukkels.'

Nagasawa, je bent geweldig. Ik slaakte een zucht en stond op.

Ik deed voor het eerst in tijden weer de was, ging naar het badhuis, schoor me, maakte mijn kamer schoon, deed boodschappen, kookte een fatsoenlijke maaltijd en at die op. Ik gaf de vermagerde Meeuw te eten, ik dronk behalve bier geen alcohol en deed een halfuur gymnastiek. Toen ik tijdens het scheren in de spiegel keek, zag ik hoe mager mijn gezicht was geworden. Mijn ogen puilden uit. Het leek wel het gezicht van een ander.

De volgende ochtend fietste ik een stukje. Bij thuiskomst lunchte ik en las ik de brief van Reiko nog een keer. Ik brak me er het hoofd over wat me te doen stond. De belangrijkste reden dat de brief van Reiko zo'n enorme schok teweeg had gebracht, was dat mijn optimistische kijk op Naoko's herstel in één keer teniet was gedaan. Naoko had zelf gezegd dat de wortels van haar ziekte diep zaten en ook Reiko had gezegd dat ze niet wist hoe het zou aflopen. Desalniettemin had ik tijdens de twee keer dat ik haar had gezien de indruk gekregen dat ze aan de beterende hand was. Ik dacht dat haar enige probleem was dat ze de moed moest zien te vinden om in de echte wereld terug te keren. Als zij nou maar haar moed herwon, zouden we ons er samen wel doorheen slaan.

Maar door de brief van Reiko was het luchtkasteel dat ik op een wankele hypothese had opgebouwd in een oogwenk ineengestort. Er was alleen nog een vlakke, apathische oppervlakte over. Ik moest opnieuw grond onder de voeten zien te krijgen. Het zou waarschijnlijk heel lang duren voor Naoko hersteld was. En zelfs dan zou ze waarschijnlijk nog zwakker en onzekerder zijn. Ik moest me aan deze nieuwe situatie aanpassen. Natuurlijk wist ik heel goed dat nog niet alle problemen waren opgelost als ik maar sterk was. Toch was dat het enige dat ik kon doen: mijn eigen moed op peil houden. En wachten op haar herstel.

Ja, Kizuki, in tegenstelling tot jou heb ik besloten te leven, en wel zo goed als ik kan. Jij hebt het vast zwaar gehad, maar ik heb het ook zwaar. Echt waar. Allemaal doordat jij bent doodgegaan en Naoko hebt achtergelaten. Maar ik laat haar niet in de steek. Want ik hou van haar en ik ben sterker dan zij. Bovendien word ik nog veel sterker. En rijper. En volwassen. Ook omdat ik wel moet. Ik dacht altijd dat ik het liefst altijd zeventien of achttien zou willen blijven. Maar dat denk ik nu niet meer. Ik ben geen tiener meer. Ik voel zoiets als verant-woordelijkheid. Je ziet het, Kizuki: ik ben niet meer dezelfde als toen we nog samen waren. Ik ben inmiddels twintig. Ik zal netjes de prijs moeten betalen om door te leven.

'Jee, Watanabe, wat is er met jou gebeurd?' zei Midori. 'Wat ben je mager geworden.'

'Is het zo erg?' vroeg ik.

'Je hebt je zeker te veel laten gaan met die mooie getrouwde vriendin van je?'

Ik schudde lachend mijn hoofd. 'Sinds begin oktober vorig jaar ben ik met niemand naar bed geweest.'

Midori floot bewonderend door haar tanden. 'Heb je het al een halfjaar niet meer gedaan? Echt waar?'

'Inderdaad.'

'Waardoor ben je dan zo afgevallen?'

'Ik ben volwassen geworden,' zei ik.

Midori pakte me bij mijn schouders en keek me strak aan. Eerst fronste ze haar wenkbrauwen en ten slotte glimlachte ze. 'Je hebt gelijk. Je bent inderdaad een beetje veranderd.'

'Dat komt doordat ik volwassen ben geworden.'

'Je bent super. Die manier van denken van jou!' zei ze onder de indruk. 'Laten we gaan eten. Ik heb honger.'

We gingen naar een restaurantje achter de letterenfaculteit. Ik bestelde het dagmenu en zij ook.

'Nou, Watanabe, ben je kwaad op me?' vroeg Midori.

'Hoezo?'

'Omdat ik zo lang heb gewacht om je te antwoorden, bij wijze van wraak. Vind je niet dat ik dat eigenlijk niet had moeten doen? Jij had je tenslotte netjes verontschuldigd.'

'Het was mijn eigen schuld. Niets aan te doen,' zei ik.

'Mijn zus vindt dat ik het niet kon maken. Dat het onverdraagzaam was, en kinderachtig.'

'Maar het heeft je toch goed gedaan, die wraak?'

'Jawel.'

'Nou dan.'

'Jij bent wel heel erg tolerant, zeg,' zei Midori. 'Maar Watanabe, heb je echt al een halfjaar geen seks meer gehad?'

'Klopt,' zei ik.

'Dus die keer toen je mij in bed stopte, had je vast wel zin.'

'Ik denk het wel.'

'Maar je hebt het niet gedaan.'

'Jij bent op dit moment de dierbaarste vriendin die ik heb en ik wil je niet kwijtraken,' zei ik.

'Als je toen had aangedrongen, had ik je vast niet tegengehouden. Ik was op dat moment ver heen.'

'De mijne is nu eenmaal groot en hard.'

Ze lachte en raakte even mijn pols aan. 'Ik heb een tijdje geleden besloten je te geloven. Voor de volle honderd procent. Daarom kon ik toen met een gerust hart als een blok in slaap vallen: omdat ik veilig bij je was, omdat jij bij me was. Ik heb toen toch als een blok geslapen?'

'Zeker weten,' zei ik.

'Stel dat je toen had gezegd: "Kom op, Midori, laten we neuken, dan komt alles goed," dan had ik het waarschijnlijk gedaan. Nu moet je niet denken dat ik dit zeg om je te verleiden of je uit te dagen. Ik wilde je alleen maar eerlijk zeggen wat ik voel.'

'Ik snap het,' zei ik.

Tijdens het eten vergeleken we onze roosters en ontdekten we dat we twee colleges samen hadden. Ik zou haar dus twee keer per week zien. Toen vertelde Midori over haar nieuwe leven. Zowel haar zus als zijzelf had er moeite mee gehad te wennen aan het leven in hun nieuwe appartement. Ze hadden het nu heel makkelijk, terwijl ze eraan gewend waren het altijd druk te hebben met verplegen of met helpen in de winkel.

'Maar de laatste tijd beginnen we er wel aan te wennen,' zei Midori. 'Ik bedoel, aan de gedachte dat ons leven er voortaan zo uitziet. Konden we eindelijk naar hartenlust onze armen en benen uitstrekken zonder met iemand rekening te houden, lukte het ons niet om te ontspannen. Het voelde alsof mijn lichaam twee, drie centimeter boven de grond zweefde. Nee, ik lieg. Het was meer het gevoel dat ik niet wist dat zo'n makkelijk leventje echt tot de mogelijkheden behoorde. We waren allebei bang dat er wel weer een omwenteling zou komen.'

'De lijdende zusjes,' zei ik lachend.

'Het is wel heftig geweest,' zei Midori. 'Maar het geeft niet. We gaan het van nu af aan helemaal inhalen.'

'Dat zal jullie vast goed afgaan,' zei ik. 'Wat doet je zus nu?'

'Een vriendin van haar heeft net een sieradenwinkel geopend in de buurt van Omotesando en daar gaat ze drie keer per week helpen. Verder volgt ze kooklessen, heeft afspraakjes met haar verloofde, gaat naar de film, of ze doet helemaal niets. Kortom, die geniet van het leven.'

Midori vroeg naar mijn nieuwe leven en ik vertelde haar hoe mijn huis eruitzag, over de grote tuin, over de kat Meeuw en over de huurbaas.

'Naar je zin?'

'Niet verkeerd,' zei ik.

'Het is je niet aan te zien,' zei Midori.

'Het is nota bene lente,' zei ik.

'En je hebt nog wel de mooie trui aan die je vriendinnetje voor je gebreid heeft.'

Verbaasd keek ik naar de bordeauxrode trui die ik aanhad. 'Hoe weet je dat?'

'Wat ben jij eerlijk! Het was gewoon een schot voor de boeg,' zei Midori verbaasd. 'Maar gaat het eigenlijk wel goed met je?'

'Ik doe mijn best.'

'Je moet het leven zien als een koektrommel.'

Ik schudde een paar keer mijn hoofd en keek Midori aan. 'Misschien ben ik dom, maar af en toe begrijp ik niet waar je het over hebt.'

'In een koektrommel zitten allerlei koekjes en daar zitten koekjes bij waar je van houdt en koekjes waar je niet van houdt, toch? Als je eerst alle lekkere koekjes opeet, hou je alleen de koekjes over die je niet graag lust. Als ik het zwaar heb, denk ik daar altijd aan. Eerst hierdoorheen bijten, straks wordt het makkelijker. Het leven is een koektrommel.'

'Dat is een manier om ertegenaan te kijken.'

'Het is echt zo. Ik weet het uit ervaring,' zei Midori.

Toen we onze koffie zaten te drinken, kwamen er twee meisjes die Midori kende uit haar jaar naar haar toe. Met z'n drieën vergeleken ze hun roosters en ze praatten over van alles en nog wat: de cijfers die ze vorig jaar voor Duits hadden gehaald, wie er gewond waren geraakt bij de studentenrellen, waar ze die leuke schoenen hadden gekocht. Terwijl ik dit alles aanhoorde zonder er speciaal naar te luisteren, klonken deze gesprekken me in de oren alsof ze afkomstig waren van de andere kant van de aarde. Ik dronk van mijn koffie en keek naar buiten. Het was dezelfde universiteit in de lente als altijd. De lucht was heiig, de kersenbomen stonden in bloei, en de eerstejaars, die je er zo uit haalde, liepen met stapels nieuwe boeken onder hun arm over straat. Terwijl ik daarnaar zat te kijken, voelde ik me opnieuw een beetje wegdrijven. Ik dacht aan Naoko, die dit studiejaar alweer niet terugkwam naar de universiteit. In de vensterbank stond een glaasje met een paar anemonen.

Toen de twee meisjes naar hun eigen tafel gingen, liep ik met Midori naar buiten en samen wandelden we door de stad. We gingen een paar antiquariaten binnen en kochten een paar boeken, we dronken nog ergens een kop koffie, we flipperden in een amusementshal en we praatten op een bankje in het park. Midori was hoofdzakelijk aan het woord en ik mompelde af en toe iets terug. Ze zei dat ze dorst had gekregen. Ik ging in de buurt twee cola kopen. Ondertussen zat Midori de hele tijd met balpen iets op een blocnote te krabbelen. Ik vroeg wat het was. 'Niets,' zei ze.

Om halfvier zei Midori dat ze ervandoor moest omdat ze met haar zus had afgesproken in Ginza. We liepen naar het station en daar namen we elk een andere trein. Bij het afscheid stopte ze een twee keer dubbelgevouwen blocnotevel in de zak van mijn jas. 'Lees het maar als je thuis bent,' zei ze. Ik las het in de trein.

Nu jij cola aan het kopen bent, schrijf ik deze brief. Het is voor het eerst dat ik een brief schrijf aan iemand die naast me op een bankje zit. Maar ik weet niet hoe ik anders tot je door moet dringen. Want wat ik ook zeg, je luistert nauwelijks. Zo is het toch?

Realiseer je je wel dat je me vandaag iets vreselijks hebt aangedaan? Het is je niet eens opgevallen dat mijn haar heel anders zit. Ik heb zo mijn best gedaan om mijn haar te laten groeien en eindelijk lukte het me eind vorige week er een enigszins vrouwelijke coupe in aan te brengen. Maar is het jou toch niet opgevallen? Ik vond het nogal leuk zitten en hoopte je te verrassen nu we elkaar voor het eerst in lange tijd weer zagen. Maar het is je niet eens opgevallen! Dat is toch te erg voor woorden? Wie weet kun je je niet eens herinneren wat voor kleren ik droeg. Ik ben een vrouw, hoor! Al ben je nog zo door iets in beslag genomen, je mag me best wel even goed bekijken. Al had je er maar een paar woorden over gezegd – 'Leuk, je haar zo' –, dan had ik het je vergeven, al was je daarna nog zo door van alles in beslag genomen geweest.

Daarom ga ik straks tegen je liegen. Dat ik heb afgesproken met mijn zus in Ginza is gelogen. Ik was ervan uitgegaan dat ik vandaag met je mee zou gaan en bij je zou blijven slapen. Ik had zelfs mijn pyjama bij me! Ja, in mijn rugzak had ik een pyjama en een tandenborstel zitten. Wat een domme koe ben ik. Je hebt me niet eens uitgenodigd bij je thuis. Maar goed, je wilt blijkbaar alleen zijn en

ik kan je niet zoveel schelen, dus ik laat je alleen. Denk maar naar
hartenlust over van alles na.

Denk nu niet dat ik woest op je ben. Je bent heel lief voor me
geweest toen ik in de problemen zat en ik krijg de indruk dat ik niets
voor je terug kan doen. Je lijkt de hele tijd opgesloten te zitten in je
eigen wereld, en als ik aanklop – 'Watanabe, hier ben ik!' –, doe je
even één oog open en dan keer je weer terug naar je eigen wereld.

Nu kom je terug met cola, in gedachten verzonken. Ik hoopte dat
je zou vallen, maar je viel niet. Nu zit je naast me je cola te drinken.
Ik had nog even de hoop dat je als je terugkwam met de cola mis-
schien zou opmerken dat mijn haar anders zit. Misschien had ik,
als het je toen was opgevallen, deze brief wel verscheurd en gezegd:
'Kom, laten we naar jouw huis gaan. Ik zal iets lekkers voor je koken.
En laten we daarna als goede vrienden tegen elkaar aan gaan liggen.'
Maar nee. Je bent zo gevoelloos als een ijzeren plaat.

P S Als we elkaar op college tegenkomen, spreek me dan niet aan.

Vanaf het station van Kichijoji belde ik naar Midori, maar er werd niet opgenomen. Omdat ik niets te doen had, dwaalde ik door Kichijoji op zoek naar een baantje dat ik kon combineren met mijn colleges. Ik had zaterdag en zondag de hele dag vrij en op maandag, woensdag en donderdag kon ik vanaf vijf uur werken, maar het was niet makkelijk werk te vinden dat precies op dit schema aansloot. Ten slotte gaf ik het op en ging terug naar huis. Toen ik er later op uitging om boodschappen te doen voor het avondeten probeerde ik nog een keer Midori te bellen. Haar zus nam op en zei dat Midori nog niet thuis was en dat ze niet wist wanneer ze thuis zou komen. Ik bedankte haar en hing op.

Na het eten probeerde ik Midori een brief te schrijven, maar hoe vaak ik ook opnieuw begon, het wilde maar niet lukken. Uiteindelijk besloot ik Naoko een brief te schrijven.

Ik schreef haar dat het lente was en dat het nieuwe studiejaar was begonnen. Ik schreef dat ik haar wilde laten weten hoe ik haar miste en dat ik haar zo graag had willen zien. En dat ik me in ieder geval had voorgenomen sterker te worden omdat dat het enige was dat ik kon doen.

'Dan nog iets,' schreef ik. 'Misschien speelt het alleen maar voor mij en kan het jou niets schelen, maar ik vrij met niemand. Ik wil niet vergeten hoe het was toen jij me aanraakte. Voor mij is dat belangrijker dan je je kunt voorstellen. Ik denk daar steeds aan terug.'

Ik deed de brief in een envelop, plakte er een postzegel op, legde hem voor me op mijn bureau en keek er een hele tijd naar. Het was een veel kortere brief dan anders, maar ik had het idee dat de intentie zo misschien beter overkwam. Ik schonk een glas voor ongeveer drie centimeter vol met whisky, dronk het in twee slokken leeg en viel in slaap.

De volgende dag vond ik in de buurt van Kichijoji een baantje voor de zaterdagen en de zondagen als kelner in een niet al te groot Italiaans restaurant. Het betaalde matig, maar de lunch zat erbij inbegrepen en ik kreeg ook reiskosten vergoed. Omdat ik kon invallen als iemand op maandag, woensdag of donderdag vrij nam – en dat kwam nogal eens voor – pakte dat ook gunstig voor mij uit. De manager zei dat ik na drie maanden loonsverhoging zou krijgen en dat ik de eerstvolgende zaterdag kon beginnen. Vergeleken met de waardeloze vent van de platenzaak in Shinjuku was het een heel geschikte kerel.

Toen ik naar Midori belde, kreeg ik weer haar zus aan de lijn. Die zei dat Midori die nacht niet thuis was geweest en dat ze zelf ook graag wilde weten waar ze was, en ze vroeg zich af of ik misschien een idee had. Ze klonk vermoeid. Het enige dat ik wist was dat Midori een pyjama en een tandenborstel in haar rugzak had zitten.

Tijdens het college op woensdag zag ik Midori. Ze droeg een donkergroene trui en ze had de donkere zonnebril op die ze in de zomer vaak had gedragen. Ze zat op de achterste rij en maakte een praatje met een klein meisje met een bril dat ik al eens eerder had gezien. Ik ging naar Midori toe en zei tegen haar dat ik haar na afloop wilde spreken. Eerst keek het meisje met de bril me aan en toen ook Midori. Haar haar zat inderdaad een stuk vrouwelijker. Ze zag er volwassener uit.

'Ik heb straks een afspraak,' zei Midori, met haar hoofd een beetje schuin.

'Het duurt niet lang. Vijf minuten is genoeg,' zei ik.

Midori deed haar zonnebril af en kneep haar ogen tot spleetjes, alsof ze naar een zojuist ingestort huis honderd meter verderop keek. 'Ik wil niet met je praten. Sorry.'

Het meisje met de bril keek me aan en haar blik zei: 'Ze wil niet met je praten. Sorry.'

Ik ging rechts op de voorste rij zitten en volgde het college (een overzicht van de toneelstukken van Tennessee Williams en hun plaats in de Amerikaanse literatuur). Toen het college was afgelopen telde ik tot drie en keek toen langzaam achterom. Midori zat er niet meer.

April was een te eenzame maand om in mijn eentje door te brengen. In april leek iedereen om me heen gelukkig. Mensen deden hun jassen uit, babbelden in de zon, speelden vangbal, werden verliefd. Maar ik was volkomen alleen. Naoko, Midori, Nagasawa – ze waren allemaal ergens anders dan waar ik was. Ik had zelfs niemand om 'hallo' of 'goedemorgen' tegen te zeggen. Ik miste nu zelfs de Marinier. In deze trieste eenzaamheid bracht ik april door. Ik probeerde een paar keer Midori aan te spreken, maar elke keer kreeg ik hetzelfde antwoord: 'Ik heb nu geen zin om te praten.' Uit haar toon begreep ik dat ze het meende. Ze was vrijwel altijd samen met het meisje met de bril en anders was ze met een lange jongen met kort haar die verschrikkelijk lange benen had en altijd basketbalschoenen droeg.

April ging voorbij. Het werd mei, en mei was nog veel erger dan april. Ik ontkwam er niet aan dat met het vorderen van de lente ook mijn hart steeds sneller ging kloppen. Meestal gebeurde dat tegen de schemering. Als de geur van de magnolia zachtjes binnendreef, dan zwol, beefde en bonkte mijn hart en deed pijn in doffe stoten. Op zulke momenten deed ik mijn ogen stijf dicht en klemde mijn kiezen op elkaar. Zo wachtte ik tot het overging. Langzaam ging het voorbij, maar het liet een scherpe pijn achter.

Vaak schreef ik Naoko dan een brief. Ik schreef haar alleen over leuke, prettige en mooie dingen. De geur van gras, de aangename lentewind, het licht van de maan, een film die ik gezien had, een lied waar ik van hield, een boek waar ik door geraakt was – over dat soort dingen schreef ik. Als ik die brief dan teruglas, werd ik er zelf door getroost. Wat leef ik toch in een prachtige wereld, dacht ik. Ik schreef een aantal van deze brieven. Van Naoko of Reiko hoorde ik niets.

In het restaurant waar ik werkte raakte ik bevriend met Ito, een werkstudent die net zo oud was als ik. Hij was een vriendelijke, zwijgzame jongen die schilderkunst studeerde aan de kunstacademie. Het duurde een tijdje voor we aan de praat raakten, maar op een goed moment werd het onze gewoonte na het werk ergens in de buurt een biertje te drinken en over van alles te kletsen. Ito hield ook van boeken en muziek, en meestal hadden we het daarover. Hij was een slanke, aantrekkelijke man en voor iemand die aan de kunstacademie studeerde was zijn haar erg kort en zag hij er verzorgd uit. Hij sprak er niet veel over, maar hij had een duidelijke smaak en manier van denken. Hij hield van Franse romans en las graag George Bataille of Boris Vian. Wat muziek betreft had hij een voorkeur voor Mozart en Ravel. En net als ik zocht hij een vriend met wie hij hierover kon praten.

Hij nodigde mij een keer bij hem thuis uit. Zijn appartement bevond zich in een wat wonderlijk gebouw van twee verdiepingen achter het Inogashira-park en zijn kamer stond vol met schilderijen en verfspullen. Ik zei dat ik zijn schilderijen graag wilde bekijken, maar hij zei dat hij niet durfde en ik kreeg ze niet te zien. We dronken van een fles Chivas Regal die hij zonder iets te zeggen had meegenomen van zijn vader, we aten sardientjes die we boven een houtskoolvuurtje hadden gebakken en we luisterden naar Mozarts pianoconcert door Robert Casadesus.

Hij kwam uit Nagasaki en had daar een vriendinnetje toen hij naar Tokio kwam. Elke keer als hij terugging naar Nagasaki, sliep hij bij haar. Maar de laatste tijd liep het niet meer zo soepel, zei hij.

'Je weet hoe dat gaat,' zei hij. 'Zodra ze twintig of eenentwintig worden, beginnen ze opeens over van alles praktisch na te denken. Ze worden ontzettend realistisch. Alles wat je altijd leuk aan ze hebt gevonden gaat er maand na maand triester uitzien. Elke keer als we elkaar zien vraagt ze me, altijd na het vrijen, wat ik ga doen als ik ben afgestudeerd.'

'En, wat ga je doen na je afstuderen?' vroeg ik.

Hij kauwde op een sardine en schudde zijn hoofd. 'Weet ik veel. Ik studeer schilderkunst. Als je nadenkt over je toekomst, kies je dat natuurlijk niet. Daar kun je echt je brood niet mee verdienen. Dan zegt zij dat ik toch naar Nagasaki terug kan komen en tekenleraar kan worden. Zelf wil ze lerares Engels worden.'

'Je bent niet meer zo verliefd op haar?'

'Dat zal ook wel meespelen,' gaf Ito toe. 'Bovendien wil ik helemaal geen tekenleraar worden. Een stelletje onbeschofte middelbare scholieren die als apen rondspringen te leren tekenen, zo wil ik mijn leven niet eindigen.'

'Is het, nog los hiervan, niet beter om het met haar uit te maken? Voor jullie allebei?'

'Ik denk het ook. Maar ik krijg het ellendig genoeg niet uit mijn mond. Zij wil graag met me trouwen. "Laten we uit elkaar gaan, want ik geef niet meer om je" – ik kan dat gewoon niet zeggen.'

We dronken de Chivas puur, zonder ijs, en toen de sardines op waren, aten we selderij en komkommer, die we in lange repen sneden en besmeerden met miso. Toen ik van die sappige komkommer zat te eten, moest ik aan Midori's overleden vader denken. Als ik eraan dacht hoe kleurloos mijn leven was geworden sinds ik Midori was kwijtgeraakt, werd het me zwaar te moede. Zonder dat ik er erg in had gehad, was haar aanwezigheid in mijn bestaan steeds toegenomen.

'Heb jij een vriendin?' vroeg Ito.

Ik antwoordde na een diepe ademhaling dat ik wel een vriendin had, maar dat we elkaar door omstandigheden nu niet zagen.

'Maar jullie zitten wel op dezelfde golflengte?'

'Daar ga ik van uit. Anders is er geen redden meer aan,' zei ik half grappend.

Hij praatte uitvoerig over de rustige schoonheid van Mozart. Hij kende de muziek zoals een plattelander zijn bergweggetjes. Hij zei dat zijn vader er dol op was en dat hij het al vanaf zijn derde hoorde. Ik was niet zo goed ingevoerd in de klassieke muziek, maar toen ik me concentreerde op Mozarts concerto en luisterde naar Ito's bevlogen uitleg – 'Hier, dit stukje...', of: 'Wat vind je van deze passage?' – kwam ik werkelijk voor het eerst in lange tijd tot rust. We keken naar de maansikkel die boven het Inogashira-park hing en dronken de Chivas Regal tot de laatste druppel op. Goed spul.

Ito zei dat ik kon blijven slapen, maar ik zei dat ik nog wat te doen had en sloeg het aanbod af. Ik bedankte hem voor de whisky en vertrok tegen negenen. Op de terugweg ging ik een telefooncel in en draaide Midori's nummer. Uitzonderlijk genoeg nam ze zelf op.

'Het spijt me, maar ik wil nu niet met je praten,' zei ze.

'Dat weet ik. Want dat zeg je elke keer. Maar ik wil niet dat de relatie met jou op deze manier eindigt. Je bent echt een van mijn weinige vrienden en ik vind het verschrikkelijk dat ik je niet meer kan zien. Wanneer kan ik wel weer met je praten? Zeg me dat dan tenminste.'

'Ik neem zelf wel contact op. Als ik eraan toe ben.'

'Hoe gaat het met je?' probeerde ik.

'Het gaat wel,' zei ze. En toen hing ze op.

Halverwege mei kwam er een brief van Reiko:

Bedankt voor al je brieven. Naoko leest ze met veel plezier. Ik mag ze ook lezen. Je vindt het toch wel goed dat ik ze ook lees?

Het spijt me dat ik zo lang niet heb geschreven. Eerlijk gezegd was ik er ook een beetje te moe voor en er was ook geen goed nieuws te melden. Het gaat niet goed met Naoko. Laatst is haar moeder uit Kobe gekomen. Met z'n vieren – de dokter, Naoko, haar moeder en ik – hebben we er uitgebreid over gesproken en we zijn tot de slotsom gekomen dat het beter is als ze een tijdje naar een specialistisch hospitaal gaat voor een geconcentreerde behandeling, dat we kijken hoe dat gaat en dat ze dan weer hier kan terugkomen. Naoko zei dat ze het liefst hier wil herstellen. Ik vind het ook naar om afscheid van haar te moeten nemen en ik maak me er ook zorgen over, maar eerlijk gezegd wordt het steeds moeilijker haar hier in toom te houden. Meestal is er niets aan de hand, maar af en toe is ze emotioneel heel labiel en dan kun je haar geen moment uit het oog verliezen. Want je weet niet wat er kan gebeuren. Ze hoort stemmen, ze sluit zich helemaal af en ze kropt alles op.

Daarom ben ik het ermee eens dat Naoko een tijdje in een gepaste inrichting moet worden behandeld. Het is jammer, maar er is niets aan te doen. Zoals ik je al eerder heb gezegd, is geduld het belangrijkste, en blijven proberen de draadjes een voor een te ontwarren zonder de hoop op te geven. Al zien de omstandigheden er nog zo wanhopig uit, er moet altijd ergens een aanknopingspunt te vinden zijn. Als het donker is om je heen, zit er niets anders op dan een poosje te wachten tot je ogen aan de duisternis zijn gewend.

Tegen de tijd dat je deze brief krijgt, zit Naoko waarschijnlijk al in het andere ziekenhuis. Het spijt me dat ik je er nu pas van op de hoogte breng, maar het is ook allemaal erg snel gegaan. Het nieuwe ziekenhuis is een goed, degelijk ziekenhuis met goede artsen. Ik schrijf het adres hieronder. Stuur daar je brieven alsjeblieft naartoe. Ze houden mij van haar toestand op de hoogte, dus ik zal het je laten weten als er iets is. Ik hoop dat ik je goed nieuws kan brengen. Ik begrijp dat het zwaar voor je is, maar hou vol. Ook al is Naoko hier niet meer, schrijf mij toch alsjeblieft ook nog eens. Tot ziens.

Ik schreef dat voorjaar heel veel brieven. Ik schreef één keer in de week aan Naoko, ik schreef Reiko af en toe en ik schreef ook een aantal brieven aan Midori. Ik schreef brieven tijdens college, ik schreef aan mijn bureau met Meeuw op mijn schoot, ik schreef aan een tafeltje tijdens mijn pauzes in het Italiaanse restaurant. Het voelde alsof ik mijn uiteenvallende leven weer bij elkaar zou kunnen krijgen door brieven te schrijven.

'Omdat ik jou niet had om mee te praten, waren de maanden april en mei heel zwaar en eenzaam,' schreef ik Midori. 'Ik heb nog nooit zo'n zwaar en eenzaam voorjaar meegemaakt. Ik had liever drie februari's achter elkaar gehad. Ik denk dat het niet veel meer uitmaakt dat ik je dit nu nog zeg, maar ik vind dat je nieuwe kapsel je heel goed staat. Heel lief. Ik werk nu in een Italiaans restaurant en de kok heeft me een goed recept voor spaghetti geleerd. Dat wil ik graag een keer voor je klaarmaken.'

Ik ging elke dag naar de universiteit, ik werkte twee of drie keer per week in het Italiaanse restaurant, ik praatte met Ito over boeken en muziek, ik las een paar boeken van Boris Vian die ik van hem te leen had gekregen, ik schreef brieven, ik speelde met Meeuw, ik kookte spaghetti, ik hield de tuin bij, ik masturbeerde met mijn gedachten bij Naoko en ik zag heel veel films.

Het was half juni toen Midori me aansprak. Ze had al twee maanden geen woord tegen me gezegd. Na afloop van het college kwam ze naast me zitten, zette haar ellebogen op tafel, leunde met haar kin in haar hand en zweeg. Buiten regende het. Het was een typische regenseizoenregenbui, die loodrecht omlaagviel en alles zonder onderscheid doorweekte. Alle andere studenten hadden de collegezaal al verlaten, maar Midori bleef zwijgend zitten. Uit de zak van haar spijkerjack haalde ze een Marlboro, stak die in haar mond en gaf mij de lucifers. Ik streek een lucifer af en gaf haar een vuurtje. Midori tuitte haar lippen en blies de rook langzaam in mijn gezicht.

'Vind je mijn haar leuk?'

'Het staat je heel goed.'

'Hoe goed?' vroeg Midori.

'Zo mooi dat alle bomen van de wereld ervan omvallen,' zei ik.

'Meen je dat?'

'Ik meen het.'

Ze keek me een poosje aan en stak ten slotte haar rechterhand uit. Ik nam hem aan. Het leek alsof zij opgeluchter was dan ik. Midori liet de as van haar sigaret op de grond vallen en stond op.

'Laten we wat gaan eten. Ik rammel,' zei Midori.

'Waar gaan we naartoe?'

'Naar het restaurant van Takashimaya in Nihonbashi.'

'Hoezo daar helemaal?'

'Zo af en toe heb ik daar zin in.'

Dus wij gingen met de metro naar Nihonbashi. Misschien kwam het doordat het de hele ochtend had geregend, maar in het warenhuis was praktisch geen mens te bekennen. Binnen hing de geur van regen. Het personeel leek niet goed te weten wat ze moesten nu ze niets om handen hadden. Wij gingen naar het restaurant in de kelder, bestudeerden uitgebreid de voorbeeldmenu's in de vitrine en besloten allebei een lunchmenu te nemen. Het was lunchtijd, maar ook in het restaurant was het niet druk.

'Het is lang geleden dat ik in het restaurant van een warenhuis heb gegeten,' zei ik terwijl ik theedronk uit een glanzend wit theekopje zoals je ze alleen in warenhuisrestaurants vindt.

'Ik hou ervan,' zei Midori. 'Je krijgt het gevoel dat je iets speciaals aan het doen bent. Het zal wel door mijn jeugd komen. Mijn ouders namen me vrijwel nooit mee uit naar een warenhuis.'

'Mijn moeder deed juist niets anders. Ze was dol op warenhuizen en sleepte me altijd mee.'

'Bofkont.'

'Zo'n bof vond ik het niet. Ik hou niet van warenhuizen.'

'Dat bedoel ik niet. Je boft dat ze de moeite nam je mee te nemen.'

'Tja, ik ben enig kind,' zei ik.

'Toen ik klein was, dacht ik: als ik groot ben, ga ik in mijn eentje naar het restaurant van een warenhuis en dan eet ik wat ik wil en zoveel als ik wil,' zei Midori. 'Maar het heeft iets leegs. In je eentje op zo'n plek zitten bunkeren, daar is eigenlijk niets leuks aan. Het is niet bijzonder lekker, het is er alleen maar groot, vol, lawaaiig en benauwd. Toch heb ik zo nu en dan zin om hierheen te gaan.'

'Het zijn twee eenzame maanden geweest,' zei ik.

'Dat heb ik gelezen,' zei Midori vlak. 'Laten we iets gaan eten. Ik kan nu aan niets anders denken.'

We aten keurig onze lunch op uit een halfronde bentodoos, verorberden onze soep en dronken thee. Midori rookte een sigaret. Toen de sigaret op was, stond ze plotseling op en pakte haar paraplu. Ik stond ook op en pakte de mijne.

'Waar gaan we nu heen?' vroeg ik.

'Naar het dakterras, natuurlijk,' zei Midori. 'We zijn tenslotte in een warenhuis en we hebben net gegeten, dus wat doe je anders?'

Op het dakterras was niemand. In de dierenwinkel was geen verkoopster te zien, de kiosken waren dicht en bij de kaartjesbalie voor de kinderattracties waren de rolluiken neergelaten. We staken onze paraplu's op en schuifelden tussen de kletsnatte speeltoestellen, tuinstoelen en kraampjes door. Ik verbaasde me erover dat er midden in Tokio zo'n door Jan en alleman verlaten plek was. Midori wilde door de verrekijker kijken, dus ik deed er kleingeld voor haar in en de hele tijd dat ze aan het kijken was hield ik de paraplu voor haar op.

In een hoek van het dakterras was een overdekte spelletjeshoek voor kinderen. We gingen er naast elkaar op een richeltje zitten en keken naar de regen.

'Vertel eens iets,' zei Midori. 'Je hebt vast iets te vertellen, lijkt me.'

'Ik wil mezelf niet vrijpleiten, maar ik was op dat moment behoorlijk in de war en de weg kwijt. Vandaar dat allerlei dingen niet goed tot me doordrongen,' zei ik. 'Maar één ding is me wel duidelijk geworden in de tijd dat ik je niet kon zien: ik heb me erdoorheen kunnen slaan doordat jij er was. Toen ik je kwijt was, had ik het heel zwaar en was ik heel eenzaam.'

'Heb je enig idee, Watanabe, hoe zwaar en eenzaam deze twee maanden voor míj zijn geweest?'

'Dat wist ik helemaal niet,' zei ik, van mijn stuk gebracht. 'Ik dacht dat je kwaad op me was en me niet meer wilde zien.'

'Hoe kun je zo dom zijn? Natúúrlijk wil ik je graag zien. Ik heb je toch gezegd dat ik om je geef? Dat is niet iets wat zo makkelijk komt en gaat bij mij. Dat snap je toch wel?'

'Jawel, maar...'

'Inderdaad was ik kwaad, zo kwaad dat ik je wel in elkaar kon schoppen. We zagen elkaar nota bene voor het eerst in tijden en dan zit jij de hele tijd aan een andere vrouw te denken en keur je me geen blik waardig. Dan krijg je iemand wel kwaad. Maar ook los daarvan had ik al een tijdje het idee dat het beter zou zijn je even niet te zien. Om een en ander helder te krijgen.'

'Een en ander?'

'Tussen ons, natuurlijk! Ik bedoel, ik ben je geleidelijk steeds leuker gaan vinden, zo leuk zelfs dat ik liever met jou samen was dan met mijn vriendje. Dat is toch vreemd en dat hoort toch niet? Natuurlijk geef ik om hem, ook al is hij dan een beetje egocentrisch en een kleinzielige fascist. Hij heeft een heleboel goede kanten en hij is de eerste voor wie ik serieus iets voelde. Maar toch ben jij op een of andere manier heel speciaal voor me. Als we samen zijn, voelt het alsof alles precies klopt. Ik kan je vertrouwen, ik geef om je en ik wil je niet kwijt. Kortom, ik raakte steeds meer in de war. Ik ben naar mijn vriendje toe gegaan en ik heb het hem eerlijk verteld en hem gevraagd hoe het verder moest. Hij zei dat hij niet wilde dat ik je nog zag. Dat ik maar met hem moest breken als ik jou wilde zien.'

'En toen?'

'Ik heb meteen met hem gebroken,' zei Midori, terwijl ze een Marlboro in haar mond stak, met één hand de lucifer afschermde waarmee ze haar sigaret aanstak en inhaleerde.

'Waarom?'

'Waarom?' riep Midori uit. 'Ben je niet goed bij je hoofd? Je kent de Engelse aanvoegende wijs, je begrijpt mathematische reeksen, je leest Marx. Waarom begrijp je dit dan niet? Waarom moet je dat nog vragen? Waarom moet je het je door een meisje laten uitspellen? Omdat ik meer om jou geef dan om hem! Wat anders? Ik had eigenlijk op een veel aantrekkelijkere jongen verliefd willen worden. Maar het is niet anders. Ik ben op jou verliefd geworden.'

Ik wilde iets zeggen, maar het leek of er iets in mijn keel zat waardoor de woorden bleven steken.

Midori gooide haar peuk in een plas. 'Kijk niet zo. Ik word er helemaal verdrietig van. Het geeft niet, ik verwacht niets, want ik weet dat er iemand anders is om wie je geeft. Maar zou je toch even je armen om me heen willen slaan? Ik heb het deze maanden echt heel zwaar gehad.'

Achter de spelletjeshoek omhelsden we elkaar onder mijn opgestoken paraplu. Stevig drukten we ons tegen elkaar en onze lippen vonden elkaar. Zowel haar haar als de kraag van haar spijkerjasje rook naar regen. Wat was een vrouwenlichaam toch warm en zacht! Door haar jasje heen voelde ik duidelijk haar borsten tegen mijn borstkas. Het voelde alsof het eeuwen geleden was dat ik een levend mens had aangeraakt.

'Op de avond dat we elkaar vorige keer zagen, ben ik naar mijn vriend gegaan en heb het hem verteld. Sindsdien zijn we uit elkaar,' zei Midori.

'Ik hou van je,' zei ik. 'Ik hou met heel mijn hart van je. Ik wil je niet nog een keer kwijtraken. Maar het is hopeloos. Ik zit vast en kan nu geen kant op.'

'Vanwege haar?'

Ik knikte.

'Vertel eens: ben je met haar naar bed geweest?'

'Eén keer, een jaar geleden.'

'Heb je haar nadien nog gezien?'

'Twee keer. Maar toen hebben we het niet gedaan,' zei ik.

'Hoezo niet? Houdt ze niet meer van je?'

'Dat is moeilijk te zeggen,' zei ik. 'De situatie is heel gecompliceerd. Er spelen allerlei dingen mee, en aangezien dat al een hele tijd duurt, weet ik steeds minder hoe het eigenlijk zit. En dat geldt ook voor haar. Maar ik weet wel dat ik een bepaald soort verantwoordelijkheid heb als mens die ik niet kan loslaten. In ieder geval voelt dat nu zo. Zelfs als ze niet van me zou houden.'

'Nou,' zei Midori terwijl ze haar voorhoofd tegen mijn hals wreef, 'ik ben een vrouw van vlees en bloed. Ik wil dat je me vasthoudt, ik heb je bekend dat ik verliefd op je ben. Zeg me wat ik moet doen en ik doe het. Ik heb misschien mijn malle kanten, maar ik ben eerlijk, ik werk hard, ik zie er best lief uit, ik heb mooie tieten, ik kan goed koken, mijn vaders erfenis staat op de bank – vind je dat geen superaanbieding? Als jij deze kans niet pakt, ga ik te zijner tijd naar een ander, hoor.'

'Ik heb tijd nodig,' zei ik. 'Ik heb tijd nodig om na te denken, om dingen op een rijtje te zetten, om knopen door te hakken. Het spijt me, maar meer kan ik er nu niet van zeggen.'

'Maar je houdt van me met heel je hart en je wilt me niet nog een keer kwijt?'

'Natuurlijk.'

Midori liet me los en keek me lachend aan. 'Het is goed. Ik wacht. Ik vertrouw je,' zei ze. 'Maar wanneer je mij kiest, kies dan alleen mij. En als je mij in je armen hebt, denk dan alleen aan mij. Begrijp je wat ik bedoel?'

'Ik begrijp het heel goed.'

'Verder maakt het me niet uit wat je doet, maar kwets me niet nog een keer. Ik ben in mijn leven al genoeg gekwetst. Ik wil gelukkig worden.'

Ik trok haar naar me toe en zoende haar.

'Laat die stomme paraplu eens los en pak me stevig beet, met twee armen,' zei Midori.

'Maar dan worden we kletsnat.'

'Wat maakt het uit! Stop eens met nadenken en hou me vast. Ik heb je twee maanden moeten missen.'

Ik zette de paraplu neer en hield Midori in de regen stevig vast. Alleen het doffe geluid van auto's op de snelweg omringde ons als een mist. De regen viel geluidloos en hardnekkig door, onze haren raakten doorweekt, als tranen liep de regen over onze wangen, over haar spijkerjack en over mijn gele nylon parka, en vormde donkere plekken.

'Zullen we ergens naartoe gaan waar een dak is?' zei ik.

'Kom maar bij mij. Daar is nu niemand. We vatten zo nog kou.'

'Ik moet er niet aan denken.'

'Het lijkt wel of we net zwemmend een rivier zijn overgestoken,' zei Midori lachend. 'Heerlijk.'

Op de handdoekenafdeling kochten we een royale handdoek en om beurten gingen we naar het toilet om onze haren te drogen. Daarna stapten we in de metro en gingen naar haar appartement in Myogadani. Midori liet mij eerst een douche nemen en ging daarna zelf. Ik kreeg haar badjas te leen tot mijn kleren droog waren en zelf trok ze een poloshirt en een rok aan. Aan de tafel in de keuken dronken we koffie.

'Vertel eens iets over jezelf,' zei Midori.

'Wat moet ik over mezelf zeggen?'

'Tja... Waar heb je een hekel aan?'

'Ik heb een hekel aan kip, aan geslachtsziektes en aan kappers die te veel praten.'

'En verder?'

'Ik haat eenzame avonden in april en kanten telefoonkleedjes.'

'En verder?'

Ik schudde mijn hoofd. 'Verder kan ik niets bedenken.'

'Mijn vriendje – ik bedoel mijn ex-vriendje – had aan allerlei dingen een hekel. Hij had er een hekel aan als ik heel korte rokjes droeg, of als ik rookte. Hij had er een hekel aan als ik snel dronken werd, als ik perverse dingen zei, of als ik kritiek had op zijn vrienden. Dus mocht je een hekel hebben aan iets van mij, zeg het maar gerust. Als er iets te verbeteren valt, zal ik het verbeteren.'

'Er is eigenlijk niets,' zei ik na een tijdje nadenken, en ik schudde mijn hoofd. 'Helemaal niets.'

'Echt?'

'Ik vind alles wat je draagt leuk en alles wat je doet en wat je zegt, en de manier waarop je loopt en de manier waarop je dronken wordt. Ik vind het allemaal leuk.'

'Vind je me echt prima zoals ik ben?'

'Ik weet niet hoe je zou moeten veranderen, dus zo is het goed.'

'Hoeveel geef je om me?' vroeg Midori.

'Zoveel dat alle tijgers in de jungle smelten,' zei ik.

'Hmm,' zei Midori enigszins tevredengesteld. 'Neem je me nog een keer in je armen?'

We omhelsden elkaar op het bed in haar kamer. Tussen de dekens en met het geluid van de regen in onze oren vonden onze lippen elkaar en we vertelden elkaar alles – van het ontstaan van het universum tot de favoriete consistentie van een gekookt ei.

'Wat zouden mieren eigenlijk doen op een regenachtige dag?' vroeg Midori.

'Geen idee,' zei ik. 'Misschien hun nest schoonmaken? Of hun voorraad ordenen? Het zijn tenslotte harde werkers, die mieren.'

'Waarom evolueren mieren niet, terwijl ze zo hard werken? Het zijn nog steeds mieren.'

'Ik weet het niet. Misschien is de structuur van hun lichaam niet geschikt voor vooruitgang. Vergeleken met een aap, bijvoorbeeld.'

'Wat weet jij veel niet, zeg,' zei Midori. 'Ik dacht altijd dat jij alles wel ongeveer wist.'

'De wereld is groot,' zei ik.

'Bergen zijn hoog en de zee is diep,' zei Midori. Toen stak ze haar hand onder de badjas en pakte mijn stijve penis in haar hand. 'Kijk, Watanabe, het spijt me, maar dit gaat echt niet lukken. Zo'n grote stijve gaat er nooit in. Daar pas ik voor.'

'Dat meen je niet,' zei ik met een zucht.

'Ik meen het niet,' zei Midori giechelend. 'Het is goed. Wees gerust. Dit formaat zal precies gaan. Mag ik hem even van dichtbij bekijken?'

'Ga je gang,' zei ik.

Midori kroop onder de dekens en zat een tijdje met mijn penis te spelen. Ze trok aan het vel en woog het gewicht van mijn ballen op haar vlakke hand. Toen kwam ze onder de dekens tevoorschijn en haalde diep adem. 'Ik vind hem echt leuk. Ik zeg het niet om te slijmen.'

'Dankjewel,' zei ik, oprecht dankbaar.

'Maar Watanabe, je wilt het toch niet doen, nu allerlei dingen nog niet helder zijn?'

'Niet dat ik niet zou willen,' zei ik. 'Ik heb zo'n zin dat mijn hoofd ervan tolt. Maar het kan niet.'

'Wat ben je toch koppig. Als ik jou was, zou ik het doen. En dan daarna weer nadenken.'

'Meen je dat?'

'Nee,' zei Midori timide. 'Ik zou het ook niet doen, denk ik. Ik denk niet dat ik het zou doen als ik jou was. Dat mag ik juist zo aan jou. Ik hou echt, werkelijk waar heel veel van je.'

'Hoeveel?' vroeg ik, maar ze antwoordde niet. In plaats daarvan boog ze zich over me heen, zoog aan mijn tepels en zachtjes begon de hand die mijn penis vasthield te bewegen. Mijn eerste gedachte was dat ze het heel anders deed dan Naoko. Het was allebei lief en lekker, maar het was heel anders, en daardoor voelde het als een volledig andere ervaring.

'Watanabe, je ligt toch niet aan een andere vrouw te denken?'

'Nee hoor,' loog ik.

'Echt niet?'

'Echt niet.'

'Ik heb er een hekel aan als je aan een andere vrouw denkt als ik dit doe.'

'Ik zou het niet in mijn hoofd halen.'

'Wil je mijn borsten aanraken, of anders daar?' vroeg Midori.

'Ik wil wel, maar ik denk dat het beter is om het nog niet te doen. Anders worden de prikkels te sterk.'

Midori knikte, trok onder de dekens haar slip uit en deed hem om mijn penis. 'Doe het hier maar in.'

'Maar dan wordt hij vies.'

'Zeg niet zulke stomme dingen of ik ga huilen,' zei Midori met een stem waar de tranen in doorklonken. 'Dan was ik hem toch gewoon?

Laat je gaan en kom naar hartenlust klaar. Als je er echt mee zit, dan koop je maar een nieuwe en geef je me die cadeau. Of lukt het niet omdat de gedachte dat-ie van mij is je de lust beneemt?'

'Welnee,' zei ik.

'Nou, kom dan. Ga je gang.'

Toen ik was klaargekomen, inspecteerde ze mijn sperma. 'Dat is een lading,' zei ze, alsof ze onder de indruk was.

'Te veel misschien?'

'Welnee, gekkie. Spuit maar zoveel je wilt,' zei Midori lachend en ze gaf me een zoen.

Tegen de avond deed ze boodschappen in de buurt en maakte iets te eten klaar. Aan de keukentafel dronken we bier en aten we tempura en rijst met bonen.

'Eet maar veel en maak maar veel nieuw zaad,' zei Midori. 'Dan zal ik het er zachtjes uit laten komen.'

'Dank je,' zei ik.

'Ik weet allerlei manieren. Toen we de boekwinkel nog hadden, heb ik dat geleerd uit de damesbladen. Uit een speciale bijlage voor zwangere vrouwen. Daar stonden allerlei manieren in om het te doen om te voorkomen dat je man vreemdgaat als seks door de zwangerschap niet meer kan. Er zijn echt duizend manieren. Krijg je al zin?'

'Ik kan niet wachten,' zei ik.

Nadat ik van Midori afscheid had genomen, kocht ik op het station een krant, maar toen ik die op de terugweg opensloeg, merkte ik dat ik geen zin had om hem te lezen. Van de passage die ik net had gelezen was niets tot me doorgedrongen. Ik staarde naar de krant zonder er iets van te begrijpen en vroeg me af hoe het nu verder met me moest en hoe de omstandigheden waarin ik me bevond zich zouden ontwikkelen. Af en toe kon ik een ader van de wereld om me heen voelen kloppen. Ik slaakte een diepe zucht en deed mijn ogen dicht. Ik had geen enkele spijt van wat ik die middag had gedaan en ik was ervan overtuigd dat ik, als ik hem over had kunnen doen, precies hetzelfde zou hebben gedaan. Ik zou op het dak in de regen Midori hebben omarmd, ik zou me kletsnat hebben laten regenen en ik zou me in haar bed door haar vingers naar een hoogtepunt hebben laten voeren. Geen twijfel mogelijk. Ik gaf om Midori en ik was heel blij dat ze bij me terug was. We zouden samen nog een heel eind kunnen komen. Zoals Midori zelf had gezegd, was ze een vrouw van vlees en bloed, en dat warme lichaam had ze aan mijn armen toevertrouwd. Mijn armen om haar heen slaan was het enige dat ik had kunnen doen om het verlangen te onderdrukken om haar uit te kleden, haar lichaam te openen en me in haar warmte onder te dompelen. Maar het was me niet gelukt om de hand die mijn penis vasthield te stoppen toen die begon te bewegen. Ik wilde het, zij wilde het en we waren verliefd op elkaar. Wie zou het gelukt zijn die hand te stoppen? Ja, Midori en ik hielden van elkaar. Eigenlijk wist ik het al veel langer. Ik was alleen heel lang om die conclusie heen blijven draaien.

Het probleem was dat ik deze wending van de gebeurtenissen niet goed aan Naoko uit kon leggen. Op een ander moment zou het al lastig zijn geweest, maar zoals ze er nu aan toe was, kon ik haar onmogelijk zeggen dat ik verliefd was geworden op een ander. Bovendien hield ik nog van Naoko. Al was het dan een soort liefde die ergens onderweg op een vreemde manier was vervormd, ik hield beslist van Naoko en in mijn hart bleef zeker een royale plek voor haar gereserveerd.

Het enige dat ik kon doen was Reiko een eerlijke brief schrijven waarin ik alles opbiechtte. Thuisgekomen ging ik op de veranda zitten en staarde naar de tuin in de regen in de avond. In gedachten probeerde ik een paar zinnen te formuleren. Daarna ging ik aan mijn bureau zitten en schreef een brief. 'Het valt me onverdraaglijk zwaar je deze brief te schrijven,' begon ik. Ik legde haar stap voor stap uit hoe de relatie tussen Midori en mij zich had ontwikkeld en vertelde haar wat er vandaag tussen ons was gebeurd:

Ik ben van Naoko gaan houden en ik hou ook nu nog altijd van haar. Maar tussen Midori en mij bestaat iets onvermijdelijks. Ik wil me aan die kracht overgeven en heb het gevoel dat hij me voortstuwt. Voor Naoko koester ik een rustige, vriendelijke, ingetogen liefde, maar wat ik voor Midori voel is heel anders. Iets dat staat, loopt, ademt en klopt, iets dat me door elkaar schudt. Ik weet niet goed wat ik moet doen en ik ben erg in de war. Het is niet mijn bedoeling me vrij te pleiten, maar ik heb altijd mijn best gedaan eerlijk te leven en ik heb nooit tegen iemand gelogen. Ik heb er altijd op gelet anderen niet te kwetsen. Het is me dan ook een volslagen raadsel hoe ik desalniettemin in deze doolhofachtige situatie verzeild ben geraakt. Wat moet ik doen? Jij bent de enige tot wie ik me kan wenden.

Ik plakte een expreszegel op de brief en deed hem dezelfde avond nog op de post.

Vijf dagen later, op 17 juni, kwam er antwoord van Reiko:

Om te beginnen het goede nieuws. Naoko herstelt sneller dan verwacht. Ik heb haar één keer aan de lijn gehad en ze klonk heel helder. Er is sprake van dat ze hier misschien binnenkort terug kan komen.

En dan jouw kwestie. Ik denk dat je niet alles zo zwaar moet opvatten. Het is heerlijk van iemand te houden en als die liefde oprecht is, kan niemand erdoor in een doolhof verzeild raken. Heb vertrouwen in jezelf. Mijn raad is heel simpel.

Ten eerste: als die Midori jou zo sterk aantrekt, is het logisch dat je verliefd op haar wordt. Misschien pakt het goed uit, misschien ook wel niet. Zo gaat dat met de liefde. Als je verliefd bent, is het logisch om je daaraan over te geven. Zo denk ik erover. Het is ook een vorm van oprechtheid.

Ten tweede: of je het nu wel of niet met Midori moet doen, dat is jouw eigen probleem en daar kan ik niets over zeggen. Praat er goed over met haar en kom tot een conclusie waar jij mee kunt leven.

Ten derde: zeg er niets over tegen Naoko. Als de situatie zich zo ontwikkelt dat je er niet aan ontkomt haar iets te zeggen, laten jij en ik dan op dat moment samen een goede aanpak bedenken. Maar voorlopig geen woord tegen Naoko. Vertrouw maar op mij.

Ten vierde ben je tot nu toe een grote steun geweest voor Naoko, en ook al beschouw je jezelf niet meer als haar geliefde, je kunt nog op een heleboel manieren iets voor haar doen. Dus til er nu maar niet zo zwaar aan. Wij zijn allemaal (en met 'wij' bedoel ik zowel de normale mensen als de niet-normale) onvolmaakte mensen in een onvolmaakte wereld. We kunnen in ons leven niet alles bijhouden als spaargeld op de bank of alles afmeten met een liniaal of een gradenboog. Toch?

Midori lijkt me een leuk meisje. Afgaande op wat je schrijft, kan ik me goed voorstellen dat je je tot haar aangetrokken voelt. Ik begrijp ook dat je tegelijkertijd iets voor Naoko voelt. Dat is geen misdaad of wat dan ook. Dat komt in deze grote, wijde wereld heel vaak voor. Het is hetzelfde als wanneer je op een fraaie dag in een bootje een mooi meer op gaat en je zowel de lucht als het meer mooi vindt.

Pieker daar niet langer over. Laat het los en laat de dingen op hun beloop. Al doe je nog zo je best, het gebeurt nu eenmaal dat je andere mensen pijn doet. Dat hoort bij het leven. Het klinkt misschien wat overdreven, maar het wordt tijd dat je deze manier van leven leert kennen. Je probeert nu soms te veel het leven naar je eigen manier van doen toe te trekken. Als je niet in een psychiatrische inrichting wilt belanden, open dan je hart een beetje en geef je over aan de stroom. Ook al ben ik een machteloze, onvolmaakte vrouw, ik ervaar af en toe hoe mooi het leven kan zijn. Echt waar, ik meen het! Jij zou dus nog veel en veel gelukkiger moeten worden. Doe daar je best voor.

Natuurlijk vind ik het jammer dat er met jou en Naoko geen happy end in zit. Maar wie weet uiteindelijk wat goed is? Daarom moet je elke kans om gelukkig te worden aangrijpen, zonder reserves ten aanzien van wie dan ook, en gelukkig worden. Afgaand op mijn eigen ervaring dient zo'n kans zich maar twee of drie keer aan en als je hem laat schieten, heb je je hele leven spijt.

Ik speel iedere dag gitaar zonder dat iemand ernaar luistert. Daar is eigenlijk niets aan. Ik heb ook een hekel aan donkere avonden met regen. Ik wil graag nog een keer gitaar spelen en druiven eten met jou en Naoko erbij.

Dat is het voor nu,
Reiko Ishida

11

Ook nadat Naoko was overleden, kreeg ik nog een paar brieven van Reiko. Ze schreef dat het mijn schuld niet was, dat het niemands schuld was, dat niemand het had kunnen tegenhouden, net zomin als je regen kunt tegenhouden. Ik schreef haar niet terug. Wat moest ik zeggen? Bovendien maakte het toch niets meer uit. Naoko bestond niet meer in deze wereld. Ze was een handvol as geworden.

Na haar stille uitvaart eind augustus ging ik terug naar Tokio. Ik zei mijn huisbaas dat ik een tijdje weg was. Ik ging naar mijn werk en zei dat ik een tijdje niet kon komen. Midori schreef ik een kort briefje dat ik tot mijn spijt nog niets kon zeggen, maar of ze op me kon wachten. Daarna bracht ik drie dagen door in de bioscoop en keek van 's ochtends tot 's avonds naar films. Nadat ik alle films die in Tokio draaiden had gezien, pakte ik mijn rugzak, haalde al mijn spaargeld van de bank, ging naar station Shinjuku en stapte in de eerste intercity die ik zag.

Hoe en waar ik ben geweest herinner ik me niet meer. Landschappen, geuren en geluiden staan me nog scherp voor de geest, maar een naam van een stad wil me niet te binnen schieten. Ook de volgorde weet ik niet meer. Ik verplaatste me per trein of per bus van de ene stad naar de andere. Soms kreeg ik een lift van een vrachtwagen. Als ik ergens een plek zag die geschikt leek om te slapen – in de openlucht, op een station, in een park, langs een rivier, aan het strand –, rolde ik daar mijn slaapzak uit. Ik heb weleens onderdak gekregen op een politiebureau en ik heb ook weleens in een hoekje op een begraafplaats geslapen. Zolang ik maar geen last had van langslopende mensen en rustig kon slapen, vond ik alles goed. Als mijn lichaam moe was van het lopen, wikkelde ik me in mijn slaapzak, goot wat goedkope whisky naar binnen en viel in slaap. Als ik in een vriendelijke stad was, kwamen mensen me soms eten brengen of gaven me muggenwerende wierook. In onvriendelijke steden belden ze de politie en lieten me het park uit jagen. Het maakte me allemaal niet uit. Het enige waar ik naar verlangde was diepe slaap in een onbekende stad.

Als mijn geld opraakte, verdiende ik wat door een paar dagen als dagloner te werken. Overal was wel zulk werk. Ik verplaatste me van de ene stad naar de andere zonder een doel. De wereld was groot en vol vreemde verschijnselen en wonderlijke mensen. Eén keer belde ik Midori, omdat ik ernaar snakte haar stem te horen.

'Nou, de colleges zijn allang weer begonnen, hoor,' zei ze. 'Er zijn heel wat vakken waarvoor we werkstukken moeten maken. Waar hang jij in vredesnaam uit? Je hebt al drie weken niets van je laten horen. Waar ben je en wat vreet je uit?'

'Het spijt me, maar ik kan niet naar Tokio terugkeren. Nog niet.'

'Is dat het enige dat je te zeggen hebt?'

'Ik kan er op dit moment nog niets over zeggen. In oktober...'

Zonder verder iets te zeggen hing ze op.

Ik ging op dezelfde manier door met reizen. Af en toe logeerde ik op een goedkoop adres om me te wassen en te scheren. Het gezicht dat mij in de spiegel aankeek, zag er echt vreselijk uit. Door de zon was mijn huid zo droog als perkament, mijn ogen waren hol en mijn voorhoofd was bezaaid met onbestemde rimpels en wondjes. Ik zag eruit als iemand die zojuist uit zijn hol in de grond tevoorschijn was gekropen. Pas als ik goed keek, zag ik dat het mijn gezicht was.

In die tijd liep ik een stuk langs de kust van de Japanse Zee, ergens ter hoogte van Tottori of de noordkust van Hyogo. Ik vond het prettig om langs het strand te lopen, want in de duinen was altijd wel een goede slaapplek te vinden. Ik stookte een vuurtje van aangespoeld hout en roosterde gedroogde vis die ik bij een visboer had gekocht. Ik at geroosterde vis en dronk whisky, en dacht aan Naoko met het geluid van de zee in mijn oren. Het was heel vreemd dat zij dood was en in deze wereld niet meer bestond. Dat feit wilde er bij mij maar niet in. Ik kon het nog niet geloven. Ook al had ik zelf gehoord hoe de spijkers in het deksel van haar kist werden geslagen, ik was er nog altijd niet in geslaagd te accepteren dat Naoko naar het niets was teruggekeerd.

De herinneringen aan haar waren te levendig. Ik wist nog precies hoe ze omzichtig mijn penis in haar mond nam en hoe haar haar op mijn onderbuik viel. Ik herinnerde me haar warmte en haar ademhaling en het hulpeloze gevoel van de zaadlozing. Het stond me zo helder voor de geest alsof het vijf minuten geleden was gebeurd. Ik had het gevoel dat Naoko vlak bij me was en dat ik haar kon aanraken als ik mijn arm uitstak. Maar ze was er niet. Haar lichaam bestond niet langer in deze wereld.

Op avonden dat ik onmogelijk de slaap kon vatten, kwamen me allerlei beelden van Naoko voor de geest. Er was niet aan te ontkomen. Er zaten zoveel herinneringen aan Naoko in mij opeengepakt die op zoek leken naar kleine kieren om door naar buiten te dringen, ogenblikkelijk gevolgd door nog meer herinneringen, in een niet te stuiten stroom.

Naoko die in haar gele regenjas op een regenachtige ochtend het hoenderpark schoonmaakte en de zak met voer droeg. De halfgeruïneerde verjaardagstaart en mijn shirt dat doorweekt was van Naoko's tranen (ja, die avond had het ook geregend). Naoko die 's winters in haar camel jas naast me liep. Haar haarklem die ze altijd in haar haar had en waaraan ze altijd zat te frunniken. Haar transparante ogen waarmee ze me aankeek. Naoko die in haar blauwe kamerjas met opgetrokken benen op de bank zat met haar kin op haar knieën.

Deze beelden van Naoko sloegen het ene na het andere over me heen, als golven bij vloed, en ze sleurden me mee naar een mysterieuze plek. Daar was ik samen met de doden. Hier leefde Naoko en ik kon met haar praten en haar omhelzen. Hier bestond de dood niet als een factor die een definitief einde maakt aan het leven. De dood was hier slechts een van de talloze factoren waaruit leven en dood zijn opgebouwd. Naoko kon hier dood zijn en toch voortleven. Ze zei tegen me: 'Maak je geen zorgen, Watanabe, het is alleen maar de dood. Let er maar niet op.'

Hier voelde ik me niet verdrietig. Want de dood was de dood en Naoko was Naoko. 'Kijk maar, het is goed, hier ben ik toch?' zei Naoko met een schuchtere glimlach. Zo'n klein gebaar was elke keer kalmerend voor mijn hart en helend voor mijn ziel. Ik dacht: als dit de dood is, dan is de dood nog niet zo erg. 'Inderdaad,' zei Naoko, 'doodgaan stelt eigenlijk niet zoveel voor. De dood is maar gewoon de dood. Bovendien is alles hier heel makkelijk voor mij.' Dat vertelde Naoko me vanuit het geluid van de donkere golven.

Maar uiteindelijk trokken de golven zich terug en bleef ik alleen op het strand achter. Ik was machteloos, ik kon nergens heen. Verdriet omgaf me als een diepe duisternis. Op zulke momenten huilde ik vaak in mijn eentje. Eigenlijk was het geen huilen; de tranen druppelden uit zichzelf, als zweet, uit mijn ogen.

Toen Kizuki overleed, heb ik van zijn dood één ding geleerd. Ik had er een inzicht door verworven. Dat dacht ik tenminste. Het luidde aldus: De dood is niet het tegendeel van het leven, maar omgeeft ons tijdens ons leven voortdurend.

Dat was inderdaad waar. Door te leven voeden we tegelijkertijd de dood. Maar dat is slechts een deel van de universele waarheid die we moeten leren. Van Naoko's dood leerde ik dit: geen enkele waarheid kan het verdriet om het verlies van een dierbare helen. Geen enkele waarheid, geen enkele oprechtheid, geen enkele kracht, geen enkele vriendelijkheid kan dit verdriet helen. We kunnen het verdriet over ons heen laten komen en er iets van leren, maar wat we ervan geleerd hebben zal bij het volgende onverhoopte verdriet geen enkel nut hebben.

Dag in dag uit dacht ik over dit soort dingen na, met mijn oren gericht op het geluid van de golven en de wind in de nacht. Ik liep met mijn rugzak op mijn rug en met mijn haar vol zand almaar westwaarts over het herfststrand en leefde op whisky, brood en water.

Op een avond met sterke wind, toen ik in de luwte van een boot op het strand in mijn slaapzak gewikkeld mijn tranen de vrije loop liet, kwam er een jonge visser langs, die me een sigaret aanbood. Ik nam hem aan en rookte voor het eerst in tien maanden. Hij vroeg me waarom ik huilde. 'Mijn moeder is overleden,' loog ik in een reflex. En ik zei dat het onverdraaglijke verdriet me op reis had gejaagd. Hij leefde oprecht met me mee. Toen haalde hij van huis een grote fles sake en twee glazen.

Samen dronken we op het door wind geteisterde strand. De visser zei dat hij ook zijn moeder had verloren, op zijn zestiende. Ze had een zwakke gezondheid gehad, maar toch had ze hele dagen van 's morgens tot 's avonds gewerkt, en daardoor had ze haar lichaam afgemat en was ze overleden, vertelde hij. Ik dronk van mijn sake, luisterde afwezig naar zijn verhaal en gaf af en toe een gepast teken van medeleven. Het klonk me in de oren als een verhaal uit een andere wereld.

Waar heeft hij het in vredesnaam over, dacht ik. Plotseling werd ik gegrepen door zo'n hevige woede dat ik hem wel naar de strot kon vliegen. Wat zit je nou te bazelen over je moeder? Ik heb Naoko verloren! Haar mooie lichaam is volledig van deze wereld verdwenen! Wat zit jij hier dan deze verhalen over je moeder op te hangen?

Maar die woede loste even snel weer op. Ik deed mijn ogen dicht en luisterde zonder te luisteren naar de eindeloze verhalen van de visser. Ten slotte vroeg hij me of ik al gegeten had. Ik zei van niet, maar dat ik brood, kaas, ham en chocola in mijn rugzak had zitten. Hij vroeg wat ik tussen de middag had gegeten. Ik zei: 'Brood, kaas, ham en chocola.' Toen zei hij: 'Wacht hier', en ging weg. Ik wilde hem tegenhouden, maar hij was al zonder om te kijken in de duisternis verdwenen.

Er zat niets anders op dan in mijn eentje sake te drinken. Op het strand lagen de papieren resten van afgestoken vuurwerk en de golven braken in de branding met een woest geraas. Een magere hond kwam kwispelend aanlopen en snuffelde rond het kleine vuurtje dat ik gemaakt had naar iets eetbaars, maar toen hij begreep dat er niets was gaf hij het op en ging ervandoor.

Een halfuur later kwam de jonge visser terug met twee dozen sushi en een nieuwe fles sake. 'Eet maar op,' zei hij. 'Bewaar de onderste doos maar voor morgen, daar zit sushi zonder vis in.' Hij schonk zijn eigen glas weer vol sake en ook het mijne. Ik bedankte hem en at de hele bovenste doos sushi leeg, waar genoeg in zat voor twee personen. We dronken samen verder van de sake. Toen we zoveel hadden gedronken dat we niet meer op konden, zei hij dat ik bij hem kon slapen. Ik zei dat ik liever in mijn eentje op het strand sliep en hij drong niet verder aan. Bij het afscheid stopte hij een in vieren gevouwen briefje van vijfduizend yen in de zak van mijn shirt en zei dat ik daarvan iets voedzaams moest kopen omdat ik er vreselijk uitzag. Ik weigerde en zei dat hij al genoeg voor me had gedaan en dat ik geen geld van hem kon aannemen, maar hij nam het geld niet terug. Hij zei dat het geen geld was, maar zijn gevoel, en dat ik het gewoon moest houden. Er zat niets anders op dan hem te bedanken en het aan te nemen.

Toen de visser was weggegaan, moest ik opeens denken aan mijn vriendinnetje in de zesde klas van de middelbare school, met wie ik voor het eerst naar bed was geweest. Toen ik eraan terugdacht hoe onbeschoft ik me tegen haar had gedragen, liep me onwillekeurig een koude rilling over de rug. Ik had eigenlijk nooit een gedachte gewijd aan wat zij had gedacht of gevoeld en of ik haar pijn had gedaan. Ik had tot nu toe zelfs nooit meer aan haar gedacht. Het was een heel lief meisje. Maar ik vond het in die tijd niet meer dan vanzelfsprekend dat ze lief was en heb nooit aan haar teruggedacht. Wat zou ze nu doen? Zou ze het me vergeven hebben?

Ik voelde me ontzettend misselijk worden en gaf over naast de boot. Mijn hoofd deed pijn van alle drank en ik voelde me er rot over dat ik tegen de visser had gelogen en geld van hem had aangenomen. Ik bedacht dat misschien het moment was gekomen om naar Tokio terug te gaan. Ik kon hier niet eeuwig mee doorgaan. Ik rolde mijn slaapzak op en propte hem in mijn rugzak, hees die op mijn rug, liep naar het station en vroeg bij het loket hoe ik op dit tijdstip terugkwam in Tokio. De man keek op de vertrektijdentabel en zei dat als ik van de ene nachttrein op de andere overstapte, ik de volgende ochtend in Osaka kon zijn en daarvandaan de Shinkansen naar Tokio kon nemen. Ik bedankte hem en betaalde met de vijfduizend yen die ik van de visser had gekregen een kaartje. Terwijl ik op de trein wachtte, kocht ik een krant en bekeek de datum. 2 oktober 1970. Ik had precies een maand gereisd. Ik moest op een of andere manier terug naar de echte wereld.

De maand reizen had mijn stemming niet verbeterd en had de dreun van Naoko's dood niet verzacht. Ik keerde terug naar Tokio in ongeveer dezelfde staat als waarin ik was vertrokken. Ik kon het niet eens opbrengen Midori op te bellen. Ik wist niet hoe ik erover moest beginnen. Wat moest ik zeggen? 'Het is voorbij, we kunnen samen gelukkig worden?' Onmogelijk. Maar hoe ik het ook zou zeggen en welke woorden ik ook zou kiezen, het ging uiteindelijk om dat ene gegeven: dat Naoko dood was en Midori er nog was. Naoko was een hoopje witte as geworden en Midori was een levend wezen.

Ik voelde me door en door smerig. Ook al was ik terug in Tokio, ik bleef een paar dagen lang in mijn eentje in mijn kamer. Vrijwel mijn hele bewustzijn was niet bij de levenden, maar bij de doden. Van de ruimte die ik daar voor Naoko had gereserveerd waren de luiken dicht, de meubels waren met witte lakens afgedekt en in de kozijnen lag een dun laagje stof. Het grootste deel van de dag bracht ik in deze ruimte door. En ik dacht aan Kizuki. Nou, Kizuki, nu heb je eindelijk Naoko. Maar het geeft niet, ze was altijd al van jou. Misschien was dat uiteindelijk toch de plek waar ze naartoe moest. Maar in deze wereld, in deze onvolmaakte wereld van de levenden, heb ik gedaan voor Naoko wat ik kon. Ik heb geprobeerd met haar samen een nieuw leven op te bouwen. Het is goed, Kizuki. Ik geef haar aan jou. Ze heeft ten slotte voor jou gekozen. Diep in een bos dat zo donker was als haar eigen hart heeft ze zich opgehangen. Welnu, Kizuki, jij hebt destijds een deel van mij meegenomen naar de wereld van de doden. Nu heeft Naoko hetzelfde gedaan. Zo nu en dan voel ik me een archivaris van een museum. Een leeg museum waar nooit een mens op bezoek komt, waar ik uitsluitend over waak vanwege mezelf.

De vierde dag nadat ik terug was gekomen in Tokio kwam er een brief van Reiko. Per expresse. Het was een supereenvoudige boodschap: 'Ik maak me zorgen omdat ik je al zo lang niet kan bereiken. Bel me alsjeblieft. 's Morgens om negen uur en 's avonds om negen uur wacht ik bij de telefoon.'

's Avonds om negen uur draaide ik het nummer. Ik had meteen Reiko aan de lijn.

'Hoe is het met je?' vroeg ze.

'Het houdt niet over,' zei ik.

'Is het goed als ik je overmorgen of zo kom opzoeken?'

'Bedoel je dat je naar Tokio komt?'

'Ja. Ik wil graag een keer uitgebreid met je praten.'

'Dus je gaat daar weg, Reiko?'

'Anders kan ik je niet komen opzoeken, toch?' zei ze. 'Het wordt ook tijd om er eens weg te gaan. Ik zit er tenslotte al acht jaar. Als ik nog langer blijf, rot ik weg.'

Ik kon niet goed uit mijn woorden komen en zweeg een poosje.

'Ik kom overmorgen om twintig over drie aan op station Tokio. Kom je me ophalen? Je herkent me toch nog wel? Of heb je geen belangstelling meer voor me nu Naoko dood is?'

'Hoe kom je erbij?' zei ik. 'Ik zie je overmorgen om twintig over drie op station Tokio.'

'Je herkent me makkelijk. Zoveel vrouwen van middelbare leeftijd met een gitaarkoffer zullen er niet zijn.'

Inderdaad had ik op het station Reiko snel gevonden. Ze droeg een herenjasje van tweed, een witte broek en rode sportschoenen. Haar

haar was onveranderd kort en stond hier en daar overeind. In haar rechterhand had ze een bruine leren reistas en aan haar linkerhand bungelde een zwarte gitaarkoffer. Toen ze me zag, verscheen er een grote lach met heel veel rimpels op haar gezicht. Ik lachte vanzelf terug. Ik nam haar reistas over en naast elkaar liepen we naar het perron van de Chuo-lijn.

'Watanabe, sinds wanneer zie jij er zo vreselijk uit? Of is zo'n gezicht mode in Tokio?'

'Het komt doordat ik een tijdje heb gereisd en onderweg heel slecht heb gegeten,' zei ik. 'Hoe was het in de Shinkansen?'

'Vreselijk. De ramen kunnen niet open. En ik had nog een lunch willen kopen voor onderweg, maar het zat me niet mee.'

'Ze komen toch langs in de trein?'

'Bedoel je die vieze, dure sandwiches? Die lust een hongerig paard nog niet eens. Ik vond de rijst met zeebrasem bij een kraampje in Gotemba altijd zo lekker.'

'Je klinkt als een bejaarde.'

'Dat geeft niet. Ik ben ook al op leeftijd,' zei Reiko.

In de trein naar Kichijoji zat ze de hele tijd vol verbazing naar buiten te kijken.

'Is het erg veranderd in acht jaar?' vroeg ik.

'Je zult wel niet begrijpen hoe ik me nu voel, zeker, Watanabe?'

'Ik denk het niet.'

'Ik vind het eng. Zo eng dat ik er gek van word. Ik weet niet wat ik moet doen, hier helemaal alleen op mezelf op zo'n plek,' zei Reiko. 'Leuke uitdrukking, hè: "dat ik er gek van word". Vind je niet?'

Ik lachte en pakte haar hand. 'Het komt goed. Daar hoef je je geen zorgen meer over te maken. Je bent er bovendien op eigen kracht uit gekomen.'

'Ik ben er op eigen kracht weggegaan,' zei Reiko. 'Maar dat ik er ben weggegaan heb ik aan jou en Naoko te danken. Het was onverdraaglijk op de plek te zijn waar Naoko niet meer was. Ik moest en zou naar Tokio om er een keer rustig met jou over te praten. Daarom lukte het me er weg te gaan. Anders was ik misschien wel mijn hele leven daar gebleven.'

Ik knikte.

'Wat zijn je verdere plannen?'

'Ik ga naar Asahikawa. Helemaal naar Asahikawa!' zei ze. 'Een goede vriendin van het conservatorium heeft daar een muziekschool. Ze heeft me twee, drie jaar geleden al eens gevraagd of ik niet kon komen helpen. Ik heb toen de boot afgehouden en gezegd dat ik het te koud vond. Als je eindelijk vrij bent, is Asahikawa niet de eerste bestemming waar je aan denkt, nietwaar? Het is niet veel meer dan een mislukte valkuil, toch?'

'Zo erg is het er nu ook weer niet,' zei ik lachend. 'Ik ben er een keer geweest en het is geen verkeerde stad. Wel een aparte sfeer.'

'Echt?'

'Ja. Het is stukken beter dan Tokio, als je het mij vraagt.'

'Nou, ik kan verder nergens heen en ik heb mijn spullen al opgestuurd,' zei ze. 'Watanabe, je komt me toch wel een keer opzoeken in Asahikawa?'

'Natuurlijk. Maar reis je nu meteen al door? Je blijft toch eerst nog even in Tokio?'

'Ja, ik zou hier wel twee, drie dagen rustig willen blijven. Mag ik een beroep op je doen? Ik zal je niet tot last zijn.'

'Geen probleem. Ik slaap wel in mijn slaapzak in de kast.'

'Dat kan ik je niet aandoen.'

'Het geeft niets. Het is een heel ruime kast.'

Reiko sloeg zachtjes met haar hand een ritme op de gitaarkoffer die ze tussen haar knieën geklemd hield.

'Ik zal eerst moeten acclimatiseren voor ik naar Asahikawa ga. Ik ben nog helemaal niet aan de buitenwereld gewend. Er is zoveel dat ik niet weet en ik ben ook gespannen. Kun je me daar een beetje bij helpen? Je bent de enige aan wie ik het kan vragen.'

'Ik zal je helpen zoveel ik kan,' zei ik.

'Ik zit je toch niet in de weg?'

'Waarbij zou je me in de weg zitten?'

Reiko keek me aan, haar lippen krulden omhoog en ze lachte zonder verder iets te zeggen.

In Kichijoji stapten we uit en daar namen we de bus naar mijn huis. Al die tijd spraken we nauwelijks. Alleen korte opmerkingen, over dat Tokio zo was veranderd, over haar tijd op het conservatorium, over de keer dat ik in Asahikawa was geweest. Met geen woord repten we over Naoko. Het was tien maanden geleden sinds ik Reiko had gezien, maar zodra ik naast haar liep, voelde ik me op een vreemde manier rustig en getroost. Ik had dit al eens eerder ervaren. Ik had hetzelfde ervaren wanneer ik met Naoko door Tokio liep. Zoals Naoko en ik destijds de dood van Kizuki deelden, zo deelden Reiko en ik nu de dood van Naoko. Toen ik me dat realiseerde, greep het me zo naar de keel dat ik opeens geen woord meer uit kon brengen. Reiko praatte nog een tijdje door, maar toen ze doorhad dat ik niets meer zei, zweeg zij ook. Zwijgend reden we in de bus naar mijn huis.

Het was net zo'n met helder licht overladen herfstmiddag als een jaar geleden, toen ik op bezoek ging bij Naoko in Kioto. De wolken waren dun en wit als botten en de lucht was hoog en helder. Het is alweer herfst, dacht ik. De geur van de wind, de kleur van het licht, de kleine bloemetjes die bloeiden in het gras, de echo van het kleinste geluidje – ze kondigden de herfst aan. Met elke wederkeer van de seizoenen werd de afstand tussen mij en de doden groter. Kizuki bleef zeventien, Naoko bleef eenentwintig. Voor altijd.

'Heerlijke plek,' zei Reiko toen ze uit de bus was gestapt en om zich heen keek.

'Omdat hier helemaal niets is,' zei ik.

Toen ik achterom de tuin in ging en Reiko door mijn huisje leidde, was ze onder de indruk van alles wat ze zag.

'Dit is fantastisch,' zei ze. 'Heb jij dit allemaal gemaakt, die planken en dat bureau?'

'Inderdaad,' zei ik, terwijl ik water kookte en thee zette.

'Wat ben je toch handig, Watanabe. En het is hier ook zo netjes.'

'Dankzij de Marinier. Hij heeft me de liefde voor het schoonmaken bijgebracht. De huisbaas stelt het ook op prijs. Hij heeft me gevraagd netjes op het huis te zijn.'

'O, dat is waar ook. Ik zal me aan hem voorstellen,' zei Reiko. 'Woont hij aan de andere kant van de tuin?'

'Wou je je gaan voorstellen? Hoezo dat?'

'Natuurlijk ga ik me voorstellen. Wat moet hij er niet van denken als er een vreemde vrouw van middelbare leeftijd bij je rondhangt die gitaar speelt en dergelijke? Het is beter om dat netjes van tevoren aan te kondigen. Ik heb er speciaal een doos met lekkers uit Kioto voor meegenomen.'

'Wat ben je attent,' zei ik, onder de indruk.

'Dat komt met de jaren. Ik doe alsof ik je tante van moederskant uit Kioto ben, dus zorg maar dat jouw verhaal daarmee overeenstemt. Op zulke momenten is zo'n verschil van leeftijd wel weer handig. Niemand zal er iets van denken.'

Reiko haalde de doos met lekkers uit haar tas en ging weg. Ik dronk nog een kop thee op de veranda en speelde met de poes. Ze bleef wel twintig minuten weg. Toen ze terugkwam, haalde ze uit haar tas een blik met rijstkoeken en zei dat dat voor mij was.

'Waar hebben jullie het al die tijd over gehad?' vroeg ik. Ik pakte een rijstkoek en at hem op.

'Over jou natuurlijk,' zei ze, terwijl ze de kat in haar armen nam en over haar kopje aaide. 'Zo'n keurige, ernstige student. Hij was onder de indruk.'

'Had hij het over mij?'

'Natuurlijk,' zei Reiko lachend. Toen ontdekte ze mijn gitaar, pakte hem op, stemde hem en speelde 'Desafinado' van Carlos Jobim. Het was lang geleden dat ik haar had horen spelen, maar net als de vorige keer deed het me goed.

'Ben je gitaar aan het leren spelen?'

'Ik heb dit oude ding geleend en ik speel er zo nu en dan op.'

'Nou, dan geef ik je straks een gratis les,' zei Reiko. Ze legde de gitaar neer, deed haar tweedjasje uit, leunde tegen een pilaar op de veranda en rookte een sigaret. Onder haar jasje droeg ze een shirt met een madrasruitje met korte mouwen.

'Vind je het geen leuk shirt?' zei Reiko.

'Ja, leuk shirt,' beaamde ik. Het was beslist apart.

'Het is van Naoko geweest,' zei Reiko. 'Wist je dat Naoko en ik vrijwel dezelfde maat hadden? Zeker in het begin. Later is ze een beetje aangekomen en toch hadden we nog ongeveer dezelfde maten. Zowel shirts als broeken en schoenen en hoeden. We hadden alleen een andere cupmaat. Ik heb nu eenmaal geen borsten. Daarom wisselden we altijd kleding uit. We deelden zo ongeveer alles.'

Ik bekeek Reiko opnieuw en zag dat ze inderdaad ongeveer hetzelfde postuur had als Naoko. Door de vorm van haar gezicht en haar smalle polsen oogde Reiko wat magerder en kleiner dan Naoko, maar als je goed keek, was ze eigenlijk boven verwachting stevig gebouwd.

'De broek en het jasje zijn ook van Naoko. Vind je het vervelend om mij in Naoko's kleren te zien?'

'Helemaal niet. Ik denk dat ze blij is dat iemand ze draagt. Vooral jij.'

'Het is heel raar,' zei Reiko en ze blies zacht op haar vingers. 'Naoko heeft geen testament of iets dergelijks achtergelaten, behalve wat betreft haar kleren. Op haar bureau lag een kladblok waarop ze haastig een regeltje had neergepend: "Geef alle kleren alstublieft aan Reiko." Wat een raar kind, hè? Waarom zou ze als ze op het punt staat te sterven uitgerekend aan haar kleren denken? Alsof dat ertoe doet. Er moeten talloze andere dingen zijn geweest die ze had willen zeggen.'

'Misschien was er wel niets.'

Reiko dacht al rokend even na. 'Je zult het hele verhaal wel willen horen?'

'Graag,' zei ik. 'Vertel me alles.'

'Uit de resultaten van het onderzoek van het ziekenhuis bleek dat Naoko's aandoeningen op dat moment waren genezen, maar met het oog op de toekomst was het beter meteen over te gaan tot een grondige, intensieve behandeling en er werd besloten dat Naoko voor langere periode in dat ziekenhuis in Osaka zou blijven. Dit heb ik je geloof ik nog geschreven, in een brief die ik je rond 10 augustus heb gestuurd.'

'Die brief heb ik gelezen.'

'Op 24 augustus belde Naoko's moeder dat Naoko graag nog een keer terugkwam en of dat schikte. Ze wilde zelf haar spullen inpakken en ze wilde graag een nacht blijven logeren, zodat we uitgebreid konden bijpraten voordat we elkaar een hele tijd niet zouden zien. Ik zei dat dat goed was. Ik wilde haar ook graag zien en spreken. De volgende dag, 25 augustus, kwam ze met haar moeder samen met de taxi. Met z'n drieën pakten we haar spullen in en babbelden intussen over van alles en nog wat. Tegen de avond zei ze tegen haar moeder dat ze wel naar huis kon gaan. "Ik red me verder wel," zei Naoko, en toen liet haar moeder een taxi komen en ging weg. Naoko maakte een blakende indruk en zowel haar moeder als ik had op dat moment niets in de gaten. Ik had me van tevoren erg zorgen gemaakt. Ik had verwacht dat ze misschien heel terneergeslagen zou zijn, of teleurgesteld of uitgeput. Ik weet dat zo'n onderzoek of zo'n behandeling in een ziekenhuis inspannend is en daarom maakte ik me zorgen over hoe ze eraan toe zou zijn. Maar bij de eerste blik dacht ik: oké, het zit goed. Ze zag er gezonder uit dan ik had gedacht, ze lachte en maakte grapjes. Ze praatte veel normaler dan eerst en ze was naar de kapper geweest en was heel trots op haar nieuwe coupe. Dus ik dacht dat het geen probleem zou zijn met z'n tweeën, zonder haar moeder. "Weet je, Reiko," zei ze, "ik denk dat ik dit keer in het ziekenhuis helemaal beter ga worden." Ik antwoordde: "Goed plan!" Toen maakten we samen een wandeling en praatten over van alles. Over onze plannen voor de toekomst – zo'n soort gesprek. Ze zei ook: "Het zou mooi zijn als we hier met z'n tweeën weg konden en samen konden wonen."'

'Samen met jou?'

'Ja,' zei Reiko, terwijl ze licht haar schouders ophaalde. 'Ik zei tegen haar: "Prima wat mij betreft, maar Watanabe dan?" Toen zei ze: "Laat dat maar aan mij over. Dat regel ik wel." Meer niet. We praatten verder over waar we zouden gaan wonen en wat we zouden doen. Daarna gingen we naar het hoenderpark en speelden met de vogels.'

Ik haalde een biertje uit de koelkast en dronk ervan. Reiko stak weer een sigaret op. De kat lag op haar schoot te slapen.

'Ze had alles al van tevoren uitgedacht. Daarom was ze zo opgewekt en lachte ze en zag ze er zo gezond uit. Ze was vastbesloten en dat gaf haar rust. Ze ruimde haar kamer op en de dingen die ze niet nodig had verbrandde ze in een vat in de tuin. Dagboeken, brieven – al dat soort dingen. Ook jouw brieven. Omdat ik het vreemd vond, vroeg ik waarom ze dat deed. Ze had jouw brieven namelijk altijd gekoesterd en ze herlas ze vaak. Ze antwoordde: "Alle dingen uit het verleden doe ik weg, zodat ik herboren kan worden." Ik dacht: oh, is het dat, en zocht er verder niets achter. Het had op zijn eigen manier wel een soort logica. Ik bedacht hoe mooi het zou zijn als dit kind gezond en gelukkig werd. Wat wilde ik graag dat je haar toen had kunnen zien.

Net als altijd gingen we naar de eetzaal en aten ons avondeten. We gingen in bad. Daarna maakten we een fles goede wijn open die ik voor een speciale gelegenheid had bewaard. We dronken er samen van en ik speelde gitaar. Haar gebruikelijke favorieten van de Beatles zoals "Norwegian Wood" en "Michelle". Het was heel gezellig. We deden het licht uit, we kleedden ons uit en kropen in bed. Het was een heel warme nacht en zelfs met het raam open kwam er geen zuchtje wind naar binnen. Het was buiten inktzwart en we hoorden allerlei insecten. Zelfs in de kamer hing de benauwende geur van zomergras. Plotseling begon Naoko over jou te praten. Over die keer dat ze met je had gevreeën. Heel uitgebreid. Hoe je haar had uitgekleed, hoe je haar had aangeraakt, hoe nat ze was geweest, hoe je bij haar naar binnen ging, hoe geweldig het was – al dat soort dingen vertelde ze me tot in alle details. Ik vroeg haar waarom ze me dit nu allemaal opeens vertelde. Ze praatte anders nooit zo expliciet over seks. Natuurlijk hadden we het in therapeutische gesprekken wel eerlijk over seks. Maar ze liet dan absoluut geen details los. Ze was erg verlegen. Dus ik schrok er nogal van dat ze opeens het een na het ander zo openhartig vertelde.

"Ik heb gewoon zin om het te vertellen," zei Naoko. "Als je het niet wilt horen, hou ik mijn mond wel."

"Het is goed, hoor," zei ik. "Vertel maar in geuren en kleuren wat je wilt vertellen en ik luister wel."

"Toen hij bij me binnenkwam, deed het zo ongelooflijk pijn dat ik niet wist wat ik moest doen," zei Naoko. "Het was voor mij de eerste keer. Omdat ik nat was, gleed hij makkelijk naar binnen, maar toch deed het zo'n pijn dat ik er bijna van flauwviel. Toen hij zo diep in me was dat ik dacht dat hij niet verder meer kon, tilde hij mijn benen een beetje op en drong nog dieper naar binnen. Op dat moment kreeg ik het over mijn hele lichaam koud. Alsof er ijswater over me heen was gegoten. Mijn armen en mijn benen trilden en bibberden. Ik wist niet wat me overkwam en ik dacht dat ik doodging. Het maakte me op dat moment niet eens uit. Maar hij merkte dat het me pijn deed en zonder verder te bewegen, maar nog steeds diep in me, sloeg hij zijn armen om me heen en kuste hij de hele tijd mijn haar en mijn hals en mijn borst. Geleidelijk kwam de warmte weer terug in mijn lichaam. Toen begon hij weer langzaam te bewegen. Weet je, Reiko, het was echt geweldig. Zo geweldig dat mijn hersens praktisch wegsmolten. Ik wilde de rest van mijn leven wel zo door hem omarmd blijven. Dat dacht ik echt."

Dus ik vroeg aan Naoko: "Als het zo geweldig was, waarom ben je nu dan niet bij Watanabe en doen jullie het niet dag in dag uit?"

"Nee, Reiko," zei Naoko. "Ik wist toen al dat het iets was dat je maar één keer overkomt. Ik wist dat het nooit meer terug zou komen als het voorbij was. Dat het door puur toeval was gebeurd. Ik had nog nooit eerder zoiets ervaren en daarna ook nooit meer. Ik heb er nooit meer naar verlangd en ben nooit meer nat geweest."

Ik heb Naoko toen uitgelegd dat dat bij jonge vrouwen wel vaker voorkomt en dat het vrijwel altijd overgaat als je ouder wordt. Het was bovendien één keer goed gegaan, dus er was niets om je zorgen over te maken. En ik vertelde dat ik zelf, toen ik net getrouwd was, ook zo had getwijfeld omdat er van alles niet goed ging.

"Dat is het niet," zei ze. "Ik maak me nergens zorgen over, Reiko. Ik wil alleen dat niemand meer mijn lichaam binnenkomt. Ik wil door niemand meer zo uit mijn doen worden gebracht."'

Ik dronk mijn bier op en Reiko rookte haar tweede sigaret. De kat strekte zich uit op haar schoot en viel in een nieuwe houding weer in slaap. Reiko twijfelde even en stak toen haar derde sigaret op.

'Toen barste Naoko in snikken uit,' zei Reiko. 'Ik ging op haar bed zitten en streelde haar hoofd. "Het is goed, het komt allemaal goed," zei ik. "Een mooi en jong meisje als jij moet toch door een man bemind worden en gelukkig zijn?" Naoko was op deze hete avond helemaal drijfnat van het zweet en de tranen. Ik pakte een handdoek en veegde haar gezicht en haar lichaam af. Omdat ook haar slip helemaal nat was, zei ik dat ze hem beter kon uittrekken. Ik bedoel... zo gek was dat niet. We gingen altijd samen in bad en zo. We waren als zussen voor elkaar.'

'Ik begrijp het wel,' zei ik.

'Naoko vroeg me haar vast te houden. Ik zei dat ik daar met die hitte geen zin in had, maar ik deed het toch. "Voor deze laatste keer dan," had ze gezegd. Met de handdoek om haar heen, zodat het zweet niet plakte, hield ik haar een poosje in mijn armen. Toen ze tot rust was gekomen veegde ik het zweet weer af, trok haar een nachthemd aan en stopte haar in. Even later was ze diep in slaap. Of misschien deed ze alsof ze sliep. Hoe het ook zij, ze zag er heel lief uit. Het gezicht van een meisje van dertien of veertien dat in haar leven nog nooit kwaad is aangedaan. Toen ik haar zo zag, ging ik zelf met een gerust hart naar bed.

Toen ik om zes uur wakker werd, was ze weg. Haar nachthemd lag op de grond, maar haar kleren, haar sportschoenen en de zaklamp die altijd bij het hoofdeind lag waren er niet. Ik wist onmiddellijk dat het foute boel was. Ik bedoel, het feit dat ze een zaklamp had meegenomen betekende dat ze in het donker was weggegaan. Toen ik voor de zekerheid naar haar bureau liep, lag daar die blocnote met haar boodschap: "Geef alle kleren alstublieft aan Reiko." Toen heb ik meteen iedereen wakker gemaakt en gezegd dat we in groepjes Naoko moesten zoeken. Met z'n allen hebben we eerst het gebouw en toen het bos uitgekamd. Het duurde vijf uur voor we haar hadden gevonden. Het kind had zelfs voor haar eigen touw gezorgd.'

Reiko zuchtte en aaide de kat over zijn kop.

'Wil je thee?' vroeg ik.

'Graag,' zei Reiko.

Ik kookte water, zette thee en ging terug naar de veranda. Het begon al te schemeren. De zon werd een heel stuk zwakker, de schaduwen van de bomen werden langer en reikten bijna tot onze voeten. Onder het theedrinken keek ik naar de tuin, die oogde als een wonderbaarlijke warboel van ranonkelstruiken, azalea's en bamboe.

'Even later kwam er een ambulance en die nam Naoko mee. De politie begon mij te ondervragen. Niet dat er veel te vragen viel. Er was een afscheidsbrief, het was duidelijk zelfmoord en bovendien plegen psychiatrisch patiënten nu eenmaal zelfmoord, zo is de algemene gedachte. Dus de vragen waren uitsluitend een formaliteit. Zodra de politie weg was, heb ik je meteen een telegram gestuurd.'

'Ik vond het een droevige uitvaart,' zei ik. 'Zo stil en zo weinig mensen. Haar familie maakte zich er alleen maar druk over hoe ik wist dat Naoko was overleden. Ze willen zeker niet dat mensen erachter komen dat het zelfmoord was. Ik had eigenlijk niet moeten gaan. Ik was er kapot van en ben meteen op reis gegaan.'

'Kom op, Watanabe, laten we een stukje lopen,' zei Reiko. 'Al is het maar om boodschappen te doen voor het avondeten. Ik begin aardig trek te krijgen.'

'Goed, hoor. Heb je nog voorkeuren?'

'Sukiyaki,' zei ze. 'Ik heb in geen jaren sukiyaki gegeten. Ik droom soms zelfs van sukiyaki. Met vlees en prei en dunne mie en gebakken tofu en bladgroenten en dan...'

'Dat zal allemaal wel, maar ik heb geen sukiyakipan.'

'Geen probleem. Laat dat maar aan mij over. Ik ga er een lenen bij de huisbaas.'

Ze haastte zich naar het hoofdgebouw en kwam terug met een geleende sukiyakipan, een komfoortje en een stuk slang.

'Wat vind je ervan? Goed, hè?'

'Absoluut,' zei ik, onder de indruk.

In de kleine winkelstraat vlakbij kochten we vlees, eieren, groenten en tofu. Bij de slijter haalden we een fles redelijk goede witte wijn. Ik wilde afrekenen, maar Reiko stond erop alles te betalen.

'Als ze erachter komen dat ik mijn neefje laat betalen, lacht de hele familie me uit,' zei Reiko. 'Bovendien heb ik nog aardig wat geld. Zit er dus maar niet over in. Ik ben heus niet zonder een cent op zak vertrokken.'

Toen we thuiskwamen, waste Reiko de rijst en zette hem op. Ik pakte de rubberen slang en trof voorbereidingen om op de veranda sukiyaki te eten. Toen we daarmee klaar waren, haalde Reiko haar gitaar tevoorschijn uit haar koffer en op de veranda speelde ze in de invallende duisternis een fuga van Bach alsof ze de conditie van haar instrument wilde testen. De ingewikkelde passages speelde ze met opzet nu eens langzaam, dan weer snel. Ze speelde nu eens bruusk, dan weer sentimenteel. Oneindig aandachtig luisterde ze naar al deze klanken. Wanneer ze gitaar speelde, zag Reiko eruit als een meisje van zeventien of achttien dat naar een beeldschoon jurkje kijkt – met stralende ogen en iets gespannen lippen, met een zweem van een glimlach. Toen ze uitgespeeld was, leunde ze met haar rug tegen de pilaar en keek peinzend omhoog.

'Mag ik wat vragen?' vroeg ik.

'Ja hoor. Ik dacht alleen maar aan mijn lege maag,' zei Reiko.

'Ga je je man en je dochter niet opzoeken? Die wonen toch in Tokio?'

'In Yokohama. Maar ik ga niet naar ze toe. Dat had ik toch al gezegd – dat het beter voor ze was als ze niets meer met me te maken hebben? Zij hebben hun eigen nieuwe leven. Voor mij is het alleen maar pijnlijk. Het is het beste om ze niet te zien.'

Ze maakte een propje van haar lege pakje Seven Star en gooide het weg. Ze haalde een nieuw pakje uit haar tas, maakte het open en stak een sigaret in haar mondhoek. Maar ze stak hem niet aan.

'Mijn leven is al voorbij. Wat jij hier ziet, is alleen maar een overblijfsel van wie ik ooit was. Het belangrijkste dat ik ooit in me had, is al lang geleden gestorven. Ik handel alleen nog maar op grond van herinnering.'

'Maar ik mag de Reiko van nu anders ook erg graag. Of het nu een overblijfsel is of wat dan ook. Misschien kan het jou niets schelen, maar ik ben heel blij dat je de kleren van Naoko draagt.'

Reiko lachte en stak haar sigaret aan met haar aansteker. 'Voor je leeftijd weet je best goed waar je een vrouw een plezier mee doet.'

Ik bloosde een beetje. 'Ik zeg alleen maar eerlijk wat ik denk.'

'Dat weet ik,' zei Reiko lachend.

De rijst was inmiddels gaar. Ik goot olie in de sukiyakipan en begon de sukiyaki klaar te maken.

Reiko snoof de geur op. 'Ik droom toch niet, hè?' zei ze.

'Het is honderd procent echte sukiyaki. Ik spreek uit ervaring.'

Zonder nog veel te zeggen aten we sukiyaki, dronken bier en aten rijst. Meeuw kwam op de geur af en we gaven haar een stukje vlees. Toen we genoeg hadden, keken we elk tegen een pilaar geleund naar de maan.

'Heeft het gesmaakt?'

'Heerlijk. Niets op aan te merken,' kreunde Reiko. 'Ik heb nog nooit zoveel gegeten.'

'Wat doen we nu?'

'Als mijn sigaret op is, wil ik naar het badhuis. Ik wil mijn haar wassen, want het is plakkerig.'

'Goed. Het is hier vlakbij.'

'Even iets, Watanabe. Vertel me eens: heb je nog met die Midori geslapen?'

'Of we met elkaar naar bed zijn geweest? Nee. Ik had besloten om het pas te doen als een en ander duidelijk was geworden.'

'Dat is het nu toch, lijkt me?'

Ik schudde mijn hoofd dat ik het niet goed wist. 'Je bedoelt dat de dingen die op hun plaats moesten vallen op hun plaats zijn gevallen nu Naoko dood is?'

'Zo bedoel ik het niet. Was je niet voor Naoko doodging al tot de conclusie gekomen dat je niet zonder die Midori kon? Of Naoko nu leefde of dood is, dat staat er los van. Jij hebt gekozen voor Midori. Naoko heeft gekozen voor de dood. Jij bent inmiddels volwassen, dus je moet de verantwoordelijkheid voor je eigen keuzes nemen. Anders gaat alles mis.'

'Maar ik kan het niet zomaar vergeten,' zei ik. 'Ik heb altijd tegen Naoko gezegd dat ik op haar zou wachten. Maar ik kon het niet. Uiteindelijk heb ik haar toch laten vallen, hoe je het ook wendt of keert. Het probleem is niet of het iemands schuld is of niet. Het is mijn eigen probleem. Ook als ik haar niet had laten vallen, was het waarschijnlijk hetzelfde afgelopen, denk ik. Ik denk dat Naoko toch voor de dood zou hebben gekozen. Maar desondanks kan ik het mezelf moeilijk vergeven. Jij zegt dat er niets aan te doen is als het de natuur-

311

lijke loop van het hart is, maar de relatie tussen Naoko en mij was niet zo simpel. Welbeschouwd was het van het begin af aan de grens tussen leven en dood die ons bond.'

'Als je over de dood van Naoko pijn voelt, voel die pijn dan de rest van je leven. En als er iets van te leren valt, leer dat. Maar word helemaal los daarvan gelukkig met Midori. Jouw pijn heeft niets te maken met Midori. Als je haar nog verder pijn doet, is het misschien niet meer terug te draaien. Het is misschien moeilijk, maar wees sterk. Word volwassen. Ik ben helemaal uit de kliniek hierheen gekomen om je dit te zeggen. Dat hele stuk in die doodskistachtige trein.'

'Ik begrijp wat je zegt,' zei ik. 'Maar ik ben er nog niet klaar voor. Weet je, het was echt een droevige uitvaart. Niemand zou op zo'n manier dood mogen gaan.'

Reiko stak haar hand uit en aaide me over mijn hoofd. 'We gaan allemaal ooit op die manier dood. Jij ook en ik ook.'

In vijf minuten liepen we langs de rivier naar het badhuis en een heel stuk opgefrist keerden we terug naar huis. We trokken de fles wijn open en dronken wijn op de veranda.

'Watanabe, kun je nog een glas pakken?'

'Goed hoor. Hoezo?'

'We houden met z'n tweeën een ceremonie voor Naoko,' zei Reiko. 'Een die niet droevig is.'

Toen ik met het glas terugkwam, schonk Reiko het tot de rand toe vol en zette het neer op de lantaarn in de tuin. Toen ging ze op de veranda zitten, leunde met haar gitaar tegen een pilaar en rookte een sigaret.

'Kun je lucifers pakken als je die hebt? Hoe meer, hoe beter.'

Ik haalde een doos lucifers uit de keuken en ging naast haar zitten. 'Kun jij voor elk lied dat ik speel een lucifer neerleggen? Ik speel er zo veel mogelijk.'

Eerst speelde ze heel mooi en rustig 'Dear Heart' van Henry Mancini. 'Jij hebt Naoko toch die plaat cadeau gegeven?'

'Ja. Met kerst eerverleden jaar. Ze was dol op dit nummer.'

'Ik hou er ook van. Het is zo teder en mooi.' Ze speelde nog een keer een paar maten van 'Dear Heart' en nam toen een slok van haar wijn. 'Vooruit, wat zal ik allemaal spelen voor ik dronken word? Dit is toch geen droevige uitvaart? Dit is toch mooi?'

Reiko stapte over op de Beatles en speelde 'Norwegian Wood'. Ze speelde 'Yesterday', ze speelde 'Something', ze speelde en zong 'Here Comes the Sun', ze speelde 'Fool on the Hill'. Ik legde zeven lucifers naast elkaar.

'Zeven liedjes,' zei Reiko. Ze slurpte van haar wijn en rookte haar sigaret op. 'Die lui moeten iets hebben begrepen van het verdriet en de schoonheid van het leven.'

'Die lui' waren natuurlijk John Lennon, Paul McCartney en George Harrison.

Ze inhaleerde, deed haar sigaret uit, pakte haar gitaar weer op en ze speelde 'Penny Lane', 'Blackbird', 'Julia', 'When I'm Sixty-four', 'Nowhere Man', 'And I Love You' en 'Hey Jude'.

'Hoever zijn we?'

'Veertien,' zei ik.

'O,' zei ze met een zucht. 'Kun jij er niet eentje spelen?'

'Ik kan het helemaal niet goed.'

'Dat geeft niet.'

Ik haalde mijn eigen gitaar en speelde met horten en stoten 'Up on the Hill'. Reiko rookte in de tussentijd rustig een sigaret en dronk van haar wijn. Toen ik klaar was, applaudisseerde ze luid.

Daarna speelde Reiko heel verzorgd en mooi een gitaarversie van Ravels 'Pavane pour un Infante Défunte' en 'Clair de Lune' van Debussy. 'Deze twee nummers heb ik na Naoko's dood leren spelen,' zei Reiko. 'Haar smaak in muziek is tot het laatst toe niet boven de basislijn van het sentimentalisme uitgestegen.'

Toen speelde ze een paar nummers van Bacharach. 'Close to You', 'Raindrops Keep Falling', 'Walk on By', 'Weddingbell Blues'.

'Twintig,' zei ik.

'Ik lijk wel een menselijke jukebox,' zei Reiko opgewekt. 'Als mijn leraren van het conservatorium me zouden zien, zouden ze flauwvallen.'

Ze nam een slok wijn en speelde al rokend het ene na het andere liedje. Ze speelde een stuk of tien bossanova's, nummers van Rogers en Heart, Gershwin, Bob Dylan, Ray Charles, Carole King, de Beach Boys, Stevie Wonder; ze speelde de 'Sukiyaki Song', 'Blue Velvet', 'Green Fields' – echt van alles. Zo nu en dan deed ze haar ogen dicht, af en toe schudde ze met haar hoofd en soms neuriede ze de melodie mee.

Toen de wijn op was, dronken we whisky. Ik goot de wijn in het glas in de tuin over de lantaarn en schonk er whisky voor in de plaats.

'Hoe ver ben ik nu?'

'Achtenveertig,' zei ik.

Als negenenveertigste speelde ze 'Eleanor Rigby', als vijftigste speelde ze nog een keer 'Norwegian Wood'. Toen ze vijftig nummers had gespeeld, liet Reiko haar handen rusten en dronk whisky. 'Denk je dat het er zo genoeg zijn?'

'Het zijn er genoeg,' zei ik. 'Wat een prestatie.'

'Kom op, Watanabe, vergeet die droevige uitvaart nou maar,' zei Reiko terwijl ze me recht aankeek. 'Onthoud alleen deze. Het was toch mooi?'

Ik knikte.

'Een toegift,' zei Reiko. En als eenenvijftigste lied speelde ze haar favoriete Bach-fuga.

Toen ze uitgespeeld was, fluisterde ze zacht: 'Watanabe, laten we het doen.'

'Vreemd,' zei ik. 'Ik dacht net hetzelfde.'

In de donkere kamer met de gordijnen dicht omhelsden Reiko en ik elkaar alsof het de meest vanzelfsprekende zaak van de wereld was. Ik deed haar blouse uit en haar broek en haar slip.

'Nou, ik heb wat vreemde dingen meegemaakt in mijn leven, maar ik had nooit gedacht dat het me nog eens zou overkomen dat ik me mijn ondergoed zou laten uittrekken door een negentien jaar jongere man,' zei Reiko.

'Wil je het zelf doen?' vroeg ik.

'Nee hoor, ga je gang,' zei ze. 'Maar schrik niet van de rimpels.'

'Ik hou juist van je rimpels.'

'Ik ga huilen,' zei Reiko zacht.

Ik zoende haar overal en als ik een rimpel tegenkwam, likte ik die. Ik legde mijn handen op haar maagdelijk kleine borstjes, ik beet zachtjes in haar tepels, ik schoof mijn vingers tegen haar warme, vochtige vagina aan en begon rustig mijn vingers te bewegen.

'Watanabe,' zei Reiko in mijn oor. 'Je zit ernaast, dat is een rimpel.'

'Kun je zelfs op dit soort momenten alleen maar grapjes maken?' zei ik verbaasd.

'Sorry,' zei Reiko. 'Ik vind het eng. Het is al zo lang geleden. Ik voel me net een meisje van zeventien dat in alle onschuld op bezoek gaat bij een jongen en voor ze het weet wordt uitgekleed.'

'Het voelt ook net alsof ik een meisje van zeventien aan het overweldigen ben.'

Ik stopte mijn vingers in haar zogenaamde rimpel, zoende haar van haar hals tot haar oren en kneep in haar tepels. Toen haar ademhaling zwaarder werd en haar keel begon te trillen, opende ik haar slanke benen en ging langzaam naar binnen.

'Ik vind het goed, maar je maakt me toch niet zwanger?' vroeg Reiko zacht. 'Het is gênant om op mijn leeftijd zwanger te worden.'

'Het komt goed. Wees maar gerust,' zei ik.

Toen ik met mijn penis diep binnendrong, trilde haar lichaam en slaakte ze een zucht. Ik streelde teder haar rug, bewoog mijn penis een paar keer en zonder enige voorbode kwam ik klaar. Het was een hevige, niet te stuiten zaadlozing. Aan haar vastgeklampt spoot ik een paar keer in haar warmte.

'Het spijt me. Ik kon me niet inhouden,' zei ik.

'Gekkie. Zit er maar niet over in,' zei Reiko, en ze gaf me een tikje op mijn bil.

'Zit je daar altijd over in als je het met een meisje doet?'

'Ja, ik geloof het wel.'

'Dat hoeft niet als je het met mij doet. Zit er maar niet over in. Kom maar zo vaak en zoveel als je wilt. Was het lekker?'

'Geweldig. Daarom kon ik me niet inhouden.'

'Je hoeft je ook niet in te houden. Het is goed. Ik vond het ook geweldig.'

'Weet je, Reiko?' zei ik.

'Ja?'

'Je zou een minnaar moeten hebben. Het is gewoon zonde van zo'n prachtvrouw.'

'Nou, ik zal erover nadenken,' zei Reiko. 'Doen ze aan minnaars, daar in Asahikawa?'

Toen mijn penis even later weer stijf was geworden, ging ik weer bij haar naar binnen. Onder me hield Reiko haar adem in en klampte zich aan me vast. Terwijl ik haar vasthield en rustig bewoog, praatten we over van alles. Het was verrukkelijk om samen te praten terwijl ik in haar zat. Als ik een grapje maakte en zij giechelde, kon ik die trillingen voelen. Zo lagen we een hele tijd in elkaar verstrengeld.

'Heerlijk hè, zo?' zei Reiko.

'Bewegen is ook niet verkeerd,' zei ik.

'Ga je gang.'

Ik tilde haar heupen op, schoof diep in haar en bewoog in rondjes. Toen ik volledig opging in deze beweging, kwam ik klaar.

Uiteindelijk deden we het die nacht vier keer. Na de vierde keer lag Reiko in mijn armen, deed haar ogen dicht en slaakte een diepe zucht. Zo nu en dan trok er een trilling door haar lichaam.

'Dit hoef ik mijn hele leven toch nooit weer te doen?' zei Reiko. 'Toe, zeg het me alsjeblieft. Zeg me dat ik gerust kan zijn omdat ik het genoeg heb gedaan voor de rest van mijn leven.'

'Wie kan zoiets nou weten?' zei ik.

Ik raadde Reiko aan het vliegtuig te nemen omdat dat sneller en comfortabeler was, maar ze stond erop met de trein te gaan.

'Ik hou van de veerboot van Aomori naar Hakodate,' zei ze. 'Ik hoef niet zo nodig door de lucht.' Ik bracht haar naar station Ueno. Zij droeg haar gitaarkoffer, ik droeg haar reistas. Naast elkaar zaten we samen op een bankje op het perron te wachten op de trein. Ze droeg hetzelfde tweedjasje en dezelfde witte broek als toen ze in Tokio aankwam.

'Denk je echt dat Asahikawa zo slecht nog niet is?' vroeg Reiko.

'Het is een prima stad,' zei ik. 'Ik kom je binnenkort opzoeken.'

'Echt?'

Ik knikte. 'Ik zal je schrijven.'

'Ik hou van je brieven. Alleen heeft Naoko ze allemaal verbrand. Het waren nog wel zulke mooie.'

'Een brief is maar gewoon papier, hoor,' zei ik. 'Dierbare dingen beklijven, ook al zijn ze verbrand, en dingen die niet dierbaar zijn beklijven niet, ook al bewaar je ze.'

'Eerlijk gezegd ben ik heel bang. Helemaal alleen naar Asahikawa. Daarom moet je me schrijven. Als ik je brieven lees, krijg ik altijd het gevoel dat je naast me zit.'

'Als je graag post van me wilt, dan schrijf ik je zoveel je maar wilt. Maar je hoeft je geen zorgen te maken. Het zal je goed gaan, waar je ook heen gaat.'

'Ik heb het gevoel dat er in mijn lichaam nog een prop zit, maar misschien is dat inbeelding.'

'Dat is een overblijfsel,' zei ik lachend. Ook Reiko lachte.

'Vergeet me niet,' zei ze.

'Ik vergeet je niet, nooit,' zei ik.

'Misschien zie ik je nooit meer, maar waar ik ook heen ga, ik zal altijd aan jou en Naoko blijven denken.'

Ik keek Reiko aan. Ze huilde. In een opwelling zoende ik haar. Mensen die langsliepen staarden ons fronsend aan, maar dat kon ons niets meer schelen. Wij leefden. En het enige waar we aan moesten denken was doorleven.

'Word gelukkig,' zei Reiko bij het afscheid tegen me. 'Ik heb je alle raad gegeven die ik had. Verder heb ik niets meer te zeggen. Alleen dat je gelukkig moet worden. Dat je gelukkig moet worden voor Naoko's deel en mijn deel erbij. Alleen maar dat.'

We schudden elkaar de hand en onze wegen scheidden.

Ik belde Midori op en zei dat ik hoe dan ook met haar moest praten. Dat ik haar heel veel wilde vertellen. Móést vertellen. Dat ik naar niets anders op de wereld verlangde dan naar haar. Dat ik haar wilde zien en met haar wilde praten. Dat ik met haar samen helemaal opnieuw wilde beginnen.

Midori bleef een hele tijd stil aan de telefoon. Het was zo'n stilte die voortduurt als alle druilerige regen ter wereld op alle grasvelden ter wereld. Ik stond de hele tijd met mijn voorhoofd stijf tegen het glas gedrukt met mijn ogen dicht. Ten slotte verbrak Midori de stilte. 'Waar ben je nu?' vroeg ze kalm.

Waar ben ik nu?

Met de hoorn in mijn hand geklemd keek ik vanuit de telefooncel om me heen. Waar ben ik nu? Ik wist het niet. Ik had geen notie. Waar was ik in 's hemelsnaam? Het enige dat ik kon zien, waren talloze mensen die god weet waarnaartoe langsliepen. Vanaf een plek die nergens was, had ik nog altijd Midori aan de lijn.

HARUKI
MURAKAMI

村上 春樹

atlas contact

DE NIEUWE HARUKI MURAKAMI

VERSCHIJNT OP 12 JANUARI 2014

De kleurloze Tsukuru Tazaki en zijn pelgrimsjaren

Vanaf juli van zijn tweede jaar aan de universiteit tot januari van het jaar daarop dacht Tsukuru Tazaki voortdurend aan de dood. Gedurende die tijd werd hij twintig en dus officieel volwassen, maar die gewichtige dag had geen speciale betekenis voor hem. Al die dagen kwam het idee om zelf een eind aan zijn leven te maken hem voor als het meest natuurlijke en logische wat hij kon doen. Ook nu begrijpt hij nog niet goed waarom hij op het laatste ogenblik die beslissende stap nooit heeft gezet.

Tsukuru Tazaki is opeens helemaal alleen. Zijn oude vrienden, die zijn achtergebleven in zijn geboortestad toen hij in Tokyo ging studeren, willen hem van de ene op de andere dag niet meer kennen.

Hij doet de dagelijkse dingen – opstaan, douchen, eten, naar college gaan – maar zijn leven is leeg en hol.

En hoewel hij de definitieve stap nooit zet, ouder wordt, afstudeert, een baan vindt en carrière maakt, kan hij het verlies van zijn jeugdvrienden niet loslaten, totdat zijn vriendin Sala hem ertoe aanzet om nu eindelijk eens uit te zoeken wat er gebeurd is al die jaren terug.

Maar hoe dieper hij in het verleden graaft, hoe hoger de prijs van vriendschap blijkt te zijn.

Bij de productie van dit boek is gebruikgemaakt van papier dat het keur-merk Forest Stewardship Council (FSC) draagt. Bij dit papier is het zeker dat de productie niet tot bosvernietiging heeft geleid. Ook is het papier 100% chloor- en zwavelvrij gebleekt.